U0940020

鸳鸯六七四

马家辉 著

MA KAFAI

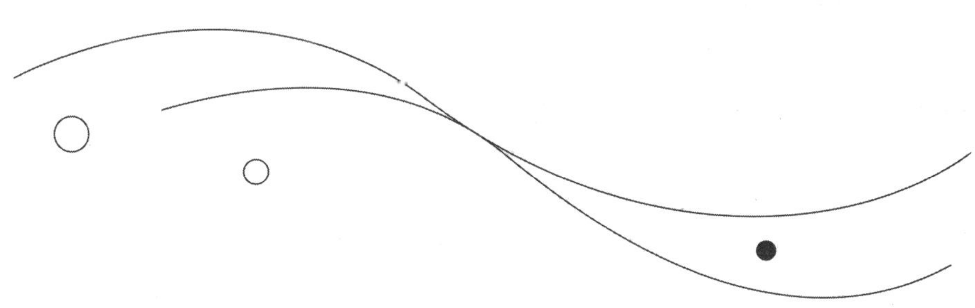

SPM 南方出版传媒
花城出版社

图书在版编目（CIP）数据

鸳鸯六七四 / 马家辉著. -- 广州 ：花城出版社，2020.9

ISBN 978-7-5360-9168-9

Ⅰ. ①鸳… Ⅱ. ①马… Ⅲ. ①长篇小说－中国－当代 Ⅳ. ①I247.5

中国版本图书馆CIP数据核字(2020)第082408号

出 版 人：肖延兵
策划统筹：林妮娜
责任编辑：曹玛丽
特邀编辑：赵丽苗
技术编辑：薛伟民 林佳莹
封面设计：韩 笑

书 名 鸳鸯六七四
YUANYANG LIU QI SI
出 版 花城出版社
（广州市环市东路水荫路 11 号）
发 行 新经典发行有限公司
经 销 全国新华书店
印 刷 河北鹏润印刷有限公司
开 本 890 毫米 × 1270 毫米 32 开
印 张 12.5
字 数 278,000 字
版 次 2020 年 9 月第 1 版 2020 年 9 月第 1 次印刷
定 价 59.00 元

目录

楔子　坏事情不等于坏结局

一九六七年十二月廿四日，平安夜，香港发生了一桩怪事：湾仔堂口“新兴社”龙头哨牙炳在宴会的牌九局里一连拿了三把大烂牌“鸳鸯六七四”，并且突然消失得无影无踪。输钱事小，失踪事大，江湖中人多年以后依然津津乐道此事，已成传奇。本书里说的，就是这个传奇。

当天晚上是哨牙炳的半百寿宴，席设湾仔英京酒家，筵开十八桌，准备在席间宣布“金盆洗手”，江湖引退，亦同时“金盆洗捻”，从此不沾桃花。再过两个月他将带着老婆和女儿移民南非，自问这辈子谁都没有亏欠，离开香港，轻松自在。开席前，兄弟和来宾依例赌钱消遣，哨牙炳万料不到自己会陷入连取三把烂牌的尴尬局面，百般不服气。

牌九局有三十二张骨牌，八门赌客，各取四张，以点数高低决胜负。“鸳鸯六七四”是最烂的四张牌，拿到它，九成九输钱。“鸳鸯六”，指的是两只花色不一样的六点；“七四”，指的是一只七点和一只四点。拿到这副牌并非什么罕见之事，邪门的是连续拿到三把，烂，烂，烂，像在哨牙炳头上乱斫了三刀。

当摊开第一把“鸳鸯六七四”，当庄的哨牙炳把桌上的钞票推出去分给七门闲家，气定神闲地说：“输通庄[①]！唔捻紧要！兄弟们赢钱，炳哥照样开心！”

洗牌，砌牌，掷骰子。哨牙炳爽快地翻转分到前面的四张骨牌，一翻两瞪眼，竟然又系一张四点、一张七点，以及一对“鸳鸯六”，他脸色一沉，执起其中一张六点轻敲额头，忿忿道：“刁那妈，阴魂不散！难道我们有亲？”

“和义堂”的矮仔华不识相，调侃道：“炳哥，一不离二，二不离三，小心陆续有来。”哨牙炳的手下鬼手添连忙打圆场说：“炳哥今晚心情靓，故意派钱关照兄弟。”

哨牙炳把牌扔回桌上，猛喝一声：“再来！我唔信咁邪！[②]”说毕俯身使劲把三十二张骨牌搓来推去，噼里啪啦，像遣唤千军万马杀入敌阵。

牌楝叠起，哨牙炳喊出决定分牌次序的牌头，语音里有杀气：“龙头凤尾！”然后瞪一眼矮仔华，道：“如果又系‘鸳鸯六七四’，炳哥唔姓赵！”却又对鬼手添笑道：“万一炳哥输甩袯、冇钱驶[③]，你们记得施舍几个发财钱！”

鬼手添和赌客们用寥落而心虚的笑声回应。俗语说得透彻，“捞得偏，信得邪”，今夜出席宴会的无不是江湖兄弟，没有半个不敬神畏鬼。

哨牙炳其实也心虚，下午出门前在楼梯间不小心踢到一只死

---

① 意为：庄家输给所有闲家，要赔钱给每一门的押注者。

② 意为：老子偏不信邪！

③ 意为：输得掉了裤子，口袋不剩半分钱了。

老鼠，他立即吐口水，骂道："大吉利市！[1]"早不踢晚不踢，偏偏在五十岁的大喜日子来踢，心里七上八下，唯恐真来个不可思议的第三把烂牌。

哨牙炳高高执起三粒骰子，端到嘴前用力吹气，随着一声"杀！"扔到桌上，骰子滚转了一会儿，停出了一、二、五，总数是八。

依序发了牌，哨牙炳按兵不动，待其他人统统摆定，他才把四张骨牌攥到左手掌里，用右手逐一掀开。押注和围观的宾客用三四十只眼睛盯住哨牙炳，如几十只强烈的白灯直射过来，令他向来干瘦的脸庞看上去像一只受惊的猴子，稀疏的头发服帖地被发油压在头顶，额角浮现青筋，一双豆豉眼里都是阴影，跟嘴边勉力挤出的笑容很不相称。他年轻时已是大鼻子，上了些年纪，鼻翼更横张得不成比例。下唇则是数十年如一日地翘厚，两只门牙忒愣愣地朝前突出，几乎触碰到嘴唇，乍看容易错觉是两粒黏在红布上的白米饭，许多年前有相士曾对他说："你命中有三个大劫，可是，啧，不怕，老哥金鼠坐命，逢凶化吉！"

其实回望前尘，一关复一关，关关难过关关过，什么是劫什么不是劫，什么劫是大什么劫是小，哨牙炳算不清这盘烂账了，所以无法判定相士之言到底灵不灵验，总之兵来将挡，少输亦算赢，只要站稳脚步便是赢家。然而，话虽如此，"凶"终究是"凶"，老鼠有强大的生存能力亦不见得不会胆怯，哨牙炳禁不住手掌冒汗。

他眯起眼睛翻开手掌里的骨牌，第一张牌，一个红圈，五个白圈，是"大头六"的六点。他愣住了。

---

① 意为：真倒霉！祈求转运吧！

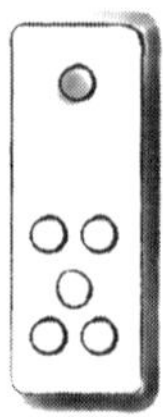

第二张牌，密麻麻的六个白圈，是“长衫六”的六点。他僵住了。

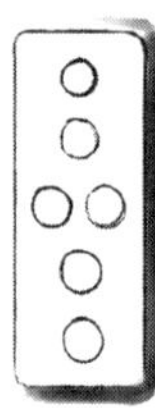

第三张牌，两个白圈，再两个白圈，是“平脚四”的四点。他呆住了。

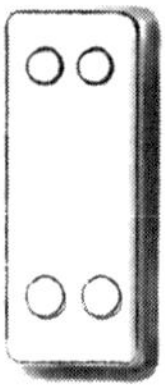

一股寒气登时从脚底冒起，往上升，冻住了哨牙炳的小腿、大腿、腰、背、颈。他是见过大场面的人，换作平常，输几把庄只是小儿科，但一九六七年的这个晚上非比平常，触这霉头像被掴了几下耳光，他不甘心。哨牙炳暗道：“阿弥陀佛！观音菩萨！洪圣爷！关二哥！这把输不得，没面子呀！”

除了祈求满天神佛庇佑，他未忘呼喊一个名字：陆南才。他默念：“南爷显灵！细佬给你打斋报答！”孙兴社由陆南才开堂于一九三九年初，但他在一九四三年的盟军空袭里被炸个粉身碎骨，弟弟陆北风战后由广州来港重振堂口声威，把孙兴社改名新兴社，到了一九五六年却惹祸逃亡到菲律宾，改由哨牙炳当家。哨牙炳是陆南才的好兄弟，陆南才生前经常提醒他，有事颂念“南无大慈大悲观世音菩萨”可保平安，过去二十多年，自陆南才亡后，哨牙炳习惯在烦躁不安时暗叫南爷名号，仿佛一喊便有他在身边陪伴顶住风浪。别人是“如有神助”，他则是如有“南”助。

南爷虽在身边，哨牙炳却仍觉得不祥不妙。他闭起眼睛，右手食指和中指压住第四张牌背，大拇指用力沿牌面一路摸下去，冷硬的骨牌忽然变得炽热，似有一股电流传到他的皮肤，像一根点燃了的炸药火线往脑袋滋滋地烧上去、烧上去。时间静止，四周宾客的喧哗声彻底消退，哨牙炳只听见皮肤和牌面的磨擦声音。声音极细极细，不可能听得到，但是他千真万确地听见一道轻微的“吡——吡——吡”，仿佛皮肤被骨牌割破漏气。

大拇指摸到了牌上的第一个圈。哨牙炳边摸边暗骂：“刁那妈！刁那妈！唔捻好！唔好捻！”但不管如何骂娘抄家，摸下去，再摸下去，长长窄窄的骨牌上密麻麻都是圈圈，非常像一只使人绝望的七点。没希望了，没希望了。满天神佛和南爷这回不灵验了。

哨牙炳停手抬头望向众人，不管是其他堂口的赌客抑或新兴社的手下都盯着他的牌，眼神都在喊唤：“鸳鸯六七四！鸳鸯六七四！”无人开口，却个个都用眼睛说话，可真应验了“赌桌无父子，钞票无兄弟”的坊间真理。但哨牙炳这时候最在意的其实是老天爷到底想说什么。如果第四张牌确是七点，连续三把鸳鸯六七四，老天爷肯定意有所指。是否刻意在引退之时来个总结，提醒他，江湖路其实是失败路，从一开始我赵文炳已经走错？假如一九三九年留在粮铺做个安安分分的掌柜，是否可以避开这些年来的种种痛苦？但又或者，三把烂牌并非总结而是预警，老天爷告诉我，退出之后、移民之后，我将面对更为可怖的灾难？

无论老天爷想说的是什么，哨牙炳此刻与其说恐惧，毋宁是恼怒。老天爷在玩弄我吗？怎么早不说晚不说偏偏要在今晚来说？真不给我留个面子？老子行走江湖三十年，好歹是堂口大佬，在金盆洗捻之夜连摸三把大烂牌等于遗臭百年，让世世代代的弟兄都嘲笑。

不可以！输不得！不能输！哨牙炳的手微微发抖，别人以为他是紧张，唯他明白因为愤怒。

不愿输，怎么办？总不能够把骨牌吞进肚子吧？总不能够拒不开牌吧？

哨牙炳犹豫半晌，决定采用老法子，四个字：逆来顺受。当逆来了，顺着受，逆便不那么逆了。发生了坏事情，不见得必然有坏结局，换个心态去面对，坏事未尝不能被看成好事，这方面我赵文炳最拿手，否则也熬不出今天的局面，以前做得到，今天也难不倒我，在逆境里发笑是一种连老天也要佩服的本领。

越想越觉得自己正确，哨牙炳相信老天爷其实在对他说：“阿炳，时局艰困已经烂到了绝境边缘，你退出江湖的决定错不了。再不滚蛋，留下来，可要吃不完兜着走！”

有老天爷这句话，哨牙炳坦然了。不仅不怕握在手里的最后一张牌是七点，反而担心那不是七点，刚才白白紧张一场。他想起陆南才生前的口头禅“是鸠但啦[①]”，心底感到踏实。他先把四张骨牌

---

① 意为：管他的，随他便吧。

高高举起，再噼里啪啦地拍到桌上，手掌遮盖牌面，顺势慢慢滑开，咧嘴露出一对招牌门牙，亢奋地猛喊一声：“好哇！老天有眼，有求必应！我希望拿个七，果然来个七点！”

骨牌在众人眼前摊开原形。平脚四，大头六，长衫六，加上最后的这张高脚七，果然又是一副鸳鸯六七四！

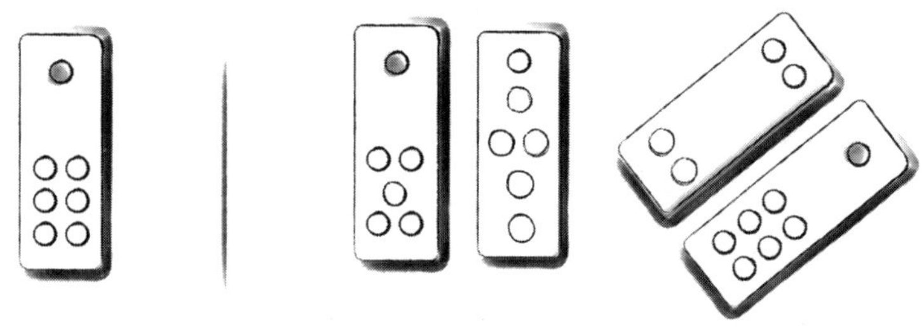

四张骨牌像尸体般横躺桌上，赌客们看在眼里，白的是唾沫，红的是血，然而哨牙炳觉得这都是他对老天爷装的鬼脸。众人高喊：“邪门呀！”“见鬼啰！”“黑过墨斗[①]！”哨牙炳却向左右一摊双手，耸肩道：“难得啊！一连三把，除了炳哥，谁有资格拿这种奇牌！来来来！闲家收钱，庄家派钱，手快有手慢冇！”

赌客们面面相觑，一时之间不知道如何反应，有一阵尴尬的沉默。半晌，“和顺社”的八嫂低声对旁边的人说：“炳哥输到黐咗线[②]……”

哨牙炳听见，瞄一眼四周的堂口兄弟，仰一下下巴，对八嫂笑道：“炳哥被这群哗鬼气了这么多年都顶得住，点会为了区区这些钞票黐线？好运难求，倒霉也难得啊！我倒霉，但大家高兴，多好！一把

① 广东话说“黑”指倒霉。墨斗，是盛载墨汁的建筑工具。黑过墨斗，意为比黑更黑，即超级倒霉。

② 意为：神经病。

鸳鸯六七四是倒霉，两把鸳鸯六七四是双倍的倒霉，但一连三把鸳鸯六七四,千载难逢！要不你拿三把俾我睇睇？”

鬼手添带头拍掌附和道:“奇人拿奇牌！炳哥有大将之风，行运行到脚趾尾！”

八嫂为了补回刚才的失言，马上追加一句:“不对！炳哥是大将中的大将，奇人中的奇人！别说三把，就算是三十把鸳鸯六七四，炳哥亦当是放屁！”说毕才发现“屁”字不得体，急得满脸通红。

倒是哨牙炳用调侃来替她解围，道:“屁就是屁，百无禁忌！炳哥连输三铺就是放了三个大屁！八嫂，你连赢三铺，这几个屁，闻得好捻过瘾吧？香唔香？”

哄堂大笑，赌桌气氛重新热闹起来。哨牙炳眯眼看看手表，距离开席尚有少许时候，等一下得登台致词，不如先回贵宾室仔细想想，于是向众人略一抱拳，转身跨步，脚下都是力量。他再一次用反客为主的本领扭转了劣势，把下风变成上风，输的是钞票，赢的却是体面，他觉得这是几十年来赌得最过瘾的一场赌牌九局，日后离开香港，大家谈起他，仍必谈到今天晚上的三把“鸳鸯六七四”。

哨牙炳脸上挂着胜利的微笑来到贵宾室门前，隔门已经听见“汕头九妹”的得意笑声——九妹就是阿冰，阿冰就是炳嫂，他的老婆。今晚她比哨牙炳更自觉是个赢家，守得云开见月明，阿炳答应金盆洗捻，她有面子。

第一部

每恨江湖成契阔
长留篇什继风诗

一　见九无除作九八

金盆洗捻的故事得从哨牙炳的身世说起。

哨牙炳本名赵文炳，一九一七年出生在香港以北三百五十公里的广东省宝华县，后来去了香港，好色，街知巷闻。

小时候的赵文炳当然不懂什么是色。他只是宝华县的一个寻常村童，九岁那年触碰到第一个算盘，从此找到立足的天地。其他村童喜欢追逐奔跑玩兵捉贼，他也玩，但因个子矮小，力气弱，动作慢，做贼时永远第一个被玩伴抓到，做兵时永远抓不到玩伴。所以他渐渐不爱玩了，其实是玩伴们渐渐不爱跟他玩，他把更多的时间用在珠算练习上面，经常独自盘腿坐在田边把算盘上的几十颗小木珠推上拨下，口中念念有词，把珠算口诀像唱歌般背来诵去。他把一颗颗的珠子看待成村里的牲畜，一头牛换几头猪，一头猪换几只鸡，指尖在算盘框内运转如飞，牲口在手指之间盘旋舞动，他说走就走，他喊停便停，物物听话并等价相换，他满足于这么踏实的计算秩序。

如果是城市的孩子，小炳是做生意的好人才。虽然成长在乡村，他十一岁已经做成了生平的第一宗得意买卖：替母亲和住在村尾的虾米叔把风。

小炳父亲在城里布店当掌柜，每天早出晚归，虾米叔一星期大概有两三回在下午时分来到他家，他母亲开门迎客，把小炳和三个弟妹驱赶到河边玩耍。一天他父亲生病提早返家，他母亲听见拖拖踏踏的脚步声，连忙穿回衣服到厨房佯装煲汤，虾米叔躲在木柜后面，待他父亲进门卧床后，踮起脚尖溜走。

没隔几天虾米叔又来敲门，他母亲又把孩子赶到河边，但吩咐小炳留下，乖乖坐在门外玩算盘，万一远远看见父亲回家，马上敲门报信。

“别对爸说，我给你一分钱到村口买糖。”他母亲开出价码。

“两分。”小炳盯着他母亲，两只门牙外露，似笑非笑。

他母亲拍一下他的后脑勺，骂道：“衰仔！”

他母亲是他的第一个主顾，他和她，有了秘密。

两个月后的一个下午，虾米叔如常前来，哨牙炳如常把风，但不知如何生起好奇，很想知道自己把的到底是什么风，于是绕到屋后，偷偷隔着窗缝窥探房里状况，竟见他母亲袒胸露乳，半蹲半坐骑在虾米叔身上，不断前后摇晃腰肢，光线阴暗，明明熟识的房子变得陌生，眼前的妈妈更是另一个人。小炳本想回到他的珠算世界，可是双脚不听使唤，眼睛更未能从他母亲的脸上离开，她咬着嘴唇压制声音，仰着颈，双眼望向屋顶，仿佛挥动双臂便可往天空飞去。如果她真的飞到天上，小炳肯定不顾一切地冲过去紧抱妈妈双腿，不管她去哪里，他都去。

然而他母亲哪里都不去，再摇几下便瘫软地压住虾米叔，突然，她张眼往窗边望去，像出其不意的两支利箭扑簌簌地向小炳射过来。他震动了一下，但并未倒下，反而全身更是坚挺。他母亲又闭上眼睛，嘴角轻轻抖动，有小炳完全无法理解的笑意。

愣了一会，他回神快步跑回屋门前，脑海涌起连串问号。母亲早已发现他在偷看？为什么不停住动作？停不住？不想停住？为什么还看我一眼？小炳糊涂了，恍恍惚惚地蹲下，背靠土墙，执起算盘紧紧抱在胸前，抬头望向天空，才是午后，天色是不该有的昏暗，眼前世界似是变了模样。问号不断在脑中盘旋转动，转得小炳有点晕眩，索性闭起眼睛，做平常每天必做的功课——喃喃默念珠算口诀："隔位六二五，两价三七五，转身变作五，五四倍作八，见九无除作九八，无除退一下还九……"小炳曾在庙里偷看道士开坛作法，挥舞手里的桃木剑，嘴巴喃喃地诵念词咒，据说神怪妖精尽被赶绝。每回他念起算诀都自觉像个道士，抑扬顿挫的诀词如一块块厚厚的砖，实实在在地、层层叠叠地堆在眼前，每一块都可数可摸可以触碰可以搬弄，无人可以入侵他的世界，因为他根本忘了在这以外还有世界。遗忘便是力量，他懂。而这时候更懂，每念一句诀词，心便沉静一分，飘浮在脑海的问号统统被推到围墙以外，念了不知道多久时间，天空恢复澄明，万物井然有序。他吁一口气，似从噩梦里转醒。

之后一切如常，仿佛那个下午所见的全是梦境幻象，不过小炳不敢直视母亲，跟她说话时只低头或侧脸。

两三天后，母亲在家门前弯身撒米喂鸡，腰背向着坐在地上啪啪达达地拨弄算盘的小炳，漫不经心地说："咯咯咯，鸡仔鸡仔，来来来，多吃米喔，快高长大，长大要生蛋喔。"他把算珠推拨得更频更急，像噼里啪啦地点燃一串又一串的炮仗。

虾米叔照旧前来，小炳照旧每回从他母亲手里收取两分钱，把钱收进小铁盒，把铁盒埋在树底，打算长大后开一家布店。但如常的事情总难如常。一个下午，虾米叔和他母亲在房里厮混，哨牙炳在火辣辣的太阳下推拨算盘上的珠子，晒得头脑昏热，不知不觉地趴在矮桌上睡死，早已起了疑心的父亲却突然回家，一脚蹬开木门，扯住头发把母亲拉下床，虾米叔抓起衣裤夺门狂奔。小炳被吵闹声惊醒，吓得屁滚尿流，但不敢哭，担心哭声引来邻居。他眼睁睁地看父亲挨揍，是的，是父亲挨揍，母亲的个子比父亲高大，两人扭打一阵，她把他压在床上，左手抓住他两只手腕，右手一掌一掌地掴他的脸，掴了十来下，父亲惨声求饶："够了！够了！我对你唔住！我唔应该阻住你们咸湿！对不起！"

他母亲再掴几个巴掌，终于住手，坐到椅上冷哼两声，拉整衣衫和头发，站起身骂道："嫁给你十几年，跟你挨日子，替你生完一个又一个，乜都还番晒俾你了，老娘从此跟你冇拖冇欠！你自己冇捻用，老娘另外寻开心，唔得咩？你做乜咁自私？老娘就是喜欢咸湿！"然后瞥一眼惊慌地蹲在门边墙角哭泣的小炳，走过去，弯身把他拉起紧紧抱进怀里，双臂用力左右横箍他的单薄的背。小炳个子只及他母亲胸部，一张脸陷在她鼓胀的乳房之间。他母亲在他耳边细声道："乖，长大了，别像你爸。长大了，无论发生什么坏事，你都要想办法把事情变好。千万记得喔。"气息吹进小炳的耳朵，像有一支羽毛轻拂耳洞令他浑身酸软。

然后他母亲头也不回地推门离家。

当天夜里，两个舅舅前来再把他父亲狠揍一顿，骂道："竟敢欺负我妹？你是什么臭东西呀，三寸钉！"他们把小炳母亲的衣物细软收拾妥当，领着三个孩子走了，除了小炳。大舅对他说："炳仔，你妈说你收钱却不办事，没出息，跟老豆一样不像个男人。她不要你了，你和老豆自生自灭吧！”小炳的舅舅是邻村恶霸，外公希望女儿嫁个善良夫家，托媒婆找到小炳父亲，女儿并不抗拒，反正不管嫁给谁都阻止不了她追寻快乐。他母亲痛恨这一天的快乐遭到打断，如今倒好，干脆回去娘家，天大地大，快乐完全握在手里。她刻意让小炳留在父亲身边，觉得对他父子俩已算仁至义尽，“没出息”那句话只是大舅自行加上，他一直瞧不起小炳父亲窝囊懦弱，自亦不喜五官酷似父亲的小炳。

父亲没责备小炳半句，小炳却感到无比内疚——对他母亲和虾米叔。小炳躲在田边哭了两天，在眼泪里领悟了一点道理：母亲说得对，收了钱便该把事情办妥，如果我尽责在门外把风，便没有打斗，便没有分离，再大的坏事只要不被揭发便不算坏事。坏，只在于被抓住。父亲没有对不起母亲，母亲也没有对不起父亲，他们都做了自己想做的事情。错的只是我，我辜负了他们，我是个不负责任的人。

从此小炳在“责任”两个字面前抬不起头，责任千斤重，能避则避。他在家乡的油粮店学习管账，到了二十岁，他父亲觉得他应该出外见世面，带他前赴上海投靠亲戚，途中不幸被土匪杀害，小炳听说张发奎的第八集团军召员剿匪，天真地决定当兵，以为有枪有炮在手便有机会报父仇，岂料部队被指派到浦东抗日，他被轰隆隆的枪炮声吓得屁滚尿流，急忙落跑逃来香港。

小炳从此没再去想父仇不父仇，他告诉自己，土匪有土匪的艰难，若是太平盛世，谁都不愿意做土匪，做了土匪便得杀人，或许是父亲上辈子欠了土匪的债，这辈子必须以命偿还。这么一想，心便安了，小炳提醒自己能帮忙别人时尽量帮忙，多积阴德，下辈子别活得像父亲这么倒霉。

小炳也由此发现了一种强大的力量：转换了念头，命运便也转了。倒霉有倒霉的理由，有些理由是你知道的，有些理由是你想破了脑袋也无法得知的，有些理由或因前世，有些理由或因今生。谁都不希望走霉运，但谁都控制不了，可是如果有本领把霉运想象得没那么霉，便是占了霉运的便宜，从霉运里赚到了利钱；这样的好生意，精明的小炳乐意去做。命运好坏他无法掌控，但他非常擅长自找好命，像他母亲的提醒：无论发生什么坏事，你都要想办法把事情变好。

小炳从上海辗转到了香港找寻亲戚，亲戚问及先前发生的事情，他胡诌一番，自吹咱擂一通："我一个人带着两把枪，轰轰轰，砰砰砰，把几个土匪射得像蜜蜂窝。其中一人跪地求饶，哭得稀里哗啦，我心软放他走，冚家铲，他竟然在我背后捅来一刀！幸好老子眼明手快，扭住他手腕，一拉，一割，没了！他的血从咽喉喷出，刁那妈，把我腥了一脸！好人难做，我以后都不会做好人啦！"他又说，报了父仇，但土匪的几十个同党前来算账，他迫于无奈才逃来香港。亲戚听得伤心流泪，他则暗暗佩服自己的吹牛本领，从此更不自觉地满嘴谎言。讲真话不一定不妥当，但他享受讲大话，一句句的谎言像串起的一条锁链，套到听话者的颈上，供他牵引，他说东便东、西则西。而且重重谎言像阵阵迷雾，给他躲躲藏藏的安全感，不被困住逮住。然而有一桩事情毕竟令他耿耿于怀：小炳曾经瞧不起他父亲的懦弱，立誓不要像他、不能像他，料不到结果却仍然像他。如父如子，小炳只能对镜苦笑。

到了香港，亲戚介绍小炳到粮店打工，初时只做搬运，东家见他体格瘦弱，本来不喜，打算敷衍一阵便请他走路，但发现他休息之际喜欢蹲在一袋袋的大米旁边拨玩算盘，入迷得把别人的唤喊置若罔闻，刚好账房缺了一个助手，想想不如用人唯才，让他帮忙写账和记账。未几小炳竟然从老账簿里找到了好几笔不妥当的数字，东家细心察究，原来是掌柜先生亏空造假。东家报警抓走了掌柜先生，干脆大胆让小炳当正，店里的人看他长得像十五六，喊他“神童炳”，后来又用他的长门牙和厚下唇来取笑他作“哨牙炳”，小炳站在镜子面前仔细端详自己，眼睛狭小得似两粒豆豉，头发剃个精光，清楚见到发际尽处有个垂尖，配上宽厚的鼻和翘突的牙，笑起来像不怀好意的馋嘴老鼠。他忍不住喃喃自语：“哨牙炳，哨牙炳，既然长得似老鼠，你就做一只活得开开心心的老鼠吧！”

在粮店工作不到半年，哨牙炳把账目管得精细明确，虽然经常口没遮拦，嬉皮笑脸，说话不正不经，但不瞒不骗不贪，口碑传开去了，附近店铺的老板都想请他过档[①]。粮店东家担心他被同行抢走，主动送赠股份，他却耍手摇头，坚决拒绝得几乎翻脸。做股东须对其他伙计负责，他宁可简简单单地每个月的初一和十五从东家手里领钱，然后吃喝嫖赌，钱够不够花是自己的事情，至少不必担心赚蚀。

第一回寻乐子，是粮店伙计带他到湾仔道的绿窗妓寨叫鸡。沿着长窄的木楼梯走上二楼，脚下踏出的每一步都像踩在自己的心脏，咯，咯，咯，恨不得拔腿掉头，但拉不下脸，鼓起勇气跟随众人来到门前，木门吱声打开，一群女人站在门后抛眉弄眼，他耷拉着头，伸手胡乱点了一个，生平的第一个，抬腿跨过门槛，然后一头栽进一个肆无忌惮的世界。在这世界里，他赤裸裸，面对另一个纯为买

① 意为：跳槽。

卖而存在的赤裸裸，想做什么便做什么，除了付钱，不必负任何责任，天地跟他何相干。

然而第一回的经验不算顺畅。小炳手忙脚乱，才一眨眼的光景，打个寒颤，瘫软了事。女人把他从身上推开，没说话，冷哼了一声，起床点烟。小炳惭愧懊恼，却亦被那声似有若无的冷哼激起了恼火，女人抽完烟，把烟蒂在烟灰缸里压熄，站起身穿衣服，他突然从背后猛拉她的肩膀，把她推倒床上，重新压住。“再来！再来一次！”小伙子的火力猛，第二回合说来就来，并且神勇无比，管房工人前来敲门催促两次，他却仍然在咬牙冲刺。事后，女人满脸酡颜，嘴角诡异地微微抖动，似哭亦似笑，眼神里是无限的感激。小炳得意地问：“点样？仲敢睇唔起我！”女人摇一下头，气若柔丝地呢喃道：“唔敢。唔敢了。”但又道：“加钱。要加钱。”

自此以后小炳有了非常奇怪的癖好：战斗前，先要求女人瞪他、骂他、践踏他、羞辱他。眼神越是锋利，话语越是刻薄，他的战斗力便越强。他最爱听的一句话是：“你冇捻用！”听见了，怒火马上中烧，却又被烧得痛快，有了报仇的强大意欲，在床上狠狠修理女人，那是用什么也换不回来的快乐。他个子小，特别喜欢找身材高大的姑娘，调暗房里的灯，睁大眼睛，卖力令另一个赤裸裸呻吟喊叫。在若隐若现的光线里，他贪婪地望向身下的女人，如同当天隔窗偷窥他母亲。他渴望让他母亲完成当天被他父亲中断了的开心，他要补偿当天那个瞌睡替他母亲带来的遗憾，他拒绝做被嘲笑的无用的父亲。每回完事，身体越虚脱，心里越充实，捻开房灯，享受女人眼里的感激神情，小炳觉得这是生活里最满足的时刻。

所以哨牙炳有了他的大志。每月从东家手里取了工资，分成三份，一份用来喂饱嘴巴，一份用来满足鸡巴，余下的一份存下来日后开一家妓栈，他只乐意做妓栈老板，肥水自己喝完才流向别人的田。他经常开这样的玩笑："老话说'宁为鸡口，毋为牛后'，我却是'为了鸡巴，甘为老板'！"一张床之于哨牙炳，毋宁更像是一道门，推开，跨步，他便能够逃离自责，跳进一个轻盈的世界，仿佛门后的世界才最确实，门里面的，只是一场不该属于他的迷乱噩梦。

但哨牙炳从未想过大志完成得这么容易。那一年，因缘际会，他帮忙了同样从宝华县来的陆南才找住处、觅工作，陆南才后来在湾仔拉黄包车闯祸，逃到广州，加入广州"万义堂"，万义堂堂主葛承坤于一九三八年底派他到香港筹创孙兴社，陆南才感恩图报，把哨牙炳拉到身边做二把手。哨牙炳本来无此胆量，陆南才知道他好色，特地派他看管堂口旗下客栈，客栈就是妓栈，他等于做了妓栈老板，一夜之间达成梦想，不可能拒绝，开心得连在梦里亦是笑淫淫，但他当然对陆南才说："客栈不客栈，无捻所谓，只要是南爷吩咐，管屎坑我也开心！"

在孙兴社混堂口，陆南才是出主意的龙头老大，哨牙炳跟其他兄弟妥实执行便是了。一九四三年中，香港已被日本鬼子占领，陆南才被美国从天空掉下的炸弹轰得支离破碎，孙兴社等同解散。战后，原在广州替日本鬼子工作的陆北风逃避汉奸审判，南逃香港，重振孙兴社的响亮招牌，哨牙炳继续做二把手，本来以为一辈子在床上做个快乐的男人便够了，万料不到事情说变就变，因为，世上有阿冰。

二　汕头九妹和她的狗

阿冰，姓何，名叫艳冰，比哨牙炳大一岁，个子也比哨牙炳高，结婚后大家喊她“炳嫂”，结婚以前则叫作“汕头九妹”。

阿冰有个年长三岁的哥哥何顺火，因父母在家旁盖了个木棚子屠狗营生，“狗”和“九”的潮汕话同音，街坊邻里都唤她哥哥“九仔”，也喊她“九妹”。阿火十多岁时跟他父亲何福吵架不和，从汕头离家到香港拉黄包车，再到湾仔的妓寨客栈做看管，结识了常来叫鸡的哨牙炳，风花雪月谈得投契，干脆混堂口拜到孙兴社门下。阿火离乡后两年，阿冰的母亲不知为何犯了怪病，全身上下长出了疹子，又恶化为一团团的疣斑，从早到晚渗出臭脓血。阿冰烧水替她抹身，腥臭冲到鼻孔，忍不住哗一声吐在地上。她母亲握住她的手，叹气道：“妹头，都是命啊。你千万不可以去狗棚，孽障让我来挡便够了。你答应我，否则阿姨走得不甘心。”潮汕地区的初生婴儿都要算八字，若被相士批为命硬，便得把母亲叫作“姨”、把父亲叫作“叔”。阿冰的八字其实不属于命硬，但她母亲基于体贴的心思仍然迫她这样喊唤，她母亲确信狗有灵性，杀狗毕竟不同于杀鸡杀牛杀猪杀羊，担心屠狗的恶业报应到孩子身上，刻意在称谓上跟子女拉远关系。

阿冰拉起她母亲的手掌，摆贴到自己脸上摩挲，眼泪答答滴到指间，热烫烫的令她哭得更伤心。她擤索着鼻子，点头道：“好的，好的。但阿姨肯定长命百岁，不会有事的。”再哭一会，她母亲闭眼睡去，阿冰俯身在她耳边轻唤一声：“妈。”

不久后，她母亲去世，阿火回乡奔丧，两天不到又跟何福因小事吵翻天，又走了。老话说“无仇不成父子”，父亲的任何一个眼神都会被儿子觉得凶狠，儿子的任何一个意见都会被父亲视为顶撞，小怨小怒积得久了多了，便成仇。

办妥了丧事，何福照旧每天独自到狗棚工作，傍晚回家把烧酒大杯大杯地往嘴里灌，醉趴在饭桌上是常见的事情。一回醉后他突然发酒疯，蹬脚踢翻了桌旁的几张矮椅，又把碗盆杯筷一手统统啷当当地扫到地上，再冲到神台面前抓起那尊泥塑观音像作势欲扔，却又顿住，颓然跌坐于地，塑像噼啪一声倒在他旁边。阿冰不知所措地站着望向她父亲，有几个破洞的灰汗衫湿哒哒地贴着上身，一摊摊的酒和汗，脖子和肩上有两三块显眼的疥癣，耷拉着头，忽明忽暗的油灯照着他浮肿的脸腮，像一只麻布袋里挣脱逃生的癞皮狗。她无比哀伤，劝慰道：“叔，别这样……”

她父亲挥掌把旁边的观音像推到远处，打断她道：“不要再叫我叔！是爸！爸！我是你爸爸！”又伸手指向墙上挂着的黑白照片，道：“那是你的妈妈！是妈！不是姨！天公注定的事情，不管怎样都躲不开！”说着说着，竟然嚎啕大哭，不断用拳头捶向地面，像孩子般哭得撕心裂肺。

阿冰倚着房门框，一味用手背拭泪。

她父亲在哭嚎里仿佛自言自语地说：“其实是可以躲的……结婚以前她去批八字，相士说我命里克妻，又天天杀狗，嫁给我，就算不死亦难逃大病。长辈都劝她算了，然而她坚持……唉，她说心甘情愿替我挡煞……”

停顿半晌，她父亲边搓揉着眼睛边把话说下去：“相士说可以替我们开坛消灾，可是我们没钱。相士又说婚后三年内如果洗手不干，又多做善事，或许灾祸不至于出人命。但我们很快有了你兄，之后再有了你，怎么可以说停就停。其实现在想一下……当时也并非停不了，只是舍不得停，杀狗的利钱大啊……”

阿冰觉得茫然。她母亲临终说：“都是命啊！”但眼前明明有其他路可走却不肯走，难道这样的选择亦是命中注定？如果她母亲当年不嫁，她父亲毕竟会娶另一个女人，后来病的死的便很可能是那女人，那么，她母亲的决定不是等于救了那个女人，改变了她的命运？那么，又是谁令她母亲选择嫁给屠狗的男人？是不是曾经有某个人说过某句话，影响了她母亲？是否所有人的命运都操纵在别人手里？到底世上有没有事情真的能够全由自己决定？她愈想愈糊涂，以及无力，感觉处处皆有不可猜透的天意，每个人的所作所为都只是在“替天行道”。

第二天早上，何福没看阿冰半眼，父女之间都觉得有点不好意思。匆匆吃过粥，何福站起来推门离家，却被阿冰从背后喊住。她说：“爸，等我。我也去。”她昨夜想得很清楚了，杀狗会有报应，但不尽孝道同样是作孽，反而如果老天爷知道她孝顺，肯定愿意在功德簿上多记一笔，加加减减下来，不见得吃亏。说不定杀狗亦是天意安排，她母亲走上这条路，她走上这条路，都有天命，无论结局如何，顺着眼前路走下去便是了。

对于阿冰的心意，呆立门前的何福没说好，却也没说不好，眼里尽是犹豫的怜惜。阿冰手脚利落地把桌上碗筷收进厨房，何福跨步出门，她默然跟在后面步向狗棚。

狗棚是露天的院子，六七个铁笼困着二三十条土狗，不知道是因为阿冰是陌生人，或者因为她是年轻的女人，吠声嘈切得山摇地动，阿冰觉得自己才是将会被宰的对象。七月的闷空气锁困着浓浓的血腥味道，地上更是血渍斑斑，阿冰勉力咬住嘴唇压下恶心呕吐的冲动，脸色苍白得几乎晕倒。她父亲捡起一块石头扔向铁笼，骂道："叫叫叫，叫你老母！信不信老子一把火烧死你们这帮狗杂种！"

开工了。何福执起一支长木棍，棍端系着绿色的绳网，他弯腰用左手略微拉开笼子的门，右手把棍伸进笼里，手腕一扭，熟练地用绳网套住一只小黑犬的头，迅即拉回棍子，关上铁笼，把木棍高高举起再重重摔下，猛喊道："仆你个街！"黑犬应声而落，硬生生跌到地面，身和腿不断抽搐。院子忽然陷入奇怪的死寂，仿佛所有的狗都被震住，也都绝望，同时在心里盘算下一轮被抓到笼外的会否是自己。阿冰越是强装镇定，心里越是惊恐，双腿不住颤抖，恨不得转身逃开。她父亲喝她抓起旁边地上的一支狼牙棒捶击狗头，阿冰握棒的手抖个不停，她父亲横她一眼，她抖得更厉害，耳膜被四周的嚎叫震得撕裂。

"咁细胆！怕惊就滚回家！"她父亲厉声吆喝。

阿冰又抖了一下，但这一抖似把所有惊吓抖了出来，心掏空了、麻木了，浑身觉得凉飕飕，再无所谓怕或者不怕，仿佛她母亲在耳边轻轻叹气，对她说，都走到这一步了，唉，打吧，都是命啊。阿冰走近被绳网困住的狗，双手奋力挥起狼牙棒，睁大眼睛，瞄准狗头狠敲下去，黑犬的半张脸压贴住地面，另外半张脸侧向她，跟她一样大大地睁着眼睛，空洞的眼珠子像个无底的深渊。轰！轰！轰！狼牙棒的短钉插进黑犬的头颅，抽出来，再插进，又抽出来，捶敲了三四下，阿冰松开十只手指头，狼牙棒磕托一声掉在地，黑犬的脸已经变了一片被翻耙过的烂泥田。她跌坐地上，脑袋空白迷茫，手掌撑着地面，忽然感觉手心烫热，端起一看，原来沾了刚才被击溅出来的狗血，热气从手一直传到臂上、肩上，整张脸很快也是热烘烘、红呼呼，发际汗水沿额头流到眉间，再滴到腮颊，连自己亦分不清楚到底是不是眼泪。好容易待热气消散，阿冰用手肘撑起身体，站稳了脚步，居然觉得充满力量，似是另一个人。

她父亲把黑犬拖曳到阿冰旁边，直直地盯着她，觉得非常陌生。阿冰是国字脸，粗眉毛，鼻心微微塌陷，可是嘴唇是不成比例地薄和翘，有着跟十四岁不太搭调的风情。她的眼睛狭长，眼珠子黑白分明，今天以前是平常孩子般和善，但何福此刻忽然发现她原来这么像死去的妻。愣了一会，何福偏头瞟一眼仍被长棍网住的狗，对阿冰说："记住，一黑、二黄、三花、四白，价格相差十万八千里。这条黑狗在菜市场可以卖个好价哟。"

阿冰自此天天跟随她父亲到狗棚干活，分工无间。她用狼牙棒把狗活活捶死后，她父亲手起刀落斫断狗的右后腿放血；她用小刀往狗的肚皮捅进去，猛力往下一拉，嚯一声便扒下整张狗皮。第一回扒倒闹了笑话，刀子卡在皮肉相连的夹缝里，仿佛狗阴魂不散夺刀报仇，她吓得哗然倒退几步像见了鬼。她父亲嘲道："生人唔生胆，连死了的狗也能够欺负你！"阿冰不服气地咬牙再试，伸手摸清楚哪里是筋哪里是肉，稍稍调整了刀锋位置，方才施力拉刀，果然立即皮是皮、肉是肉，似解开了襟上的钮扣，衣服垮啦啦地松脱坠地。

扒皮后，她父亲负责屠宰狗身，她把内脏集中到大木桶里用温水清洗。两人手脚利落，半天可以处理六七条狗。下午时分总会有人送来一两个笼子，里面都是不知道从哪里弄来的大狗小狗，阿冰只用余光看他们，直到执起狼牙棒时才敢正视，也不得不正视。午饭在棚子角落生火烹煮，初时她只吃简单的面条，连晚餐看见猪牛鸡肉亦觉倒胃，渐渐习惯下来，什么都可以像以前一样放进嘴巴，除了狗肉。她父亲也不吃，说杀和吃是两码子事，靠山可以吃山，靠海可以吃海，但劏鸡的人不吃鸡，宰猪的人不吃猪，屠狗的人也不该吃狗，吃了，会有意想不到的报应。

“杀都杀了，还在乎吃不吃？”阿冰想不透。

“杀狗只是揾钱过日子，狗是我们的大恩人。我们可以对它们凶，否则会被它们瞧不起，但不应该把它们吞进肚里，不然就是忘恩负义。这是最起码的道义呀。强盗是盗亦有道，我们是‘屠’亦有道！”

“死都死了，狗还会在乎？”

“我们在不在乎最重要。人也好，狗也好，欠来欠去在所难免，但尽可能留个余地。记得啊，别把事情做绝，一旦亏欠太多，十辈子也还不了。”

阿冰顺从父意不沾狗肉，并慢慢琢磨出另一番道理：这辈子屠狗杀狗是她欠了狗，但上辈子或许是狗欠了她，今世舍身来报。欠和还之间，有着太多的不清不楚，欠中有还，还中有欠，如果没欠没还，现世可能根本不会相逢。而且在欠欠还还之际又易拉扯出其他几笔新债，没完没了地互相纠缠一辈子、十辈子，谁都休想离开对方。说不好她也曾经是狗，狗也曾经是人，她前世被宰，如今只是前来讨债。是这样的，肯定是这样的。谁敢说不是这样？她愈想愈相信是这样。“理得”了，便“心安”了，夜里睡得安稳，不像刚开始踏进狗棚时总梦见黑犬白犬对她龇牙咧齿。然而转念一想，几年下来杀了这么多狗，总不成自己先前百世千世都是被人屠宰的狗，这辈子一次讨清前债？想来不寒而栗，她吐了一下舌头，却亦忍不住笑自己天真。

转眼阿冰廿四岁，是镇里无人不识的“汕头九妹”，按道理早该结婚嫁人了，但她从早到晚摆着臭脸，好像随时随地把男孩子当狗屠宰，恁谁都避之则吉。十七八岁的时候倒谈过一个身材相若的男孩子，有一天情到浓时躲到树林里卿卿我我，男孩子从她耳背一直往下亲吻，当吻到大腿内侧，突然大喊一声：“臭死了！”跃起身稀里哗啦地吐，抽起裤头像见鬼般转身跑走。事情不可能不被传开，男孩子们在背后嘲笑她作“臭妹”，都说她全身上下带着浓浓的狗血腥气，越说越不堪，仿佛每个人都靠近过、领教过，还有人对天发誓说偷看过她下身长着两颗狗牙呢！她气不过，举棍追打他们，见一个打一个，她爸爸亦来助阵，父女兵打了镇里十几户人家的儿子，结了仇，自此更是人人怕了她的“打狗棒”，避之唯恐不及。

倒是村里的姑娘们把阿冰视为大姐，有了麻烦便找她帮忙，阿冰亦对她们非常仗义，其实，不论男女，谁对她好，她便好回去十倍；谁对她凶，她便凶回去一百倍。人不犯她，她不犯人，人若来犯，她只差没把对方斫个支离破碎。当大姐够久，竟然有了瘾头，就算无人来找，她亦主动锄强扶弱，替其他女孩子出头做主，打得仇家在街头巷尾抱头鼠窜。阿冰深信自己做得了大事，也很想做大事，可惜不太知道什么才叫作大事。她只知道，汕头对她来说，太小了；杀狗对她来说,太简单了。她要做“汕头阿冰”而不止于“汕头九妹”。她打定了主意，这辈子，她要赢。

村里的男孩子渐渐把阿冰和围在她身边的姑娘唤作“九妹党”，轻易不敢招惹。眼看女儿嫁杳无期，何福有一回喝酒后拍胸脯说:“无要紧，阿父养你一世！”阿冰不答理，只望向笼里的狗，悻然道:“是我上辈子欠了他们，他们前来讨债。我这辈子是来还债的，谁稀罕男人！”话虽如此，在上辈子与下辈子之间的今生今世，阿冰仍未甘心，午夜梦回，夜深人静，她依然相信世上有一个欠了她的男人，不，是跟她两相亏欠的男人，他要还给她，她也要还给他，一欠一还，一还一欠，两个人纠缠不休，这才算是夫妻同命。

这阵子阿冰倒有烦恼:她经常梦里听到叽叽喳喳的鸟鸣，似有无数麻雀在头上掠过。她向街市相士铁嘴陈求解，铁嘴陈从桌上一堆占卜星相书册里抽出一本《周公解梦》，问明她的生辰八字，眯起眼睛翻看一阵，捋抚几下杂乱无章的山羊灰胡，不缓不疾地说:“恭喜，那是喜鹊。鸳鸯春羡，远行在近，良人在远。有个男人在很远的地方等候你。”

阿冰故作不屑地嘟了嘟嘴巴，啐道:“什么叫作良人？如果真的确是良人，应该他来潮州，凭什么要我老远跑去迁就？”

“有缘千里能相会，有缘最重要。‘缘’就是‘圆’，两人会合，圆圆满满，便不存在谁迁就谁的问题。不过……”铁嘴陈皱眉道。

“不过什么？”换阿冰皱眉头了，焦急追问。

铁嘴陈把摊开的梦书推到她面前，阿冰俯身瞄见上面有图，一对鸳鸯，一驾牛车，几棵大树，图旁有两行字词，铁嘴陈念给她听:“看到了吧？这里说的就是你的姻缘。”他舐一下手指头，把书翻到另一页，页上有月亮，有桃花，有海浪。铁嘴陈继续说：“这里说的是更远以后的事情了。三寒三暑，花开花落，月沉海底。”

“这岂不是结局悲惨？还叫个屁良人！”一股热气冲上脑门，阿冰几乎忍不住从铁嘴陈手里抢过梦书、撕个破碎。

铁嘴陈把梦书合上，淡然道：“九妹不必过虑。术数不离因果，因果随缘生变，诸恶莫作，众善奉行，积德自可改运，书里说的只是个轨迹，你自己是做得了主的。放心，放心。”

当夜回到家里，阿冰的心似被什么挖走了一片，忐忐忑忑，恍恍惚惚，有一种无处着力的空洞。真的自己做得了主？她望向床上天花板，片片斑驳是飞翔的雀鸟，她凝视良久，费力找寻属于自己的那只。她不稀罕毛色艳丽，只求雀鸟听从使唤。一直看，一直看，看到迷迷糊糊地睡去。

十多天后，忽然有亲戚从澳门回到汕头乡下，叙旧吃饭时对何福说那边有个老区叫作“劏狗环”，家家户户卖狗肉，本小利大，怂恿他前赴合作经营。何福快五十岁了，不愿意离乡背井，但眼见日本人前年底占领广州，去年六月的端午节又占了汕头，横征暴敛搞得乌烟瘴气，有一回阿冰在路上遇见两个鬼子，被拦住，强扯进后巷欲加凌辱，幸好她执起路边木棍不要命地胡挥乱舞，总算挣扎脱出，此地不宜久留，他再舍不得亦要让女儿跟随亲戚离开。

出发那天早上，阿冰跪在地上向父亲叩头道别，何福抚一下她的头发，叹气道：“放心，阿爸宰了三十多年的狗，杀气重，抵得住日本鬼子。如果鬼子欺人太甚，阿爸会像杀狗一样把他们劏个肠穿肚烂！”

一路前行，阿冰屈坐于三轮铁皮车后座，沿途颠簸地穿山越岭，十月初秋，四周树叶被风刮得沙沙沙地似孩子的哭嚎，她抬头望见天空群鸟聒噪掠过，忽然记起铁嘴陈的预言，心头震动，不禁颤抖身子，揽在怀里的藤箧几乎咕噜咕噜地滚到车外，幸好被座旁的木围栏挡住。亲戚问:“晕车了？”她本想回答:“不是啊！”却吐不出半个字，胸口被沉甸甸地压住，有呕吐的冲动。阿冰自问个性倔强，别人看她更是天不怕地不怕，唯她自己明白，在命运面前她其实什么都不是，只能跟所有被她宰过的狗一样任随摆布。

兜兜转转花了两三天时间终于到了新界，再进入九龙，渡海到香港岛，亲戚停留几天看朋友，阿冰则去探望阿兄，未曾想过之后会由“汕头九妹”变成“炳嫂”。

三　烂佬爱泼妇

阿冰在阿火工作的客栈初遇哨牙炳，他刚好登门寻乐，她站在柜台旁，哨牙炳误认她是新来的姑娘，阿火来不及介绍，他已调戏道："哗，阿妹你高到好似一支蔗！正好我有对锋利无比的门牙。唔好意思，来，俾炳哥咬几下，炳哥我啃蔗不吐渣！"阿冰二话不说，执起扫帚把哨牙炳追打到门外，阿火尚未出手挡护，哨牙炳已经蹲下求饶。

哨牙炳涎着脸请吃消夜赔罪，特地建议到大牌档吃潮州打冷，岂料阿冰摇头道："不，我想吃西餐。"他脸露犹豫神色，她马上嘲讽说："算了，算了，不过跟你开玩笑。嘻，汕头人都说男人'有钱食饭，有钱叫鸡'，想不到香港一样！"

阿火连忙打圆场道："炳哥有怪莫怪，汕头女人的嘴巴不饶人。"

抵不过阿冰的激将，哨牙炳硬着头皮道："我又没说不去。走走走！老远来到香港，当然要开开洋荤。乡下人进城嘛！"正出门，不巧遇上刀疤德，他嚷着加入，一行四人走路到卢押道七号的澳洲餐室，哨牙炳曾跟陆南才来过，知道这个钟点还未打烊，更重要的是餐点价格不至于贵得离谱。

到餐厅坐下，点了焗火腿、通心粉、烤牛排、吉列炸鱼几道菜，刀疤德和阿火狼吞虎咽，阿冰的胃口也好，唏哩呼噜地像跟两个男人比吃，哨牙炳虽然也饿，但多吃便须多点，他宁可忍住，随意用叉子撩了几口肉便说饱了。阿冰不惯使叉，直接用左手的五只指头压住黄澄澄的炸鱼，右手握起短餐刀使劲地切，几下不小心让刀锋锯到碟上，锯出一道长长的“吱——”，大伙挤眉咧嘴感到非常刺耳难受，她却若无其事，不断摇动胳膊，手腕上的玉镯子轻轻晃荡，那是母亲的遗物，她戴上了便觉得继承了母亲的命运。

切过了鱼，再切牛，左右两三下已把整片牛排割成一块块细肉。阿冰的认真神情令哨牙炳记起从阿火口里听过关于“汕头九妹”的点点滴滴，猜想她在宰狗的时候亦是这样地聚精会神，眼里有光。阿冰发现大伙在盯着自己，立即皱起眉头，嘴里嚼肉，手里的刀锋却朝众人脸上逐一指去，警告道：“看什么看？信不信老娘像宰狗一样宰了你们！”

“哎哟，三句不离本行！”刀疤德笑道，“刀法又快又狠，哪个男人敢惹你？”

阿冰白他一眼，懒得回话，端起兄长面前的杯子呷了一口啤酒。她从未喝过啤酒，这夜凑着高兴尝尝，觉得比凉了的药茶更苦涩，喝进嘴便想吐，但不希望被取笑，硬生生地吞下去。而且为了装出豪气，举杯再喝，这回是灌了，喉咙咕噜咕噜地响，还打了个嗝。两颊很快泛起淡淡的绯红。

刀疤德继续跟她抬杠道：“别喝了，不然醉了真会把我们像狗般宰了！”

于是话题开始扯到屠狗上面。阿冰红着脸细说在家乡的杀狗过程，敲击、放血、刮皮、斩件，其实跟杀猪杀牛差不多，但当狗目睹同伴被拉出笼子的时候，总会从喉里发出非常奇特的声音，先是一阵深沉的咕——咕——咕，然后是一轮尖扁的滋——滋——滋，乍听似在哼唱哀乐。开始时，只是一只两只狗哼，但很快便是十只廿只，最后便是所有的上百只的狗一起哼，像传说中的鬼哭。说得兴高采烈，阿冰把餐刀举在空气里挥动比画，坚定地说："我是不怕它们哭的。它们来讨债，我还债便是，它们哭不哭，我都要还，要还的总躲不掉。"

"谁告诉你的？"哨牙炳促狭地说，"噢，是狗。我几乎忘了，你是同类，听得懂狗话。"

"一定是汕头相士铁嘴陈说的啰！她对他比对阿父更听话！"阿火在旁抢白道。然后转脸问阿冰："铁嘴陈到底有无说你几岁嫁人？难道你想一辈子拿刀揾食？"

阿冰没答话，把餐刀搁在碟上，搁得不稳当，刀子磕声掉到桌面。她捡起餐刀，一下下地锵锵敲着碟沿像敲木鱼诵经，然后才慢条斯理地反唇相讥道："你们打打杀杀，不也是拿刀揾食？"又幽幽地说："我没嫁人的打算了。下辈子吧，或者，下下辈子，看我什么时候还清它们的债。"

刀疤德叼着牙签插嘴道："不必等那么久！不如你这辈子索性嫁给狗公，狗公会很感激。"哨牙炳噗嗤笑了一声。刀疤德眼神扫他一下，顺势说："不然就做阿炳老婆吧！他在客栈是出了名的狗公。"哨牙炳在孙兴社的堂口职位是"草鞋"，火并时调动兵器，出事时安排逃亡，平日兼管钱财账目，刀疤德则是"红棍"，打打杀杀永远带着兄弟走在最前头。

哨牙炳自认是客栈常客，从来不觉有何不妥，那是他的世界，多么地可靠稳定。然而他从未动过娶老婆的念头，成家立室要负责任，想起已觉头痛。所以这一刻刀疤德说的虽然只是玩笑话，却似当众一巴掌把他推到墙角，浑身的不自在。他觉得应该反驳，但不明白是什么理由，平日牙尖嘴利，此刻谈到老婆不老婆的话题却有口难言，“你，你……我，我”了几声便说不下。

刀疤德一直妒忌哨牙炳受到陆南才的信任，此番更不放过调侃的机会，道：“阿炳你就别推了！年纪不轻了，好歹得娶个婆娘。九妹欠了狗公，非狗公不嫁，只有你挡得住她的杀气。俗语说‘好佬怕烂佬，烂佬怕泼妇’，但依我看，烂佬其实应该爱泼妇，泼妇够辣，无得顶！”

阿冰破口骂道：“你妈才是泼妇！其实世上有哪个男人不是狗公？所以你老婆嫁的也是狗公！老实讲，只要是老娘爱的，狗公也比男人好，如果老娘不爱，再好的男人亦不如狗公。”

刀疤德朝她吐出舌头，猥琐地舔了一下嘴唇，又装模作样地吠了两声。阿冰不甘示弱，捡起餐刀作势掷过去。刀疤德向阿火道：“啧啧啧，你九妹这么凶狠，我的‘红棍’位子应该让给她坐！”

“我早告诉过你们，汕头女人可不是好惹的。我当年其实并非怕了父亲而离开汕头……”阿火刻意调和气氛，瞄一眼阿冰，开玩笑道，“我怕的是她啊！但话说回来，炳哥，不如把我阿妹娶回家，干脆让我喊你一声‘妹夫’？”

哨牙炳愣住，仍旧不懂得如何回话，阿冰反而看不过眼，道：“够了吧？炳哥哪里得罪你们了？他嬲了，不请客，你们可得买单啊！”

哨牙炳心底竟然冒起莫名的暖意，觉得她在维护他。这更令他不好意思不说话。于是他说：“嫁谁不嫁谁，命中有数，轮不到谁来插嘴！你欠我，我欠你，夫妻之间就是欠来欠去，‘有仇不报，成为父子；欠债未还，结成夫妻’，一般不都这么说吗？”其实他从未想象过娶妻生子是怎么一回事，只不过偶尔听见兄弟们抱怨家里的婆娘和孩子，听多了，说到自己嘴上亦见溜顺。

阿冰点头，不自觉地望向哨牙炳，仿佛感谢他是知音。

哨牙炳察觉到阿冰的眼神，心里得意了，索性逗她一逗，于是用夸张的姿势单膝跪到地上，拱拳道：“我们不都爱食狗肉吗？如果没人宰狗，我们吃个屁！所以‘汕头九妹’其实就是‘送肉观音’，是我们的大恩人！来，观音娘娘，请受在下一拜！我们都欠你！”

才刚说“夫妻相欠”，这番话摆明是在讨便宜，阿冰脸上一红，蹬脚踢向哨牙炳，他扭腰闪躲，右颊却仍被她的鞋底稍稍扫刮了一下，立即浮起一道浅浅的血印。阿火大惊，连忙喝止，哨牙炳却再要嘴皮子，抬手摸摸脸，笑道：“没关系！狗肉是香肉，想不到连‘送肉观音’的脚亦香喷喷！”

“哎哟哟，有戏唱了！”刀疤德煽风点火，拊掌喊道，“阿火还不快叫‘妹夫’？”

几个大人像孩子般你一言我一语再斗一阵嘴，哨牙炳结了账，各自归家，阿火说：“炳哥，明天重阳节，听说虎豹别墅开门贺节，我想带阿冰去瞧一瞧。”

哨牙炳点头道：“嗯，先顾好阿冰，客栈那边我派人打理。”

夜里躺在床上，哨牙炳揉着右颊，回味适才的唇枪舌剑，先见到刀疤德，往左移，是阿火，再往左移，是阿冰，然后便定格在她的脸上。阿冰的眼神是那么笃定，仿佛坚决相信自己所相信的一切，更不容许别人不相信，无论你是男人，或者狗。自己平日遇见的女人总是任由摆布或扭扭捏捏，汕头九妹可不一样，有话说话，谁都休想占她便宜。刀疤德其实说得对，烂佬爱泼妇，相冲相撞里面有刺激，刺激里面有不服气，不服气了，便想要征服。

胡思乱想了一会，阿炳的脑筋开始迷糊，朦胧里见到两颗圆滚滚的黑珠子，不确定是阿冰的眼珠还是算盘里的木珠，他想象自己伸手调拨，黑珠子却上下摆荡让他摸个空，他急了，两只手一起往前抓去，黑珠子却跳动得更急，像跟他捉迷藏。他沉着气念起珠算诀词，八退一还二、六一下加四、见三无除作九三、无除退一下还六……黑珠子慢下了节奏，他也在单调重复的诀算声浪里坠入梦乡，梦里，有个人影，分不清是母亲抑或是这个夜晚自己初遇的那个人。

第二天哨牙炳也到了虎豹别墅。本来没这打算，不过吃过早饭，走往麻雀馆时记起有一桩堂口的小事情忘记向阿火交代，明明可以等他回来再说，此刻却似有无数的蚂蚁在心里钻爬，非立即找着阿火不可。于是跳上电车支支屹屹地坐往铜锣湾方向，不知何故觉得车速比平日慢，路轨在前头延伸仿佛漫无止境，好不容易熬到了站，等不及停定他已纵身跃到路面，三步并两步地朝大坑道山上走去，抬头远远望见那座高耸入云的白塔，忍不住对自己说，是这里了，他们一定要在这里，她一定要在这里。

白塔称为“虎塔”，楼高七层，在虎豹别墅的花园西南方。花园称为“万金油花园”，一部分是西式宫廷设计，一部分是中式亭台楼阁，近日落成了一座七层高塔，主人家高兴了，选定重阳节开放游赏。主人是胡文虎和胡文豹，祖籍福建的客家人，父亲胡文钦在缅甸卖药致富，兄弟二人承继祖业，开发了万金油、八卦丹、头痛粉等不同名目的成药，发了大大的财，南洋和中国华南都是他们的地盘。胡家三十年代移居香港，在大坑道十五号建了虎豹别墅，大坑道在山上，沿途都是到别墅赶热闹的人，阴沉的天色杀不了他们的兴致。哨牙炳忽然想起陆南才曾对他说，堂口生意日后做得好，要跟弟弟陆北风合建“南北别墅”，也设花园，园内设置一百零八张桌子，任由孙兴社手足无日无夜地打麻雀和赌牌九。哨牙炳又想，那么，自己呢？万一发了财，是否亦该找个人共享名字盖屋建园，在天地之间竖起一个结结实实的立脚点？至于为什么要这么做，一时之间他也说不上来，只觉得这瞬间确有这样的渴求，或许，世上有些事情你本来以为自己不要，但其实只是尚未遇上对的人、对的时刻，一旦碰见遇见，所有可能的念头都会冒起。可是如果再问怎样才算是“对”，恐怕又有另外一番糊涂，唯有自己说了算。

哨牙炳有点怅然，吸气稳住心神，提起脚步继续往虎豹别墅走去，不算远的路程，却感觉走了好久好久，好不容易到了大门，门外竖立“万金油花园”的红彤彤牌坊，园里人山人海，四周墙上印着醒目的“万金油”老虎商标图案。哨牙炳暗笑，如果做了老板，自己的生意商标肯定要用两只门牙。

花园里，孩子们跑来钻去，父母叫着嚷着把他们拉回身边，骂声哭声此起彼落。庭园到处布置着石雕，都是猪白兔联婚、西天取经、八仙过海之类的民间神话雕像，哨牙炳伸长脖子东张西望，竟也似个迷路幼童，慌张、恐惧，一颗心提到嘴边。终于见到桥边站了个身穿灰布短打、头戴草帽的胖子，背向他，但一看颈上露出的肥肉便知道是阿火，不过身旁没有阿冰。哨牙炳急步走近，阿火道：“咦，炳哥，你怎么跑来了？我在找阿冰呢。人多，挤了几下，失踪了。”

两人分头寻找，阿火往虎塔，哨牙炳到回廊旁的山洞，洞里刻满壁画，由低到高都是青面獠牙的牛头马面和一个个赤身露体的人，射灯照到墙壁上，游人此进彼出地在灯前走过，光线忽明忽暗地令画像似在晃动手脚。他定神看清楚，原来是十八层地狱的惨厉刑罚，拔舌地狱、绞剪地狱、铁树地狱、铜柱地狱、火山地狱、刀锯地狱、血池地狱……因果报应都在这里了，虎豹别墅的主人用心良苦，开放花园主要是为了向世人倡导善念，善恶到头终有报，只差来早与来迟，忘不得。哨牙炳是首回来此地方，看着望着，暗想自身是无恶不作的堂口人，死后不知道会堕落到哪层地狱，难免额上渗汗，心头紧了一下。这时候有一道声音从洞穴远处喊过来："炳哥，快来！"

哨牙炳望过去，是高大显眼的阿冰站在墙边向他招手。她今天把头发扎成辫子，从颈后垂在胸前，身穿粉蓝色对襟上衣，黑绸裤，黑鞋，鞋面绣了几束红花，地上射灯的光线刚好打到腿上，看在哨牙炳眼里像腾云驾雾而至的仙女，只要挥一挥手，不费吹灰之力便可把他从炼狱深处救回人间。

他三步并作两步走过去，阿冰伸手对他指了指旁边的壁画，上面有十多头凶神恶煞的牛前后左右乱冲，有人被撞抛到半空，有人被踩在蹄下，有人被咬在嘴里，牛群四周是红彤彤的火，画旁有个刻着说明的小牌子："第十层，牛坑地狱，旨为畜牲伸冤，杀生者堕入此狱，永受牛虐之苦，不得超生！"

阿冰伸出舌头，故作夸张地说："我还以为下辈子会做狗被人又杀又吃，原来根本冇得投胎！"哨牙炳打算安慰她，说出来的却是："被牛踩死好过被狗咬死吧？死得比较痛快。"阿冰倒被逗笑了，道："说的也是，人生求的不过是痛快，怎么个死法，还不都是死！"哨牙炳也笑。她却又恐吓道："炳哥你别高兴，你也好不了多少。过来瞧瞧，这边！"

阿冰扬扬下巴示意他望向另一幅壁画，第九层，油锅地狱，嫖娼卖淫，盗贼掳掠，恃强凌弱，死后统统被小鬼扔进锅里承受滚油沸腾之报，又是永不超生。她一面抚弄胸前发辫，一面开玩笑道："好哇，原来我们是邻居！有空多串门子，有伴便不寂寞。"哨牙炳的心被"寂寞"两个字撞了一下。这些年来漂泊忙碌，不管晚上在客栈里如何把女人征服在胯下，泄了之后总觉心底空荡荡似被挖开了洞，渴望能够尽快填满，然而无论再找几个女人，依然觉得强烈的饥饿，不是胃，是心。他从未认真想过那是什么道理，如今被这样的壁画重重包围，面对这样的一个笃定女子，他恍然领悟原来孤独就是地狱炼火，然而只要有人相陪，多多少少有了抵受的能耐。

于是他大着胆子仰脸向阿冰回道："没问题，奉陪！"

阿冰啐了一声，走出洞穴往找阿兄，两人来到桥边，阿火悠然自得地蹲在地上啃着甘蔗。其后三人同逛虎塔和其他园景，从虎豹别墅高处往下远眺，夕阳斜照铜锣湾海面，渔艇和货轮在粼光闪闪里若隐若现，哨牙炳错觉自己亦是站在船上，只待风起帆扬便可启航。

阿冰在香港游玩数天，阿火心里有数，故意说自己要在客栈看管几个新来的姑娘，央请哨牙炳陪她，但开了个过分的玩笑："炳哥，照顾归照顾，可别监守自盗啊！"

哨牙炳沉下脸，反应激烈地骂道："你老母！你把你妹看成什么人？你把我看成什么人？你……"但马上心虚，说不下去了。自己是什么人？不就是每天不来客栈找姑娘便睡不着的人？在堂口兄弟面前，他没资格装正人君子，但玩笑开到了阿冰头上，他深深觉得冒犯。

阿火自知失言，吐舌道：“你们是金童玉女嘛，我只担心你们情不自禁……”

“仆街！”哨牙炳抡起拳头作势捶打，阿火连忙头奄奄逃开，边跑边喊：“炳哥跟汕头九妹的打狗棒果然相称呀！”

哨牙炳向其他兄弟打听了吃喝玩乐的好地方，带阿冰搭缆车到太平山，在山顶餐厅吃冰淇淋，一杯三毫子，好贵，心疼死了，但疼得舒坦。又到东区游乐园听潮剧，阿冰专心欣赏舞台上的出将入相，哨牙炳半句也听不懂，但其实根本没在听，只顾如看戏般定神望着阿冰眼睛里的锣鼓喧天。那夜散场后，两人搭电车沿英皇道返回湾仔，有个妇人牵着五六岁的孩子穿越路轨，司机连忙煞车，探头到窗外高声喝骂，孩子吓得哇哇嚎哭。他们并肩坐在电车上层，车身猛烈摇晃，阿冰半个身子倾斜跌撞到哨牙炳胸前，一阵发香飘进他的鼻孔，他错觉得被摔到车外，满脑的天旋地转。面对客栈的姑娘，他是如此淡定，然而此刻在阿冰旁边，他自觉比孩子更脆弱，不知何故竟对她忆述小时候的事情，更不知何故，这一回，没说半句大话。阿冰怔怔听着，游玩了一整天，脸容疲惫了，眼睛却仍明亮，至少看在哨牙炳眼里如此。待他说完，她眉头一皱，咬牙道：“换作是我，一棍把那个什么虾米叔打死！”

“没必要吧？他和我阿母只求开心，他们没有错。”哨牙炳摇头道，望向车外，霓虹招牌闪亮着“英京大酒家”五个字，先前下过雨，门前积水倒映着蓝色橘色的破碎光影，像无数前来偷听的小蛇。

她的眉头皱得更紧，质疑道：“可是你阿父不开心啊！你也不开心吧？”

“开不开心是自己的事情，总不能因为自己不快乐便不准别人快乐。懂得找乐子才对得起自己。”

阿冰嘟一下嘴巴，调侃道：“是啊，那么祝炳哥日日过得开心。”

哨牙炳愣住，觉得她认定他是“狗公”，心里涌起羞愧，脸色红了一阵，又白了一阵。阿冰亦不言语，暗暗想着关于快乐的事情。她顺着哨牙炳的视线望去，见到两个洋水兵从史钊域道远处走到庄士敦道交界，骑楼旁马上有七八个穿着短旗袍的中国女子涌前包围，叽叽喳喳说着她听不懂的英语，她想起家乡狗棚里在笼子内抢着吃肉的狗，然而眼前的明明是人。于是她又忍不住问：“炳哥，客栈的姑娘也开心吗？”

哨牙炳迷惘了，他从未想过这问题，唯有老实回答：“我不知道，我真不知道。”半晌，犹豫地说：“我猜……应该会吧。”

阿冰不以为然地笑道：“哎哟，炳哥是堂口大佬了，竟然还这么天真。她们为了赚你口袋里的钞票，唔开心也要装开心！”

“唔好意思，我不是大佬，南爷才是。我只是‘草鞋’，只是二把手。”哨牙炳忙不迭地澄清。堂口有规矩等级，切切不可乱了章法。

“管你是草鞋皮鞋，反正就是有权有势、有刀有枪，别人肯定怕你！说不定终有一天炳哥自立门户，连南爷都要喊你大佬！”阿冰开玩笑道。

哨牙炳不断摇头耍手，连想也不敢想象这江湖大忌。

阿冰却不放过，继续逗他，问道：“那么，炳哥打算一辈子行走江湖？”

“这……再看看吧……时势这么乱，日本佬随时进攻香港，可能明天，可能明年，有命熬过了战争再说。搞不好一个炸弹飞过来，明年的今天我已经在第九层地狱了！”哨牙炳惘然道，眼睛仍然眺望远处的旗袍妹和洋水兵，暗忖总不好意思告诉阿冰，自己以前有过开妓寨的如意算盘。

“好哇。我在第十层地狱等你，做个伴，不愁寂寞！”阿冰道。

两人相视而笑。哨牙炳的脑袋却又被敲了一下，回想当初开妓寨只是为了搞姑娘，如今看管着孙兴社的八间妓寨，要多少姑娘有多少姑娘，愿望达成了，却忽然有几分手足无措，像搭船靠了岸，有了莫名其妙的空虚。以前没有的，只不过这一刻，有了。

哨牙炳偷瞄阿冰侧脸，她白天用手帕扎起马尾，夜里取下手帕，微风阵阵吹得头发散乱到额前，忽隐忽现的轮廓使人看不清楚她是孩子抑或大人。哨牙炳觉得应该说些认真的话，于是认真地撒了个谎：“其实，我想多揾些钱，办个免费学校，我自己读书不多，倒希望其他孩子有机会多读，尤其我的孩子。”

阿冰默默地低头，嘴角尽是春天的暖意。哨牙炳突然发现她襟前的一颗钮扣松脱了，招牌灯光从窗外映射进来，从他坐着的角度，透过缝隙可以窥见她的胸前丘壑。他心里怦然跳了一下。奇怪，有什么女人他没见过？燕瘦环肥，多肉的少肉的，大的小的，尖的圆的，看在床上老手眼里已无稀奇。然而眼前的人偏偏不太一样。并非形状不一样，而是在哨牙炳的感觉里，其他女人的胸是刺激挑逗，阿冰却刚相反，像故乡的静静的小溪，温柔地，流着。他感受到一种从未有过的幸福。

电车忽然恢复前行，两人没再言语，各自在心里盘算未来。阿冰托腮坐在窗旁座上，电车驶近湾仔道，系在襟边的白底碎花手帕不小心被风刮走，她“呀！”了一声，伸手抓兜，上半身俯到车厢外，哨牙炳连忙把她拦腰抱住，然后不知道从哪来的胆量，双手握紧窗框上方，两腿一撑，身子一扭，瘦削的身躯竟然从狭窄的车窗间穿过，松开手，整个人跃跳到车外，阿冰来不及阻止，幸好车速缓慢，料想他摔到地上亦不至于有大碍。

然而此时电车旁边凑巧有人拉着黄包车，哨牙炳轰隆摔到绿篷车顶，腰身被重重撞了一记，再掉到地面。电车继续前行，阿冰央求司机停住让她下车，她急步跑回原处，见到哨牙炳已经站起身，弯身扶腰跟车夫理论，脸上满是歉意。瞄见阿冰，他立即挺胸道："没事，别担心，我没事，唔好意思……"这是他的口头禅，"唔好意思"，仿佛无论发生什么事情，都是他有错，都是他对别人有所亏欠。

车夫瞄她一眼，说："姑娘仔，你真有福分，炳哥平时好惜身，现在肯跳车为你揾命搏，冇得顶！有事的只是我的车，篷顶裂开了……"

"别啰唆，快走！"哨牙炳在旁打断车夫，急不及待催他离开，"明天下昼到麻雀馆拿钱，赔给你！"他并非因为闯祸而难为情，只是担心车夫泄露秘密，连忙把他赶走。哨牙炳在江湖厮杀里通常走在其他孙兴社兄弟的后头，有一回被敌方持棍棒追打，更抱头鼠遁，趴在黄包车下避难，被车夫发现了，一直成为他们之间的笑话。车夫点下头，扶起车把手，慢慢把车拉远，篷顶脱落的竹架吱吱呀呀地左摇右晃。哨牙炳憨憨笑着，阿冰见到攥在他手里的她的手帕。他不惜一切捡回了。

哨牙炳右侧腰间瘀肿疼痛，但仍一拐一拐地陪阿冰走路回到她哥哥的住处，之后才回堂口总部找兄弟替他敷药，热乎乎的药气把他灼得哗哗痛叫，这一刻哨牙炳非常惊讶自己刚才的勇气，想也没想便跳到电车外面，简直像跳火坑，于是得意地笑了。兄弟探问受伤原委，他乱吹牛说遇上“潮安乐”的仇家，以一敌五，虽然把对方打跑了，却亦挂彩。

敷药后，他到阁楼办公室找陆南才，南爷正在清点当天账目，见他用手扶着腰，调侃道：“昨晚又搞咗几个女人，搞到肾亏？”

他拉过一把椅子，一屁股坐在八仙桌前面，若有所思地双手托腮，眼睛望向账本上纵横排列的数字，但见到的其实只是阿冰在电车上的侧脸。

“搞到榭晒，连嘢都讲唔捻到？[①]”陆南才冷笑道。

哨牙炳瞄见桌上碟子里搁着几条湿毛巾，他捡起一条，使劲抹脸、颈、手，微温扫过皮肤，巾面沾上灰蒙蒙的污垢，令他更觉得自己脏。他执起另一条毛巾，敷到脸上，含糊地说：“南爷，有冇谂过娶老婆？”

陆南才暗暗吃了一惊，猜不透哨牙炳此问的用意何在。莫非他打听到什么？跟张迪臣有关？张迪臣是香港的英国警察，是陆南才的好朋友；好，非常好，好得不可告人。

哨牙炳见他没答话，追问道：“孤家寡人，不是很无聊吗？”

陆南才定了定神，说：“无聊？阿炳，江湖饭是提着脑袋做买卖，今天唔知明天事，稍为大意即死无葬身之地，哪里有心情谈无聊不无聊？我自己死无所谓，但不想连累几百个兄弟陪葬。娶老婆？哼，你们是我的兄弟，也是我的家人、是我的老婆、是我的儿子、是我的孙子！”

“不一样！不一样！老婆就是老婆，是陪你做人世的女人……”

陆南才提高嗓门，假装动气地打断哨牙炳：“是鸠但啦！夫妻也

① 意为：搞到筋疲力尽，连说话也没力气？

好，兄弟也好，人生短短几十年，始终系一个人来、一个人走，有缘分就一齐走，冇缘分就走揿开，不必说是谁陪谁。夫妻就是冤家，我陆南才宁愿多要几个仇家，仇家可以打打杀杀，唔系你死就系我亡，冤家却顶心顶肺，到最后揽住一齐死，送给我也不要！”

以进为退，果然堵住哨牙炳的嘴巴。

陆南才明白此时应该退回一步，道：“呵，你找到对象了？听兄弟们说你最近都在陪阿火的妹妹吃喝玩乐，那个杀狗的。看来，你们好起来了？别说南爷不提醒你，女人好捻小器，娶咗老婆之后，唔系唔搞得，但终究冇搞得咁自由。”

哨牙炳一边思量陆南才话里的意思，一边喃喃地说：“我从未想过娶老婆。可是，人会变的，不是吗？会的，人会变。”

“今日变成这样，明天也可以变回那样。变唔变，变成点，是鸠但啦！”

四　赌王与赌魔

阿冰依诺跟随亲戚往澳门“劏狗环”打工，佛山号晚上十一点半启航，哨牙炳送她到西环码头，一路上替她提行李，她说：“这几天害炳哥破费了。如果来马交[①]，我劏只最肥最壮的狗请你吃。”

因为阿火在旁边，哨牙炳故作轻松地说：“好啊，我过江搏杀，赢钱之后顺道找你。可是别吃狗肉了。要吃葡菜！我还未开过葡国洋荤呢！”

由于早已听闻澳门洋妓遍地，阿冰过敏地觉得他是一语双关，脸色沉下，从他手里夺回行李，转身跨步踏啦踏啦地登上客轮。但哨牙炳突然把她喊住：“阿冰！”然后嗫嚅道：“你觉得我点呀？”

这么直接，这么愕然，阿冰一时之间不知道如何回答，提着行李的手有点发抖。半晌，始背向哨牙炳道：“你，是只哨牙的狗公！”

哨牙炳笑了，阿火也笑了。但笑得最甜的终究是阿冰。佛山轮启程在即，可是她明白自己的心已经被一根绳子轻轻地却又结实地拴在岸边。

佛山号航程四个半小时，阿冰在三等舱的窄床上辗转反侧，睡了又醒，醒来再睡，终不成眠，干脆起身走到船尾甲板上吹风。船

---

① 广东俗语惯把澳门唤作“马交”，即 Macau 的谐音。

桅和四周栏杆吊挂着小灯，有个男人蹲在光线映照不到的门边角饮泣，听声音是个中年人，黑暗里只隐约见他抱着头，脸埋在手掌里，肩膊起起伏伏地抽搐。她当然不敢多管闲事，只静静地站在栏杆旁边，背向他，望向漆黑一片的大海。哭声渐趋微弱，再后来，完全停止，飘来一阵烟臭，男人显然冷静了下来，她背后传来细细的嗞嗞的抽烟声响。阿冰猜想可能由于她的出现，他不好意思再哭下去。或者是因为只要身边有人，无论是谁，不管认不认识，或者有没有说话，就只要有人陪着，在这样的夜里，纵使伤心亦未至于绝望。

阿冰站在船杆旁把半张脸埋在深蓝色的绒围巾里，那是哨牙炳送给她的礼物，那天逛中环花布街看中了，他抢着付钱。阿冰心里是有数的，几天相处下来，她对男女事情再笨拙亦能感受到哨牙炳的心意，他喜欢她，她明白，铁嘴陈说“良人在远方”，真应验了。但哨牙炳是烂佬啊，烂佬怎么会是良人？她从她哥哥口里打听过哨牙炳的为人，爱嫖爱赌，她想不透为什么这样的男人会对自己感兴趣，恨不得把他拉到面前问个清楚明白，他对她好，到底是把她看成其他女人，抑或是因为觉得她有别于其他女人？

阵阵寒风吹来，阿冰打了个哆嗦，天空黑压压无月无星，船灯照到海面，银白色的浪花似无数的尖钩在浮浮沉沉，她像一尾小鱼，只要张嘴便被钓走。她闭目让海风扫刮眼帘和前额，幻想着将来的计划，先在澳门杀几年狗，手头有了积蓄便自己开设屠场，但不再操刀，只做老板，待手里有更多的钱，连狗也不杀不卖了，找门路做其他生意，手上不愿再有狗的血腥。是回汕头做呢，抑或该去香港？

想到香港便又想哨牙炳。过去几日跟哨牙炳在香港来来去去，心里有说不尽的感激，只不过羞于启齿。在汕头男人都惧她、笑她、避她，没想老远来到香港竟然有人对她这么殷勤周到，难道不是命中有数？对哨牙炳，她是感激的，可惜他不像个有大志的男人，而且爱滚[①]。但如果，她只是说如果，能够继续下去，他愿意为她放弃其他女人吗？做得到吗？万一做不到，还能算是“良人”？但会不会是，良人也好，烂佬也罢，只要是你想要的，便够了？是自己要的，再烂的佬亦是良。自己不是对刀疤德说过“只要是老娘爱的，狗公也比男人好，如果老娘不爱，再好的男人亦不如狗公”？自己的话不算数？世上有些事情恐怕说时容易做时难，替别人筹谋可以轻松潇洒，为自己打算却三心两意。

阿冰不禁凄楚，侧着脸靠在手肘弯上，手肘搁在栏杆上，在摇摇晃晃的甲板上恍恍惚惚地睡去。心里，梦里，她只看见一个人的影子。牵挂和想念足以淹没所有的问号，亦足成为所有答应的理由。她在思念的波涛里没顶，分不清楚是折磨抑或快乐。

澳门半岛的南方海边有个半月形长滩，都是粗黑的沙石，所以叫作“黑沙环”。因附近集中了许多屠狗场和狗肉摊，又称“劏狗环”。葡萄牙人在十六世纪贿赂清廷官员租借了澳门，过了六七十年，荷兰人前来抢夺，在黑沙环登陆时发现层层叠叠地堆积着支离破碎的狗尸，恶心得蹲下呕吐不已，又以为是葡萄牙巫师下的魔咒，惊恐得全部退回舰上。荷兰人先后进犯澳门五回，五回皆输，终于在一六二二年放弃，北上改攻台湾。葡萄牙人继续统治澳门，劏狗环继续兴旺，三百多年来都在，横横竖竖的几条巷子都被唤作“劏狗环巷”，一巷二巷三巷四巷都是杀狗卖狗的场子，阿冰在“肥财记”

---

① 意为：爱玩女人。

狗棚打工，左右几间都是汕头乡里做老板，晚上关闸打烊，男的泡茶抽烟，女的聊天谈笑，日子过得千篇一律，但阿冰有着难以忍耐的期盼——到达澳门后第八天已经接到哨牙炳来信，说“这阵子我替南爷办事忙碌，约定十一月四日，事办好了，我来澳门看你，清晨到达，希望接船”。

接信那天才十月廿一日，还有整整十三天，阿冰恨不得一口气撕掉挂墙日历上的十三页纸。蹲在狗棚地上，她高举屠刀不断斫劈狗身，幻想每斫一刀便是劈去一天，手起刀落，速度越来越急，力度越来越猛，然而无论怎样用劲，在停手的时刻瞄一眼日历，数字却仍一样，太阳早已下山，她从来不曾如此盼望太阳重新升起。

阿炳要来，她得准备，硬着头皮向老板财叔请假，佯称来的是哥哥。肥头大耳的财叔蹲在狗笼旁边，仰脸和善地说：“可以啊。咦，要不要我先带你到处走走，让你熟识一下澳门？”阿冰觉得是好主意。在“肥财记”打工，财叔从第一天已经对她百般殷勤，亲戚也发现了，把她拉到旁边道：“老板对别人说，你的长相像他已经不在的老婆。”她不好意思追问细节，反正占了便宜，算是死去的人前世欠她。

翌日下午忙完狗棚的工作，财叔赶在太阳下山前骑脚踏车摇摇兀兀地载阿冰由劏狗环到海边的妈阁庙，她上香祈福，求妈祖娘娘庇佑自己跟哨牙炳能够开花结果。亲戚跟她说过五百年前葡萄牙红毛鬼前来澳门，登岸见到的便是这座供奉天后娘娘的妈阁庙，妈阁妈阁，叫得顺溜了，便把这名字当成了整个小岛的地名“Macau”。之后他们再到附近的“大三巴”，财叔说几百年前是洋人的圣堂，一场大火烧光光了，大门却孤零零地屹立不倒，高耸入云，望上去像唐人的节庆牌坊。教堂原名圣保禄，唐人用红毛语的发音喊它作“三巴”，再加个“大”字以示宏伟，久而久之已经无人记得它叫什么了。

晚餐在路边吃过云吞面，财叔建议载她到新马路的中央酒店赌场开眼界，阿冰禁不住好奇同意了。自英国占领香港后，澳门的贸易一落千丈，红毛鬼干脆让唐人竞投牌照开赌，金碧辉煌的酒店和赌场遍地开花，鸦片和娼妓亦在其中。

一九四〇年的澳门总督当然是葡萄牙佬，但来自佛山南海的傅老榕却等同“地下总督”，民间百姓只听他的。傅老榕原名傅德用，从佛山到香港，再到澳门，混江湖，捞偏门，出入牢狱，历经几番腥风血雨后终成正果，控制了澳门的大多数赌场，中央酒店是他的，十六号码头是他的，德记船务是他的，烟馆妓寨更是无数。傅老榕手下第一猛将叶汉，广东新会人，家里开的是陶瓷店，父亲早晚把陶具瓷器拿到他耳边，再用手指关节轻轻敲碰，从小训练他透过声音辨别质地差异。长大后的叶汉却把练出的一对好耳朵用来听骰，能够从骰子在木桶里的滚动声音判定点数大小。他亦目光锐利，不管你把牌九如何混乱堆栈，他的眼珠子跟随你的手势左右挪动，你停手后，他能一口说出三十二张牌的准确位置。傅老榕有“赌王”称号，叶汉则被唤作“赌魔”。财叔滔滔不绝地讲说赌王和赌魔的江湖传奇，跨腿骑在脚踏车后座的阿冰问：“你不好赌？”他松开握着车把的左手，苦笑道：“戒了。戒了三年。”

财叔左手的无名指和尾指都缺了一截，阿冰刚来“肥财记”工作时已经看见，但没料到跟戒赌有关。广东人常说“斩手指戒赌”，看来是真的。不必阿冰探问细节，财叔自己说个一清二楚。十多年前他从汕头到澳门屠狗谋生，娶了个也是杀狗的老婆，生了孩子，但他染上赌习，欠下一屁股债，还清了，再欠，一咬牙，斫下自己的尾指，对天发誓戒赌，然而戒不了两个月又去了赌场，又输了，周而复始，终于把老婆气得神经错乱，半夜三更抱着两个孩子到路环往海里跳。财叔悲恸至极，再斩断无名指，几乎流血不止死在路旁，幸好总算戒掉赌瘾，三年了，修心养性做老板。阿冰问：“咁点解你仲带我去赌场？”

他道：“自己不赌，不表示不可以看别人赌呀！我偶尔仍会去赌场，但就只是站着看，瞧瞧那些赌鬼的衰相，心就怕了，想起自己从前跟他们一模一样……”说到这里，财叔突然哽咽，说不下去，只用两个字结束：“贱格！”

阿冰心头酸了一下，为他感到酸楚。单车在石路上颠簸前行，葡萄牙人喜欢在市区用圆鼓鼓的鹅卵石筑路，周遭楼房门墙大多漆着鲜艳夺目的颜色，橘、蓝、绿、红、黄……路名和门号刻镶在方方正正的小瓷砖上，白底滚着蓝边，她在摇摇晃晃里本有睡意，却因眼花缭乱，实在舍不得闭上眼睛。

终于到了中央酒店，大堂站满了烟视媚行的女子，浓烈的烟臭呛得阿冰连连咳嗽，她跟在财叔背后走进人山人海的赌房，吆喝不绝的声音像浪涛澎湃拍打她的耳朵，她察看四周赌徒的脸、眼、嘴，仿佛无不抽搐得扭曲变形，分不清楚是痛苦或亢奋。财叔忽然在她耳边说：“你看，比我们的狗还可怜。狗其实知道自己会被劏割，这些人死到临头却仍朦查查[①]！看他们这副模样，我开心死了，明白自己脱了苦海，升天了！”未待阿冰回话，他又说：“怎样？在神仙旁边，你也算是半个仙女了，愿意吧？”

阿冰愣了愣，一时摸不透他的意思，不远处却突然爆出吵杂的

---

① 意为：糊涂得不知道状况。

起哄，似乎有人冒领赌桌上赢了的押注筹码，被揭发了，打手们过来把他揪住教训。她心慌，拉一下财叔衣袖，要求离开乌烟瘴气的赌场。财叔领她走回酒店大堂，迎面是一群又一群的赌客，眼神夹杂亢奋和焦灼，像一群又一群的饿鬼争先恐后赶进灵堂。

在返回狗棚的路上，阿冰一路盯住财叔的粗厚背影，被打从心底冒起的怜悯心吓了一跳。家破人亡，他如何承受这样的痛苦，活下来，熬下去？有这样的遭遇，是因为他的营生行当？物伤其类，难免更感凄凉，黑夜里，仿佛同是天涯沦落人，另有一种隐隐的亲近。

财叔后来又骑单车带阿冰逛了两回澳门。去了观音堂，去了松山炮台，去了主教山，也尝了葡国菜，新奇是新奇，阿冰却都觉得比不上自家的汕头白饭鱼和卤水鹅头。

终于到了十一月三日，阿冰从早上一直在心里催促时钟走得快些、再快些。到了下午，财叔说："你亲戚明天来了，我们今晚再出门走走？"两人到亚美打利比卢大马路的新记菜馆吃禾花雀和禾虫，财叔要了几瓶葡萄牙啤酒，阿冰尝了一杯，觉得味道像甘蔗水。

饭后再到卢九公园散步，财叔对她说了许多澳门街[①]的怪异事情，例如曾经有个澳督老婆在莲峰一株树上吊死，树旁几亩地从此寸草不生，并且常有女人夜哭。又如皇子巷有间"猪仔馆[②]"，大火烧死了一百多个苦力，都是客家人，附近一带的孩子竟忽通晓客家话，更接连无故死亡，直到有人老远从广东梅县请来道士开坛作法始得平安。类似传说其实阿冰在汕头自小听过不少，所以她直望财叔的眼睛，说："我不怕。冤有头，债有主，如果以为冇报应，只系自己

① 澳门的俗称。

② 指被贩卖的苦力在等候登船前集中居住的地方。贩卖苦力，又称"卖猪仔"。

天真。但我不明白，假如怨气这么重，为什么不直接找仇家讨命？去搞那些树和小孩，不太公道吧？”

财叔耸肩道：“或者时辰未到。又或者做鬼跟做人一样，怨气归怨气，不一定有办法随心所欲。有多大的能耐便做多大的事，无法子。所以鬼也会欺善怕恶。”他瞄阿冰一眼，突然问：“喂，你以后想做什么事？想不想当老板？店头近两年的生意不错，我打算到新马路那边开一间更大的，希望找个稳当的拍档，可惜身边的人都不太可靠，你跟她们不一样……真的……不太一样。”财叔摇晃一下只剩三根指头的左手掌，笑道：“放心，我痛改前非了。我不想再斩手指！我也跟以前不一样！”

这么地单刀直入，阿冰被问得脑海一片空白，心底却热烘烘地像火烧草原，几乎听见噼里啪啦的响声。怎么会这样？千山万水离开家乡，遇见香港的哨牙炳，又遇见澳门的财叔，到底谁才是铁嘴陈说的“良人”？她心头一冷，迷茫了，但更多的是烫烫的感动和激动，老天竟然让她有了选择，这是打从有记忆以来，她第一次可以选。阿冰嘴角挂着满足的微笑，天色暗淡，财叔看不见。

两人坐在花园的长椅两端，阿冰别过脸望向池塘，塘面有两三对鸳鸯，无所事事，就只是一起浮荡，守候着彼此的守候。她未料过这样的突如其来的表态，沉默地坐着，心里经历了一番冷热折腾，无比地疲惫，脑袋却回复了几分清醒。刚才的心动，毕竟主要因为财叔表示喜欢她。被喜欢总是高兴的事情，而当高兴来得过于急促，面目容易模糊，分不清楚是心动抑或只是感动。但这并非说财叔没有可以让她喜欢的地方，他洗心革面，有了自己的计划，跟在他身边应该能有安定的日子。至于哨牙炳，完全是另一类人了，江湖闯荡，有今天，冇明日，做一天和尚敲一天钟，何去何从根本没有打算。而且他爱嫖，竖看横看都不是一个理想的丈夫。但他偏偏对她好，这使她感到难得，除了隔世的缘分，她想不出其他理由。但真正令阿冰坚定主意的理由是：哨牙炳出现在前，财叔现身在后，自己既然选择了，别管了，就选下去吧。她不容许自己三心两意。如果财叔能够脱胎换骨变成另一个人，谁说哨牙炳不可以？他可以的，只要他愿意，而且她一定要他愿意。

傍晚起风了，树叶哗啦啦地响，似孩子的哭啼，一群雀鸟从树林间霍霍腾飞，鸳鸯仍然在池塘里嬉水。阿冰把吹乱了的头发掠向两边耳后，回过神，对财叔笑道："日后娶个财婶回家，可别让她杀狗了。不吉利。"

财叔没听明白她的拒绝，以为她只是提出要求，竟道："放心！放心！你管账就好了！狗棚的工作全部由我来做。阿冰，年纪不小了，得为自己想想。"

阿冰连忙解释："财叔，你误会了，我是说……"

财叔却打断她道："你知道吗？望见你的第一眼，我吓了一跳，以为你是……嗯，总之是像，非常像我的死鬼老婆。杀狗的嫁给杀狗的，匹配。她以前也跟我一起杀狗。夫妻档的生意，最可靠。"

这几句话像一柄捅进阿冰耳朵的利刃，直插到脑袋深处，再拔出来，喷出了她的所有愤怒。本来对财叔有的一丝丝感恩，霍一声像狗头般被一刀斫断。她向来痛恨因为劏狗而被看不起，没想到财叔竟然也有此想法！难道劏狗的只配嫁给劏狗的？你是瞧不起自己，抑或瞧不起我？而且，像你老婆又怎样？像，就要代她来侍候你？我是独一无二的汕头九妹！你想要你的老婆，跳海找她吧，何必用我取代她！

阿冰感觉受到无比羞辱，气得两颊涨红，登时跳起身，伸指戳向财叔鼻端，骂道："你……你……"气急了，话语竟然堵塞在喉头。于是更加生气，压不住心底怒火，弯身捡起地上的一根树枝朝他额上用劲连敲几下，财叔抬手挡隔，咚咚咚地打得他腕臂通红，他闷声不响，万般不解地狠狠瞪着她。

她骂道："你以为自己是什么东西！不是你，我便没人要？老娘老实告诉你，过几天不是有亲戚来找我！是堂口大佬来找我！他不杀狗，他杀人！他比你有出息！他就是要老娘！"她不确定哨牙炳是否杀过人，但此刻哪管这么多，讲了再说。

骂了，却仍未解气，阿冰头也不回地转身走出公园，才走几步，发现手里仍然握着树枝，猛力一挥手臂，树枝飞甩出去噗通一声掉进池塘，惊动了那几对悠游的鸳鸯。

五　你点可以先走？

阿冰回到住处已是九点多，走了一个钟头的路，衣服像汤里的豆腐皮紧紧地黏在身上。闹翻脸，肥财记铁定留不下来了，她也不稀罕留下，只望不会连累介绍工作的亲戚。阿冰决定天亮便向亲戚辞行并且道歉，再到码头接哨牙炳，先在澳门玩个一两天，才回香港找阿兄，天无绝人之路，饿不死的。瞄一眼墙上的钟，分分秒秒过得比平常慢，钟面上的指针仿佛被什么拦住，说不动就不动，至少看在阿冰眼里不动。

打定了主意，阿冰到屋后的浴棚洗澡，用香皂把头发和身体抹了又抹、拭了再拭，不愿留下任何一丝的狗血腥臭。回到房里，试穿上前两天到大马路花了五元八角买的粉青色薄呢短外套和墨蓝色绸裤，一手把头发拢起成髻，一手端起镜子照了又照，终于觉得自己是个干干净净的女人。阿冰想起刚才搁了一瓶花露水在浴棚里，匆匆忙忙跑去取回，再走往屋子，竟然发现门外树后躲着一双鬼鬼祟祟的窥探眼睛。她吓得哗声大喊，树后的身影立即冲过来从后捂住她嘴巴，把她推进房里，她抡拳踢腿地挣扎，但力气抵不住，终被那人压倒在床边地上磨蹭，鼻孔涌入阵阵酸臭酒腥。

惊惶里，阿冰想起床底有个从汕头带来的木盒，里面有三把肉刀，一直未拿出来使用，连忙把手探进去摸索。摸到了，谢天谢地，盒盖并未锁上，她用手指推开盒顶，握着了其中一把刀，臂膀使尽吃奶之力朝后挥去，霍一声，刀锋斫到那人的右腿外侧，他痛得像被热水烫的虾般在地上弯曲身子，但咬住嘴唇，不敢喊叫。

阿冰定神一看，是财叔！

手里仍然握着刀，阿冰气得直打哆嗦，叱喝道："混账！你把我看成什么人！"

原来财叔离开卢九公园后往喝闷酒，思前想后，想破了头皮也想不通到底哪里说错话。我只是对她示好呀！接受就好好接受，不接受就好好拒绝，断无理由把老子轰了一脸的屁。不识抬举！越想越吞不下这口气，财叔虽知阿冰并非好惹，乃借酒壮胆，醉醺醺地骑车找她讨个公道。

到了阿冰住处，财叔听见浴棚水声潺潺，这时候酒精壮的不只是胆而更是色心了，他先隔着木板门缝偷窥，看得浑身硬直，待她穿妥衣服回房，他侧身躲到树后，本来考虑就此作罢，眼睛已经占尽便宜，其他事情便算了，留得青山在，日后再来计较，反正阿冰一天仍在肥财记打工，一天飞不出他的手掌。可是，头脑虽这么想，身体却不受支配，欲火像两只看不见的魔掌牢牢握住他的小腿、大腿、背脊，把他往前推去，终于做了他从未想过要做的事情。

被斫伤的财叔此刻坐在地上，既痛且怒，把从未想过的狠话都说出口了："把你看成什么人？和我一样，是杀狗的！你吃我的饭，便要听我的！你是杀狗的人的下人！你是贱人！"当怒火烧起，所有人性的防卫皆必垮塌。

"你妈才是贱人！"阿冰喊骂回去。

财叔勉力撑起身子，用手掌压住腿上的伤口，一拐一拐地走向屋外，嘴里说："臭婆娘，有种别走！我去找兄弟来，看他们把你整得连母狗都不如！到时候别来求我要你。"

阿冰的脑海轰了一声。几个钟头后便要见到哨牙炳了，盼天盼地的事情怎么会被搞得一塌糊涂。不可以，不可以，不可以！她冲前拉住财叔的袖子，但就只是拉住，真不知道接下来应该说些什么。

财叔突然伸手扠住她的颈，把她勒得喘不过气。他狞笑道："怕了吧，臭婆娘？越看越像只母狗！"

口水溅到阿冰脸上。她瞪着财叔的眼睛，眼前的他忽然变成笼里的狗，阿冰打从跟她父亲走进狗棚那天开始，便明白不可以退缩，不可以被狗瞧不起。如果连狗都瞧不起你，不如死了算。——但她没打算死。她把手里的刀朝前一捅。

财叔剧痛，一掌把阿冰推开，脸色惨白地弯腰蹲下。阿冰站稳脚步后，再度往前冲去，蹬腿把财叔踢倒在地，一屁股坐在他胸膛上，举刀朝小腹狠狠插入，然后横着向右边切去，再扭一下刀柄，把刀锋割向右边。之后拔出刀子，又捅进去，又左切，又右割。宰掉你这个连狗都不如的臭男人！瞧不起我，还想来占我身体！你连狗都不如！连狗都不如！阿冰发狂似的把财叔的肚皮切得血肉模糊，一柱滚烫的血直喷到眼上，世界于她眼里是一片鲜红。她骑在财叔身上喘气，脸颊感觉一阵灼热，是泪水。

过了一会儿，阿冰瘫坐到财叔身旁，冷静后，告诉自己现下并非哭的时候，急急用手背把眼泪向耳后抹去。闯祸了，她知道财叔跟澳门堂口"义华联"的人相熟，帮会流氓不会放过她。她明白必须尽快离开，于是马上拉出藤箱，收了几件衣服，也把刀捡起带走。

屠狗者都有最爱惜的刀，如今刀锋上沾的不只是狗血，她更不愿弃，它保护了她，她不会忘恩负义。

阿冰把藤箱抱在怀里从肥财记仓皇逃出，朝十六浦码头走去，但不敢走海边的石路，只在山坡草丛间低头走着，走了一会儿才发现错了方向，心一慌，更乱了，左绕右转几回已经不知道自己身在何处。她干脆蹲下来，告诉自己，唔驶惊，老天爷要你老远来到澳门，不会是要你送死，老天爷肯定会庇佑你平平安安。定过神来，正欲起身再行，竟见不远处有七八条野狗在虎视眈眈，眼珠闪着鬼火般的绿光，咧嘴露齿，嘶嘶嘶地叫着，两只狗爪子往前趴伸，尾巴硬直竖起，仿佛随时扑将过来。但阿冰心里明白，那并非袭击而是防备，它们怕她，它们嗅闻到她身上的屠狗血腥。她不禁有几分得意，暗忖“汕头九妹”可非浪得虚名，来啊，你们统统过来，尝尝老娘的刀法功夫。她从箱子里摸出利刀，握在手里向野狗晃一晃，它们登时跃后几步。阿冰啐道：“哼，这样就怕？无胆匪类！”

她像孩子玩游戏般慢慢踮着脚步往前走去，她走一步，野狗后退一步；她走两步，野狗后退两步。她索性站起身，瞪眼咬牙地说：“识相便带老娘到码头，否则不饶你们！”

野狗仿佛听得懂，竟然同时转身跳跃从草丛左方跑去，还边跑边吠吠嚎叫，似在提醒她：“跟我们走！这边！快！”

阿冰连忙把刀塞回箱里，沙沙沙地踏着乱草往前冲，野狗远远跑在前头，她跟不上，眼睁睁看着他们消失在草丛的黑暗里。已经走到这地步，她不管了，继续前行，她相信野狗不会，不，是不敢骗她。果然没过多久已经看见远处有灯。她立住脚步，野狗早已跑得无影无踪，但她仍然对着空气说：“多谢！你们比人更有情有义！”

阿冰走到十六浦码头已是深夜，不敢投宿客栈，瑟缩在附近民居的楼梯间抱膝休息，梯间无灯，在彻底的黑暗里只有怦怦的心跳声响陪她醒醒睡睡。终于，天色虽仍黑沉沉，但远处传来响亮的客轮笛号，她知道船已泊岸，她期盼已久的十一月四日来临了，只待海关职员在天明时上班，轮上乘客便可登岸；终于，一路上忍住的眼泪夺眶而出，她准许自己痛快地哭了。

哭了不知道多少时候，天空开始微亮，阿冰提着箱子用最快的速度走向码头，为掩人耳目，她用一幅白色绢布包裹头发，盖住了半张脸。她痛恨用这样的狼狈面目跟哨牙炳重逢，但她更担心的是见不到哨牙炳。等了大概十多分钟，搭客陆续从码头铁门后面步出，一个个从她身边走过、走远，走了一个搭客便似在她身上轻轻割了一刀。怎么还未见他？

一个，一个，再一个，因为紧张已久的缘故，阿冰微微觉得晕眩，最后总算有个眼熟的身影从远处走来，他每走近一步，她的胸口便多涌起一分酸楚，可是她紧紧抿着嘴唇，不希望在一把鼻涕一把眼泪里跟期待的人重逢。

这个人，终于走到阿冰面前。她轻唤一声：“炳哥。”

哨牙炳咧嘴问道：“咦，狗肉呢？不是说请我吃你劏的狗？”发现她脸色惨白，他又问：“怎么了？哪里不舒服？太想我了？”

阿冰噗嗤了一声，但这么一笑，反而更觉得自己可怜，再也压不住悲伤，抽搐着肩膀呜呜痛哭。

哨牙炳感到讶异，在香港见过的阿冰不是这么脆弱的阿冰。他顾不得众目睽睽，展开双臂抱她。因有身高差距，阿冰微微弯腰把脸低搁到他肩上，先是轻轻地，然后是豁出去了，整个身子沉沉地压住哨牙炳，把他的衣领哭成一片潮湿。他不懂她为什么这么伤心，暗中相信只是为了想念。他拍一下她的背，道："我不是在这里了吗？你说过，只要有伴便不寂寞。没事了，傻妹，没事的。"

阿冰想一口气说清楚昨晚发生的事情，眼睛却不争气，只能继续流泪。哨牙炳再安慰几句，望见码头对街有大牌档，硬拉她走过去，道："饿了，走，去吃粥。"

冷静下来后，阿冰终于一五一十地告诉哨牙炳一切，他把手里的碗啪一声搁在桌上，破口大骂财叔禽兽不如，然后道："别怕，我们马上回香港，有我在，也有南爷在，他们不敢动你一根汗毛！"阿冰又伤心地哭了。

匆匆吃过白粥和肠粉，两人奄着头走到码头买船票，岂料票才拿到手里，背后已经杀来七八个大汉，其中一人伸手揪起阿冰的发辫，骂道："死八婆！你以为杀人不用填命？"哨牙炳立即扑前阻止，大汉们围过来把他推到地上，拳打脚踢，混乱里，哨牙炳高喊："我是香港孙兴社的人！"

大汉们纷纷愣住，你眼望我眼，犹豫不知道如何对应。突然，有人冲前往哨牙炳腰间狠踢一脚，啐道："孙兴社又怎样？孙兴社就可以过来抢我们的女人？"

哨牙炳扶着腰站起来，道："唔好意思，兄弟，万事好商量，俾个面我孙兴社哨牙炳……"

对方却挥手又是一拳，打断他道："管你什么烂屁社！老子让你哨牙变有牙！"

阿冰认出此人是义华联的二把手番鬼涛，他以前来过肥财记几回，听亲戚说他是财叔的死党，两人曾经在赌场同进同出，共过赌桌上的患难。番鬼涛是中葡杂种，看上去是鬼，说起粤语时却是人。这天一大早有人通风报信说财叔死在阿冰房里，他知道她从香港过来，猜想必会逃回香港，特地带同手下前来抓人。手下见大哥气在头上，立即对哨牙炳拳脚交加，打得他脸上嘴边都是血。他被打得弓身躺地，痛苦呻吟里，喃喃地说："对不起，唔好意思，不如你先放她走，我们有话好谈，有话好谈。"

阿冰眼见哨牙炳向对方求饶，心里不是味道，想起自己的藤箱里有刀，连忙翻出，一咬牙，猛喊一声，左右手各执一把冲前乱劈，众人被逼得节节后退。可是她双臂突然被番鬼涛抓住，他更趁机不断挺腰磨蹭她的屁股。无论何时，不管何地，男人都不会错过揩油的机会。

番鬼涛朝哨牙炳身上吐一口痰，不屑道："窝囊废！老子没兴趣跟你谈！要走，你自己走！滚回香港，留下你的女人！"番鬼涛把脸向海面侧了一下，手下马上合力抓紧哨牙炳的手脚，把他硬生生哄抬到码头岸边。

一！二！三！

哨牙炳被往海面扔去，往下坠落时，厉声猛喊："唔好呀！我唔识游水！"然而噗通一声，人已跌进海里，海水咕噜咕噜地往他鼻里灌，没几下已沉得不见踪影。

阿冰大惊，呼喊一声："炳哥！"然后用不知从哪里来的力气挣脱番鬼涛的手，当啷两声扔下双刀，冲到码头旁纵身跳下。她在汕头海边长大，深谙水性，区区的海难不倒她。何况，海里有哨牙炳。

番鬼涛和手下靠站在码头栏杆旁既骂且笑，认为他们撑不了多久，很快便会游回岸边。但这时隆隆地传来一阵摩托车的响声，回头瞧看，原来惊动了葡警，来日方长，番鬼涛不想让事情闹大，示意手下在围观的人群里蒙混离去。

哨牙炳呢?

有阿冰在，阿炳可以放心。她潜进海中抓起他的衣领，左手紧紧捞揽着他，右手一撑一划地慢慢游到码头不远处的石滩。哨牙炳像慌张失措而死命抱着母亲的孩子，嘴唇不断颤抖。回到了岸滩，两人躺在石上喘气，沉默了良久，仍然闭着眼睛的哨牙炳忽然说:“唔好意思。嗯，我是说，多谢……但系可唔可以……”

阿冰猜得到他想说什么，道:“谢什么谢！你可以为我跳车，我也可以为你跳海。放心，我不会说半句。但你答应过陪我落地狱，我现在仲未想死，所以，你不可以先走。千万要记得，不可以先死。”

哨牙炳不断点头，咧嘴笑道:“我的命以后是你的了！你要我生，我唔敢去死！观音娘娘，请受我阿炳一拜！”

阿冰啐他一声，道:“这时候还开玩笑！”心里想的却是，其实，我的命以后才是你的。她眯起眼睛望向天空，天色一片澄明，远处飞过群鸟，她想起梦里听过的喜鹊鸣叫，以及，卢九公园里的鸳鸯。

六　鸳鸯飞入凤凰窝

汕头九妹是个守信用的女人，回香港后绝口不提海里的事情。即使要提，亦不知道该如何提起，是说哨牙炳躺在地上向对方说对不起呢，抑或他愿意留下换取对方放过她。

哨牙炳当然更不说半句，当务之急是要收拾烂摊子。他找陆南才商量，南爷决定请张迪臣帮忙。张迪臣回警署拨了几通电话，香港和澳门的洋警官向来互通声气，讨论了一阵，案情立即被判定成财叔为盗贼所杀，阿冰亦被掳走，不知去向。既然有葡警出面，义华联的人也无话好说，陆南才私下掏了三百六十六元的红包赔礼，但同时撂下狠言，哨牙炳当天报出孙兴社名号却仍未获放行，不给江湖面子，这笔账日后再算。

摆平了事情，陆南才对哨牙炳道："嗱，唔好说南爷不体贴，钱，你慢慢还，免得没钱打炮，生不如死。"

"不打了，不打了。最近都没打。"哨牙炳说，"只打自己的手指。"

"哦？是不是中了招？赶快找医生，花柳上眼会变盲公。"陆南才蹙眉道。

哨牙炳摇头说："没这回事！最近确实兴趣不大，我也唔知点解。"

其实他懂，只是不好意思对陆南才说明。这阵子他心里只想着阿冰，或者说，只被他自己也形容不出的幸福感填满，容不下其他女人，——至少这时候的他是这样相信。

在认识阿冰以前，在香港三年多的日子里，哨牙炳遇过两个谈得来的对象。小烈是码头旁的疍家妹，他去买鱼虾蟹时搭讪认识，齐往萧顿球场看大戏、到莲香居饮茶，说话轻声细语，经常低头害羞得满脸绯红。万料不到他有天夜里到海边找她，竟然窥见她跟洋水兵在狭窄的艇舱里。呸，原来是个咸水妹，早知道花几块钱便可搞上，无谓浪费口水。另外有个小孟，跟随父亲在大王东街一带卖飞机榄[①]，哨牙炳跟她聊过数回，发现她家里有生病的母亲和五六个弟妹，如果发展下去，岂不要扛起八九个人的生计？责任太大了，他不敢想象，终究是独来独往比较自在。面对女人，他只愿在嘴巴上调戏、在肉体上征服，什么叫作谈情说爱，偶尔难免想象，却也仅限于想象。

但料不到此时出现了阿冰。孙兴社开堂一年多，江山算是稳定了，但时局越来越乱，人心越来越慌张，日本鬼子随时南下，一旦开战，子弹和炸弹都不长眼睛，管你是不是堂口中人都有危险，而在这关口上遇见坚强笃定的阿冰，他忽然非常渴望拥有自己的家庭。他需要一个炳嫂。

阿冰在香港安顿下来，哨牙炳安排她在孙兴社的麻雀馆管理杂务，不必日夜嗅闻狗血，她初时颇不习惯，梦里仍然听见狗吠。阿冰料想哨牙炳提亲是早晚的事情，总得早作打算，向老天爷问个清楚。她自己同意无用，必须老天爷说了算。一个下午，她忐忑地搭电车

① 在街头喊卖橄榄甜果的一种方式，客人在矮楼阳台扔下铜板，贩主把甜果用力掷到楼上。

到上环文武庙，跪在观音娘娘前禀明心事，诚心祈求指引姻缘去向。

文武庙初建于一八四七年，捐钱者叫作卢亚贵和谭才，皆曾帮助英国佬走私鸦片，清廷招安了卢亚贵，让他当个小官，他接受官禄后却仍暗中助效洋人，吃两家茶礼，受两面好处，英国鬼子占领港岛后，论功后赏，卢亚贵和谭才都成了地主富豪，发财立品，大撒钞票做善事，做了香港开埠后最有权有势的华人。但十多年后卢亚贵拥有的几十幢物业焚毁于火，加上投资失利，他无奈宣告破产，从此消失于世。文武庙的正厅供奉文昌帝君和关圣帝君，左侧列圣宫有包公、城隍、观音、天后、龙母等各式大神，香火鼎盛。列圣宫旁又有公所，门外刻有对联："公尔忘私入斯门贵无偏袒；所欲与聚到此地切莫糊涂。"华民百姓遇有解决不了的疑难争拗，常会约定到殿前斩鸡头、烧黄纸、发毒誓，神明面前无戏言，人间难断青天断。

这天，庙里不算人多，阿冰在列圣宫的观音娘娘面前跪掷圣杯，两块木片翻出一阴一阳的圣珓，娘娘批准她求问了。于是执起签筒摇晃，密麻麻的竹签在木筒子里摆来荡去，刷刷地摩刮她的神经，她拼命摇、卖力摇，仿佛摇得越猛烈越久，观音娘娘的考虑便越周密。嗒一声，一支竹签掉到地面，上面写着墨色小字：三十八。她心里一喜，"三八实发"，好彩头，站起身到偏厅墙上按号撕取签文，再到庙外空地找相士解说。父亲教过阿冰认字，她约略知道黄色薄纸签文上写的是"上上"，于是笑不拢嘴。

庙外一排坐着七八个相士，她挑了个看上去比较温文的中年人，戴着圆眼镜，一副落泊书生的模样。相士接过签文，透过眼镜上缘瞄了一眼阿冰，问明求的是姻缘，低头不语，翻了翻小木桌上的一本书，最后抬头道："恭喜姑娘，这是吉签。"阿冰已知是上上签，正欲探问怎么个吉法，相士却接着说：“不过，欲求其吉，必须守得住一个字。”

阿冰心头一震，像从高处下坠似的。但不待追问，相士马上道明答案：“忍。”

她几乎笑出声来。求签问卦无数遍了,也听过“忍”字无数遍了，阿冰明白那是相士惯用的江湖套语，顺时要忍，逆时更要忍，相士经常提醒香客要忍耐，一忍万事成，一忍百难休，劝人忍耐总不会有错。没想到从汕头来到香港竟然又遇上个“忍”字，天下相士看来一个样，她忽然非常怀念家乡的铁嘴陈。

可是眼前的相士正经八百地向她解说签文，倒又不似只用“忍”字敷衍。第三十八签的卦头是“哪相出身后为神”，签诗曰：

石中藏碧玉，
老蚌含明珠，
五马庭前立，
能乘万里程。

相士问：“哪相就是哪吒。姑娘你知道哪吒的故事不？”

她点头，潮剧《封神演义》里是有的，她看过。哪吒父亲是托塔李天王，哥哥是金吒和木吒，他是老幺三太子，额前多了一只眼睛，能够射发红光，杀人于无形。相士不管她知道多少，兀自摇头摆脑地娓娓细述哪吒身世，脸上尽是得意神色。他特别强调哪吒历经苦难，曾跟海龙王大战三百回合，更要割肉还母、削骨还父，感动了佛祖，始得成为护法大神。相士道：“削骨割肉乃指姑娘你命中欠了对方，欠了便得还，再痛苦亦要还，还了便一干二净。所以啰，要忍，要舍，要牺牲，否则上上签便不成其为上上签。”

最后几句话特别说到阿冰心里。千里迢迢来到香港，遇上阿炳，对她好，照顾她，替她解决困难，或者是他前世欠她，但她这辈子何尝又不是欠了他？阿冰犹在思量自己和阿炳的事情，相士却续道：“签诗其实是同一个道理。石中藏碧玉，玉在石里，一般人只看到外面的石头，只有你明白里面有宝玉，别人总是不相信的，你要坚持，费力凿开了石头，大家不相信也得相信。老蚌含明珠，珠在壳里，其他人看到的只是壳，但你相信自己的眼光，别人不要你却要，里面的珍珠便是你的了。”

相士说得头头是道，阿冰听得悲喜交集，道：“这么说，是人弃我取，因为我眼光独到？”

相士摇头也点头，道：“独到归独到，终究要忍耐。姑娘，我还没讲完呢。除了卦头和签诗，还有签文。”

阿冰用焦急的眼神催他说下去。相士手边搁着一本书，他慢条斯理地翻开其中一页，抬一下眼镜，阴声细气地念出：“第三十八签求姻缘，咳，听清楚了，签文是这样说的——

> 鸳鸯飞入凤凰窝，
> 莫听旁人说事破，
> 自是良缘天配汝，
> 不调和处也调和。

阿冰一头雾水，急问道：“哎哟，先生，到底是调和抑或不调和？”

相士合上签书，模棱两可地说："那得看姑娘你自己要不要调和！"

阿冰识相，立即掏出一元交到相士手里，问道："要该怎么做？不要又该怎么做？"

相士咳了一声，接过钞票，道："既是前世相欠，不要也得要，所以关键是调不调和。至于法子，其实签义已经说得明白，'莫听旁人说事破'，不必理会闲言闲语，也别理会对方做了什么、说了什么，是你自己要要，不仅与别人无关，其实亦与对方无关。"

"要靠自己？那还说什么上上签！"阿冰嘟嘴道。

"非也非也。上上签并非指你躺着便可享受珍馐百味，就算是把饭菜送进你嘴巴，你也得咬它吞它，这都要花力气，只不过这力气花得高兴。世间姻缘莫非如此，讲究的只是这个地方。"相士道，伸手指一下胸口，"万法唯心，夫妻男女都离不开这法门。"

"这是说，即使不相配，只要是自己要的便够了、便可以？"

相士问："姑娘你见过鸳鸯吧？"

不待阿冰点头，相士往下说去："公鸳母鸯，鸳鸯鸳鸯，鸳鸯就是阴阳。公鸳毛色灿烂夺目，母鸯灰不溜秋的，其实不太匹配。可是，呵，你别管，鸳鸯成双成对，只羡鸳鸯不羡仙。母的不会希望公的变丑，公的亦没法强迫母的变美，各安其位，恩恩爱爱便可以'飞入凤凰窝'了不是吗？如果公的或母的听别人'说事破'，那就没戏唱，唯有只影形单了。而且我跟你说，姑娘，恩爱归恩爱，公鸳非常花心，每年换一个老婆……"

"那么母鸯怎么办？"阿冰吓了一跳，急问道。

"也是每年换一个老公啊，否则哪来这么多母鸯让公鸳去选！"相士笑道，眼里尽是调戏神情。

阿冰听后，脸一红，连忙低头。相士从上到下打量了阿冰一通，竟然不怀好意地提议：“话说姻缘之事，慢慢来，别急。依我看，我们有缘，不如姑娘你今晚到我住处，那边比较安静，我们深入谈谈？”

她一皱眉，二话不说，执起桌上的一支毛笔向相士脸前戳去，噗声打在眼镜片上，相士受惊仰身，连人带椅朝后倒了个四脚朝天。她趋前走向相士，他举起双手挡脸防卫，她一手叉腰，一手指着他的鼻子，瞪目怒骂：“呸！你敢吃我豆腐？告诉你，我是汕头九妹！”左右两旁的解签佬纷纷把目光扫射过来。

阿冰弯身捡起掉在地上的签条，头也不回地沿着文武庙前的荷李活道走回湾仔，胸中心里满是怒气，想不透男人总爱揩油，鸳鸯乱七八糟，那是禽兽，难道人亦是禽兽？或者是人连禽兽也不如？

荷李活道是香港岛的临山主道，取名却跟美国无关，相传指的只是冬青树的英文 Hollywood。英国人在一八四一年一月下旬占领香港岛，登陆后，到附近的小山岗拉扯起首面英国国旗，山岗从此称 Possession Point，中译“占领角”。然后，开路、建屋、造城，英军头领看见漫山遍野的冬青树，惊叹道：“Oh，Hollywood，Hollywood！ Hollywood 欢迎我们！天佑大英，我们就叫这里作 Hollywood Road 吧！”然而若干年后有人翻查历史档案，发现本无其事，香港位处潮湿的岭南地带，养不出冬青树。香港首任总督砵甸乍，只做了一年便返回英国，戴维斯于一九四四年接手统治，前任开始修建的十多条道路已经落成，交由下任负责命名。戴维斯是中国通，更是政治家，明白这是笼络逢迎的大好机会，亚毕诺道、押巴颠街、德记拉街、嘉咸街、云咸街、麟檄士街、威灵顿街、士丹利街……统统是他相熟的英国高官和军人的姓名或根源地。英女皇当然有 Queen's Road[①]，砵甸乍也有条砵甸乍街，至于他自己，只能隐隐把家乡小镇的名字作为路名，就是荷李活道，他是英国荷李活镇的第一位男爵，把故乡名声夹带到海外，之于他，是荣誉，亦是责任。

一九四一年的荷李活道已经布满四五层的楼房建筑，也有门禁森严的中央警署、判裁司署和域多利监狱，阿冰在褐色砖墙下低头疾走，迎面遇见六七个从灰蓝色铁门里步出的警察，十多只眼睛像十多把短枪般直指向她，她忍不住打个寒颤。毕竟在澳门杀过人，心虚。离开汕头不过五个多月，于阿冰是生命颠倒的漫长岁月，手里利刃沾的已经不只是狗血，好几回在浴室照镜子，忽觉镜中人的眼神满是杀气，连自己也吃一惊。

走着走着，不知不觉走到云咸街，那是个弯曲的陡坡，连接山上的荷李活道和近海的皇后大道中，街道两旁布满花摊，她颠簸着脚步朝低处走去，突然吹来一阵海风，浓烈的花香涌扑她的脸和鼻，令她冷不防地打了个喷嚏，却似同时刮走了脑里的混乱，有些事情，关于哨牙炳的事情，似乎刹那间想通了：相士咸湿归咸湿，有一点说的倒不假，姻缘终究只问自己喜不喜欢，其余的都是小事。如果嫁给阿炳，万一他不改浪荡，日后难免有人闲言闲语，我的烦恼可就多了。可是，选定了就是选定了，否则在澳门也不会拒绝财叔，而且观音娘娘也说可以，那就行了，日后的事日后再说。

一旦有了一堆答案，脚下虽累，心头却是舒坦。走到皇后大道中的娱乐戏院旁，道边停了几辆黄包车，她想起哨牙炳说过，南爷刚到香港时做过车夫，果真是英雄莫问出处，说不定炳哥有朝一日亦能独

① 意为：皇后大道。

当一面，但不确定他是否有此大志，到时候她又是否仍在他的身边。想着又觉恻然，心里再度沉重起来。烦啊，做人真是。

这时候忽然传来一阵聒噪，放眼看见一个车夫吃力地弓身拉着黄包车往山坡上走，车上有一对洋人男女在斗嘴，叽叽喳喳地互骂着她听不懂的洋语，眼神都是恨不得给对方狠狠掴一巴掌。她不禁惘然——也许世上男女都是在寻寻觅觅的鸳鸯，不管是否相配相称，不理配称多长多久，总要找到了才甘心，不然如何消耗悠悠岁月。寂寞是最不堪的痛楚。

七　倒屎袍哥

哨牙炳在什么地方向阿冰求婚?

当然是在床上了，否则怎像哨牙炳?

有了阿冰，哨牙炳仍会往客栈找姑娘，但只去了十次八次，并且一次比一次感到索然无味。“人是会变的”，他越来越觉得自己这句话说得没有错。后来他索性不去客栈了，他不再需要逃到外面世界的那道门了，他心甘情愿留在屋里，阿冰在，便够了。

未结婚而先上床，算是阿冰的主意。哨牙炳当然想要了，但他忍得住，即便亲热磨蹭到难离难断，他仍拼命控制，用默念算诀的法子分神冷静，连他亦佩服自己。阿冰跟别的女人不一样，她是将来的妻子，他要让她把贞操留到洞房花烛之夜才算圆满。可是阿冰不这么想。既然认定了他，早给晚给，总是给他，如果给了他而他不要她，她会把他像狗般屠宰。终于到了一个夜晚，拥抱纠缠一番之后，阿冰闭起眼睛，嘴里轻说:“来吧，别等了。”然后把身子瘫倒在床，专心迎接久候一刻的来临。

然而哨牙炳迟迟没有动静。

阿冰张眼窥探，见他脸带犹豫地站在床边，上身微微前倾，双脚却动也不动。她忽然觉得非常伤心，料想哨牙炳是不敢负责任、不愿负责任，又怀疑他是否嫌弃她的身体比不上外头的女人。阿冰叹了口气，侧过身，自怨自艾地说了五个字：“真系冇鬼用。”她痛恨自己的吸引力竟不足以令咸湿的哨牙炳跟她做完最后该做的动作，一下子坠进当年在汕头乡下被男孩子排斥的伤感回忆，登时流下两行热泪。岂料这句话却被哨牙炳理解为她对他的瞧不起，她讥笑他的窝囊，她不屑他的怯懦，甚至，她怀疑他的能力。这可令他无法忍受，一股恼火从心底燃起，但同时夹带着欲火，很快地，欲火倒过来压住了恼火，哨牙炳冲前把阿冰双肩牢牢按住，整个身子往下压，往下，再往下，阿冰的眼泪流得更厉害了，痛，然而并非伤心。

完事后哨牙炳问阿冰：“舒服吗？”

“舒服。”阿冰喘着气道。

“真的舒服吗？”

“舒服！”

“是不是真的舒服？”

“舒服！舒服！舒服！”阿冰边答边挥拳捶他的胸口，眼里眉里尽是感激，“舒服到想死。”

哨牙炳不说话，睁着眼睛望向阿冰，他两边眼角尽是鱼尾纹，似是从树干散布出来的枝叉，相士说，那是无穷无尽的桃花。他忽然问道：“既然舒服，嫁给我吧。”

阿冰一巴掌结结实实地打到他脸上，骂道：“你以为我嫁给你是为了舒服？”

哨牙炳揉搓热乎乎的脸颊，喊冤道：“不，我不是这意思……但就算是，也没有……没有不对……上床是开心的事情……”

“唉，阿炳，是否除了开心，你就不想其他？其他，其他，其他！”

“日本鬼子要来了，打仗了，今日唔知明日事，万一我们被炸死了，点算？”

阿冰再次挥掌打去，哨牙炳这回眼明手快抓住她的手腕。阿冰怒道：“死死死！谁都别死！你答应过陪我到地狱串门子！”

哨牙炳记起往昔在虎豹别墅内的嬉戏对话，原来阿冰一直视之为严肃许诺。他再问一次阿冰：“生也好，死也好，嫁给我吧。”

“你咁咸湿。我唔嫁！”阿冰转身背向哨牙炳，嗔道。

“你嫁我，我发誓，唔再咸湿！”

阿冰不动声色，嘴角却自暗笑。哨牙炳把脸凑近她的背，在肩上轻咬一下。她“哎哟！”一声，转身竖直右掌，装模作样地劈向他的颈，瞪眼警告他：“你敢咸湿，我斩开你十八块！”哨牙炳立刻举起三只手指发誓：“唔咸！唔湿！我阿炳从今之后只对汕头九妹咸湿！”

阿冰拉过被子遮蔽身体，坐在床上，抱住双膝，说：“还有，我要你全部听我的话……”

“听！听！听！”哨牙炳急不及待打断她。“你说什么我都听！你希望我做乜？快说！”

“你赚的钱全部归我管。”

“可以！每分钱都交给你！”

“我要生小孩，来了几个便要几个！”

“可以！一年生一个！”

“我要做生意，我不要再被别人使来唤去！”

“可以！”哨牙炳想起去年曾经对她乱说希望办学，便旧事重提道，“我们开间学校，我不混堂口，做校长！”

阿冰转身抱住哨牙炳，在他耳边叹气道，“阿炳，要争气，你，我，观音娘娘说我们是鸳鸯同命呀。”

哨牙炳这一刻有喝醉酒的昏眩感觉。先不管在床上说过的话算不算数，至少这一刻，他是前所未有地快乐。

两人的婚礼在轩尼诗道的大三元酒家举行，只办了两桌酒席，眼看日本鬼子在香港门口蠢蠢欲动，哨牙炳没精力铺张。要办的事情可多呢，这一年的五月，政府规定大米全部纳入公价公卖，等于说有更多的走私发财机会。九月来了个新总督杨慕琦，下令禁止男丁离港，杜月笙要求孙兴社兄弟加紧速度把重庆的人马送出去。陆南才坐镇指挥，二把手哨牙炳当然忙得焦头烂额，但再忙亦得把婚事搞定，否则开战之后，肯定拖到猴年马月。奇怪，昔日对成家避之唯恐不及，一旦心里有了个人，自己倒变成了另一个人。

虽说一切从简，终究得穿西装。哨牙炳不知道从哪里弄来一套老旧的深蓝色薄绒西服，两袖和领口都有清洗不掉的污迹，七月的大热天穿在身上，热得他额头不断冒汗。仙蒂踏进酒家即掩嘴笑道：“炳哥，你刚担完泥？留些力气，夜晚还要洞房呢！”又向阿冰说：“炳嫂，你是本领大的如来佛祖，收服了这只色马骝！可是，阿姐男人见多了，领悟到一个道理，君子变浪子容易，浪子变君子却难。你得提防他半夜一个翻身，跳离你的五指山啊！”

阿冰逞强，冷哼道：“仙蒂姐，色马骝是镇得了今天，镇不了明日，没法子。孙悟空也是有时候听唐三藏的话，有时候造唐三藏的反。所以炳哥想怎样就怎样吧，算是我欠了他，但说不定他跳来跳去，最后乖乖自动跳回老娘身边，那就是他欠了我。前世今生的事情，谁知道啊？谁肯定先跳开的人不是老娘？”

其实仙蒂只是习惯拿老朋友开玩笑，并无恶言，然而阿冰不肯吃眼前亏，急忙回嘴。从对哨牙炳点头的那天开始，她已把文武庙签文牢记心中，“莫听旁人说事破”，尽力不因闲言闲语动气，但也就只能尽力。

仙蒂干笑两声，体贴地说：“肯定是他欠了你，他该还你十辈子。”坐定后，酒过三巡，她对身旁的陆南才细声道：“我们打赌，你说阿炳娶了老婆会不会修心养性？”

陆南才耸肩道：“费捻事理！[①] 路是自己选的，别让其他人知道便得咯。这是你教我的，不是吗？但如果个个男人都咁乖，娶完老婆就唔再搞，客栈边有生意？客栈冇生意，姑娘冇饭开，大家揽住死[②]。男人咸湿，我们才会发财。”

另一席上有个跟陆南才贴背而坐的男人，光头粗颈，大家喊他“雷大爷”，已经喝得脸红耳赤的他偷听到“男人咸湿”几个字，侧身靠向陆南才，硬着舌头说：“南爷，要听兄弟说句公道话？其实，你们广东佬也好，我们四川佬也好，全部咸湿！唔咸湿，怎么算是男人？对了，什么时候才揾个‘才嫂’回来让我们喊喊？娶了老婆，照样可以咸湿的，不碍事的！千万别像阿炳‘奸盆洗烂’咁笨！”

雷大爷夹杂着粤语和官话，陆南才听得非常吃力，想了一阵才明白“奸盆洗烂”就是“金盆洗捻”。仙蒂瞪雷大爷一眼，陆南才倒是沉着，淡然地说：“揾个才嫂？还不简单！如果仙蒂答应嫁给我，明天就请你喝喜酒！”仙蒂故作夸张地捶他的背，两人相视而笑。

---

① 意为：没他妈的兴趣理会！

② 意为：同归于尽。

今晚两桌宾客都是孙兴社的兄弟，仙蒂是例外，雷大爷亦是例外。仙蒂本是塘西“欢得楼”歌女，那时候叫作“小白仙”，政府禁娼后到湾仔改当吧女，洋名 Cindy，她叫自己作仙蒂，陆南才拉黄包车时经由萧家俊介绍认识，知道了她和女人之间的事情，她亦知晓他和男人之间的事情，两人是好姐妹亦是好兄弟。至于雷大爷，是这帮广东人里唯一的外省人，叫高明雷，廿六岁从四川来到香港，见人必说哨牙炳是他的救命恩人。

那是一九三七年的八月下旬，哨牙炳仍是粮店掌柜，一天夜里如常到客栈找姑娘，在街上抬头望往昏暗的楼梯间，看见搁着一个黑影，又扑面涌来阵阵恶臭。他暗骂：“佢老母！谁把死狗扔在这里！”本想掉头离去，然而欲火攻心，管不了那么多了，用衣袖掩盖脸鼻朝前走去，没走几步，黑影竟然微微挪动，并且哎哎呀呀地呻吟，隐约在说：“揍……揍饿……”

哨牙炳睁大眼睛一看，原来是个脸青鼻肿的人，脸上尽是水渍，嘴巴似被什么东西堵塞了，把“救我”喊成“揍饿”。肯定是个死道友[①]！哨牙炳没理会他，跨步继续走上楼梯，暗想：“我的小弟弟也很饿，也要姑娘来救，你就自己救自己吧！”但走了几步，背后的人仍在喊叫，沉浊的声音里满是绝望。他走几步，再走几步，终于不忍心，一咬牙转身走回奄奄一息的黑影旁边，把衣服脱下缠卷右手掌，蹲下用力捏开他的嘴巴，左手挥拳捶打他的胸腹，没打几下，对方咳咳咳三声吐出了一摊黄澄澄的臭水，夹带着两三坨粪便！

黑影再呕一阵，完全清醒过来，连声不迭道谢，一口川音官话，

① 意为：吸毒者，酗毒者。

哨牙炳勉强听出意思，但没心情搭理，气冲冲地走上楼梯冲向客栈，身上只有一件污渍斑斑的墨绿色背心。

没想过了几天，一个宽脸大耳的男子抱着烟酒前来粮店找哨牙炳，原来就是那夜差点没被粪便呛死的家伙。那人自报家门，姓高名明雷，出生在四川成都附近的洞子口，家里本有田地，但在军阀的压榨和土匪的抢掠下，几年之间已经破落，他自幼不爱诗书，只喜舞枪耍拳，父亲死后不久，家当已被抢得八八九九，索性入城做袍哥，与其人抢我，不如我抢人。

“袍哥？”哨牙炳听得一头雾水。

高明雷解释道，“袍哥”就是活跃于云南和四川的江湖堂口，源自“哥老会”，跟广东佬的洪门差不多，有不同的山头，做不同的勾当，坑蒙拐骗的叫“清水皮”，杀人越货的叫“浑水皮”。

“哈，我们广东人把办事不力者唤作‘水皮’，你们袍哥无论清浑，都是水皮，太丢脸了！”哨牙炳调侃道，“依我看，你必是清水皮无疑，不然怎会好生生地从四川跑来香港吃屎！”

高明雷瞪起铜铃般的眼睛道：“虎落平阳，老子无话可说！想当年提着刀枪闯门夺户，老子大喊一声：‘兄弟们，冲啊！打开镇子，各人找各人的老丈人！’多痛快！但以前是什么不重要，以后是什么才重要！香港本来就是浑水一摊，谁清，谁饿死！”他的眉毛异常地粗，也异常地短，看上去简直不是两道而只有两点，令哨牙炳联想到广东大戏里的奸臣宰相。

话说高明雷在城里的“勇义堂”打混几年，脑筋明快，混到了“巡风六爷”的位子，主责探事报信，但有一回起了贪念，强抢了敌对山头的烟货，又杀了两个袍哥，对方到勇义堂讨人，勇义堂舵把子陶大爷竟然二话不说把他交出，理由是为了保住大伙平安。高明雷气得捅了舵把子三刀，再连夜逃亡避祸，到了重庆，改名换姓投靠“威武堂”，当上个管事五哥，但一年后被人向堂主岳大爷揭发，岳大爷把钱塞到他手里，道：“你走吧，这里容不下不忠不义的人。”

高明雷辩白道：“是他先对我不仁，我才对他不义啊！”

岳大爷道：“舵头肯定有舵头的苦衷，无论如何你都不该下毒手。依我看，你身手好，也有胆识，日后必成得了大事，今天让你离开这座小庙，鱼入大海，日后有了作为，你也不必回来道感激，但万一有了差池，也不要回来求救。我们的兄弟缘分到此为止。”

高明雷气得顶上生烟，执起墙边木棍把岳大爷的头敲得脑浆涂地。他踩着岳大爷的尸首，啐道：“老子几时要走、几时要留自有主张，轮不到你驱赶！”

一连杀了两个舵头，四川容不下他了。高明雷辗转南逃，闻说香港是发财宝地，便来了，找到一个多年不见的亲戚，亲戚介绍他做“夜香佬”，深夜时分到家家户户门前收取粪溺。大丈夫能屈能伸，他无所谓，做就做，摸清楚这里的水深水浅再做打算。

收粪是门好生意，珠江三角洲的桑田需用粪溺做肥料，商人缴税给香港政府，获准向居民按月征收“夜香费”，每夜派人替他们清粪，再把一桶桶的大粪在码头囤集，经九龙半岛海运到广东顺德转售谋利，每年由香港输出的粪溺量高达四五万吨。乡下农民觉得城市人的粪便比较有营养，愿意花钱购买，有求便有供，所以大粪贸易商不远千里从广州、上海和香港等城市运粪到农村，上海的人口多，粪价分五级，区域越是繁荣，粪溺卖得越是高价，香港则是“一视同粪”，不管谁拉出来的都卖相同的价钱。

夜香工人男女皆有，夜香婆在街上扛着两个木桶喊唤："倒夜香！倒夜香！"居民把溺盆拿到门外交给她们清理，夜香佬主要负责秩序管理，男尊女卑，虽是最肮脏的工作亦要维持这条界限。高明雷工作了四五天，那夜来到卢押道旁，一个夜香婆失足跌倒，臭气冲天的粪溺倒了一地，他"格老子！格老子！"地指着她的鼻子骂，想不到另一个夜香佬是她的姘头，挺身相护，吵了一轮再殴打搏斗，他先占上风，把对方压在地上狠掴，但夜香婆大叫："四川佬打人！四川佬虾[①]广东佬！"附近街道的夜香佬都是"和乐堂"的人，立即赶过来帮忙，高明雷双拳难敌十掌，瞬即败阵，刚才挨掴的夜香婆叫其他人撑开他的嘴巴，让她把粪溺倾倒入嘴。众人散去后，高明雷被粪便噎昏在楼梯间，幸得哨牙炳出手相救。休养了几天，不忘报恩，在湾仔略为打听已经知道恩人所在。

"你如何找到我？"哨牙炳问高明雷。

"您大哥的长相难打听吗？"他故作夸张地咧嘴突出自己的两颗门牙，反问道。哨牙炳也笑了。

尽管语言稍有隔阂，哨牙炳和高明雷却聊得投契，因为谈到女人都是眉飞色舞，同视上床为天下间一等大事。一起到客栈寻欢作乐了好几回，都是哨牙炳买的单，但高明雷声言只是暂时借欠，日后肯定归还。过了十天，高明雷忽向哨牙炳辞行，说要过海到油麻地果栏碰运气，那边有一帮四川苦力，里面该有愿意照应的袍哥。

高明雷找着了想找的老乡，袍哥们来自四川各镇各城，昔日各有山堂，有跑腿打杂的"凤尾老幺"，有调动兵马的"黑旗五爷"，有掌管钱银的"当家三爷"，各有风光，也各有因缘来到香港，现下

---

①意为：欺负。

同是天涯沦落人，都在广东佬控制的果栏做搬运工，受气。袍哥组织分上下四牌，一二三五为上，缺四，因音跟“死”接近，不利不喜；六八九十为下，缺七，理由是清末福建少林寺和尚马宁儿在师兄弟里排行第七，出卖匿藏寺里的洪门手足，洪门从此视“七”为忌，连远在云贵地带的袍哥亦以此为戒，印证了江湖草莽的血脉相依。高明雷为人仗义，加入做工人，没多久已成同乡兄弟之间的老大，进而自立堂口，取名“蜀联社”，挑战垄断蔬果买卖的东莞帮，无奈寡不敌众，吃了几场败仗，只好转战土瓜湾和马头涌，最后在九龙寨城落脚。

油麻地在九龙半岛南端，因桐油和麻缆的市集生意而得名。区内有天后古庙，所以有了庙街，亦因外省人聚居，有了甘肃街、云南街、上海街。土瓜湾对开海面有个形状既像冬瓜又似番薯的小岛，村民叫它作“海心岛”，岛旁海湾即以瓜为号。马头涌的“马头”则源自九龙寨城的龙津码头，面对九龙湾，英国鬼子的舰队曾在这里被清兵击退数回。蜀联社本来在寨城外的贾炳达道一带收保护费，潮州帮找英国警察撑腰，把他们赶进城墙以内，赶狗入穷巷，唯有打得更狠更辣，退一步无死所，袍哥们豁出了性命，折损了几个兄弟，终于稳住阵脚，打响了旗号，黄赌毒无不沾上。高明雷又开了一间叫作“蜀珍馆”的川菜小店，菜单里有由阿冰建议的麻辣狗肉火锅。

高明雷坐上了蜀联社“舵把子”的龙头大位，初时被称“高大爷”，其后改喊“雷大爷”。眼见时机成熟，他领着兄弟到卢押道找和乐堂的夜香佬算旧账，闹个对方人仰马翻，总算出了鸟气。他又常回湾仔粮店探望哨牙炳，曾经开玩笑叫他赶快学懂四川话，到九龙寨城替他管账，万料不到哨牙炳阴错阳差地被陆南才招为孙兴社的“四三八草鞋”，袍哥对洪门，各有各的身份。每回相约吃喝，雷大爷例必坚持请客，嘴里左一句“救命恩人”、右一句“有难同当”，喝到酩酊大醉总站起身或抱拳或踢腿，像唱戏般用四川话诵念一堆哨牙炳听不懂的话句，后来他说，那是袍哥的会诗，来来去去不外强调忠肝义胆：

你穿红来我穿红，
大家服色一般同；
你穿黑来我穿黑，
咱们都是一个色！

天下袍哥本一家，
汉留意义总堪夸；
结成异姓同胞日，
俨似春风棠棣花！

哨牙炳不明白“汉留”何解，雷大爷说袍哥们自认是堂堂正正的汉人留种，故称“汉留”。两人谈及堂口的诸种事情，双方都惊讶袍哥和洪门有着这么多的大同小异，会诗，隐语，口令，仪式，戒条，来来去去都是那几套用语，意思不外乎提醒兄弟：世再乱也要有规有矩，人乱我不乱，谁乱，谁死无葬身之地。

八　浪子与君子

问题是世界乱了，人要不乱，谈何容易。哨牙炳觉得自己乱得一塌糊涂。

好生生的当个掌柜，忽然变成堂口的二把手，初期人手单薄又要争夺地盘，难免参与打杀，他唯有尽量站在其他兄弟的背后，也因此常被嘲笑胆小。孙兴社有一回跟潮安乐杀个难分难解，迫于无奈向蜀联社借兵，高明雷够义气，亲自带领兄弟跨海到湾仔助阵，一刀斫断敌人的脖子，一边喊道：“跟炳哥过不去就是跟我过不去！”鲜血朝天喷去，身旁的哨牙炳看得胆震心惊。

更混乱的是他刚于一九四一年七月初娶老婆，十二月底香港已经改朝换代，日本鬼子打垮了英国鬼子，太阳旗取代了米字旗，孙兴社的撑腰者由英国警官张迪臣变成日本中尉畑津武义，堂口统统要听“萝卜头”的指令，可是南爷仍旧带领兄弟偷偷掩护重庆的地下人员，亦暗暗协助抗日的东江纵队营救人货，一时之间，哨牙炳搞不清楚自己到底是人是鬼。

然而转念想想也不见得太坏，闻说九龙那边的堂口比较不受萝卜头控制，万一在港岛混不下去，不妨过海找高明雷荫护。况且同时替日本人、重庆、共方办事，像在赌桌上押了所有的宝，他朝谁胜谁败，自己都不吃亏。把一手烂牌当作好牌来打，是乱世里的聪明做法。

因为每天喝阿冰煲的滋补汤水的缘故，哨牙炳在这几个月的混乱里长了不少肉，但眼见陆南才一天比一天瘦得脱形。陆南才要应付日军、重庆和东江纵队的各式要求，堂口的生意也得费心照顾，否则兄弟要喝西北风了。日本鬼子成立了驻香港军政府，方方面面都管得严，这个不准那个不准，但只要打点妥善，打通了门路，方方面面都可以很松，黑货白货的走私照做，赌摊烟馆也照旧经营，皮肉生意更是不可缺少，改名“东区”的湾仔妓寨林立，但只招待日本人，中国人要搞，暗的当然遍地开花，明的则集中在改称“藏前”的石塘咀一带。英国人其实早于十多年前已经禁绝塘西风月，万料不到倒了西风来了东风，风风月月马上恢复如旧，连仙蒂也承包了一间“欢得厅”做歌楼老板，并替自己改了新名字“碧仙”，笑声比战争开始以前更娇嗲动人。碧仙在店里隔着屏风察看进进出出的客人和摇风摆柳的姑娘，再一次确定这显浅的道理：只要男人不死，女人永远有活路；只要有女人活着，男人便不愿意死。

忙碌也有忙碌的作用，对于忙，陆南才无所谓，他痛恨的只是委屈。军政府大搞歌舞升平，足球、篮球、游泳、赛马、舞会、园游会，华人密侦头目李才训每隔几天便召唤陆南才带人助阵，并非担心场面冷落，刚相反，是太热闹了，敌人归敌人，战争归战争，老百姓蜂拥前来，不肯错过任何一次消遣的机会，日本鬼子怕出乱子，要求堂口帮忙管控人潮，谁争先恐后，便赶、踢、打、抓。动手的是孙兴社的兄弟，鬼子兵只持枪在旁厌恶咒骂，来来去去就是说：“支那人下流！支那人畜牲！”但活动结束后，由李才训把几袋白米交给孙兴社权作酬赏，陆南才接过，觉得白米比石头沉重。

陆南才也开了眼界，生平首回见识什么叫作野球。有一场“香港更生第一回昭和十七年秋优胜野球大会”，原来野球就是他从张迪臣嘴里听过的棒球，两队人轮流挥动木棍抛球、击球、追球。他平日喜欢锻炼棍棒功夫，看着看着，十只手指头忍不住麻痒。那天可把他累坏，二三十支球队，日本人、印度人、葡萄牙人，也有中国人，海陆空军部队和一些公司行号都派员参赛，海经团、铁道团、三井团、稻要团、香日团，还有一个病院团。哨牙炳在南爷耳边笑说：“球员搞不好是精神病院的神经病人！”他好奇问了李才训，知道那只是陆军医院的医疗人员。

球赛从早上进行到傍晚，球员鱼贯入场，鬼子军官叽叽喳喳地训了一轮话，所有人起立向东遥拜日本天皇，高举双手呼喊：“万岁！万岁！万岁！”再唱日本国歌、升日本国旗，又为日本阵亡忠勇将士默哀。哨牙炳在这时候惯在背后暗暗用右手食指和中指夹住大拇指，意思是：“我屌你老母个 ×！”陆南才懒得这么做，他直接在心里骂：“我屌你老母个 ×！”

家外的世界乱，家里的世界也让哨牙炳感到烦恼。阿冰自从有了“炳嫂”名分，日日夜夜想生小炳，她说：“我屠过狗，欺负了狗，你是烂仔，欺负了人。我们生了孩子之后，让孩子堂堂正正做人，谁也不欺负谁，等于我们做父母也可以堂堂正正。”

哨牙炳听了心里感动，于是日日夜夜和她做，但不知道什么理由，做了三四个月她的肚皮仍无动静，而越跟阿冰做，他越怀念曾在客栈里有过的日日夜夜，并且生起一股奇特的歉疚感，隐隐觉得对不起那些被他想象成母亲的姑娘们——他当年打断了母亲的快乐，太不孝了。修心养性并非易事，初时尚算轻松，他的心被阿冰填得涨满，塞不下其他女人了，他是自愿的。可是涨满的感觉一点一滴地消退，像生病发烧，额头热烘烘的时候当然吃不下饭，但当热度退却，胃口便来了；也并非家里的饭不好吃，只是，吃的千篇一律，吃腻了，不够过瘾。这便要依靠强挤出来的忍耐力。心里有了遗憾，脾气便不好了；脾气不好了，便易挑剔。昔日的他经常胡说八道把兄弟逗笑，现下却常挂着一张臭脸，动不动便骂人，有一回甚至执起算盘朝一个办事不力的手下的头上敲去，手下头破血流，木框砰然裂开，珠子掉了满地。哨牙炳唯独不敢违拗汕头九妹，他没去细想这到底是敬，抑或畏。

谢天谢地，婚后半年，阿冰终于怀上孩子。她欢天喜地把消息告诉哨牙炳，他愣了一下，双目泛红一阵，流下眼泪。“大人大姐，哭什么？应该笑啊！别忘了你是堂口二把手，让兄弟们见到你流马尿，丢架[①]！”阿冰诧异道。

哨牙炳哭得更凄凉了。他也不明白自己为什么哭，只觉有一股热流在胸腔里乱窜，撞得酸痛。或许总算是完成责任吧。也或许刚好相反，是责任此后更为重大吧。做了堂口大哥是责任，做了丈夫是责任，现下要做父亲了，更是一辈子的责任，层层叠叠的责任在一两年内突如其来地压到肩上，一时之间他连呼吸亦觉困难，眼睛像两个破洞的碗，困在肚里的闷气化成热泪汩汩而出。阿冰见哨牙炳越劝越哭，趋前把他抱到怀里慰解，像当年他在澳门码头抱住她，道：“没事了，没事的，只要我们在一起便可以了。”

---

①意为：没面子。

怀胎以后，阿冰把日常心意全部放在养胎上面，想的谈的都是日后孩子的事情。她竟然像在汕头当姑娘时一样在梦里听见狗吠，醒来担心得哭了，唯恐被她宰过的狗前来报仇，于是叫哨牙炳到佛具店请了一尊神犬塑像回家供奉，日夜焚香礼拜。那是二郎神的哮天犬，二郎神杨戬是哪吒的师兄，她记得文武庙灵签里有一句“哪相出身后为神”，所以相信哪吒的师兄也愿意守护肚里的孩子。肚皮一天天隆起，她不让他亲近，怕动了胎气，一直说：“忍一下，忍一下，快了，快了。”仿佛丈夫需要的只是开导，肚里的胎儿才值得尊敬。

哨牙炳不抱怨，女人嘛，她把孩子放在前面其实是他的福气，孩子以后毕竟要由她看顾，男人揾食，哪来这么多时间顾妻看小？所以他羡慕也庆幸陆南才是个王老五，孙兴社的几百口人跟在南爷身边吃饭，他没有后顾之忧，其实是其他兄弟的福气。——不，哨牙炳心知肚明，有的，南爷也有他的顾和忧。自从陆南才心焦如焚地派他打听张迪臣在战俘营里的动静，他回想先前看见和听到的点点滴滴，便恍然大悟。南爷不只是他一直自以为了解的南爷，像烟气缭绕里的关公，本来睁眉怒目，当定神看清楚，眉目却似观音。

哨牙炳把阿冰怀孕的喜讯告诉大家，陆南才在中环华人行的碧江酒家设宴替他庆祝，选了三十五元的翅席：

热荤合浦还珠

热荤西煎虾块

上汤浸肥鸡

红烧龙趸翅

原盅香露菇

合桃鲜虾仁

翡翠白鸽片

蚝汁扒菜胆

姜葱捞面

虾仁炒饭

阿冰在家中养胎，没来，一桌十位都是孙兴社的兄弟，以及仙蒂，不，该是碧仙，以及高明雷，不，该是雷大爷。陆南才特地再添两道菜：南乳芋扣肉和生炒鸳鸯鱿。席间，刀疤德有点不好意思地说正在学习日语，阿火道："无所谓了，英国佬管我们，我们学英文，换了日本佬管我们，我们学日文，亦算公道。"无人答腔。世上有这么许多事情，最好只做不说。并非不可以说，只不过说出来让大家都不舒服，便不该说。不说，便似是被迫，说出来了，便变成自愿，等于受到两层的屈辱，何必呢。

半晌，雷大爷打破沉默，压低声竟问众人："你们判断这样的日子还有多久？"

孙兴社的兄弟面面相觑，心里都有答案，但都不说。陆南才也有自己的"答案"：明天，到了明天，一切结束，日本鬼子滚蛋，战俘营铁门开启，张迪臣劫后重生，他西装笔挺地站在营外迎接。这是他唯一想象的答案，或者，愿望。对他来说，其他的可能性都不是可能性，他不愿意听，也庆幸大家不说。

然而雷大爷毕竟说了："依我看，日本人还能管个三年五载，之后香港是英国的抑或中国的，难说。我们学懂日本话，其实亦是为了将来打算。香港是留不下来的了，到时候最好是跟随日本人回去日本，一来安全，二来那边百废待兴，肯定有许多发财生意。”

“回去？”哨牙炳对这两个字听不入耳，皱眉质问这位袍哥兄弟，“你想回就去得了？日本佬要你吗？”

雷大爷愣了一下，自知失言，举杯赔笑道：“不去！不去！格老子，就算日本遍地黄金，老子也不去！”

哨牙炳知道日本鬼子强拆九龙寨城围墙，强迫附近居民把石头搬到海边拓建军用机场，高明雷和蜀联社兄弟负责监工，出了不少力，替鬼子立了功，一旦日本战败，他们不可能不走。他暗暗庆幸当年没有傻兮兮地答应去替蜀联社管账。

碧仙见哨牙炳和陆南才皆若有所思、心事重重，特地识相岔开话题，说欢得厅近日新来了几位姑娘，其中一个外号“不醉六妹”，白酒黄酒什么酒都能灌进肚里，喝遍歌楼无敌手，无数买醉客都败在她的手上。雷大爷睁大眼睛道：“走！今晚就带我找她，老子要看看这姑娘的斤两！”

碧仙道：“那么雷大爷得先过我这关！”她端起桌上酒杯，仰颈一口喝光，雷大爷不甘示弱，马上回敬。两人一来一回，连续斗了三四个回合，其他兄弟凑热闹加入，龙趸翅尚未上桌已经喝得人人脸红耳赤，争相抢着吹牛。散席了，众人嚷着要去欢得厅找不醉六妹斗酒，陆南才喊累坚持回家休息，哨牙炳则说要赶回去看顾阿冰，喝得脸红耳赤的碧仙拧一下他的耳垂，道：“死仔包，老婆奴，我看你忍得几耐[①]！”哨牙炳无奈苦笑。

两人分搭两辆黄包车，一前一后沿皇后大道中往湾仔前进，到

① 意为：能够忍耐多久。

了分域街，陆南才朝骆克道方向走，哨牙炳转往谢菲道，各归各的家。

黄包车拉到谢菲道和史钊域道交界，哨牙炳下车，付过车资，缓步走向家门，刚才斗酒喝多了，脚步有点浮软，走了几步，一阵冷风迎面吹来，压不住胃里翻腾，蹲下身子，虾、鸽、扣肉、鱿鱼，从胃到喉到嘴，酸臭残渣哗啦啦地吐个遍地。终于喘定了气，哨牙炳站起身才发现对面马路有一对眼睛盯着自己，并且喊叫："炳哥，冇事吧？做乜呕到死下死下？要保重身子，唔好让其他姐妹替你守寡！"

对方越过马路走来，窄身翠绿短旗袍，个子非常娇小，下围是不成比例地圆翘，摇来摆去，有着刺激的力量。定神看清楚，是阿群。战前她在湾仔酒吧揾食，洋名他听不懂，意思好像是什么什么"天使"，他和她搞过。哨牙炳向来喜欢高妹，本来对她不感兴趣，但她牙尖嘴利倒是跟他旗鼓相当，他喜欢翻云覆雨之后抱着她躺在床上抬杠谈笑。男人就是贪，不管高矮胖瘦，总有办法找到上床的理由。

阿群走近哨牙炳，他维持着半蹲的姿势，用袖子抹干净嘴唇，抬头道："唔呕到死下死下，又点会见到你？放心，见到你，我点舍得死？"

有好一阵子没见到阿群了，或者因为一站一蹲的缘故，看在哨牙炳眼里她比以前长得高，身段亦更婀娜。阿群笑道："听说你娶老婆了，做了住家男人。哎哟，姐妹们想死你了。"

哨牙炳突然伸掌捏她屁股，问："想我的，是你的姐妹，抑或是你的'妹妹'？我老婆有馅了[①]！点呀，想唔想都同我生番个炳仔？"当手掌触摸到旗袍，似有一股热浪袭向心头，久违的调情本领，以

① 意为：有了身孕。

为已经萎谢，原来只是暂时睡去，只要远处传来一声口哨呼啸，马上苏醒过来。有些奔腾在血液里的习惯，你可以假装它们不在，它们却从未忘记你，恐怕比亲人更亲。

阿群扭一下身子，抛个媚眼，道：“我妹妹想的是你弟弟，我想的是你的人。这样可以了吧？”

“皇天不负大美人，有缘千里见靓仔。现在你不是见到我了吗？”哨牙炳站起身，把脸凑近阿群。她五官长相扁平，两腮挂着几笔残余的脂粉，眼圈上抹着厚厚的墨绿色的油膏，唇上口红崩缺，尽是欢愉过后的疲态。夜灯下，两人在路边打情骂俏，原来日本鬼子进城以后，她跟几个酒吧姐妹转移阵地到北角做私娼，偶尔亦赴局出台，今晚酒局散后，独自找车归家，没想到重遇阿炳。仙蒂和她曾经是好姐妹，哨牙炳和她们两人都熟悉。

再聊一阵，阿群说刚才只顾唱歌喝酒，现在饿了，问哨牙炳要不要吃夜宵。他一语双关地说：“大食婆[①]！”又抬一抬下巴，望向马路旁边的一道唐楼梯阶，道：“我就住这边，要回家了。”

阿群不屑地说：“果然是住家男人！呵，明明是个浪子，忽然变成了君子，炳嫂法力无边，改天必须让我开开眼界。住家饭[②]好吃，外边野食也不见得味道不好。对自己好一些，也不见得对别人有什么不好。”

哨牙炳仿佛胸口被撞了一下，打算说些什么，却不知道该从何说起。结婚宴客那个夜里，仙蒂已经说过什么君子什么浪子了，铁口直断，好变坏易如反掌，坏变好难若登天，莫非风尘女子无不看

① 嘲讽女人性欲旺盛。

② 暗指夫妻之间的性爱。

透了男人？那么，我呢？浪子与君子，是不是只能做一种人？只该做一种人？他记起陆南才某回突然说："如果我们都是七十二变的孙悟空便好了。"他无法领会南爷的感慨，因为对他来说，变身是天下间最简单的事情，撒一次谎等于变一回身，在胡说八道的谎言里，别人无法抓住他，唯有自己明白自己。但后来认识阿冰，他谁都不想做了，只想做阿冰的阿炳，老老实实的一个人，汕头九妹心中的哨牙炳，汕头九妹期待的哨牙炳，他以为这是七十二变里的最大一变，也是最后一变。然而，这夜，似乎再有变化从心底涌起。原来以为变走了的只不过是躲藏起来，像小时候在乡间树林里的狐狸，一直对他眨眼睛，只是他假装没看见，冷不防，狐狸扑出来抱住他的脚，纠缠他，轻轻一咬，他从君子重新变回浪子。

阿群见哨牙炳犹豫不动，索性伸手抓他的臂，他后退两步，依然站着。阿群仰脸望他，他也低头凝视她的眼睛，墨绿色油膏下的两个黑洞，很快地仿佛拢聚成一个更大更黑的洞，非常熟悉的洞，他曾经从里面爬出来。

而终于，又跳回去。

阿群转身慢慢走往鹅颈桥方向，"宝石宾馆"的霓虹招牌在不远处闪烁，哨牙炳紧随于后，脚步轻盈，仿佛突然刮来一阵强风，呼呼刮开那道早已闩上的门，也把他吹向门外，再吹、再吹，吹得他踉跄而快乐地跌回一个已经遗忘的放肆世界。

九　来生再做好兄弟

一九四三年。五月。哨牙炳张开眼睛的时候，额上背上都是汗。

他清楚记得转醒以前的最后梦境：被一堆乱石瓦砾重重压住胸口，他推开石头挣扎着爬起身，然而走不到几步又被石头绊倒，再爬起前行，走几步，又仆下来，整张脸贴近地面，石缝之间涌来一阵强烈的腥臭，他不避开，反而把脸死命地往石缝里钻，眼耳口鼻缩成一支细细的竹签朝缝里插去，眼前黑麻麻一片，仿佛有一道旋涡把他吸进里面，脖子被两块石头夹住，无法呼吸，终于在窒息里惊醒。

自从陆南才在香港占领地总部门前被炸死，几个月来哨牙炳经常做相同的梦，差别在于有时候在恍惚醒来以前他会喊叫，有时候不。叫声有时候是“喂、喂、喂”，似在跟一个迎面遇见的熟人打招呼，有时候则只是呜呜悲鸣，是说不出的伤心。他把梦告诉阿冰，她嘱他到庙里找相士解梦，他没理会，心知肚明是南爷在呼唤他，或者说，是他在呼唤南爷。

陆南才命丧于这一年的五月七日。那天傍晚，畑津武义召集几个堂口龙头开会，他去了，在香港占领地总部门前见到华人密侦李才训，心里虽恨，却仍得忍住，等待机会把李才训和畑津武义的肉一片片地割下，他要为被虐死于战俘营里的张迪臣报仇。然而人算不如天算，盟军突然空袭投弹，轰隆隆一阵后，陆南才被炸个粉身碎骨。哨牙炳事后赶到，捡回满地残肢，独欠左边的一截小腿。找不着就是找不着，陆南才死无全尸，不甘心啊不甘心，哨牙炳带领兄弟翻遍了附近的每块石砾，找了两天两夜，日本兵阻止，用枪托敲他的头，赶他走，他唯有半夜偷偷前来再找，可惜苦无结果。南爷举殡那天，他跪在棺前磕了六个响头，伤心嚎哭："南爷，认住我阿炳，来生再做好兄弟！"

躺在棺材里的陆南才重新有了左小腿，那是从前黄包车的木把手，陆南才生前虽然当了堂口龙头，却没忘记自己从河石镇来到香港搵食最先做的只是车夫，手里脚下拉出了一个江湖，岂可忘本？他把黄包车两边座椅的木把手拆下来，花了三个晚上，亲手把其中一根的前端刻成龙头形状，成为孙兴社的掌权信物龙头棍，日后一代传一代，短棍在，堂口便在。另一根，留在家中纪念。陆南才死后，哨牙炳保留龙头棍，但把另一根木把手放在棺材里当作小腿，让南爷完整地出生，完整地离开，带走所有恩恩怨怨。棺柩暂寄在东华义庄，发丧时路过永别亭，楹联仍在："永不能见，平素音容成隔世；别无复面，有缘遇合卜他生。"

南爷不在，孙兴社也等于不在，香港缺米乏粮，日本鬼子不断把居民驱赶到广东省各城各乡，兄弟们跑的跑，散的散，自立门户的自立门户，也有的去跟了其他堂口搵食。南爷弟弟陆北风在广州的万义堂却仍生意兴隆，烟馆赌摊妓寨开设得比战前更肆无忌惮，背后有政府的人撑腰，政府的人背后有日本人，孙兴社的手足北上投靠，来一个，他收容一个。陆北风也曾写信招揽哨牙炳，但他儿子赵纯坚才七八个月大，他宁可在香港守在老婆和孩子身边，日常消遣是练珠算和找女人。玩算盘不花钱，玩女人也几乎不花钱，给她们一个肉包已经可以为所欲为，饥肠辘辘的人，不论男女，为了活下去，没有做不出的事情。

重新在女人的床上打滚，哨牙炳对阿冰觉得愧疚，唯有小心行事，反正她不知道便等同从未发生。以前在夜晚乱搞，如今改在白天，“夜更”变成“日更”，倒又多了几分偷偷摸摸的快乐。可是他偶尔感到欺负了那些女人，用肉包换她们的“肉”，有点欺人太甚。所以他每回都对女人说：“唔好意思，唔好意思。”有些女人会问：“没关系。但可唔可以多给一个包子？”

哨牙炳和阿冰亦偶有鱼水之欢，之于他，相拥在床的满足感绝非其他女人所能替代，但她终究无法替代其他女人所能给他的刺激。阿冰并非没有察觉哨牙炳的动静，但不吭声。她对大嫂吐苦水，大嫂的回应在意料之内：“你不想想你阿炳是什么人？他是堂口大佬啊！做大佬，唔咸湿会被人睇唔起！”

阿冰低头不语。明白道理是一回事，服不服气又是另一回事。

像母亲教诲女儿，大嫂继续说：“男人是你自己拣的，好似入厨房煮饭煲汤，如果你要食菜食斋，就唔好去街市买牛买鱼。买完餸，手里有乜就煮乜食乜。阿冰，做夫妻，过人世，关键是女人要明事理、男人要尽责任，其他都是废话。我从结婚第一日已经跟你阿兄讲定了，不要生根，不要生病，不要生情，做得到这些‘不’，我便不问不管不提……”

“他做得到？”阿冰问。

大嫂冷笑道：“如果做唔到，我还会坐在这里替他凑仔煮饭？”

说毕，眼神掠过一丝犹豫，仿佛心里立即质疑自己，不坐在这里，还能跑去哪里？真敢跑？真舍得跑？

在大嫂家里吃过晚饭，夜色深沉，她背着熟睡的纯坚沿着谢菲道慢慢走路回家，四周暗麻麻，楼房窗户无不牢牢紧闭，只透出闪烁不定的烛光。她突然一阵心慌意乱，连忙解开背带，把纯坚死命地抱在怀里，仿佛担心随时有人从巷子里冲出来抢走孩子，可能近日有过这样的事情，孩童被拐、被掳，像空气般消失，到了早上，人们争先恐后在香气飘溢的菜市场买肉包子。

走着走着，阿冰深深叹了口气。其实自结婚以来，不，甚至从阿炳向她求婚以来，她心里有数，狗改不了吃屎，这一天早晚来临。哨牙炳是她唯一的男人，可是她见过的狗公成千上万，当谈到裤裆里的乱事，她确信，她懂得，男人和狗公没有丝毫差别。说句老实话，这一天来得比她想象中的晚，所以她忍不住佩服阿炳的忍耐力，甚至于冒起了微微的低贱的感激。问题是心里的数就只能放在心里，而且必须嘴硬，如果不事先威胁一旦乱来便会把他斫成十八块，他肯定乱来得更快，也更乱。大嫂说得对，没必要拆穿，否则男人更易肆无忌惮。阿冰决定佯作不知情，哨牙炳最好亦假装不知道她知情，守住怀里的孩子，最好再生一两个孩子，平平安安地把日子过下去。当阿冰难过地想通了，难过的感觉也消退了，反而体会到一种连自己亦不好意思面对的自在。

日子过下去，战争却亦持续。战争是日日夜夜的生死拷问，像阎罗王派来了牛头马面，却不马上把你抓走，光坐在床边，你闭上眼睛，他们在看你；你张开眼睛，他们亦在看你。谁都无法预知他们何时动手。美国佬的空袭越来越猛烈频繁，却常投错目标，六七个月误炸萧顿球场一带，炸死了八九百人，几个月前再误炸铜锣湾圣保禄医院，又炸死几百人，早晚都从天空扔下炸弹，轰隆一声，什么都没了，比她昔日宰狗还快还干脆。南爷炸死的那天，哨牙炳冲回家蹲在墙角抱头痛哭，呢喃自语："死咗！死捻咗啦！怎么说走就走？他是南爷，他怎么可以？是萝卜头害死他，我要报仇！"

她跌坐到客厅椅上。万一被炸死的是阿炳，她和孩子怎么办？万一被炸死的是自己呢？阿炳可照顾得了孩子？万一，万一是孩子，她可活得下去？阿冰不敢往下想。不，不要死，谁都别死。必须活着。她千辛万苦从汕头到澳门，再到香港，为人妻，为人母，放下了杀狗的刀，可不甘心就这么被摧毁。开战以来她从未担心死不死，仿佛那都是别人的事情，跟她和哨牙炳无关。可是南爷的丧生消息和阿炳的伤心哭嚎把死亡带到她眼前，这么地真实，这么地贴近，避无可避，由不得不心惊胆裂。

默然一阵，阿冰站起走到哨牙炳面前，低头直视他的眼睛，道："不要哭！炸弹是美国佬扔的，跟日本仔无关，千万别冲动。人各有命，南爷是南爷的，你是你的，但你的也是我和孩子的。"又说："结婚时你答应过我要争气。其他事情我不管，只要你活着，为我们活着，这便是争气。我们也会为你活着。会的，我们会的，对不对？你说！快说！我们会活下来！"

哨牙炳噙着眼泪，抬头嗫嚅道："会的，争气……我会争气……"

活下来并非容易的事情，提心吊胆地过日子，阿冰出门买菜，或哨牙炳出外办事，一段时间后响起开门声，知道对方安全回到家中，彼此都从心底涌起感激，是向对方，亦是向老天爷。阿冰从早到晚在神台前上香，既是答谢神恩庇佑，更暗暗祈求能再添新丁。

她记得文武庙的签文说“五马庭前立，能乘万里程”，是了，现下只有一家三口，还不够，如果能再生、又生，一家五口，必能家宅平安，万事大吉。

谢天谢地谢菩萨，终于再来了一个孩子。再谢地谢天谢佛祖，孩子呱呱落地后不久，日本宣布投降了。那是孩子出生后的第五天，是个儿子，哨牙炳本来唤他纯刚，立即改名纯胜，胜利的胜。

那天是一九四五年八月十五日，中午，哨牙炳百无聊赖地在家里读报，窗外忽然响起震耳欲隆的噼里啪啦，他以为又来了空袭，心一慌，打算和阿冰抱着两个孩子去跑防空洞，但街上到处有人敲锣打鼓，边走边喊：“天光啰！天光啰！天光啰！”他推窗察看，原来是放鞭炮庆祝日本鬼子战败投降。许多家户连忙从厨房端出碗碟器皿，用筷子或小棍敲击应和，又把旗帜缚系在晾衣竹竿上，英国旗，中国旗，原先挂着的日本旗被扔弃到路面任人践踏。

哨牙炳转身走进睡房，阿冰已被吵醒，因为坐月子的关系仍然卧床，望向站在门边的丈夫，他也望她，沉寂了一阵，突然扯开嗓门，失心疯地、一字一顿地叫道：“萝！卜！头！输！了！”在地上爬玩的纯坚吓得哇哇大哭，哨牙炳连忙趋前弯腰哄慰，阿冰抱起床边的纯胜，无法遏止地笑、笑、笑，一直笑，忽然感觉脸颊滚过一阵烫热，不小心让泪水滴在孩子的口水布上。她伸手拭抹，纯胜的眼耳口鼻挤成一团似个皱布枕头，阿冰轻轻抚捋他顶上的稀疏毛发，道：“乖，唔好喊。以后日日都要笑，就算想喊的时候也要笑。记得了，欸？”

哨牙炳干脆跟纯坚比肩而坐，一老一少，一高一低，父子俩对阿冰傻愣愣地笑着，都似小孩子。或许熬过了大灾难大恐怖的人，如果不是忽然老了卅年，便都似重新投胎做人，万事如新。

日本人要走了，香港归谁管？似乎无人在管，却又似乎人人都想来管。国民党蒋介石使人暗中通知日军第廿三军，香港将由第二方面军的张发奎上将接收，他又催促第十三军和新编第一军从韶关向南推进，谁都不知道中国军队是否真会进入香港。共产党的东江纵队却动作更快，按照朱德指令抢攻新界和离岛的日军仓库，赶在国民党来临以前缴走武器和物资。

部分日本士兵仍在挣扎，在梅窝屠杀村民宣泄败战之恨。市区的日军倒乖乖就范，留在部队守地听候指示，并分送米粮予华人密侦权充遣散费。岂料他们踏出警察局大门即遭老百姓围殴，有密侦高叫一声：“别打了！我们一起去抢日本鬼子！”然后握着手里的枪，带领老百姓抢掠日本店铺行号，反正只要够狠，以及够不要脸，这分钟可以做兵，下分钟不妨做贼。江湖兄弟当然更不吃亏，联群结队在街上搜索日本人，找到了，人揪出来让老百姓揍，钞票留下自己要。

孙兴社早已散伙，但老话说得好，“破船仍有三分钉”，哨牙炳没告诉阿冰，私下召集了阿火、癫佬华和其他几个老兄弟，从堂口的箱子里翻出了几把短枪、斧头和镰刀，兵分两路，一路守护卢押道和谢菲道一带的街坊，保护民居免被洗劫，另一路由他领头去找李才训。他明白陆南才对这厮恨之入骨，几年来自己亦受了他不少委屈，不报这笔账，不是男人。

然而李才训早已逃之夭夭，用“重庆潜伏特工”的身份回去南京领功。哨牙炳从其他密侦口里听见这消息，咬牙恨得夺过阿火手里的斧头，一把斫在崖边的一棵树上，骂道：“躲得了一时，躲不了一世！你个仆街等着我，千万别死！”他自己没带家伙，原先打算吩咐兄弟抓住李才训，关进笼子，由他亲手把手榴弹扔过去。他要亲见李才训粉身碎骨，如果一枚手榴弹不够，两枚、三枚，不管多少枚都行。

战后的时钟仿佛走得比战时慢，因为大家的脚步走得比战时快，每个人都在焦灼地寻找，找人，找房，找工，找仇家，找恩公，战争从所有人的身上都挖走了一些东西，打完仗，大家拼命把它填补回来。明知道有些东西失去了便是失去了，就更要贪婪地抢，不然无法弥补失去之后的空洞。

英国人当然也在抢，为了确保香港仍然是英国的香港。在日本天皇八月十五日“玉音放送”后，伦敦政府立即派员到战俘营命令詹逊成立临时政府，听候海军少将夏悫的舰队从菲律宾马尼拉的苏比克湾前来接收。一九四五年八月三十日早上，英国舰队终于现身，下午一时，夏悫在舰上施施然吃过中饭，剃过胡子，带同部属登陆，英国海军船坞缓缓升起军旗，跟撤旗之日相隔了整整三年八个月。夏悫随下发出公告宣布成立军政府，自任首长兼三军总司令。两个多星期以后，驻港日军在香港总督府正式签下投降书：

> 签立降书人冈田陆军少将和藤田海军中将，兹根据一九四五年九月二日在东京湾签立投降文书第二条所载，任何地域所有日本武装部队和日本辖下的部队，均须向盟国无条件投降，因此，我们代表日本天皇和日本帝国大本营，以及我们辖下所有部队，谨向夏悫海军少将无条件投降，并负责履行海军少将或其授权人所颁发一切指示和发出一切命令，俾能予以

现实。一九四五年九月十六日，陆军少将冈田梅吉、海军中将藤田类太郎在英国政府代表中国战区最高统帅代表夏悫海军少将之前，签立于香港总督府。

中国战区最高统帅蒋介石，于战时已经要求英国归还香港，丘吉尔的响应是："Over my dead body![1]"宁死不给，休想。战后的英国首相艾德礼亦是坚决拒绝，只在美国总统杜鲁门的斡旋下，答应让夏悫用双重身份在香港受降，同时代表英国和南京，已算是给足了面子。蒋介石既无决心跟英国开战，唯有低头接受。国与国如同人与人，实力决定了一切。

英国给蒋介石的另一个面子是准许中国军队过境暂驻，陆军第十三军、第八军、第五十四军、第六十七军、第九十三军等皆轮番由香港经海路北上秦皇岛、青岛、上海等地。国民党军队到了新界和九龙，路上挂满迎接的中国旗，但当一些士兵开始胡作非为，偷窃、强抢、欺压，老百姓纷纷感慨，幸好香港的老大是英国人。国民党军队离开后，有更多的中国人到了香港，归来的，新来的，像潮水般涌进来。战前香港有人口一百六十多万，沦陷时只剩六十万，战争结束后又像发育的孩子般睡一觉便高一寸，一百万，一百二十万，一百四十万，到了一九四六年初已经多达两百万人。——陆南才的弟弟陆北风正是其中一个。

陆北风在广州沦陷区为非作歹，战后，他与老大葛承坤以汉奸罪被捕，关进牢里，他却趁放风时间用砖头击昏了看守所警卫，拉着老大越狱。但葛承坤拒绝，道："大哥老了，六十九岁，女人玩够

① 意为：除非我死了！

了，钞票花够了，好酒喝够了，唉，能做的坏事也做得七七八八了，算命佬周谷子早就批我只能活到这个岁数，‘六九花凋，尘土极乐’，走到天涯海角亦劫数难逃。要还的债总归要还，这辈子还清了，希望下辈子投胎到书香门第，不必浪荡江湖。风，来世再做好兄弟！”

陆北风是明白的，捞偏门的人都得信邪。其实陆北风也找周谷子睇过相，周谷子说他廿八岁有劫，但没告诉他能否安全过关。他后来再找其他算命师，一个，两个，三个，四个，前后不下十多个什么神算什么仙人之类，却各有各的批语，有的说他福寿双全终老，有的说他年寿不满四十，极好极坏的都说得似模似样，让他听得不知道应该信谁。后来，想通了：很简单，谁说好话便信谁。灵不灵验是一回事，但相信了好话，有了信心，再倒霉的路走起来亦较畅顺。但在陆北风眼里，葛承坤选择相信不吉利的批语，“身作身受，命作命抵”，亦是一条好汉。

葛承坤从地上捡起砖头，把躺着的守卫敲得脸面模糊，又拾起守卫的佩枪，持在手里，昂首挺胸站在牢房走道上，喝道：“风，快走！我是大哥，我不撑你，谁撑你？”陆北风双膝下跪，连叩三个响头，道：“大哥，下辈子细佬再为您做牛做马！”

陆北风逃离看守所，葛承坤被押往刑场。

十　菩萨眉低，也任人寰安落魄

这是陆北风第三回来到香港。首回是一九三八年奉葛承坤之命，与陆南才前来创立孙兴社。次回是一九四三年来替陆南才发丧，棺柩借寄于东华义庄，打算他日运回河石镇安葬。这回轮到自己逃命，但他并无沮丧，江湖路本就是阴阳路，从无名小卒变成堂口大佬只是一步，从堂口大佬变成亡命天涯也只是一步，食得咸鱼抵得渴，自怨自艾的人最没出息。此处不留爷，自有留爷处，在南逃的路上，陆北风已经开始盘算聚集孙兴社的老兄弟重起炉灶。他清楚记得相士说过要注意鸡年的风波转折，熬得过便海阔天空。廿六岁，酉鸡，正是这一年，他决定相信相士。

到了香港，陆北风第一个找的人是哨牙炳。

两年多未见陆北风，哨牙炳发现他的筋肉骨架壮实了不少，整个人似从火炉里抽出来的铁枝，完全不似刚吃过汉奸牢饭。先前并非如此，陆北风比哥哥高胖，圆滚滚的脸，粗而厚的身和手脚，眉开眼笑，像个童叟无欺的生意人。上回见面，他略略瘦了，这回重逢，又再瘦，但其实该说是硬朗，连眼神也显锐利，隐隐闪着精光。陆北风拍一下胸脯道："我这两年在广州跟陈师傅练铁布衫内功，而且每天喝龙虎凤大补汤，早晚一大碗，嘿，现在可厉害了。"他低头瞄向自己的裤裆，再对哨牙炳打个得意的眼色。

陆北风的肤色比陆南才黝黑得多，但跟哥哥一样有着挺拔的鼻梁，肥胖时并不觉得突出，双颊瘦下来之后，鼻梁直直地挂在脸的中间，多了几分“说一不二”的威严气势。他好勇斗狠，曾在跟桂林帮“九峰山”的厮杀里执起双刀，一口气斫倒十三个敌人，故得“十三风”名号。他的左脸颊有一道刀疤，由耳朵往下斜割到靠近鼻翼，望去仿佛跟眼和鼻连结成一个三角形。陆北风说那是去年在打斗里受的伤，混了九年江湖，身上不多不少地留有九道刀痕，脸上一道，背脊三道，右胁两道，左腿一道，右腿两道。他说日后练成了铁布衫，刀枪不入，九道疤痕刚好是个纪念，够了。

重逢陆北风，哨牙炳做的第一件事是把一个沉沉的樟木箱子交给他，箱里有六百元美金，有十五根金条，还有三十多张汇丰银行的五百元废纸大钞。为什么是废纸？日本鬼子于占领香港之初，把汇丰银行的洋经理关押在银行顶楼，用枪口抵背，强迫他日以继夜在几万张尚未正式发行、根本没有储备支持的钞票上签名，然后用钱购买军用物资。英国人重管此城后，马上宣布不再承认这批有特别号码的“迫签银纸”。哨牙炳说：“南爷留下这个箱子在孙兴社总堂密室，我抬了回家。”

他在南爷命丧后于孙兴社密室发现樟木箱，箱面漆着一幅苏格兰田园风景画，画旁刻着歪歪斜斜的英文字“M. D.”。他用手掌抚摸图画。他记得张迪臣的洋名是 Morris Davidson，南爷吩咐他到战俘营打听消息时，曾把名字写在纸上。所以他心里有数，猜度箱里钱物是南爷和鬼佬之间的金钱瓜葛，他不知道背后细节，更不想知道，知道了便得负责任，他最不喜。

但哨牙炳终究忍不住想：那会否是鬼佬张迪臣送给南爷的礼物？战乱里，钱财是最实惠的照顾。纠缠不清的箱子如今经由哨牙炳转到陆北风手里。哨牙炳没提半句张迪臣，陆北风也没探究细节，人已不在，留下来的钱财是眼前的唯一真实。陆北风以为箱子里的都是陆南才替孙兴社守住的钱产，他只问了一句："其他兄弟没来分？"

哨牙炳摇头说："没有人知道南爷的秘密。"原先以为交出了箱子等于卸下了秘密，但哨牙炳马上察觉没这么简单，南爷与张迪臣的关系依然沉甸甸地压在心头，世上有些事情毕竟比钱财更不容易割舍。

哨牙炳并未对陆北风说假话：其他兄弟确实没来分钱——只不过，他自己从樟木箱里拿了钱，以及金条。

陆南才被炸得血肉横飞后，孙兴社的白纸扇大只良和双花红棍刀疤德争夺龙头大位，谈不拢，索性另起炉灶，大只良创了"义良堂"，刀疤德自立"兴亚社"，同在日本鬼子的控制下干着黄赌毒的老本行。有些兄弟则到了广州投入万义堂，孙兴社剩下空壳子，哨牙炳苦笑道："连两桌麻将都凑不够人头，冚家铲，散伙算了！"

哨牙炳一直把南爷的樟木箱偷偷搁在家里阁楼，没让阿冰知道，如今要转交到陆北风手里，他打开箱子清点财物，不意被阿冰看见，她骂道："家里藏着这些东西，你竟然不告诉我！你把我看成外人？我是你老婆，是要跟你过一辈子的人啊，你到底在打什么主意？是不是外头有了女人，这些钱要给她？"

"唔好乱讲！钱都是南爷的，我要还给风哥！"哨牙炳急着解释。

阿冰滴滴答答地落泪，哭道："阿炳啊阿炳，好不容易打完仗，你替堂口出了这么多力，无功也有劳，南爷双脚一伸，说走就走，但你和我要吃饭，孩子要吃饭，手里有钱才能争气。风哥和南爷虽然系亲兄弟，南爷信任你，但风哥呢？风哥亦系？一朝天子一朝臣，你要为自己预作打算啊。如果我们有钱，开店做老板，有饭吃，靠自己，不必再俾人指唤，不是好得多？”当妈以前的阿冰不爱哭，更不贪心，但生了孩子，变了，经常一把眼泪一把鼻涕，此刻更有了不厚道的贪念。

哨牙炳默然不语。阿冰索一下鼻子，提出要求：“十根，只留下十根金条便好。”

“黐鸠线！不行！那是南爷留下的钱，我点可以对不起他？”哨牙炳气得“嘭”声拍了桌子，纯胜在阿冰怀里吓得呱呱啼哭。

“乖，唔驶惊，阿爸不是骂你，嗳，嗳……”阿冰一边逗哄纯胜，一边跟哨牙炳讨价还价。她呼嗤呼嗤地哭着，道：“十根不行，就七根。也要两百元美金。美金值钱。”

纯胜仍然在哭，两岁多的纯坚被吵醒，揉着眼睛蹬蹬蹬地从房间走到客厅，也哭。哨牙炳感到前额一阵剧痛，颓然瘫坐到藤椅上，旁边茶几上摆着算盘，他惯性伸手拨弄茶几上的算盘，咯哒咯哒地似替孩子和老婆的哭喊声打着拍子。

钱财是南爷的，不问自取，岂不等于占窃兄弟财产？这要受三刀六眼之刑，哨牙炳心里飘起一阵寒意。可是，可是，他忽然想起，南爷生前经常告诉他“不让别人知道便好了”，他偷偷取走部分财物，南爷不在了，天知地知无人知，于南爷毫无损失，有什么关系？可是，可是，陆北风呢？这么做不等于偷了风哥的钱？风哥是南爷的亲兄弟，这说得过去吗？

思绪陷入混乱，拨弄算盘的手指头也越挑越急，咯咯咯、哒哒哒的响声渐渐乱成漫天噪音。哨牙炳忽然觉得自己的生命其实也一直在乱套，从在家门外偷窥母亲奸情那天开始，到被母亲离弃，到跟随父亲逃离乡下，到立志替父报仇却又当了逃兵，到做了粮店掌柜却又混迹江湖，到娶了老婆却又继续拈花惹草，廿多年下来，除了手指头之间的算盘珠子，什么都掌握不了。而现下一动气，竟连算盘亦不受掌控，想来不禁戚然。

阿冰却没有给他悲伤的机会，她一手挽抱纯胜，一手牵住纯坚踏前站到哨牙炳面前，肿着眼睛道："好啊，你清高！你不肯对不起南爷，唯有让我们对不起你了！我带孩子回汕头，你好自为之，继续在这里做你的炳哥。但老实说，你根本不是混江湖的料，够了便是够了，阿炳，再勉强下去只会当炮灰。当年老娘跳海救了你一回，可没法子再救你第二回！"

连珠炮发的几句话如巴掌般重重掴下，哨牙炳脑袋轰了一声，不知道如何反应，喉咙似被当年的腥臭海水哽住。那天阿冰在澳门码头的一跳，确是救了他的命，他欠她，不容抵赖。几年来她守住信用，守住秘密，他便觉得欠她更多。料不到的是她此刻重提往事，把秘密变成了武器，她还瞧不起他的江湖历练，一连串的攻击把他杀得措手不及。但其实几年来他也忍住没说，那天在澳门码头他终究是为了她才会坠入险境，那么到底是谁欠了谁，一言难尽。人和人之间最怕算账，翻开账簿，满目涂涂抹抹，不管是借的或还的，总能找到不服气的地方。但也只好认了，欠了就是欠了，无论为什么欠和欠多少，没法子不还。

这么转念一想，倒找到了回转的余地。如果真要算，能否说若非曾经受我照顾，否则南爷当初不会在香港拉黄包车，也不会有后来的因祸得福，在香港开设香堂？能否说是南爷欠了我？而且阿冰没说错，自问闯荡江湖依靠的只是南爷关照，也靠运气，南爷死了，说不定运气也已用尽，何不趁堂口散伙，重新做人？取了的钱财，就算是先向孙兴社借贷吧，将来做生意赚得盆满钵满，我会还，会的，我会连本带利归还。我赵文炳从来不愿意亏欠任何人。好，就这么办。他默向陆南才的天上之灵道歉："南爷，要对不起你一次咁多。一次，就这么一次，唔好意思。"

脑袋渐趋平静，哨牙炳默念一轮算诀，"转身变作五，五四倍作八，见九无除作九八，无除退一下还九"，手指头重新接受使唤，算盘声响回复了稳定的节奏。阿冰到睡房床下拉出藤箱，用非常缓慢的动作收拾衣服行装，不时偷偷瞄向客厅，又刻意窸窸窣窣地擤鼻子。算盘声突然停住，哨牙炳叹了一口气，突然一骨碌地坐了起来，走近睡房门口，道："三根！最多拿三根金条！"

"五根。别忘了，还要两百元美金。"阿冰折叠衣服的手顿然停住，侧脸望向房外，脸上全是泪痕。纯胜在床上睡了，坐在地上的纯坚瞪起一对大眼睛看着这个他全然不解的大人世界。

金条和美金换成了港币，两人开设"炳记粮庄"卖柴米油盐。哨牙炳明白无论打仗不打仗，只要是人便有嘴巴，只要有嘴巴便要吃饭，做这行生意，错不了。

炳记粮庄设在谢菲道和马师道交界，地面是店铺，店后有楼梯可走到一楼仓库，又有楼梯到二楼，是陆北风借居的地方，他足不出户，看稳形势再谋动静。他请哨牙炳添购木桩和棍棒，早午晚勤练铁布衫内功和洪拳。陆北风用棍敲打自己的胸、肚、背、腿，臂，边打边“嘿！唬！嘿！唬！”地吼叫，声音偶尔穿越楼梯传到店面，顾客脸露惊愕神色，哨牙炳连忙胡扯解释：“唔好意思，唔好意思，只系大人在打仔……”

陆北风多番建议哨牙炳跟他习武，说洪门中人岂可不学洪拳，洪拳源出少林五祖，洪门兄弟之间有交代身份的暗诗：“猛勇洪拳四海闻，出在少林寺内僧，普天之下归洪姓，相扶明主定乾坤。”哨牙炳耍手摇头，笑称自己手无缚鸡之力，替堂口跑跑腿尚可胜任，何况经过战争折腾，连跑腿的力气也渐见薄弱。

过了两个月，缉捕汉奸的风声逐渐平复，陆北风开始思量去向，终于确定安全了，陆北风放心重出江湖，哥哥留下来的钱财便是资本，他暗觉是陆南才显灵拉他一把，好让弟弟重振孙兴社。陆北风派哨牙炳连联旧人，兄弟们纷纷归队，连大只良和刀疤德都把义良堂和兴亚社解散，各自带着手下重回孙兴社。新人也有不少。有钱好办事，战后拥来一批又一批的老少壮丁，睡在路边只是无业游民，加入堂口便成了各有名号的帮会兄弟，好歹是个揾食的行当。陆北风跟身边手足商量一阵，决定把堂口易名“新兴社”，万事如新，从头收拾旧山河。布置就绪，他挑了个吉日到东华义庄拜祭兄长，跪在棺前立誓，一旦站稳阵脚，马上觅坟给陆南才风光大葬，现下先到上环的广福义祠立个灵位，方便常来祭祀。

广福义祠在文武庙附近，由善长仁翁捐献建成于一八五六年，施药赠医，也供设祖先神牌，祠门刻有对联：“菩萨眉低，也任人寰安落魄；檀那力广，权将佛地妥游魂。”陆北风带领手足在陆南才灵前上香跪拜，齐声朗喊：“龙飞凤舞振新兴，招牌响起动天庭，忠肝义胆为标记，誓保家声享太平！”

祭祀结束，众人从上环步行到湾仔的大三元酒家吃饭，天空飘起毛毛雨，阿火替陆北风打伞，陆北风在伞下边走边说着满腹大计，新兴社要一路从大佛口打到七姊妹道，由湾仔到北角的地盘都得拿下，大家必须勤练拳脚，不容半分疏懒。大只良说："好哇！有架打，我最捻开心！那么有劳炳哥多替我们张罗家伙，最好也弄几个手榴弹、几把机关枪。时代唔同了，只用拳脚会吃大亏。"

哨牙炳不作声，心不在焉地点头敷衍。下午出门前，阿冰从厨房步出把他喊住，提醒他对陆北风说清楚要脱离堂口。她一直希望丈夫争气，但争气不一定要混帮会，小店可以是江湖，家里也可以是江湖，顾家顾店都得花费心力。她笑道："在家里，你就是龙头老大，我是你的草鞋，纯坚是双花红棍，纯胜是白纸扇，闭起门，我们一家四口也是个响当当的堂口！"

"你那天不是要回汕头吗？怎么现在又想跟我组堂口了？"哨牙炳取笑她道。

阿冰啐道："不唬一下，你怎会留下金条？你紧张我，我当然更紧张你。连炸弹都拆不散我们，难道太平了，我会走？"

"对，对，对，我们还要一起下地狱。"

阿冰白他一眼道："谁要下地狱！要去，也要去西方极乐世界，我们一家四口，极乐逍遥！"又催促道："快出门吧，别让风哥等你！"

阿冰手里揉着厨房抹布，语气像叮咛离家上学的孩子，哨牙炳觉得如果家里是个堂口，她才是龙头老大，他则仍然只是跑腿草鞋。但他是个快乐的跑腿，像回到了童年，然而站在眼前的"母亲"并未对他不顾而去，而是抓紧他，没有对他放手。他突然觉得有了力量，原来一直避之唯恐不及的责任能够给人力量，尤其当被所爱的人需要。他不知道爱是一把神秘的钥匙，配对了锁，可以打开童年的盒子，释放许许多多被困住的精灵。他只知道自己有决心达成阿冰的嘱咐，此刻，有前所未有的意志。

十一 “我只不过想重新做人！”

大三元酒家在庄士敦道和坚拿道交界，“坚拿”的英文是Canal，以前是一条小河，被填平了，只在路名上留着河的痕迹。

众人从上环往湾仔走去，行行复行行，聒噪喧闹，像一列出巡的牛鬼蛇神。行近圣佛兰士街的斜坡，哨牙炳拉一拉陆北风的袖子，示意私下说几句话。陆北风嘱咐兄弟们先走，他和哨牙炳各自从袋里掏出香烟点燃，蹲在骑楼路边吞云吐雾。他五天前已经迁离炳记粮庄，在骆克道租了个八百呎的房子做新兴社总堂，同时是他的居所。

哨牙炳抽着烟，面露难言之色，尚未开口，陆北风已说道：“我知道广州有几个老关系也来了香港，他们跟云贵一带的烟户很熟络，过几天我找他们谈谈合作，只要新兴社控制住码头，不愁没有大茶饭。黑土先运到这里，然后北往上海、南往越南和菲律宾，想唔发都几难。这几年间辛苦你了，再搏杀一阵，有了好日子，风哥不会亏待兄弟。”

陆北风弹一弹手指，烟蒂带着火光在半空旋向远处，被雨水淋湿，烟头冒起几缕白烟。他握拳亲热地捶一下哨牙炳的肩膀，道：“我阿哥以前把你看成亲兄弟，他不在了，你仍然是我的亲兄弟，千万别跟我见外。”

岂料哨牙炳嗫嚅道：“风哥，唔好意思，我……我打算专心顾店，你和兄弟发大财，唔驶理我。”

“你讲乜捻？”陆北风怔一怔，马上跃起身，双手叉腰直视仍然蹲着的哨牙炳，“你再讲一次！什么叫作唔驶理你？你不跟我们做兄弟了？你要跟其他堂口？”

哨牙炳连忙跃起身，却因心急，踉跄滑倒。于是双手按地再站起来，支吾道：“做……做……我们是斩过鸡头、烧过黄纸的兄弟，一天是兄弟，一世是兄弟，怎可能有异心？主要是我现在有家有小了……”

“刁那妈，唯独你有老婆仔女？其他兄弟冇？”陆北风抬腿踢向电灯柱，扯开嗓门喝骂，“点解唔直接说自己怕死？做人老实些，别人更睇得起你！目前是堂口最要人用的时候，你竟然金盆洗手？一天江湖人，一世江湖人，洪门向来有进无出，什么叫作义气，阿炳，你——懂——吗？”

哨牙炳语塞，耷着头，仿佛整个湾仔的人都在看他、笑他。但其实附近无人，只有一个蓬头垢面的疯子瘫坐在对面路边，望向天空愣愣傻笑。

陆北风不罢休，继续骂道：“我阿哥说过你最忠肝义胆。胆个屁！你只是个无胆匪类！走，跟我回去广福祠，你自己站在我阿哥的神主牌面前说个清楚明白，你到底对得起对不起他！”他死命抓住哨牙炳的衣领，把他拉往圣佛兰士街的上坡路，顾不得提伞了，两人跟对街的疯子一样，衣发鞋袜尽是水汪汪。

哨牙炳扭身挣扎，喊嚷道：“风哥，冷静！唔好意思，你放手再说！”

陆北风抽回了手，却捡起路边的一块砖头，趋前施展擒拿功夫，一抓，一按，把哨牙炳的右手掌压在骑楼旁一爿石壁上，作势欲敲。

哨牙炳哀嚎求饶，陆北风道：“今日要攞你一只手，唔系因为你抛弃堂口手足，而是为了你盗窃兄弟钱财！做过乜嘢，你自己心知肚明！”

原来风哥知道他拿了钱！哨牙炳惊愕得张嘴结舌，雨水密集地打到口腔里，然后泻漏出来，像崩堤的江河。“我……乜嘢……我……”他没法把话说完，不知道应该坦白抑或继续隐瞒，因为不确定陆北风知道什么和知道多少。

陆北风直接告诉他答案：“樟木箱底有个暗格，里面有张纸把钱财数字写得一清二楚。你穿柜桶底[①]，仲诈傻扮懵？不拆穿你，不表示我不知道。我是念你在我阿哥身边这么久了，不跟你计较。贪心不是问题，贪心的人有大志，有大志才成得了大事。可惜啊，你贪钱，却被拆穿了，算你倒霉。你系仆街在倒霉上面！倒霉了，就得认！如果我把事情张扬开去，看兄弟们会不会找你算账！你丢得起这脸，我可丢不起！”

哨牙炳浑身颤抖，心底涌起强烈的愧疚感，但与其说是对于盗占财物，毋宁说是对于自己的办事不力。真他妈的不谨慎！怎么没认真检查樟木箱？这些年来，除了对账目数字敏感分明，其他事情他都极少做得不妥善，或者说，他总会担心自己做得不够妥善，有这样或那样的错漏乌龙，而越是担心，奇怪地到了最后越容易真的出错，只是别人不一定看得出来。而一旦被发现，像现下这状况，事情便难以收拾。他不明白为何想做对一件事竟然如此困难。他自觉是个彻头彻尾失败的窝囊废，一阵阵自卑和自怜的伤感情绪袭来，眼眶一红，顾不了面子，滴下眼泪，泪水和雨水混成一片。

---

① 意为：亏空，侵占。

“刁，男人大丈夫，喊乜捻？冇鸠用！”陆北风啐道。

哨牙炳更觉伤心，身子一软，蹲下背靠着石壁，把脸埋在手掌里，喃喃自语道：“我只不过想重新做人，点解咁难？”

陆北风听得烦厌，一记大巴掌往哨牙炳的后脑门重重掴下去，骂道：“喊、喊、喊！就知道喊！你喊到哑亦无捻用！”哨牙炳无法止住眼泪，两只肩膀哭得一耸一耸的像只被雷雨击伤了翅膀的小鸟。对街的疯子依然在傻笑，在夸张地抖动肩膀，在模仿他。

“将功赎罪！听见了吗？将——功——赎——罪！”陆北风再掴他一掌，道。

哨牙炳听见了，连忙仰脸望向陆北风，轻轻点着头，汪汪泪眼里含着感激。

陆北风蹬了哨牙炳一脚，骂道：“灵堂放屁，失礼死人！”他坐到骑楼底的梯级上巴兹巴兹地抽烟。哨牙炳也趋前坐下，不言不语，陆北风把一根香烟扔过去，他不接，就垂头丧气地坐着。沉默一会，陆北风首先打破沉默，说出关于将功赎罪的想法。哨牙炳必须留下，除了管账，更要拉拢警察那边的关系，他熟门熟路，帮得上大忙。总之陆北风不会让他离开堂口，否则会被嘲笑欠缺号召力，留不住孙兴社的二把手，甚至被误会排斥旧人，初建的新兴社便太没面子。陆北风答应不把事情对任何人道破，今天发生的一切，一笔勾销，哨牙炳拿走的金条和美金不必退回，就算是他私下入股粮庄，大家仍然是好兄弟，同进同出，开山劈石，该分的好处大家分。

“杀人放火我内行，守财生利我不懂。你以后替我打理私房钱吧。”陆北风提出要求。

哨牙炳怔一怔，反问：“私房钱？”

陆北风耸肩道："是啊，堂口大哥总得有自己的私账，公归公，私归私，亲兄弟，明算账，对所有人都好。我在广州还有些老本，我一定要取回来，到时候你替我好好管着。唉，老子认命了！自己的钱守不牢固，总得借尸还魂！"他在万义堂风光得势了八九年，战后国民政府抓汉奸，他手里的财产当然统统被没收，但有些田契屋契登记在女人名下，蒙混过去了，他一直等待机会索回——不，抢回。见过鬼怕黑，他决定日后尽量利用其他名目掩护自己的钱财，问题是必须找个可靠的人，而陆北风愿意信任哨牙炳。他最痛恨不贪财的人，自命清高，不容易受摆布。哨牙炳的好处是贪财却不敢太贪，樟木箱里有那么多黄金和现钞，换作是自己，心问口、口问心，他肯定全部吞掉，反正陆南才已死，死无对证。但哨牙炳居然只取了五根金条和两百元美金，不管是因为胆子太小或者心地太好，反正看在陆北风眼里，他都是个胆小鬼，而胆小鬼最容易被控制，只要凶他、唬他，他不敢不听话。

哨牙炳果然连声应允，拍胸脯说："放心！我一定好好守住风哥的钱！"

"不能只守住，还要生利！一本万利！赚个盆满钵满！"陆北风瞟他一眼，道。

"系！系！一本万利，盆满钵满！"哨牙炳不断点头道。

陆北风笑一笑，哨牙炳也对他咧嘴而笑，然后说："时候不早了，风哥饿了吧？我们去吃饭？"正欲站起来，陆北风突然抬高手臂，啪啪啪啪啪啪，一连打了哨牙炳六记响亮的耳光，骂道："你盗占兄弟财物，我不可以不执家法，否则坏了规矩。但这只是小惩小诫，日后再有对不起堂口，新债旧债一起偿还，你挨的便不是耳光了！"

哨牙炳伸手拭抹鼻和唇，手掌上都是血，还有半颗牙齿落到地上。陆北风手劲大，打得他门牙断裂。

陆北风睃他一眼，道："呵，天意啊！老天爷故意留个记号，叫你明天赶快去镶金牙，时刻提醒你做人要'牙齿当金使'，言而有信！哨牙炳，哨牙炳，以后你改名'金牙炳'吧！"

哨牙炳唉声叹气。陆北风捡起雨伞往前走去，他无奈跟在后头，到了酒家，兄弟们奇怪他忽然缺了半截门牙，他敷衍说是因为在雨中失足滑倒。席间，陆北风向兄弟们宣告草鞋岗位由阿火担纲，哨牙炳改任白纸扇之职，联络各方门路，也兼管账房，是堂口的大掌柜。陆北风又建议打破旧规，设置两席双花红棍，由刀疤德和大只良同时负责，两支齐眉棍，两把青龙刀，两队人马同心合力替堂口攻城略地。陆北风说："平起平坐，齐心搵钱，有福同享，有难同当！"

当夜酒醉饭饱，在归家的路上，哨牙炳觉得非常荒唐。他的本意是金盆洗手，结果洗手不成，反而让双手在江湖浑水里越陷越深，既要管堂口的事，又要理风哥的账，还赔上了半截招牌门牙，令他欲哭无泪。做人难，想重新做人难上加难，先前干过的事情冤魂不息似的把你包围，休想逃得了。这一刻哨牙炳最烦恼的是不知道怎样对阿冰解释。下午出门前他答应她会对风哥道明脱离堂口之意，但结果，结果，唉，结果。他拖着沉重的脚步回家，在门前踌躇思量，没有别的路了，最后决定只说半个谎言。

什么是半个谎言？那就是不说全部的真话。哨牙炳不希望阿冰难过，也担心她一怒之下真会带孩子返回汕头，他更不愿让她发现自己粗心大意到忘记检查樟木箱的暗格，他怕被她瞧不起。所以他打算对她说，陆北风答应让他脱离堂口，但需要时间，两年，最多三年，待新兴社上了轨道便放他走。事缓则圆，哨牙炳觉得“拖”字诀足可解决问题。

推开家里大门，客厅半边漆黑一片，另半边被角落神台上的长明灯掩映成一圈诡异的暗红，眼前世界截然二分。哨牙炳蹑手蹑脚地走近睡房，隔门窥见阿冰已经呼呼入睡，他壮着胆子，放轻手脚走到床边，昏黑里，端详阿冰的脸容轮廓，如此熟悉，心里涌起莫名的暖意。他生起冲动想对她说声“对不起”，她却突然反过身伸手搭住旁边的纯胜，粗肿的腰背让他觉得有些陌生，原来她发福了不少，纯胜出生之后他未曾认真看过她的身体，此刻更感内疚。

他记得她说文武庙签句提过什么鸳鸯，这一刹那，他惊觉他们不就是根本不太相配却偏要相配的鸳鸯吗？他总做不到她想要的男人。她要他勇敢，他却怯懦；她要他床上检点，他却男女荒唐；她要他金盆洗手，他却阴错阳差地留在堂口。但倒过来看，他明明知道她所要求的事情并非是他所乐意去做的，却仍费力去做、假装去做，做得到做不到是另一回事，毕竟自己仍是心甘情愿。说难听点，这不是自我作贱吗？他实在想不透，心思紊乱，晚饭时又灌了不少酒，额头阵阵刺痛，于是吁一口气，慢慢退回客厅。

折腾了一天，哨牙炳疲累极了，坐到椅上没多久已经不知不觉地呼呼睡去。累了，他非常累，屋里的人需要他，屋外世界也有人拉住他，他不知道自己还能撑持多久，只知道自己不可以倒下，必须挺住，直到两边的世界把他放开，而到时候他已经老去，哪里都去不了了。但此时此刻，在入睡以前，最令他烦恼的只是，不知道醒来之后如何告诉阿冰：我金盆洗手，失败了。

第二部

鸳鸯楼下万花新
翡翠宫前百戏陈

十二　乱七八糟的男人

这是哨牙炳早上醒来以后对阿冰说的解释版本——

昨天离开广福义祠，他对陆北风提出金盆洗手，风哥暴跳如雷，骂他是反骨仔，更激动得眼眶泛红，几乎为他流下男儿眼泪。

“风哥会喊？”阿冰觉得不可思议。

哨牙炳瞪着眼睛，直望阿冰道：“千真万确！我骗天骗地都唔敢骗你！骗你，我就系龟公！”

阿冰啐道：“呸！你系龟公，我不是就系龟婆？”

哨牙炳连忙抬手作势边自掴边道：“我嘴贱！我掌嘴！”他继续胡扯道：“我跟风哥说，娶了老婆便该让老婆安心，这点意思我其实以前早向南爷说明，南爷也同意了，表明一旦打跑了日本鬼子便让我脱离堂口。现在日本鬼子走了，也该是时候了。风哥听完，考虑了一阵，觉得既然这是南爷的遗愿，自己无理由反对，但警告我，依照广州帮规，脱离堂口要被大佬在背上斫三刀。我说为了老婆，别说三刀，三十刀我也愿意挨！”

根据哨牙炳的说法，陆北风认为兄弟一场，无必要动刀，但喊出交换的条件，要求他再留个两三年，待新兴社打好了基础才放他走。如果同意，三刀不必斫了，改为打三个耳光。他虽然不情愿，但见风哥情深义重，他为大局着数，最终勉强答应，岂料风哥用劲过猛，一巴掌打断他半只门牙。

哨牙炳张开嘴巴让阿冰察看断牙伤势，阿冰不免疼惜，轻抚他的脸颊。他又扯了一段："风哥后来对我感叹，说娶了像你这么好的老婆，又靓又叻又听话，换作是他，他亦甘愿为你金盆洗手。他说我是走了八辈子的狗运，一定要好好珍惜。我说，你错了，不是八辈子，是十八辈子！"

阿冰虽然喜听好话，但因是屠狗出身，不爱听见"狗"字，嗔道："我倒是走了十八辈子的衰运！"

哨牙炳知道过关了，虽然金盆洗手失败，至少过了阿冰这一关，之后的事情之后再说吧，见步行步，管不了这么多。他再次领悟有些烦恼原来只是自己的心障，船到桥头自然直，只要换个想法，或换个说法，烦恼虽仍是烦恼，却未必如想象中的烦和恼。而对阿冰来说，事已至此，再不情愿也得接受了，反正已经开了店，她是老板娘了，这也是她的江湖，待新兴社的根基打稳了，粮庄的生意亦该上了轨道，到时候和阿炳才是真真正正的重新做人，三年不算太长，她可以等。阿冰之后做了两桩事情。首先在家里的神台面前上香，把昔日几把随身屠刀隆而重之封箱藏起，算是小小的"金盆封刀"仪式。然后，她陪伴哨牙炳到史钊域道找欧士元大夫镶了一只金门牙——从此，江湖上少了一个哨牙炳，多了一个金牙炳。

新兴社是半新不旧的堂口，陆北风一方面招兵买马、广收门徒，另一方面派遣金牙炳和阿火在湾仔一带布置生意门路，客栈、赌摊、烟馆，尤其航运码头搬运，皆须尽快掌握。面对其他帮会，可以合作的谈合作，谈不拢便由刀疤德和大只良出手，硬碰硬，黑吃黑，顶多事后多赔一些汤药费和安家费。有钱好办事。

相士批算得准，陆北风开始走运了，一九四六年初，为了稳定港币的信用价值，汇丰银行突然愿意承担战时迫签银纸的储备责任，港英政府配合改弦易辙，重新承认这批钞票的合法化。这本来是好事，有人却因此发疯了。当钞票仍是废纸的时候，不少人把迫签银纸当作垃圾扔掉，或者干脆用来生火煲水、点烟、煮饭，五元十元百元五百元，自己亲手把钱财烧毁，看不开的人很难不精神错乱。有个上海佬为此握起菜刀，把烧掉他几千元钞票的老婆斩得身首分离。有个福建婆每天晚上十点半准时出现在萧顿球场，走到垃圾堆旁东翻西寻，嘴里不断喊嚷：“钱呢？我的钱呢？我的钱呢？”

命运是个诡异的游戏，近处看，像个万花筒，变幻多端让人眼花缭乱，拉远了，站高了，却常发现它其实是个天平，这边沉重坠落多少，那边自会轻盈提高多少，高低之间分厘不差，仿佛有一只手在半空操控着秤锤，你要有多准，它便有多准。所以，当有人发疯，也有人发财。

在废纸变回钞票以前，有人希望尝一尝坐拥金山银山的虚荣滋味，刚好有做生意的朋友打算丢弃迫签银纸，他说：“不如让我用十元换你的一箩筐钞票吧！”成交了，他抱着银纸睡觉，连做梦亦有钱的气味。银纸后来恢复流通，朋友急急前来讨回钞票，他当然拒绝，对方告官，法官却骂道：“卖了就是卖了，你这不是要流氓吗？”他朋友反而因为法官一言而想出了坏主意，好，老子就要流氓，干脆花钱找烂仔将对方绑票，最后取回八成银纸作为赎金。

又有个在马师道旁代撰家书的老伯伯不知如何捡得一堆迫签银

纸，一天早上坐在摊前吃油条和听广播，准备吃饱了肚子在钞票上面练习毛笔字，收音机新闻报道政府的开禁消息，他愣住了一阵，把含在嘴里的油条往远处一吐，二话不说，站起收摊，从此不知所踪。街坊其后说他带着钞票回乡下老家娶了一个十六岁的小姑娘，盖了大房子，几十年的穷酸冤气一扫而尽。

陆北风亦是处身在天平的幸运一方，他把箱里满满的五百元迫签银纸抱在怀中，抬头望向天花板，嘴里不断说："阿哥庇佑！阿哥庇佑！"

自从日军于一九三八年占领广州，陆北风即跟哥哥断绝联络，因为自己替日本鬼子办事，不希望连累陆南才。三年后日军占领香港，陆南才亦替日本鬼子办事，两人却仍只通了几封信，双方都是为了彼此的安全，牵绊愈单薄，愈不容易被抓住把柄。陆北风忽然记起哥哥曾在信里说，孙兴社得到一个英国警官的关照，但到底如何关照，他没说细节。陆北风觉得洋人为的无非是钱，财能通神，塞够了钞票，不管是日本鬼子抑或英国鬼子，全部对你鞠躬。

看透了这点，陆北风特别嘱咐金牙炳前往疏通洋衙门，千万别吝啬，该花多少钱便花多少钱，今天花得越多，他朝便有机会越回越多。金牙炳不负所托，很快便透过老关系知道战后主管侦查堂口的洋警官是谁，然后把钞票送到对方的办公桌上，可是对方竟然拒收。——他并非不贪财，他只贪最大的财。

洋警官叫作 Joseph Nick，中文名字是力克，出生和成长都在英国的牛津郡。他在牛津大学读的是东方研究，尤其钟情书画艺术，为了增广见闻，远赴神秘的中国游历，白天交朋结友和学习中文，晚上在酒店大堂拉小提琴赚钱糊口。他父亲是教堂牧师，从小教导他用音乐赞美主。他长相和善，嘴角经常挂着亲切的笑容，个子高，非常高，一米八八。初抵中国，力克的落脚地是上海，后来经广州来了香港，没料遇上城市陷落，日本进城的那一天他正在湾仔的六国饭店拉曲子，被硬生生押解到赤柱的欧民拘留营。

战后，力克当上香港警察，然而他从第一天起便不是个好警察。他从未想过要做个好警察。

日本人占领香港的时候，把香港岛南边赤柱的圣士提反书院征用为拘留营，集中管理一千多名欧洲和美国平民，战俘则分别关在北角和深水埗。力克在赤柱。

拘留营主管是一个叫作郑国梁的香港人，这家伙的老婆是日本人，他一直替鬼子做情报工作，狐假虎威，洋人落到他手里，受尽欺凌敲诈，终于忍受不下去，集体发难到操场上站立抗议。

郑国梁被调走了，换来一个名叫山本十六郎的日本人，他容许营内洋人组成临时管理委员会，如意算盘是以夷制夷。精通英语的山本十六郎战前在半岛酒店以理发师的身份乔装工作，顾客全是洋官洋商，方便打听英国圈子的备战动向。香港沦陷后，他以胜利者的身份站到洋人眼前，竟然坚决拒绝说英语，明明能够亲自沟通却亦要求随从口译，圆眼镜背后的一双小眼睛闪出腾腾的杀气，营民都在背后叫他作“地雷”，敬而远之，只让詹逊跟他打交道。

詹逊是港英管治时代的辅政司，港督杨慕琦身边的二把手。杨慕琦被日本鬼子押到台湾，他便成为最大号的官员代表，担任了三年多的临时管理委员会主席。委员会其他成员大多数是商人，也有医生、牧师和律师，做主席之于詹逊是吃力不讨好的任务，营里洋人讨嫌他太听命于日本人，几近于“欧奸”，日本鬼子却认为他常替欧民争取物质，贪得无厌。詹逊自觉里外不是人。可是为了大英帝国和英王陛下的颜面，忍辱负重，发誓带领营里的一千多人走向未来的光明。詹逊热爱音乐，跟力克谈得来，发现他有领导才干，人缘好，于是委任他做“生活协调小组”组长，负责摆平营友之间的冲突纠纷。如果詹逊是黑脸，他便是白脸。

廿五岁的力克在拘留营洗衣房里认识了露易丝，一位来自爱尔兰都柏林的十八岁女孩，很爱笑，笑时，脸上的雀斑似在漫天飞腾。她父亲在中环的教会医院行医，母亲是护士，她自己在都柏林亦是学习护理，闲时热爱绘画，毕业后来香港探望父母，趁机常往郊外写生，打算住半年便走，万料不到日本人说来就来，一家三口在拘留营泪眼相对。幸好力克有本领逗露易丝开心。日本人偶尔准许临时管理委员会举办文娱活动，力克邀请露易丝替营友速写肖像，他在旁边拉琴，依照营友的不同脸相和坐姿即兴创作不一样的乐曲。他告诉露易丝，以前有一位德国音乐家说过，“即使只是一把扫把，我也能用音符呈现它的形状。”音乐跟画笔一样能够具体勾勒出日月星辰，而他，亦在露易丝的眼睛里窥见了日月星辰。

力克做梦也没想到拘禁的岁月竟是最自由的岁月，像长了一双翅膀在天空飞翔，露易丝是牵着他手的天使，不管白天或夜里，只要跟露易丝聊天，他便似在云间遨游，高墙和铁丝网构成不了困阻。他不再需要外边的世界。营里的劳动折腾显得微不足道，因为只要他和露易丝的眼睛看得见彼此，在背上在脸上滴下的汗水，是甜的。

拘留营内的一千两百多个日子造就了爱情，更促成了婚礼，在三年八个月里，有二十多对男女宣誓结婚，但新人没有单独的房间，新婚之夜，营友合作掩护男方到女子营房过夜，房里的厕所便是他们的亲热新房。力克满心欢喜地以为自己亦将有相同的运气。

营里有一位亦是来自都柏林的海威格，家族做的是汽车贸易生意，破落欠债，他跑来香港买卖零件。他比露易丝年长十七岁，一直未婚，在洋商圈子里风流得声名狼藉。力克没法不承认海威格的魅力，他见过的世面，他的幽默，他的成熟，像冬天的炉火般能把所有女人男人吸扯到身边，忘记了被炙伤的危险。力克察觉海威格经常借故接近露易丝，所以提醒她，她却一脸纯真地笑说："傻瓜，海威格是叔叔！他父亲是我爸在家乡的表弟！"力克选择相信，露易丝是天使，不会胡作非为，除非天使心里亦住有魔鬼。

力克没想到被魔鬼杀个措手不及。一个傍晚，他在饭堂远远瞄见海威格对露易丝打了个眼色，两人前后脚鬼鬼祟祟地绕道到营区右方的车场，他悄悄跟踪，眼睁睁看着他们翻越铁丝网的破洞，爬上一辆运输军车的后座。海威格常被日本兵指派帮忙维修军车，熟门熟路。

迟疑了一阵，力克决定趋前看个究竟，蹑手蹑脚走近军车，半蹲下来，慢慢掀开布篷一角朝里面偷窥。

天啊！这是露易丝吗？真的是天使般的露易丝？

海威格坐在空荡荡的车厢地上，脸贴脸地抱着露易丝，她跨开双腿盘夹他的腰，腰肢微微左右摆动像一个旋转的陀螺，长裙覆盖着两人的下身，露易丝仰起脖子，半张着眼睛，双手发疯般扯住自己的头发。海威格左手掌撑着地面，右手伸起捂住她的嘴，指缝间不断渗出嗯嗯呜呜的暧昧叫声，是愉悦的饮泣，露易丝不断低喊："给我……给我……"她似一只极渴的兽在苦苦哀求主人恩赐水露。

尽管是酷热的夏天，力克手脚无比冰冷，寒气从脚底直冲到手、肩、颈，再逆流回到脚掌，脑袋却滚烫滚烫，似被淋了一锅的热油，烧得他眼前发黑，胃里涌起一阵强烈的酸气，马上转身踢踢跶跶地奔离车场。怎会这样呢？怎可能这样？力克低头疾走，地上的石头都是问号。交往了一年多，拥吻厮磨当然有过，但力克都控制住自己，他相信露易丝是纯洁的女孩子，以天父之名，婚前他们保守一切应被保守的单纯。曾有一回意乱情迷，露易丝定睛望他，微张薄薄的嘴唇，仿佛想说些什么，却又说不出口。力克当时觉得她是在嘉许他的定力，但此刻回想才恍然明白，那没说出的话语可能只是欲望的渴求，黑暗的声音，往往难以启齿。或许海威格这样的情场老手比黑暗更黑暗，他有办法撩拨露易丝最不可告人的欲望，让她相信，所有发生在黑暗里的事情都不算数，没关系的，这只是梦，都是梦，没有人需要替梦境负起责任，在重新张开眼睛的时候，触目所见都是全新的光明。——但又会不会是，对一些人来说，身体的激情才是光明，单调的寻常日子才是需要忍耐的无边黑暗？

力克不确定露易丝和海格威是否发现被偷窥，即使发现了，又是否知道是他。思量了一个晚上，他决定不动声息，把事情交给神。露易丝只是偶然迷失，像一只迷途的羊，只要他有足够的爱便必能够把她从丛林里召回。他可以等待，更乐意付出，只要她一直留在他的身边。

但面对海威格，力克可没这份耐性。刚好翌日是星期天，营里下午有足球比赛，眼见海威格若无其事，一股怒火从力克心底燃起，他们分属两队，海威格盘球进攻，防守方的力克突然冲前贴近，猛力抬膝顶向他大腿内侧，把他踢个腰背卧地，双手紧紧压着裤裆，似在保护什么东西免于粉碎。观赛的露易丝连忙跑进球场跪下察看海威格的伤势，然后扭头狠瞪力克，就这一瞪，力克明白自己输了，输得彻彻底底。

输或赢都是神的旨意,但他希望弄个清楚明白。球赛结束的晚上，力克约露易丝在洗衣房见面，他哀伤地看着她，等她开口。她也望着他，仿佛用眼睛说着他听不见的话语，嘴巴却紧紧闭上。

半晌，他忍不住了，直接问说：“难道你不知道他是个乱七八糟的男人？”

她依旧不言不语，眼神里竟然闪现一丝无可名状的亢奋。

他再问道：“想不到，真想不到你是这么随便的人。”

露易丝终于说话，低下头，似自言自语：“我不随便。我只有他。他也答应了，以后只有我。”

力克忍不住失声大笑。怎么搞的，明明是个浪荡子，女人却愿意相信他会为她变成正人君子，或者说，相信自己有办法把他变成正人君子，女人的乐观意志比任何堡垒更为顽强。

露易丝仰起脖子望向力克，满脸雀斑像颓然散落的日月星辰。她拉一下力克的手，说：“忘记我吧。谢谢你对我好，但……我要的不仅是好，好，不够……”

“你到底想要什么？”力克打断她问，“你爱他？”

露易丝盯着地面,支吾道:“我不知道什么是爱。我只知道……快乐，跟他……有天旋地转的快乐。”

力克啐道：“老天，那不是快乐！那只是邪恶的激情！该死的邪恶！相信我，他很快便会一脚把你踢开！”

露易丝说：“我不管，我就是要！而且，不会的，他不会踢开我，我们决定结婚。他求婚了。”海威格当然有求婚的理由。她年轻鲜嫩，她父亲有钱，他快四十岁了，总该有个家，更何况有家之后只会多一点点的技术障碍，如果他想玩其他游戏，任何障碍都可解决。

力克焦急了，抓住她的两只手臂，说：“你不是说过希望游历世界，用画笔记录生命吗？我可以带你走遍天涯海角，我拉小提琴，你画画，艺术才是永恒的激情！那家伙只是想跟你有 good time，但我可以给你 long time![1]”

露易丝没回话，扭身朝洗衣房门口走去，边走边道：“对不起！对不起！对不起！对不起！我确实喜欢那种感觉。”

每句“对不起”都像一颗扔向力克脑袋的石头，咚咚咚地敲得他眼前发黑，更敲出他心底的莫名怒气。“Slut[2]!”他一脚踹开身旁垃圾桶，冲过去抓住露易丝的衣背，硬生生把她压下，膝盖撑着地面，再掀起她的裙子，左手伸前捂住她嘴巴，右手扯下她的小裤，忙乱地做他从没想过会做的下流事情，以前不敢穿越的界限都被穿越了，而腰肢每往前挺进一下，愤怒便激烈一分，原来界限只存在他脑海，他一直克制自己，替她守着护着，原来纯属可笑的一厢情愿。

“这就是你要的，对吗？对吗？对吗？我给你！我给你！”力克用忙乱的节奏横冲直撞了一阵，发现自己的手指不知不觉地换了位置，从露易丝的嘴边伸进了她的嘴里，她舐弄着，轻咬着，像母狗享受骨头。这是他从未想象过的天使，有着不可告人的面目。是不是每个人都有不可告人的面目？我的在哪里？在裤裆里？在脑袋里？哪个才是真的我？力克陷入迷惘，胯下的露易丝却在摇动她的

---

① 意为：那家伙只是想跟你有一时之欢，但我可以给你天长地久！

② 意为：荡妇。

腰肢，前后，前后，才几下，力克突然喊出一声尖亢的:“呀！”毕竟是初次，快速地一泄如注。

露易丝扭颈鄙夷地瞥他一眼，嘴角抖动似在冷笑，然后挣扎站起，把衫裙拉好，头也不回地走出洗衣房。她没说半句话，但力克完全明白自己再次输了，输得比彻底更彻底。

露易丝没有张扬那夜发生的事情，仿佛一切从未发生。在营里碰见，她是一脸冷漠，见等于未见。海威格倒没有异样，如常地跟每个人谈笑风生，仿佛不放过任何一个人，所有人都是他的盆中食物，差别只是主菜或配菜，即使没有胃口，放在碟里，看着也高兴。不到一个月，露易丝突然和海威格举行婚礼，按习惯营友们齐聚唱歌跳舞，力克佯病没现身，偷偷独自走到海边拉奏巴赫《小提琴奏鸣曲第一号》，拉动的是琴弦，更是自己的心，在切割，在碾磨，在凌迟，乐曲尚未拉完已经把一颗心蹂躏成碎片。然后，轮到肺，再到胃，再到肠，手和脚，眼耳口鼻，耳朵，脑袋，直到彻头彻尾地体无完肤，双手突然使劲把琴和琴弓扔进海里，海浪冲过来把它们卷得无形无踪。力克双膝颓然一软，瘫跪在沙滩上，弯腰把右脸紧紧贴在滩面，抿紧嘴唇不让哭声惊动任何人。他不断抽搐身子，像一尾被冲到岸上待死的鱼。

半年后，日本人终于宣布投降，露易丝离开拘留营的时候，肚皮已经隆得像个小鼓，营友们都替她和海威格感到高兴，孩子可在营外诞生，不必成为 prisoner baby[①]。三年八个月有四十六个“囚犯宝宝”，替营房添了喜气和麻烦。力克自从知悉露易丝怀孕，心里百般忐忑，暗中计算了日子时间，孩子可能是他的，也可能不是。若在从前，

① 意为：囚犯宝宝。

他会跪在床头向天父祷告，祈求天父赐予答案，但今天的他开不了口，他背弃了神，也不愿再信靠神，他明白这世上能信赖的只是自己。他想找机会问露易丝，可是她从来不给机会让他单独靠近。他冒险写了字纸偷偷塞在她的洗衣袋里，她亦不回不覆，他之于她，已是不复存在的烟消云散。而她之于他，是看得见却摸不着的影子。

所有人撤离营房的那天，排队登车，力克望向露易丝和海威格的背影，海威格回头跟营友挥手道别，也对他微笑点头，露易丝竟然转身瞟了他一眼，他弄不清楚这是什么意思，是不舍？是怜悯？是指控？不管了！他没法按捺冲动，快步踏前想问个究竟，但两人被催促登车，灰蒙蒙的巴士在艳阳天里轰隆开动而去，力克愣在原地，阳光射到脸上，天地白茫茫如一块纱布盖在眼前。车子驶得远远，也把他渴望得到的答案带离得远远。

离营前夜，力克对詹逊提出加入警队的请求。詹逊问他理由，他说出预先想定的堂皇答案："我在香港受过难，香港便是我的家，我要保护它。"

"音乐呢？"詹逊坐在营前的藤椅上看书，停下来，拉低老花眼镜，眼睛从镜框上方向他望去，问说。营灯照着他额上的皱纹，像被无数坦克车辗过的坑道，深陷的眼眶则似被炮弹炸出的难以填平的洞穴。"我以为艺术才是你的生命。"

力克摇头道："这是一个需要钢铁的时代，音乐太软弱了。我希望做个坚硬的人。谁知道下一场战争什么时候发生？"

力克并非全不老实，在沙滩上的那天，在露易丝婚礼上的那天，在哭干了眼泪的那天，他下定决心做个坚硬的人，要有钱，要有枪，要有指挥的权力，这样才不会让自己再度沦为被放弃的失败者。他要所有人见到他都感到恐惧，要他们对他扯开嗓门，尊敬地喊一声：“Yes, Sir![1]”

詹逊把书搁在桌上，耸肩道：“好吧，这几年你帮了我这么大的忙，我没办法对你说不。”他读的是丹尼尔·笛福的《鲁滨孙漂流记》，不知道是第几回重读了，只记得第一次读时十五岁，现在五十五岁，四十年的光阴仿佛可以被浓缩成一次快速的翻页动作，假如不曾以鲁滨孙的智慧、勇敢和坚忍做自我鼓励，他熬不过这几年看似永无止境的拘留日子。

战后，詹逊担任了半个月的香港临时首脑，就在这短短的十多天里，他抓紧机会把力克安排到警察部门，他见识过他的管理才干，信任他。詹逊后来被派遣到新加坡担任总督，力克留在香港，拥有了他的枪，所以，也拥有他的权，他的钱。他铁了心肠，立志做个比海威格更乱七八糟的男人。

① 意为：是，长官！

十三　神探饶木

英国人重回香港，成立军政府，詹逊指派辛士诚上校重整警队，召唤流散人员复职，但只有五六百人响应，唯有急从上海和巴基斯坦派遣英籍人员来港助力，甚至替日本鬼子做过宪查的华人亦被招揽，只不过在委任文件上注明 PCJ（Police Constable Japan①）以突出昔日的政治背景。而且物资缺乏，连警察委任证也将就捡用日治时代旧物，证上印鉴依然是“香港占领地总督部”。当新的来不了，旧的亦走不了。詹逊特别提醒辛士诚上校，力克精通粤语和普通话，擅长跟华人打交道，值得拉拔。

力克穿上警服后被指派的第一项任务是，脱下警服，从早到晚走遍街头巷尾打听帮会动向。军政府不怕江湖流氓胡作非为，只是不喜江湖流氓不够听话，战时有许多帮会堂口替日本人效劳，英国人回来了，有仇不报非君子。细心的辛士诚特地给力克安排了一位助手：饶木。

饶木是个硬汉，出生于广东潮州，为了保护家人，十六岁拿枪杀土匪，那是一九一一年六月，当时还有皇帝呢。然后他投身石镜泉的民兵阵营，打过反清革命的零星战斗。“石家军”解散后，他加

① 意为：日本警员。

入了陈济棠的部队，得过战功，但因妻子患了肺结核，他带她来港治病，一九一九年当上警察，一做便是二十多年，战后已经是个退休在望的华探长。

饶木觉得在香港做警察是一桩滑稽的事情。老百姓却沿袭了粤人的惯常说法，把警察唤作“差人”或者“差佬”，又把警局叫作“差馆”或者“差局”，仿佛墙上仍然高高悬挂着老黄历，尽管皇帝不在了，大家却在心里替朝廷保留了牌位，警察依旧是衙差。

香港警察部队是杂牌军，依肤色深浅分成三个组别，各有英文代号。饶木连中文字也认不了几十个，遑论符咒般的英文，幸好只是三个简单的字母，听同僚们说一说便记下来了。A 组是白皮肤的洋人，当然是队伍里的洋人警官。B 组是黑皮肤的印度鬼，嘴上腮边留着厚厚的胡子，头顶包缠着颜色鲜艳或素色的布，本地人喜称这群差人作“嚤啰差”。C 组便是黄皮肤的华人了，都是广东佬，有不少原属各区乡绅商户自聘的“更练团”成员，警察的收入丰厚两倍，每月可领十四元，人望高处，有门路者当然更换东家。香港政府于一九二三年扩充警队规模，担心被广东佬垄断，特地从英国占领的威海卫招兵买马，延揽了一百多个山东警察，列为 D 组。于是香港老百姓编了顺口溜：“ABCD，大头绿衣，捉贼唔到吹 BB！”

“吹 BB”是吹哨子召唤协助，大头绿衣是印警和华警所穿的制服，深或浅的绿衫绿裤，锡克教的印警顶着又高又厚的缠布，像头上有头，华警戴的则是上尖下阔的三角竹帽，脚缠白布缚腿，饶木望向镜子里的自己，觉得比清朝更像清朝，打了半天仗，没想到一觉睡醒回到了旧世界。然而这里毕竟不归中国人管，洋警印警华警各有专属厕所，洋的最豪华，印的最整洁，华的则狭小脏乱，如华人的世界。大家的唯一共通处是在帽上和腰带上皆有英国皇冠徽章和G、R、I三个英文字母，据说是乔治国王五世和印度皇帝的拉丁文简写，饶木问同袍什么是拉丁文，同袍也不懂，却胡诌那是鬼佬的古老符咒，贴在华警身上，华警便会听令服从。饶木暗暗啐道："鬼佬咒语对中国人有效吧？我们义和团的法术对鬼佬也不灵验。何况只要有粮饷可领，我们有什么理由不听话？"

鬼佬对华警当然有担心的理由，警察就是兵，万一他们再来一回"驱逐鞑虏"，反了，怎么办？所以印警可以手持长枪在街上走动，华警虽然有简单的枪击训练，平日却只获配备不长不短的警棍。华警也不准到洋人聚居的半山巡逻，表面理由是他们不通英语，但其实是，他们不获鬼佬信任。

第一天做警察，饶木大清早到湾仔警局报到，穿上大头绿衣制服，跟另外四个新人排站在一个洋警官面前，同袍说他的官阶是督察，英文是Inspector，中国人惯称为"帮办"。饶木觉得英文并不深奥，只要把Inspector读成粤语的"烟屎不打"便记得住了，他决定以后多花工夫在这上面。

洋警官身旁站的是警署阿头陈国梁，官阶警长，英文是Sergeant，俗称"沙展"。沙展把帮办的指示译为粤语，来来去去就是要听话、要服从、要除暴安良。然后所有初来报到的警察举起右手三指，面对洋帮办和墙上的乔治国王五世肖像，一字一句地跟随陈国梁沙展朗读誓词：

> 余兹身为警员，愿竭忠诚，依法效力英王乔治五世陛下，其储君及继任人，并愿遵守与维护香港之法律，以不屈不挠、

不枉不徇之精神，一秉至公，厉行本人之职，并绝对服从本人上级长官之一切合法命令。此誓。

宣誓结束，陈国梁把洋帮办送离警局，转身回来喊唤大家注意：“好了，轮到我们！”

他引领众人穿越走廊到后座的饭堂，墙角上方供奉着关公塑像，青龙偃月刀横握手里，刀锋内侧，脸朝西边的一排窗户，瞠目扬眉，比饶木见过的所有关公更显威风。但其实塑像只是普通的木刻货色，只因这里是警局，地方有威严，所有人都似高大了三分，何况是神明。陈国梁嘱咐各人轮流向塑像上香叩头诵念：“关二哥神威庇护，助我除暴安良，儆恶锄奸！”黑帮流氓的香堂案上也有关二哥，兵贼黑白，同样是在刀口讨生活的冒险行当，生死事大，若无神明在背后撑持即易胆战心惊。

拜关公之后是切烧猪，再让众人分吃。陈沙展一边滋滋咯咯地啃着猪骨头，一边严肃提醒手下，关公塑像要摆得有规有矩，切勿脸面朝东，因为关二哥当年是西走麦城而被马忠伏击斩杀，朝东便是后悔了、认输了，有辱关老爷宁死不惧的英勇精神。青龙偃月刀的刀锋亦绝对不能向外，以免误伤自己人。当警察，同袍就是兄弟，若有同袍被匪贼所杀，我们得要三个匪贼填命。

陈国梁唠唠叨叨说着警察禁忌，又谈洋警官们的工作习惯，饶木不免在心底咕噜：“在乡下打仗时的口号系‘驱逐鞑虏’，想不到赶走了鞑虏，来到香港又要服侍另外一群鞑虏。”但他信命，刚到香港时，路经春园街的天机子算命摊，坐下排八字，最后得出“以鬼火始，以鬼火终”的总结。鬼火就是火枪，“落地喊三声，好丑命生成”，他一辈子注定拿枪吃饭。也因为信命，凭着相士给的这句话，饶木主动报名当大头绿衣，适值欧战结束不久，许多洋警察参军后留在英国不回来了，香港政府不得已广收华警，他有打仗经验，能跳擅跑，本来以为必可轻松过关，岂料黄脸孔的审查官对他挤眉弄眼，饶木明白那是索取红包。结果真正帮助他过关的是向亲戚跪求借得的两块钱。

饶木是个卖命的差人，抓贼查案奋不顾身，枪法准，亲手击毙过几个悍匪。又因练好了英语，跟洋警官们有说有笑，所以一路升职。但该收的规费他没少收半毛钱，否则跟同袍们——华洋皆是——格格不入，早就被排挤走人。然而日本占领香港，他不肯为鬼子卖命，逃回潮州。

战后饶木回到香港再当差。那时候香港只剩下六十万人，但和平了，回乡避难的人统统回来，像无数雀鸟纷乱南飞，把天空遮蔽得黑不透风。在看不见光影的焦土上，蛇虫鼠蚁争食相噬至血肉模糊，血腥在空气中飘浮，但嗅闻到饶木的鼻子里，又是另一种刺激。乱世出英雄，英雄能够救世，更能够救自己，他一方面缉擒盗贼，一方面强迫堂口配合，除了按例乖乖缴付规费，还要在遇上大案时交出情报，又或直接交出顶罪的“替死鬼”。堂口兄弟表面称他“饶探长”，背后则叫他作“饶那妈”。他是堂口老大背后的老大。

饶木上面的人是洋警官，多年来换了好几任上司，他无不打点周到，准时送上该送的钞票份额，每隔三个月跟堂口老大串通，做几场破案的“大龙凤”，花花轿子人抬人，方方面面都能交差。现下饶木被指派协助力克整顿帮会，初时有点心不甘、情不愿，但没多久发现这个鬼佬不太一样：他没把我看待为一只呼之则来、挥之则去的狗。

力克确实擅长交朋友，无论对哪一等人都能聊上半天，华人洋人，黑道白道，他都直望对方的眼睛，带着诚恳的善意，让对方感到被认真对待。他的声调天生厚实，像暗房里燃点飘浮的沉香，坐在他的面前，听上几句话已被稳住情绪。他说中文，似古琴弹奏《阳关三叠》；他说英语，像小提琴拉鸣《圣母颂》，加上一肚皮的知识渊广，如同鱼饵般把听众牢牢钩住。饶木就是听众，力克知道他出身军旅，特地经常谈及各式各样的西洋传说，听进饶木耳里，都是闻所未闻的辉煌战斗。斯巴达，西泽大帝，亚历山大帝，十字军东征，刺激啊，真是刺激。饶木想象自己骑在战马上，一身盔甲，手执长矛，指挥千万军队前往征服蛮荒之地。他偶尔遗憾地想象，假若当年辛亥起义后留在内地做兵，说不定早已是个割据一方的小军阀，甚至变成另一个陈济棠或张发奎。虽然在香港当上了华探长，打的却仍只是虾兵蟹将，打久了，觉得自己也微小得像虾似蟹。

既然相处投契，饶木愿意对力克认真解说江湖堂口的分布形势，也加入自己的分析。哪个堂口跟日本人勾结最深，应该把它瓦解；哪个堂口背后有军统势力，掌握最多军火，不可轻举妄动；哪个堂口战前是警方的老关系，可以考虑恢复。最后，他用手指头笃笃笃笃地在办公桌面连敲四下，道：“最难搞的是不知道从哪里冒出来的新面孔。无根无源，无规无矩，都是拼命三郎，不容易控制。一句话——七、国、咁、乱！”

战后每天有成千上万的人南下香港，抗日的战争结束了，江湖的战争却打得热闹，老堂口旧帜重张，新堂口开山立户，大家抢地盘、招人马，昔日厮杀用的是拳头刀棍，现下却常搬出鬼子兵留下的武器，二六式步枪、九六式轻机枪、九九式手榴弹，还曾出现燃烧瓶。饶木加油添醋地解说堂口的新近战况，力克边听边皱眉，饶木却笑道："没关系的。先让他们自相残杀，我们再来收拾残局。中国话是，鹬蚌相争……"

"渔人得利。"力克马上替他把话说完，"英文有句话叫作 While two dogs are fighting for a bone, a third runs away with it，意思是两只狗抢吃骨头，第三只狗乘乱把骨头衔走。到底是中国人比较精明。你们要鱼，不要骨头。"

饶木得意地说："当然啰，我们是人，不是狗。"忽又担心说话冒犯，连忙补道："打个比喻而已，打个比喻而已。"

"你说得对，我们是人，是人就要用人的方法。"力克摸一下鼻唇之间的两撮疏毛，耸肩道。他嫌自己的长相不够老成，开始蓄留胡须。"他们是狗，让他们狗咬狗，是应该的。但我们要的仍然是狗，不稀罕骨头。"

力克没把心里主意告诉饶木。他认为人的方法——尤其英国人的方法——非常简单直接：让钞票说话，Let the money do the talking。《南京条约》签订于一八四二年，但前一年英国人早已经急不及待在澳门举行拍卖会，把强占得来的香港土地让英国商人高价竞夺。英国人相信竞争，弱肉强食是天经地义，有力出力，有财出财，军队抢地，财主买地，只要建设得妥妥当当便所有人都是得益者。所谓江湖，无不例外。力克相信虽然经历了一百年，刚又打了一场战争，让钞票说话的老法子仍堪使用。

力克嘱咐饶木按兵不动，让众多堂口放肆火并厮杀，杀得越血腥残酷越有助日后铺排。冷眼旁观战况，力克深深感慨华人堂口的强大生命韧性，怪不得中国人把地下世界称为江湖。有人能够击败水吗？有人能够压制水吗？ No bloody way![1] 水无形流动，无始无终，有自己的规律，人充其量只能导引水流。能够消灭水的，只能是水的本身，河入海，江汇川，死的只是大鱼小鱼，永生的总是如水江湖。

忍耐了两三个月，差不多了，是收网的时候，力克叫饶木查探港岛、九龙、新界各区状况，他再花几晚时间写成文件交给辛士诚，英官向来习惯白纸黑字，事无大小皆爱记录。力克告诉辛士诚，经过连番厮杀兼并，各区基本上只剩下两三个堂口，尽管元气大伤，却仍未停火，仍在抢夺区内最有油水的生意，政府适宜在这时候介入，出面摆平各路势力，把主导权握到手里。辛士诚找力克到办公室坐下详谈细节，力克提了个想法：“打打杀杀只不过为了发财，发财却不一定要打打杀杀。他们应该学懂做生意，用钱投资，赚更多的钱。做生意我们最内行，我们有责任教化那群家伙，不是吗？”

辛士诚打开桌上的小盒子，从里面捍搓出一撮烟草，塞进烟斗，用一支长火柴点燃，然后巴兹巴兹地吸吮。力克没有抽烟的习惯，呛了几声，辛士诚连忙道：“噢，非常抱歉。一个人的天堂往往是另一个人的地狱，世事不容易两全其美。”

力克说：“是的，是的，最重要是互相体谅，天父也教导我们必须仁慈。”马上补说一句：“可是天父也提醒我们要以牙还牙、以眼还眼。”

辛士诚不作声，若有所思。他知道有不少黑帮分子曾替日本人

① 意为：不可能！

效力，日本兵放下武器的时候，有一个自称“赌场帮”的堂口向詹逊的临时政府勒索，如果英国人付钱，他们愿意在军政府成立以前出力维持治安。但被詹逊拒绝了。辛士诚吸几下烟斗，伸手掸一掸沾在领子上的烟灰，方道：“确实，中国佬讲究面子，大英王国的尊严同样重要。是时候清理桌面了。Nick，用任何你觉得可行的方法去做，我只要看到结果，无兴趣理会过程。”

在力克推开办公室门的时候，辛士诚从背后问：“饶木帮得上忙吗？”

“他很能干。谢谢你的安排。”力克道。

辛士诚道：“这就好。但我相信你不会忘记，他终究是个中国佬。”

离开辛士诚的办公室时，阴雨绵绵，力克几乎在石板街上失足滑倒。跟雨无关，只是因为亢奋。这是他生命里将做的第一桩大事，没有把握，但既然决定了当差，他便要赢，而他相信赢的方式不是抓贼，是“用贼”。世上不会有抓得完的贼，懂得用贼，等于抓尽了所有的贼。他擅于沟通，但过往的沟通其实只是迎合，大家称赞他随和，他明白是委屈了自己。今天的他不愿意再委屈，他要玩全新的游戏，战后是全新的天地，他要有自己的疆土，最理想是全香港都变成他的疆土，全香港的贼都是他的兵。

十四　避风塘炒蟹

堂口老大纷纷收到请柬：盲忠老爷子在铜锣湾避风塘艇上设宴贺年，万望赏光。宴分两场，连续两个晚上，首场在一九四六年二月八日，年初七，港岛堂口；第二场在年初八，九龙堂口。新界有新界乡村的老规矩，盲忠老爷子不插手，力克另想办法对应。

春宴是饶木奉力克之命往找盲忠老爷子商量得来的主意，好话说尽，当然厚礼也送了不少，老爷子终于应允。力克原先考虑的地点是酒店礼堂，老爷子认为太洋派了，堂口老大不习惯，不如艇上设宴热闹喜气。

盲忠老爷子退出江湖已久，高龄七十有九，双目已近失明，早晚坐在大王东街的“和合凉茶铺”内喝茶听曲，也打麻将，为了迁就他，牌友必须高声喊牌。凉茶铺是“和合图”的湾仔分堂，总堂设于西营盘的和记客栈，那是他的发家地，那年他才十七岁，却已有个非常气派的外号：皇上。

皇上原名赖忠，出生于东莞，母亲是跌打医生，丈夫死后，带儿子到香港行医，医馆设于武馆旁边，小忠跟着大人们学洪拳，养成了好勇斗狠的性格，在拔萃小学读书的时候跟同学打架，以一敌七，左眼被对手的铅笔插得半盲。干脆不上学了，在江湖打混，人称“盲忠”。当时的西营盘码头帮会林立，加入的人始可做苦力揾食，帮会谈判分妥地盘，相安无事，人人有饭食，盲忠尽管号称帮会老大，其实亦不过是苦力们的领头人。

一八八三年底，清廷为了越南跟法国远东舰队交战，却节节败退，几乎连台湾亦丢失，翌年十月上旬，一艘法国货船停泊到西营盘码头，忽然有搬货工人激于义愤，高喊呼吁：“打倒法国鬼！法国鬼侵略中国，我们不替法国鬼卸货！”一时之间，群情汹涌，苦力们都不愿替法国货船打工。船主急了，连忙拉响船上警钟找来水警，水警竟然二话不说抓了几个工人，理由是按照《商船条例》，码头工人拒绝运货即属犯法。盲忠略通英语，又是被抓工人的帮派老大，立即号召罢工，要求放人。警察可非善类，直接到“咕哩馆”用枪强押苦力回到码头开工。

人在屋檐下，苦力虽然低了头，却纷纷推说腿力不济，平日一个人能抬两袋白米，现在只搬一袋，严重拖延法国商船的运货进度。警察心生一计，从长洲、筲箕湾等区请“万安社”的兄弟前来救急搬货。眼看势头不对，盲忠召集诸帮会商量对策，决定把十几个小帮派合并成一个大堂口，取名“和合图”，隐含“合共图谋反清大业”的民族大志，字头暗号是“歪嘴”，因为“和”字的“口”放在侧旁，像摆歪了的嘴巴。

团结了，便是反攻的时候，打了几场血肉模糊的硬仗，总算从万安社手里抢回码头，警察袖手旁观鹬蚌相争，待两败俱伤后才找盲忠坐下谈判，七八天之后，工潮结束，和合图打响招牌，大家从此把龙头盲忠尊称“皇上”，而其身边歃血结盟的大将则称“歪嘴十二皇叔”：马骝王、矮仔周、驼背华、袁陀陀、扁挞挞、吻仔、尖不甩、大眼胜、痘皮梅、先生多、崩牙才和方万仔。

江湖纵横五十年，盲忠老爷子久不管事了，但以其名号举行的春宴无人敢不来。江湖面子往往像流传于空气之间的幽灵，摸不着，看不见，却无人不心存敬畏。

铜锣湾在港岛北岸中央，东西分隔中环和筲箕湾。黄昏时分，筲箕湾的海湾在夕阳斜照下，海纹斑驳似一面竹筲箕，所以有了这样的地名。日出时间，铜锣湾的海湾在朝阳映晒里，倒影耀目像一面圆圆的铜锣，所以有了那样的地名。人和土地之间的喊唤关系本就可以如此简单。铜锣湾旁有座天后古庙，庙里有个朱红色的铜炉，传说从海上漂来，居民视之为天后显灵，把它搬到神坛内供奉，十九世纪的《新安县志》即曾把整个香港岛称作“红香炉”。

力克在集中营时常听詹逊把香港历史说成《一千零一夜》式的神怪故事。詹逊告诉力克，英国人登陆港岛之初，铜锣湾石滩上筑有堤壆，居民行走其间，堤壆成为横贯岛屿东西的海旁通道，英官遂把此地叫作 Causeway Bay，另找华人师爷译出中文名字。岂料师爷推搪敷衍良久，迟迟不肯交出名字，被问急了，才红着眼睛道明原委：“小人在铜锣湾土生土长，祖先都是渔民，死后都葬在天后古庙后山上面，假若亲手替故乡土地改名换姓，岂不做了不孝子孙？这是有报应的逆天恶行啊，我不干。”

时任香港总督砵甸乍得悉此事，体谅师爷的心情，不为难他了，答应保留区域原名铜锣湾；但把海湾旁的新建道路 Causeway Road 译为“高士威路”，又高又威又具文雅气息，出自另一位粤籍译员之手。日本治领香港，高士威路改名“冰川通”，战后易回旧称，海湾对出海面亦重现夜夜笙歌的“游艇河”盛景。

不管是海是河是江是湖，皆是水，搭艇在水面欢聚吃喝便被广东人叫作“游艇河”。香港仔和筲箕湾都有供疍家渔艇停靠的避风塘，铜锣湾却多了一份洋气，英国人的怡和洋行在湾边建起了码头靠泊船队，更架设起大炮，每天中午鸣响提醒员工休息时间已到，久而久之，午炮成为象征权威的传统仪式，战前有，战争停，战后恢复。每晚华灯初上，铜锣湾避风塘比白天更为热闹，艇家在岸边挥手招客，摇橹把客人载到海上不远处，粉面艇、海鲜艇、生果艇、歌艇纷纷拢聚，吃的喝的玩的，喧哗明亮，挤嚷出一番迥异于陆上的浪荡风情。而这一夜，寒风飒飒，港岛十一个堂口合共廿二位正副掌舵人，都来了。

盲忠老爷子这夜坐于主艇，身旁是力克、饶木，以及其他十一位堂口龙头。二把手们混坐在其他三艘较小的艇上，划拳斗酒，矮桌摆满游艇河的特色菜，如九仔记的“六小福”，即白灼鲜鱿、海蜇、灼粉肠、猪舌、猪肚和韭菜花。也有妹记的泥鳅粥，苏记的炒蚬、五嫂记的东风螺，当然不能缺少汉记的炒辣蟹和烧鸭汤河粉。力克向来重视吃食享受，倒是首回游艇河，急不及待地用筷子夹尝每道菜色，尤喜色黑如墨的炒蟹，剥开硬壳，一口咬到蟹肉上，整根舌头被浓稠的汁液包围，竟然有在喝威士忌的错觉。汉记的六叔对他解释：“秘诀在豆豉。我先把阳江豆豉浸水，再加生蒜发酵，连蟹下锅，用快火爆炒，想唔黑都很难。卖相唔好睇，可是咬到嘴里够劲。”

大快朵颐一轮，饶木见力克抚摸肚皮，明白办正事的时候到了，站起身对众人言明今夜委由老爷子代为邀约的目的，三个字：分猪肉。但声明这并非免费猪肉，他们得出价竞投，价高者得。这是力克套用的英式老法子，招标卖地，只不过这回卖的不是土地而是地面上的勾当，黄、赌、毒、走私，四大偏门，香港岛上区区皆备，堂口只要每月缴交规费即可为所欲为，可是因为各区的油水状况不同，规费出价越高，越能取得丰腴的地盘门路，警察这边会全力配合，保护得标堂口的独市利益。但饶木替“为所欲为”添加了条件，不可以在四大偏门以外打坏主意，一不可杀人放火，二不可绑票勒索，三不可奸淫虏掠，四不可互相攻讦，而且每个堂口每个月要交出三个人让警察逮捕交差，亦要每三个月洗一回“太平地”，约定时间地点，让力克带队扫荡领功。总而言之，黑白两道都要有规有矩，投资的人保证得到回报，想要得到回报便要先投资，江湖就是一盘账目清楚的大生意。

主艇上立即爆响鼓噪，拍桌的拍桌，骂娘的骂娘，堂口龙头们纷说向来只知道江山是要用双手打回来，可没听过可以花钱买回来，这样的江湖，还算是江湖？这样的分猪肉，岂不丢人现眼？饶木没说话，力克也没说话，只有盲忠老爷子突然清一下喉咙，朗声道：“让老夫说几句。花钱买地盘总比花钱买花圈好吧？大家不记得五年前在思豪酒店的事情了？”

老爷子指的是一九四一年底日军占领新界和九龙，那边的帮会趁火打劫、疯狂掠夺，港岛的堂口兄弟不甘吃亏，喊出“反英起义”和“杀尽洋人”的堂皇口号，威胁由中环出发攻上山顶，血洗欧籍民居，尽抢洋鬼子财物。英国警司修夫顿闻悉此事，求救于国民党驻港指挥官陈策将军，陈策跟远在重庆的杜月笙商量后，由杜月笙指派在港门生张志谦出面调解。一天夜晚，一百多个堂口兄弟在思豪酒店大堂跟修夫顿和警务处长俞允时谈判，吵骂了几个钟头，终于达成协议，警察支付六万六千六百元港币“平安费”，堂口收钱收手收队。今夜在避风塘艇上的其中几位龙头，如“洪福社”薯仔茂、“粤东堂”街市松、“潮义兴”九纹龙、“和胜堂”鬼仔盛等人，当晚也都在场，老爷子刻意旧事重提，为的是提醒他们，既然昔日可以从警察手里收钱而不行凶，如今无理由不可以付钱给警察而行恶，何况缴纳规费是多年旧习，绝非什么额外的规矩，投标竞争地盘倒是新花招，他个人认为这是一盘以和为贵的好生意，否则，打杀生事，血流成河，对谁都没有好处。

说完了旧事和想法，老爷子颤颤巍巍地站起身，端杯向众人道："熬了几年苦日子，总算天光了。我们混江湖，有今天，有明日，其实亦不应该有昨日，昨日就似一局残棋，何不趁此机会，把棋盘扫清，重新布阵？来，大家举杯，敬吃过苦头的、出过力的，尤其要敬已经不在的兄弟们一杯。大家也互敬一杯吧！老夫先饮为敬，干！"

老爷子仰颈喝干杯中白酒，堂口龙头当然起座回敬，旁边艇上的兄弟们见状亦纷纷站起举杯，艇身马上摇晃摆荡，可是无人有半分惊惶。安静下来后，龙头老大各有盘算，有的认为厮杀了几个月已经元气大伤，用钱换取和平未尝不值得考虑；有的觉得形势比人强，肉在砧板上，如果英国佬决定这样做，你不跟，只剩死路一条，必被赶尽杀绝；有的相信规费本来就要缴，先前不论地盘肥瘦，交的份额却都相同，倒不如愿者上钩，竞标了事，说来其实更为公道。金牙炳隔艇望向陆北风，瞄见他嘴角露出得意神情，猜想他自恃樟木箱里有的是本钱，必愿依循饶木提出的做法。

众人你眼望我眼，互相等待对方先表态，突然，和胜堂鬼仔盛怒容满脸地踢翻身边的一张矮板凳，用不屑的眼神扫了所有人一圈，骂道："废柴！都是废柴！打江山，靠的是拳头，不是银纸！用银纸买回来的江山，馨香个屁，我唔捻钟意玩！"他又踹一脚，板凳骨碌骨碌地滚到海里，噗通一声溅起咸咸腥腥的浪花。他抬手招来船家，用接驳艇把他和二把手载回岸上。

饶木正欲发难，力克打个眼色阻止。力克早已知道思豪酒店的事情，詹逊在集中营里跟他说过，说时咬牙切齿，认为有损大英王国的尊严，日后必须跟嚣张的帮会算账。力克相信眼前便是“日后”了，他要替警察从帮会手里十倍、百倍、千倍地取回付出过的钱，以及尊严。帮会像蟑螂，消灭了一群必马上再来一群，与其徒劳无功，不如牢牢把帮会掌握在手里，把帮会分出好坏，听话的帮会——尤其是肯付钱的帮会——便是“好帮会”，等于另一队帮忙维持社会秩序的警察。至于鬼仔盛的和胜堂，就是“坏帮会”，来日方长，抓他们，关他们，杀他们，日后绝对不会手软。

鬼仔盛离开后，陆北风道：“他要走，随他便！大家别婆婆妈妈！谁唔玩，赶快有咁远走咁远，别阻捻住其他人发财！”

于是饶木宣布开始投标。他大略解释了竞投的规则，要注意每个堂口最多只能争夺四大偏门里的其中两瓣门路，有饭大家吃，有钱大家赚，独食难肥。堂口龙头从未做过这码子事，刚开始觉得新鲜，经常摆乌龙，举错手，喊错价，像孩子玩游戏般嘻嘻哈哈。然而过不了几回合便因抢价抬价而动了气，气氛越来越像一场激烈的赌博，又是拍桌的拍桌、骂娘的骂娘，二把手们在其他艇上呐喊助威，喧声震天，把铜锣湾的海面吵闹成一个火热的战场。一夜下来，果如金牙炳所料，陆北风取走了湾仔赌馆和码头的控制权，虽然花了不少钞票，但他认为值得。

回程的时候，金牙炳慨叹：“唉，没有拿下妓寨，我以后叫鸡岂不是要自己付钱？”陆北风拍一下他后脑门，啐道：“憨捻鸠！有了钱，怎会冇女人？冇捻大志！”

十五　每恨江湖成契阔

两天后，九龙区的地盘投票在旺角凤如茶楼举行，港岛避风塘的那夜动静早已传遍江湖，九龙的堂口兄弟心里有了底，所以进行顺畅。

雷大爷高明雷也来了，蜀联社以九龙寨城为根据地，三不管，不在力克掌控范围之内，然而高明雷打算进军油麻地一带，战前他被当地的东莞帮打跑，不得已才杀入寨城，后来虽然因祸得福，在寨城闯出名堂，却始终不服气，如今好不容易来了机会，用拳头抢不来的江山，说不定能够用钱征服。可惜东莞帮比他财雄势大，黄、赌、毒、走私，四瓣偏门高明雷全盘投标失利，铩羽而归回到九龙城，气得把自己灌得酩酊大醉。好巧不巧，有个道友旧债未清却仍厚颜前来赊讨鸦片，倒霉，做了送上门的出气袋，被捆绑在灯柱上，高明雷在四川混袍哥时练过蛤蟆拳，横展双臂，十指弯曲冲前抡拳往他的颈喉攻去。左！右！左！右！没打几下道友已经口鼻吐血。

高明雷也跟有“神手”称号的田钟谷学过峨眉枪，师傅告诉他，枪法源自明朝的普恩禅师，据说出家前曾经以一敌百，用一支单枪刺毙九十九个土匪，他刻意放生最后一人，然后遁入空门，求赎杀生之罪。这夜高明雷打得兴起，意犹未足，执起一根缚着铁矛头的长棍在道友胸前肚上刺、点、挑、插，杀个满目通红，道友垂头昏死，只有喉头发出微弱的喘气证明他仍活着。发泄够了，高明雷吩咐手下塞几包鸦片丸到他的衣袋，然后抬到寨城外的海边让其自生自灭，猜想如果道友醒得过来，肯定高兴于有此待遇，说不定还会回来跪着求打呢。他对手下说："毒虫的瘾比命重要！"

高明雷说这话时，脑海想起的是骆仲衡，不禁一阵黯然。骆仲衡是他在重庆闯荡时结交的兄弟，爷爷做过县官，父亲是大学校长，到了骆仲衡这一代，一蟹不如一蟹，只做了中学教员，后来更沦落为毒虫，转到"威武堂"老大身边担任文胆师爷。毒瘾没发作的时候，骆仲衡跟堂口管事五哥高明雷天南地北无所不聊，龙精虎猛，但一旦犯瘾，口水鼻涕直流，只要给他黑土，要他吃屎他也不会拒绝。高明雷问他犯瘾到底是什么滋味，他说像有无数的饥饿的虫在血管里噬咬，必须喂他们吃毒，毒是米，吃饱了它们才会休息。自己可以三天三夜不吃半粒米饭，却绝对不能让它们饿着。骆仲衡道："虫子的命比我重要，这就是瘾。"

有一天骆仲衡又犯瘾，口袋欠缺银两，竟然从总堂抽屉偷取财物，东窗事发，老大斫断他的左手食指和中指，因为堂口无人懂文墨，给他机会，继续留用。岂料他故伎重施，又偷了，这回看来连右手的食指和中指也保不住了，他向高明雷求饶，高明雷心软，半夜暗中放人。江湖一别，音讯互断，彼此不明生死，直到高明雷后来辗转在九龙寨城混出了名号，日本鬼子仍未进城，一天晚上他在寨内的狗肉馆瞄见一个打扮斯文的男子，非常脸熟，抓破头想了一阵，终于认出他是阔别三年的骆仲衡！

原来骆仲衡当年从重庆逃命到桂林，几乎饿死街头，教会的善心人把他送到医院戒毒，出院后去上海，在洋行做事，精明干练，没多久升为经理买办，最近特地来香港洽商，万料不到领着几个日本客人到九龙寨城吃狗肉和看艳舞，居然有缘重遇高明雷。骆仲衡此番停留香港半年，住在尖沙咀，他请高明雷到半岛酒店吃过几回下午茶，稍有空闲亦到九龙寨城逛荡，高明雷当然亲自款待，万一正在忙碌，亦派手下带他玩乐，有时候也把哨牙炳从湾仔请来加入，几个男人在烟花帐内做尽荒唐情事。骆仲衡昔日称高明雷作“雷子”，现在依然这样唤他而不跟江湖中人一样尊称他为“雷大爷”，高明雷觉得亲切，多次对他说：“其实何必啰哩啰嗦谈什么鸟生意！我拿两把鬼火去搁在对方的桌面，你要他们签什么合同他们便得签什么合同！”

骆仲衡笑道：“我的三寸不烂之舌可不见得会输给你的鬼火！江湖买卖不妨一回了断，生意买卖讲求的却是细水长流。雷子的好意，心领了。”

因为感念高明雷有救命之恩，骆仲衡每回前来寨城走动，无不挽着大包小袋的洋酒、鱼翅、人参，有一回还带了一副书法对联，高明雷把书法摊展在桌上，吃力地一字一顿地念道：“每恨江湖成……契……阔……”念不下去了，啐道：“格老子！什么鬼字，这个值多少钱？”

骆仲衡笑道：“这是楷书。钱不重要，重要的是有意思。”他慢慢念出对联：“每恨江湖成契阔，长留篇什继风诗。”他对高明雷解释，题字的人叫作谢无量，是五十来岁的四川老乡，反清反袁的老革命、老前辈，做过孙中山广州大本营的秘书长，这阵子暂居香港，闲来卖字，润笔费不低。

“你买的？送的？”高明雷问道。

“赢回来的。”骆仲衡笑道，“这家伙嗜赌，经常来酒店跟我和日本客人赌西洋牌，十有九输，输得一干二净了，唯有用书法还债。我大大小小收了他几十幅字，确实转卖到好价钱，值了。这幅有‘江湖’两字，我觉得特别应景，专诚留下来送您。雷子以前不是常说羡慕小弟通晓文墨吗？这两句话说的是，世事无情，常见生离死别，江湖路远，山高水长，何时分离何时相聚谁都说不准，可是只要诗文长存，情谊便长在。雷子是江湖中人，小弟虽然往事不堪回首，却亦好歹算是混过江湖，这副对联说的就是雷子和小弟，见字如见人。呵，雷大爷，别嫌弃，收下吧！”

高明雷搔一下耳朵，似懂非懂，顿了一下方道：“好！老子把它挂在墙上，吩咐手下早晚上香膜拜！”

骆仲衡连忙摇头道：“别急，还未装裱呢。我是心急先拿来给你过目，过一阵子我替你拿去裱好。不过可别上香，小弟还活生生的呢！”

活生生？是的，问题是，能活多久？

就只两个月，骆仲衡之后就只再活了两个月。

死讯传来的时候，高明雷呆住，喃喃道：“怎么回事？怎么回事？”

手下狗仔告诉他，骆仲衡在旺角街头被烂仔抢劫，他反抗，烂仔横腰捅他三刀，没了。高明雷问是哪个道上的人，狗仔道：“听说是‘福安乐’的虾头，被差佬抓了，在油麻地差馆。”

“福安乐不是卖黑货的吗？怎会碰我的兄弟？”

“是他去碰福安乐！他找他们买货！”

“胡说八道！他早戒了！他早戒了！”高明雷气得抓起桌上的云石烟灰盅往手下头上扔去。狗仔闪开，道：“雷大爷，千真万确！我表哥在油麻地差馆当差，消息假不了！”

狗仔往下说去，那天骆仲衡在烟馆抽得迷迷糊糊，不慎露出了手提包里厚墩墩的一沓钞票，是日本客人刚给的商品订金，本来要先存进银行，但烟瘾起了，止住再说，万料不到惹来杀身之祸，离开烟馆时在后巷被虾头盯上，抢夺之间，丧了命。

高明雷边听边回想这几个月的相处，确实偶尔看见骆仲衡脸容憔悴，呵欠连连，他说是跟日本客人通宵赌钱，精神不济所致。高明雷遗憾当时没有留意，否则会迫他再去戒毒，可是，他肯吗？而且戒得了一时，可戒得了一世？骆仲衡说过，当毒虫噬咬的时候，“虫子的命重要”，他没说的是杀人比杀毒虫容易得多，人命说没就没了，毒虫却死了又能苏醒，比人命顽强。雷大爷明白这道理，不然他的寨城烟摊何来生意，但客人是客人，朋友是朋友，客人的死活他不管，反正“客死客还在”，他只认钱不认人。朋友的事情却让他无比愤怒，是的，是愤怒，并非伤心，路是自己选择，骆仲衡要走哪条路，谁都管不了，但他向来多的是手下，少的是朋友，好不容易重遇故人，却说走就走，朋友留不住，他不甘心啊。

高明雷把[illegible]在手腕的一串香珠拉下来，用拇指和食指摩挲着，圆滚滚的珠子在手指尖之间不停碌动，无开端，无终结，有的只是皮肤上的结结实实的磨擦感觉。他想起那副对联和骆仲衡说过的解释，“世事无情，常见生离死别”，原来是不祥的预言。江湖混久了，他以为自己对生死别离已经无动于衷，这一回却似突如其来的一棒把他敲得头昏脑裂。他突然握拳咯一声敲打桌面，这个仇，他要报，替骆仲衡，亦是替自己。

第二天，他带同狗仔到油麻地警署门外，狗仔先到里面塞了红包给表哥，然后高明雷经厨房后门偷偷溜进浴室，狗仔的表哥从拘留仓把虾头押来，房门一关，虾头认得眼前是九龙寨城蜀联社的龙头老大，来者不善，吓得尿湿裤子，双膝跪下喊道："雷大爷饶命！"

高明雷道："要钱就要钱吧，你敢杀我朋友？"

虾头道："是雷大爷的朋友？哎呀呀，我不知道呀！我以为只是个死道友！他有钱……我就是只要钱，他却不给，还敢抢我的刀，是他自己不要命呀……"

高明雷一巴掌掴去，骂道："格老子，你是说他活该？他几时开始找你买货？快把话说清楚！"

虾头颤抖道："有两三个月吧。他说自己从上海来，还说香港的货比不上上海。昨天他抽昏了，包里的钞票掉到地上，那是钱呀，我们出来混为的不就是钱？我叫他放手，他不肯，还推我、喊救命，就这样……就这样了。我骗谁都不敢骗雷大爷！"

高明雷心头一紧，原来骆仲衡在上海发迹后已经重沾恶习，好不容易从粪坑爬上来了，却心甘情愿跳回坑里被毒虫啃噬，这回虽然死于刀下，其实亦等于死在毒里。他只能无奈地庆幸骆仲衡并非在自己的寨城地盘重新沾毒。

虾头跪在地上不断咚咚咚地叩头求饶，高明雷突然一手扑前揪住他的头发，一手从腰间拔出备妥的小刀，手起刀落，往他的喉咙一割、一拉，热腥的鲜血从虾头的脖子喷出，高明雷也不避，溅到脸上，还伸出舌头舔了一圈唇边。虾头"呜呜呜"地叫了几声，瞪起一对眼睛直躺在地上血泊里。高明雷抬头用衣衫抹脸，道："小鬼，安心上路！抢钱杀人没有错，你错在抢我的朋友、杀我的兄弟。你做你该做的，我也不能不做我该做的，扯平了。你不服气，赶快投胎来找老子算账，老子等你！”

警察后来认定虾头在浴室畏罪刎颈。高明雷辗转找到骆仲衡的上海同事，打算通知他的家人，同事却道他妻子早已携同孩子离家不知所踪。高明雷没法知道到底是因为骆仲衡再堕毒海所以妻子下堂，抑或是因为妻子下堂令他再碰毒品，反正人死了，这都不重要了。高明雷猜想他的最大遗憾只是死了便无法再尝瘾头，瘾比他的命重要。所以高明雷替骆仲衡处理后事，出殡那天，给他烧了三包鸦片，再把三包鸦片塞进他的棺材。抽个够吧，好兄弟，生命就是这么回事了，生时要爽快，死后也不能不痛快，其他的都只是废话。

他在骆仲衡的遗物里发现那副装裱了的对联，骆仲衡尚未来得及送到九龙寨城，但书法终究到了他手上，仿佛该得到的冥冥中总不至于失去。

高明雷逐字逐句念出对联：“每恨江湖成契阔，长留篇什继风诗。”心里一阵戚然，再有一股怒气，觉得这是不吉利的东西，好像因为有了它才有了后来的不幸。高明雷本已把生离死别看淡，理该对“契阔”没有感伤，更不会把什么劳什子“风诗”看在眼里，但其他人死了便死了，像在风里被吹散的沙子，从来无人给他留过遗物，唯独这副对联结结实实地摊在眼前，终究令他生起了少有的不舍，所以他更愤恨把人杀个措手不及的死亡。

在寨城立住了脚，高明雷日夜盘算如何把蜀联社的兄弟带出九龙寨城，既然要混就混大的，不然只能叫作一摊浊水，配不上江湖名号。他对自己发誓，不大干一番便枉为人。昔日在重庆曾有一回喝酒，他对骆仲衡说过豪言壮语："老子这辈子只想做英雄！"

"怎样才算英雄？"

"说到做到，就是英雄！"

骆仲衡打个酒嗝，笑道："做人，难啊。三分人事七分天，尽过力便算了，做不到便做不到，何苦跟自己过不去？你可听过'若得其情，哀矜毋喜'？做得到做不到，都有苦衷，没必要太较真。依我看，有勇气饶谅别人，也懂得放过自己，才是最难做到的英雄。"

高明雷也喝得脸红脖子粗，拍桌道："苦衷个屁！我只听过'成王败寇'，输了就没资格啰嗦。做不成英雄的人，永远只是狗熊，没别的了！"

今夜想起当年对话，高明雷越觉恼火，忽然非常恐惧时不我予，气上心头，抓起对联掷到地上，狠踩了几脚，又捡起来准备撕个粉碎。然而把对联端在手里，实实在在的感觉令他起了犹豫，叹了一口气——毕竟舍不得。骆仲衡说过见字如见人，留下对联总算是个纪念。

高明雷沉吟一阵，决定亲手把对联挂到墙上，再吩咐手下早晚在联前上香，为的是跟骆仲衡的情谊，更是警戒自己，要做英雄便尽快做，爽快爽快，爽才会快，要爽也得要快。做英雄是高明雷的瘾，骆仲衡说得对，瘾比生命重要。

十六　汕头九妹菜馆

日本管治香港的时候，蜀联社有了第一个杀出九龙寨城的机会，高明雷替鬼子立了功，鬼子答应他带手下进驻旺角。

那时候的区域都改了名，旺角是“大角区”，深水埗是“青山区”，油麻地是“香取区”，尖沙咀是“凑区”，九龙寨城是“元区”，红磡是“山下区”。寨城四面围墙，鬼子强迫居民把墙石拆下用作修建军用机场，蜀联社负责监工，谁反抗不从，高明雷便执起棍子把不听话的人打个头破血流，岂料有一回遇上一个湖南佬，同样耍棍了得，对阵了几个回合，终于一挑、一拨，又长又硬的棍头直撩高明雷的下阴，高明雷痛得倒地昏去，醒来时手下告诉他，鬼子冲过来开了枪，砰砰两响，湖南佬，没了。高明雷躺在床上三天三夜，康复后有很长的时间仍然走路一拐一拐，可见伤势不轻。而他的性格从此更见暴戾乖张，手下在背后说他肯定是被长棍敲碎了鸟蛋，操不了女人，只好用嘴巴骂人泄忿。

拆了四面环绕的围墙，九龙寨城剩下光秃秃的楼房，木的，石的，铁皮的，高高低低像彼此挤压横叠的乱石，高明雷忍不住心里苦笑，没了城墙，内外不分，蜀联社等于已经杀出九龙城。但他当然不会满足。他花了不少钞票，买通了日本少佐宫沢三郎，要求把大角区地盘交给蜀联社。宫沢三郎本就不满旺角那边的和顺社常有违逆，趁机整顿堂口势力，可是人算不如天算，美国飞机扔下炸弹，炸死了宫沢三郎，也炸掉了高明雷的黄金机会。他由此痛恨美国佬，恨到愿意参加日本军队到前线跟美国兵大干一场，每回飞来美国的投弹战机，其他人避之唯恐不及，他却原地站立，举起两只手掌指向天空，作状瞄准开枪射击。

战后的地盘竞价拍卖是第二次杀出九龙寨城的机会，高明雷的目标是油麻地，可惜财才不继，敌不过东莞帮，徒叹奈何。所以他决心要搞更多的钱，有钱便更有势力，有势力便有更多的钱。盘算一阵，高明雷决定不能只在寨城采取守势，必须攻出去，像当初做袍哥一样，做土匪，去抢。问题是，该抢谁？再盘算一阵，他明白寨城居民都是贫穷百姓，抢他们只是浪费时间，要动手当然得瞄准富户，这两年陆续有上海、北平、桂林的商人南迁香港，都是他妈的肥羊，何不敲他们竹杠，迫他们吐钱？对，是绑票，这勾当昔日做过不少，尽管生疏了，却不碍事，反正不就是要狠使蛮，在刀枪棍棒之下，由不得羊牯不就范。

高明雷记得力克在竞价拍卖上声明不准绑票，他们要保护有钱人，因为有钱人通常是他们洋上司的朋友，一旦下手，等于跟洋警为敌。他沉吟一下，搔一下脑后，最后轻扇自己一个耳光，骂道："做大事还怕那些洋龟孙子？日你仙人板板，没出息！"他唤来罗雅清坐下商量绑票大计，此事必须万全保密，所以只找了两三个可靠的蜀联社兄弟，组成"肉票团"谨慎行事。罗雅清是四川眉山人，名字文弱，脸容可亲，眼里满是笑意，但有个可怕的"阎罗王"诨号，在重庆混袍哥时曾把一间押店的一家九口杀光，战时在广州也取了不少人命，几个月前刚到香港，投靠旧识高明雷。

说干就干，肉票团针对尖沙咀、中环、北角一带下手，开始绑的是生意人，后来不管了，谁有钱便绑谁，尤其是医生，因为特别胆小，特别容易就范。北角有个内科王大夫被绑到九龙寨城，才刚坐下，已经吓得屁滚尿流，主动说："你要多少钱我便给多少钱，千万别为难我，我怕疼！"阎罗王收了三万元，把他放了，一个月后再去诊所绑他，仿佛前来收取租金。过了一个月，再去，竟然发现王大夫在诊所里筑起铁笼，把自己关在里面，隔着栏栅替病人看诊。阎罗王不禁纵声失笑道："你以为鸟笼能够保命？阎王要你三更死，不许留人到五更！老子要你娃死得梆硬！"

阎罗王命令手下向笼里泼淋火水，他亲手点燃火柴，骂道："睁开你的狗眼认住老子，下辈子来找老子算账！"王大夫在呼天抢地的嚎叫声里被烧成火人。诊所里有个年轻姑娘被阎罗王的手下蹂躏，不在话下。

肉票团无恶不作，却亦有三不绑：一不绑四川人，骚扰自己的乡亲，说不过去；二不绑洋人，洋人不好惹，别在老虎太岁头上动土；三不碰湾仔的人，就算不给陆北风面子，高明雷亦不愿意跟救命恩人金牙炳伤了和气。

高明雷仍常到金牙炳的湾仔家里喝酒叙旧，他依然唤他哨牙炳，他说那只金牙让他显老十岁。其实大家都老了。三年八个月的战争像短短的一天，却亦似漫长的一辈子，时间被拉长，也被压缩，战争结束后却又恍如一个消散的梦境，好像确实做过，也好像从未有过，剩下脸容的憔悴和沧桑做唯一的记认。战争里的苦太苦了，没有人愿意再提它，都尽力忘掉它，尤其心里有愧的人。在战前和战时，江湖兄弟尽管做着相同的勾当，但以前做是自愿做也是替自己做，在战争里做却感觉是被鬼子迫着做也是替日本鬼子做，心底终究有个过不了的坎。

所以高明雷和金牙炳聊的要么是沦陷前的旧事，否则便是谈及未来的大计，中间的战争一截仿佛从不存在。蜀联社在九龙寨城立稳阵脚之初，高明雷开设了蜀珍馆，有一回心血来潮，问阿冰道："炳嫂愿不愿意重出江湖？不如让蜀珍馆在湾仔开个分店，由炳嫂主持大局，蜀联社也算是杀出了九龙寨城！"

金牙炳眨一眨眼，笑道："雷大爷不是想赶走我们新兴社吧？留口饭给小弟吃吧！"

高明雷立道："别胡说！别胡说！湾仔永远是炳哥的湾仔、也是风哥的湾仔，我们四川佬吃了豹子胆也不敢进来。但说到吃嘛，分甘同味，让湾仔的乡亲父老有多些机会尝尝我们的麻辣味道，不也很好？"阿冰刚好踱进厨房，高明雷附耳对金牙炳说："呵，你也吃过不少四川妹子，味道不错吧？"

金牙炳急忙打个慌张眼色，示意他闭嘴。他继续在外不检点，阿冰从无真凭实据，却又并非毫不知情。这码子事情恐怕天下间一样，女人主要是依凭直觉，更重要的是依凭了解——了解到丈夫是个男人——便可"知道"他们的不忠不诚。但除非有了捉奸在床的坐实，否则无法证明他们有，所以只好假设他们没有，或者选择相信他们嘴里说的"没有"，又或者根本不谈它，不谈便等于没有了。这之于阿冰，有了两个孩子，又有了自己的店，又熬过了战争的恐怖，老实说，她满足了，金牙炳在家门以外的事情已无兴趣去管，只要一切只发生在家门以外。金牙炳就是担心高明雷打破这道防线，哪壶不开提哪壶，一语掀起千层浪。说不得，说不得。

幸好阿冰没听见，她笑滋滋地从厨房端出几个盘子，放到高明雷面前，冻乌头、炸蚝饼、鱼虾饺、咸鸡、猪肝韭菜，都是地道的汕头菜色。高明雷啧啧连声，道：“其实也可以开间汕头菜馆，我和炳哥天地对分，赚不赚钱事小，为的是让兄弟之间有个合作，手足同心，其‘饭’断金，像你们广东人说，无得顶！”

阿冰笑道：“没想到雷大爷还真懂咬文嚼字！可惜雷大爷错爱了。我以前是杀狗的，不是掌厨的，而且放下屠刀好久了。”

高明雷道：“无所谓的，找几个可靠的人，炳嫂教他们煮几道拿手菜，然后你坐在柜台后面管账便可以了。让湾仔街坊尝到好菜色，造福世人，炳嫂便是‘立地成佛’，简直是菩萨！”

认真考虑了三天，阿冰接受高明雷的提议。

她对金牙炳说：“其实试一试也是可以的。”她的如意算盘是既然有炳记粮庄做后盾，掌握住食物的来路和成本，食店生意做起来必比同行顺手。何况金牙炳这些年来从未赞赏她的厨艺，雷大爷却竖起大拇指，听得她心花怒放，觉得有必要让更多的人尝尝。她久违了赞美，一旦重遇，便想听更多、更多。

金牙炳也不反对开店，虽然金盆洗手失败，仍然是江湖中人，但世事难料，后路总是准备得越多越稳当。资本是不缺的，自己有，陆北风放在他这边的钱也可以动用，就算他一份。陆北风，高明雷，赵文炳，三个人是股东，但以阿冰的诨号做菜馆店名：汕头九妹。店名是阿冰提的主意，她从不避讳别人知道自己昔日杀狗，那是命，要认，关键是有没有本领从命里走出一条新的去向。

筹备新店须花时间，阿冰负责寻觅铺位，打听到有个不错的铺位，卖的是时钟手表，店东来自四川宜宾，老父近日亡故，故乡兄弟争产打官司，他要尽快卖铺回乡加入战围。阿冰要求金牙炳陪她去谈，顺便到文武庙择日开店，但金牙炳这阵子受陆北风嘱咐，忙于应付重新装潢几间麻雀馆的诸般琐事，加上仙蒂的湾仔酒吧有个侍应生跟洋顾客吵架，一时鲁莽动手打伤了对方，洋人报警，惊动了饶木，仙蒂央请金牙炳出面摆平。雪上加霜，他累得连妓寨都无力光顾了，所以满脸不耐烦地推搪，道："既然店主是四川佬，你找雷大爷帮忙吧！老乡对老乡，肯定可以杀个好价钱。"

这建议并非没有道理，但阿冰终究不服气，抱怨他不仅未曾金盆洗手，反而越来越把新兴社的手足放在家人前面。金牙炳怔了怔，惊讶自己不知道从何时开始和为什么对陆北风言听计从。是因为南爷？恐怕是吧。风哥和南爷只有高挺的鼻子长得相似，行事作风极不相同，但语调是像的，风哥说话比较粗豪，但闭起眼睛，声音有八分似陆南才。金牙炳隐约觉得替风哥奔走就是替南爷奔走，他和陆南才的缘分并未因为一九四三年的那个炸弹而停断，这段江湖情义接回那段江湖情义，留在新兴社，刚开始时是求退不得，往后却是义不容辞。

金牙炳不敢把心底话告诉阿冰，只直接打电话到九龙寨城找到高明雷，道明原委，高明雷二话不说答应出马。果然，高明雷和阿冰到了钟表店，用四川话跟店东谈不到半钟头便握手成交，阿冰暗暗庆幸前来的是他而不是金牙炳。离店后，阿冰想到文武庙找相士择日开张，高明雷道："我也去瞧瞧。到香港快十年了，只去过九龙那边的黄大仙和寨城旁边的侯王庙，还未参拜过你们的文武庙呢！"

两人搭电车从湾仔去上环，三伏天的大白日，太阳无遮无掩地挂在天空，人和车都像蒸笼里的肉和菜，彻彻底底地被热空气闷着、焗着。司机右手握控着车舵盘，左手刷刷刷地摇着一把敢情是不知道哪位乘客遗留下来的葵扇，嘴里曲不成调地哼着小曲：“我就魂魄丧，遗容泣对，似醉如狂……”阿冰一听便知道这是小明星的《秋坟》，忍不住也望向窗外，低声唱了几句，仿佛道路上有她的知音。高明雷听见，笑道：“哦，歌喉很好嘛，不如在我们的菜馆偶尔粉墨客串，肯定客似云来！”

阿冰用抹汗的手帕掩嘴笑道：“雷大爷别取笑我。客串可以，但不该唱这首歌，不吉利。”

“怎么个不吉利法？说说，说说。”高明雷好奇了，连声追问。

电车沿着路轨缓缓前进，阿冰慢慢对高明雷说着小明星的身世，都是从报纸上读来的陈年新闻，却让她难过了好多天。小明星本姓邓，九岁踏台板，所以叫作“小”明星。后来走红了，自成一格的尖亢歌声被称为“星腔”，在省港澳登台，也拍戏，阿冰便是她的拥趸。可惜小明星遇人不淑，碰上的男人都把她抛弃，她看不开，吞鸦片自杀过两三回，红颜命薄，不到三十岁便一命呜呼。

高明雷皱眉道：“第四回服毒成功？”

阿冰摇头，说：“不，她是死在台板上。前几年她在广州添男酒楼演唱手本曲子《秋坟》，就是司机刚才唱的那首，当唱到‘鸳魄未归芳草死’的时候，突然咳了两声，她勉强唱下去，‘只有夜来风雨送梨花’，还未唱完这句已经吐血晕倒，送回家里，吃了几天药，救不活了。报纸说她的墓在广州，有机会我要去上香。”可能因为空气闷热的缘故，连皮肤和血液亦觉滚烫，这时候诉说别人的凄凉故事，虽然主角不是自己，却越说越心血沸腾，阿冰想起自己亦曾在汕头和澳门死里逃生，悲从中来，想哭。她急忙用力轻咬下唇，分神不让眼泪渗出。在一个四川大汉面前哭泣，她觉得尴尬，她不喜欢这样的尴尬。她低头说："唔好意思。"夫妻当久了，她不自觉地像金牙炳一样常把"唔好意思"挂在嘴边。

高明雷已经看出她的伤心，并且用自己的方法来怜香惜玉。他说："别哭。这样的时势，活得下来的人都应该笑。"

阳光从车窗外映射到阿冰脸上，尽管已是两个孩子的母亲了，阿冰的脸色依然潮润。她不自觉地眨动眼睛，仿佛想替泪水闩闸，而此刻看在高明雷眼里，她亦像个孩子。或许性格再强悍的女人，一旦伤心起来，都像个孩子。

电车终于到了上环，两人沿坡走上文武庙，一路谈笑，她说了很多关于自己的事情，主要是小时候在汕头的生活，母亲父亲，家旁的狗棚，以及屠狗杀狗的种种，以及她用打狗棒追打坏人的种种。高明雷笑道："我在四川认识几个杀狗的朋友，非常巧合，男的都特别怕老婆，女的都凶得像母夜叉，又长得特别丑。"顿一下，又道："但你完全不一样。炳哥真有福气。"

阿冰笑道："呵，雷大爷在哄我。我凶的时候，可是生人勿近呢！"

高明雷道："还有一点：那些女人特别齐心团结，只要其中一个被惹到了，她们会联群结队来跟你算账。这倒跟你相像，你是女中豪杰，我看你身边整天围着不少姐妹。"

阿冰不太高兴听见"那些女人"四个字，仿佛在说一群怪物。"齐心团结"倒说得半点不假，不管在汕头抑或香港，她都是大姐大，有十几个街坊姐妹围在身边，大家筹办"义会"，每月供款让有需要的人借用，赚利息是其次，最大的考虑只是互济支持。她是义会的“会头”，一旦有人借了钱跑路，她须负起还款的责任，幸好几年来只发生过一次，她承担得起，姐妹们也更敬重她、听她。如果这也算是江湖，阿冰自觉是个顶天立地的人物。也正因如此，她跟仙蒂不常来往，两人之间倒无怨仇，只不过两人都是喜欢出主意、做决定的女人,两个这样的女人注定无法相知相熟。恐怕男人女人都一样，性格上必须一鸳一鸯始可和洽相处，否则，两鸳两鸯，往往只落得吵闹收场。

高明雷把阿冰哄得开心，她却仍要故作谦虚，笑道：“哎哟，我只是个女人仔，怎敢提什么豪杰。可是依我妇孺之见，女人和男人不同。男人嘛，凶个三分已能令男人怕他。女人凶三分，只是个人见人厌的泼妇，唯有凶够七分，才能不让男人占便宜……”

“还可以倒过来占男人的便宜呢！”高明雷接口代她把话说完。两人同时笑起来。

谈谈走走，来到文武庙前，已是下午四点多，坐在门旁的庙祝提醒他们只剩半小时便要关门打烊，有几分似官府的办事规矩。阿冰先到主殿替家人烧香求福，然后到庙旁找相士查黄历，择个吉利的菜馆开张时辰。她想替菜馆的生意求签问吉凶，高明雷劝阻道：“来不及了。何况菜馆是开定了，上上签要开，下下签也要开，还求来干什么。难道求了下下签便一切作罢？”

阿冰道：“倒不是作罢，只不过心里有个谱，做了最坏的打算，若真碰上了，可以跟自己说，那是命，不是我的错。”

高明雷反问道：“这么说来，求了上签，遇上好事，便也只是命而不是自己的功劳了？”

阿冰想了一下，笑道："不，功劳总是自己的。所谓'天助我也'，因为是'我'，老天爷才会出手相助，这也要归功于我。好人有好报嘛。"多年来到处算命问卦，对于信什么和为什么要信，她早有了自己的一套看法。

高明雷苦笑道："错归别人，功归自己，花点小钱求签算命，果然是个划得来的好买卖！"

阿冰调侃道："雷大爷不信这些？呵，是不是四川的菩萨不够灵验？"

高明雷若有所思，半晌方道："菩萨灵验，人心不灵验，信也没用。"

阿冰见他欲言又止，不便追问细节，也来不及求签了，只跟他并肩沿着嚤啰街的梯级往下走向皇后大道中，瞥见弦月巷的斜坡旁有摊档卖豆腐花，趋前要了两碗，唤高明雷陪她蹲坐在小板凳上吃个痛快。高明雷口渴，仰碗咕噜一声把豆腐花往喉咙里倾灌，不小心呛得咳嗽，从嘴里喷出来的豆腐花把裤管和裤裆溅湿了一摊，阿冰想用手帕替他拭擦，手伸出了一半，又马上缩回，脸上一阵红一阵烫，幸好天热，别人一定以为只是热。摊档的老妈子却看见了，对阿冰笑道："你们两公婆真系恩爱。"

高明雷回应了一句粤语："喂，事头婆，嘢可以乱食，话唔可以乱讲！"他也并非不高兴，只不过习惯性地嗓门大，无论说什么都像在骂人。

老妈子没听懂他的川腔粤语，只觉挨了骂，但见他凶神恶煞，唯有闭嘴，脸上尽是委屈。高明雷再要了一碗豆腐花，老妈子心不甘情不愿地把碗啪声搁在矮桌上，高明雷瞪她一眼，阿冰连忙拉一拉他的衣袖，示意别闹事。

付过钱，走路到德辅道搭电车返回湾仔，下午五点多了，热气仍未消散，车厢里都是熏鼻的汗臭，两人并肩坐着，高明雷早已衣衫湿透，实在受不了，解开了对襟短打的两个钮扣，里面的白汗衫被汗水紧紧黏贴在皮肤上，汗印子下面是显眼的黝黑的胸毛。阿冰的心急速地跳，把视线牢牢望向窗外，电车摇摇晃晃前行，路上的行人和黄包车缓缓朝后退却，一个人一辆车、一个人一辆车地消失在她的世界，唯剩高明雷的浓浊体味不断涌入她的鼻子，提醒她，此时此刻，除了她，还有他。

电车吱吱呀呀地走着，阿冰的心怦怦然地跳着，忽然一阵风吹在脸上，鼻翅一痒，几乎打出喷嚏。她用手帕捂住口鼻，高明雷侧脸抬臂闻一下自己的胳肢窝，以为是自己的汗臭呛到了她，连忙表示歉疚，并以笑解窘，道："哈哈哈，四川人无火锅不欢，有人说我们连汗里也有麻辣味道。"

高明雷渐渐说起在四川的遭遇，杀了两个舵把子，不得已亡命香港，幸好金牙炳出手相助，最后在九龙寨城立住阵脚。这些阿冰其实都从金牙炳口里听过，当然不如他说得细致，而且由高明雷亲口道出，毕竟多了一份沧桑：仿佛都只是昨天发生的事情，甚至是刚刚发生，前一秒才发生，此刻坐在车厢里的他正在逃亡，而她，刚刚好，或是命中注定，在他身边。明明认识了高明雷几年，此刻却像新见的人，对他有了不知道从哪里涌出来的无限好奇。

沉默一会儿，高明雷忽道："你刚才不是问我信不信求签算命吗？我信过，但后来更相信的是自己。"这句话引起了阿冰的莫大兴趣，转过脸望他，跟他的视线正好对上，四目相投，避无可避。

没待阿冰追问，高明雷解释了原委。他自小不知道求过多少支签、算过多少回命了，十有九次说他命有贵人，注定飞黄腾达。他还记得有一句签文是“扬眉吐气袍穿锦”，相士说他的命格是“贵人相随，不离不弃”。万料不到两位舵把子都赶他走、都出卖他，他一辈子最大的感觉是受到一回又一回的背弃，不离不弃变了又离又弃。高明雷叹气道：“阿炳算是我的唯一贵人了。”又道：“可是，没关系，老子打定主意了，老子要做自己的贵人，最重要是自己对自己不离不弃！右手是左手的贵人，左手是右手的贵人，双手是双脚的贵人。踢翻狗粮，自立自强！谁怕谁？”

他语气突然激动，嗓门大了，惹来其他乘客的白眼，几个人望向他，他却毫不忌惮，瞪起一对铜铃大眼凶回去，众人立即别过脸庞，不敢直视。电车到了庄士敦道，高明雷站起身下车，阿冰尚要多坐一站，道别后，凝望着他的背影穿越电车路走进萧顿球场。傍晚的球场开始热闹，夜市贩子忙碌着铺箱摆摊，高明雷转眼消失在人群背后，离开她的世界，也带走了刚才的浓烈体味。天色不知不觉间暗下来，阿冰被突然亮起的车厢灯吓了一跳，心慌意乱，仿佛孩子做了错事，有点张皇失措。她掠一下头发，又拉整一下衣衫，其实都是无需要的举动，但如果不这样，似乎更会手足无措。

是该回家的时候了，孩子在等待母亲，她有孩子，她有家。对了，她还有阿炳。奇怪这个下午她竟然完全没想起过阿炳。她闭上眼睛，想象熟悉的他站在她面前，熟悉地笑着，露出唇下熟悉的门牙。在这样炎热的下午，她居然把这么熟悉的人推出了记忆的范围。在高明雷走出她的视线以前，她自己竟先在心里跟阿炳保持了距离。多么地意想不到，更是多么地不可饶恕。阿冰感到强烈的愧疚，强迫自己不往下想。

耳畔忽然听见铃铃铃铃的电车到站提示，司机在敲铃，阿冰马上张开眼睛，连跑带跳地离开车厢，心虚觉得司机看穿她的忐忑，于是拼命低头，使劲展步朝家的方向走去，仿佛走得越急，越能忘记今天所曾有过的轻盈和迷乱，以及丝丝连自己回想起来也会脸红的甜意。

十七　Peter and David

黄道吉日好时辰，“汕头九妹菜馆”的招牌高高挂起，高明雷、陆北风、金牙炳齐集门前拜神祈福，阿冰穿上新造的艳红旗袍，上面绣着粉红牡丹，一朵朵都像笑着的眼睛。菜馆开设在柯布连道上，街名纪念英国殖民官 George O’Brien，他是十九世纪末的香港辅政司，二把手。街道仅长两百七十米，高明雷总把路名“柯布连”读成“痾布捻”，陆北风笑道：“雷大爷会把英国佬气得从棺材里跳出来！”

仙蒂亦前来道贺，带了一堆洋糖把三个孩子逗得欢天喜地。赵纯坚六岁，赵纯胜三岁，还有五岁的陆世文，陆北风的儿子。陆北风战后只身逃港，妻儿留在广州，几个月后身边忽然出现了一个两岁多的孩子，据他说，老婆生完孩子便坐汉奸牢，受不住折腾，上吊了，远房亲戚把孩子带上船送回他身边。他说世文还有一兄一姐，但已失去联系，陆家就剩下这么一个三代单传的宝贝仔，交由雇来的两个妈姐照顾。

看见仙蒂，阿冰眉开眼笑地把她拉住跟大伙一起切烧猪，仙蒂道：“让我吩咐酒吧的姐妹们，以后每晚羊牯请吃消夜，她们非九妹菜馆不去！你不准嫌弃我们！”

阿冰轻拍一下她的手，道：“来！她们说一声是仙姐的人，都打折、都打折！”

高明雷插嘴道：“阿冰，寨城来的人也要给优惠啊！”

阿冰瞄一眼身边的陆北风，笑道：“你是老板，风哥也是老板，你们说收十蚊，谁敢收十一蚊？”

高明雷和陆北风相视而笑。他们交往两年，一见如故，大有相逢恨晚之叹。高明雷先前跟陆南才相处，并非谈不来，但他嫌他太像川话里的“耙”或“瓤”，缺了几分男人该有的劲味儿，南爷不像“爷”。看在高明雷眼里，弟弟陆北风可是另一副模样，跟自己一样浑身上下是刀疤伤痕，两人初见面时还互比了一下，看谁的战绩更为彪炳，结果是陆北风赢了，有九道，高明雷只有五道——他暗暗遗憾不能褪下裤子让大家看看大腿内侧的那道伤痕，湖南佬当天在寨城对他的棍棒重击。

偶尔喝得兴起，两人到天台比试武功，一方是铁布衫和虎鹤双形拳，一方是峨眉枪和蛤蟆拳，点到即止，避免伤了双方颜面，但有一回陆北风收手不及，五指抓向高明雷的脸，往下一拉，嘶声拉出了五道红而短的血痕。他连忙抱拳致歉，高明雷抬手拭血，再伸舌头一舔，笑道：“好事！高兴！五加五得十，我终于比风哥多了一道伤疤！”

有了汕头九妹菜馆做聚脚地，高明雷更常来走动，通常是夜晚九点多，从九龙城搭俗称“哗啦哗啦”的小电船到湾仔码头上岸，走路到柯布连道的店里吃喝畅聚，阿冰亲自掌厨，让食桌上摆满盆盆碟碟。阿冰并未淡忘那个下午的短暂荡漾，然而，反复思量多遍，她终于明白——不，她终于决定——那只能是兄妹之间的关怀。太久无人听她诉说以前的故事了，金牙炳没必要听，孩子太小了也听不懂，而她是姐妹群里的大姐，她们可以对她说心事，她的责任只在于给予安慰和帮忙，再多说便是倚老卖老了，她不愿意。所以那天是个温暖的意外，偶然地走上一段路，她说了，他听了，就这样了，就只能是这样了。可是即使只是听，已经使她感激，感激得乐意回报，至少在吃食的事情上面。她是这样告诉自己。

高明雷也感受到阿冰的热切，有一回大伙吃饭聊天，特地在金牙炳面前提议，让阿冰当她的义妹。金牙炳反提议道："不如当我两个儿子的义父，不是更有意思？"

陆北风在旁笑道："这么阿冰岂不变成雷大爷的义妻？阿炳你真大方！"

阿冰脸上一红，啐道："风哥别乱开玩笑！"

陆北风佯装自扇耳光，众人笑成一团。之后陆北风问高明雷为什么不娶妻，他愣了一下，胡扯道："谁说我没老婆？老子以前在重庆有座大宅院，三妻四妾都在那边，就是太多了，烦哪！好男儿志在四方，大丈夫闯江湖，手里有了钱，寨城里的女人，个个都是我的老婆，老子想要谁就要谁！"

高明雷确实在重庆结过婚，但不到半年老婆已被他打跑，在九龙寨城立脚后，也有个相好的女人，战争快结束时却被炸死了，但他没有伤悲，反正不愁没女人，真正愁的是裤裆自从被湖南佬重重敲了一棒，老二的表现非常不稳定，或时硬时软，或半硬不软，令他自觉英雄气短，对女人有了莫名的恐惧，干脆避而不谈，把心情全部放在捞大钱、做大事上面，偶尔找个女人来到床前满足指头和舌头之欲，只是聊胜于无的乐趣。

大伙当然不知道高明雷的苦衷，纷纷道："雷大爷是男人中的男人，英雄中的英雄！”他们说时只是羡慕，阿冰在旁听了，有的却是连自己也被吃了一惊的景仰。高明雷有多少女人，跟阿冰无关，但他天不怕地不怕的气概给她一种莫名的熟悉感。逢佛杀佛，遇鬼杀鬼，有仇必报，才是真汉子。她并非新近认识高明雷，却是到了近日——尤其经过那天同游文武庙——才渐渐觉得“认识”了他。以前的她不也是这样的吗？命要她杀狗便杀狗，踏出了屠狗场，执起打狗棒，领着被欺负的姐妹们在街头巷尾把男人打得屁滚尿流，谁敢招惹汕头九妹？日本鬼子欺负她，被她赶跑了。后来到了澳门，财叔对她不规矩，不也被她像狗般宰个肚破肠流？然而，嫁了人，当了妈，日子一天天地过，她的世界一天天地缩，最后都缩到肠子里去了，尤其在战争轰炸的恐怖中，只要活着就好，只要孩子和阿炳也能活着，便是她所愿意接受的世界。料想不到战后的菜馆把她带回到原先的世界。她当然仍要阿炳和孩子，然而午夜梦回，她想要更多，因为她觉得自己有能力要更多。

有了汕头九妹菜馆，汕头九妹也活过来了。生意畅旺，阿冰顾家又顾店，虽然找了几个好姐妹帮忙，仍然累得蜡烛两头烧，但也累得痛快，令她时常忆起在老父身边屠狗时的那股蛮劲。炳记粮庄做的只是商货买卖，硬邦邦的货，这边进，那边出，中间留下来的是利钱，她只帮忙记账，其他的她既不熟悉亦无兴趣。经营菜馆却是另一回事，食材和烹调都在她掌握之中，她说了算，热烘烘的厨房让她重拾以为早已消退的生命力，她觉得每天活在兴头上，尤其瞄见顾客把菜肴用筷子夹进嘴巴，眼角嘴角流露满足，她感受到切切实实的存在。

所以她倒过来担心金牙炳真要金盆洗手。

她认真相信金牙炳的当天承诺，也期待他投入经营粮庄，但他雇了几个相熟的人，交下粮庄业务之后便故态复萌，如同当年跟在南爷身边一样替陆北风处理堂口杂事，时间久了，大家都不提退出江湖的事情了，仿佛没了这回事。自从开了菜馆，阿冰更不想提。菜馆让她由早到晚过得风风火火，许多顾客是阿炳的道上朋友，万一人走茶凉，他们都不来了，怎么办？堂口的江湖，菜馆的江湖，两个江湖忽然重叠，坐在店头偷听各路人马大杯酒、大块肉地议论风云勾当，她竟觉得自己也是“江湖人”，有一种奇特的刺激。

金牙炳当初说过只会留在新兴社两三年，数一下指头，日子过了一半，她渴望墙上的时钟能够走得慢些，忍不住偶尔借机对金牙炳暗示几句“做人要饮水思源”之类的老话，但他误会她在提醒告别堂口的期限已经迫近，所以挤出夸张却诚恳的笑脸，拖延道：“快了，快了。你专心搞好菜馆的生意，让我享清福，我来照顾纯坚和纯胜。”阿冰不好意思自打嘴巴，唯有敷衍点头，心里却更抱怨他欠缺志气，未免怅然。

怨怼和景仰有个共通点：都会滋长，有了开始，就像萌芽的野草，会茁壮，会蔓生，差别只在于一个往高去而另一个朝低走，低的不断更低，高的也不知道高到什么地方才愿停止。阿冰越是欣赏高明雷的决断明快，越对金牙炳不太耐烦，经常因故挑剔他，唠叨碎碎念，大事小事都看不顺眼，明明不希望他插手菜馆，却又骂他对菜馆经营袖手旁观；孩子病了哭了，仿佛都是因为金牙炳的错和疏忽，又要大吵一场。日常更是毫无必要地尖酸刻薄，她慢慢明白，这叫作嫌弃。

有好多个夜晚，阿冰在梦里回到汕头老家，狗棚是出奇地宁静，远远望见一个虎背熊腰的男子身影，蹲着，握着刀，她以为是她父亲，正欲喊唤，男子回过头来，是另一张模糊的方脸，却又似曾相识。有时候梦中场景不在狗棚而在湖边，或者菜馆，遇见同样的背影，同样的脸容，或者坐着泡茶，或者双手抱胸靠墙而立，她想走过去，但双脚仿佛被冻住，无论怎样用力都提不出脚步。梦里醒来，她额上都是汗水。阿炳以外她不曾试过其他男人，梦里的不算数，却已足够令她忐忑终日。金牙炳如今是难得在床上一碰她的身子，偶尔碰了，她总翻过身骂道："缩手！要摸，去摸那些脏女人！"金牙炳有一回喝了酒，胆子壮了，发火回戗，道："就你最干净！我的手再脏也冇狗血的腥臭！"

阿冰吐出长长的一声"滋——"，那是恨的声音。然后，发难抓起床边的桌灯敲去，直直击中金牙炳的下颏，卜通一响，先前镶的金牙应声崩脱，他抬掌捂嘴，满脸满手是血。阿冰慌张愧疚，连忙捡起地上断牙，金牙炳怒不可遏地挥掌拍打她的手腕，她一松手，牙齿骨碌碌地滚到床底。他转身砰一声关门而走，阿冰难过得趴在床上失声痛哭，房间里所有家具屹立不动，床是床，柜是柜，她的世界却天旋地转地颠倒过来，一时之间她分辨不清楚身处何方，是汕头？是澳门？是香港？抑或是一个全新之所在，她已不是自己熟悉的阿冰。

孩子在隔壁被吵闹声惊醒，没天没地地哇哇地哭，纯胜不断喊："妈咪！我要妈咪！"雇来的保姆低声哄解："嗳，不哭，乖乖，别哭。"阿冰听得心酸，忽然亦想起自己的母亲，忍不住把脸蒙在枕头上低唤一声："妈。"

金牙炳把金牙镶回原位了，黄澄澄，像沾在兔子牙齿上的一粒玉米。冷战了一阵，他和阿冰各忙各的，不打不闹了，但两人之间能谈的也只是孩子的事情。

阿冰继续打理菜馆，高明雷这一向来得特别频繁，因为力克和饶木也常来。饶木和金牙炳是老朋友了，他带力克来尝阿冰的厨艺，力克对那道陈皮柠檬鸡特别着迷，三天两头登门光顾。金牙炳教懂了力克打麻雀，饭后，加入饶木和陆北风，四人噼里啪啦地在麻雀桌上“切磋”中国文化。高明雷来了便摆张椅子坐在旁边观战，他本来只打四川牌，干脆也学广东牌，要求轮流加入战团，用意当然不在于赢钱，只为打听警察查案的风声。

蜀联社的“肉票团”把羊牯绑回九龙寨城，有的撕票了，有的收钱后放回家，高明雷特地招揽一个广东仔负责跟羊牯家人洽谈，避免其他兄弟被认出四川口音。道上至今仍然不知道“肉票团”来自寨城，警察当然更无头绪，力克早已声明可赌可毒可黄但不容许绑票，老虎头上被动了土，尽管落力追查，却仍不得要领，偶尔在麻雀桌上发一发闷气牢骚，透露了任何蛛丝马迹，对高明雷来说都是趋吉避凶的宝贵情报。

但其实力克也想从高明雷口里探悉九龙寨城的江湖动静。警察不进城是由来已久的政策规矩，里面的黄赌毒是块肥肉，他一直想染指，吃不到，不甘心。之于力克，寨城是个赤裸裸的厮杀丛林，他渴望握着皮鞭到里面驯服群兽，既是因为钞票的诱人气味，亦是为了征服的刺激。

久而久之混熟了，称兄道弟，力克告诉高明雷，兄弟的英语是brother，高明雷结结巴巴地说：“巴……喇……打。”陆北风也在旁学着：“巴……拉……打。”大家笑成一团。饶木在旁索性怂恿他们三人结拜，道："警察拜关二哥，堂口也拜关二哥，可见本是一家。"力克觉得有意思，答应了。他最常挂在嘴边的一句中国话是"有意思"，在他的理解里，"有意思"就是好玩的意思，生命说短不短、说长不长，所有从未试过的经验都是有意思。他读过《三国演义》，知道刘关张，明白中国佬动不动便结拜，现下机会来了，不妨体验一下，反正中国的结拜兄弟也动不动便翻脸，日后的事，日后再说。

高明雷最是积极，马上叫金牙炳备齐烛纸，由他拉着其他两人跪在关公像面前叩头、焚香、烧纸。为难之处只在于高明雷的年龄最长，该当大哥，然后是陆北风，力克是堂堂警官，又是洋人，让他沦为三弟有点说不过去。精明的力克见他脸露犹豫，立刻猜到他的心事，于是说："结拜是中国传统，依你们老规矩，我无所谓。既然要花园结义，便没什么好计较，有意思最重要。"

陆北风纠正他道："警官，是桃园结义啊。"

力克笑道："是，是桃园，我说错了！欧洲有部小说叫作《三个火枪手》，讲三个英雄闯荡江湖。'三'很好，是个幸运数字！"他大略说了《三个火枪手》的故事情节，又道："书里面有句名言，tous pour un, un pour tous，意思是我为人人，人人为我，等于中国人常说的义气。"

高明雷笑道："按老规矩，我比两位虚长几岁，是刘备。风哥是关二哥，力克警官是张飞。但不如洋气一些，有劳警官替我们取个洋名？"

力克想了一阵，替陆北风取名 Norton，说是有"北部城镇"的意思，又把高明雷唤作 Thunder，直接指的是"雷电交加"了。陆北风反复念道"箩藤，箩藤"，总发不出正确读音，金牙炳笑道："又箩又藤，风哥，诙谐啊。”高明雷更完全读不出 Thunder 的音节，不断“呼呼呼”和“打打打”，几乎吐得满地口沫。

力克笑道：“算了，换简单点的，风哥就叫 Peter，彼得；雷大爷就叫 David，戴维。都是耶稣基督的徒弟。读得了吧？”

两人点头道：“可以！我为人人，人人为我！”

当了义兄义弟，有福同享，陆北风建议力克入股菜馆，不必掏半分钱，只认干股。力克对这样的小生意本来不感兴趣，却无可无不可地接受了，理由亦是想尝尝当中国菜馆老板的有意思。高明雷最为高兴，觉得跟力克混得越难分难解，将来越有机会把蜀联社带出九龙寨城。他听说力克向来欣赏中国书画，投其所好，把堂口墙上的对联带到菜馆，“每恨江湖成契阔，长留篇什继风诗”，见字如见人，高明雷觉得跟死鬼骆仲衡不愧老友一场，心里感谢他帮忙拉近自己和洋警官之间的距离。力克早已知道谢无量是书法名家，如今得见真迹，啧啧连声道：“好字，好诗。”高明雷请他收下对联作为结拜赠礼，力克摇头道：“不行。应该挂在这里让客人欣赏，这样我们的菜馆才有意思。”

一个夜晚，高明雷来到菜馆，陆北风和金牙炳在小厅里等候，但才刚坐下，突然有手下报信，筲箕湾“东和堂”的罗四海弥留病榻，家人知道他爱面子，希望港岛其他堂口老大能往见最后一面。顾及江湖情义，陆北风唯有匆匆起行，离开前对金牙炳道：“阿炳，你就先对雷大爷说说我的想法。”

金牙炳诺诺点头。

阿冰把几碟肉菜端到客厅里面，对高明雷笑道：“谈事归谈事，雷大爷可得专心品尝今晚的卤水鹅片，看看是否与往常不太一样？”

高明雷夹一片送进嘴巴，咀嚼几下，瞪起眼睛称赞道：“不得了！顶刮刮！”

阿冰笑道：“这是早上从澄海运来的狮头鹅，肉质比本地鹅肥和滑。这不容易有货，我知道雷大爷今晚会来，特地留下最好的部分。”

金牙炳故意恭维高明雷，涎脸道：“是啊，她对我还没有这么体贴呢。”

阿冰听他这么一说，感到几分尴尬，心里无鬼变有鬼，微微一怔，白金牙炳一眼，转身推门回到大厅。

高明雷笑道：“老夫老妻了，居然还打情骂俏。羡慕啊。”

金牙炳哈哈干笑两声，对阿冰的举动感到错愕。

喝了几杯，闲聊一阵，金牙炳把话带入正题，原来陆北风一直在打云南和广西的黑土主意，却洽谈不顺，最近把目标转向四川，派阿火去了几趟，依然障碍重重，主要是新卖家和新兴社互不相熟，互不信任，谈了好久仍未敲定价码条件。陆北风打听到蜀联社在九龙寨城有卖四川袍堂“龙义门”的土货，希望雷大爷愿意分享一点取货的渠道关系，替新兴社搭桥铺路，事成之后，好兄弟，明算账，该给多少佣金便给多少佣金，绝对不会亏欠雷大爷。

高明雷皱眉听着，沉吟不语，心里生起一套想法，但想到金牙炳只是传话的人，做不了主，便忍住不说，只清一下喉咙，道：“感谢风哥关照。替风哥分忧，是兄弟我的责任，两肋插刀，义不容辞。但，呵，你也明白四川人是硬脖子，又认生，不熟不做，一切得从长计议，急不来。我回去好好想想，一定，好好想想。”他举筷夹了一片鹅肉放到金牙炳的碗里，道：“吃，先吃，否则菜凉了，浪费了阿冰的好手艺。”

厅房门忽然被拉开，阿冰又捧着一个圆盆走进来，盆里铺着黄澄澄的面团，像无数蛰伏的蚯蚓，只要把筷子伸出去，它们马上蠕动。阿冰喜孜孜地说：“雷大爷最爱吃的‘双面黄’来了。老陈上回煎得火候不足，面身不干脆，我教训了他一顿，今晚您给个意见，如果还不够好，我马上赶他回汕头！”

高明雷连忙左右摆动手里的筷子，道：“哎哟，千万别！断人财路，天打雷劈啊！来，来，坐下，别忙了，一起吃！”

阿冰坐到金牙炳右边的座位，隔着他望向高明雷，阿炳本来就瘦，侧脸更瘦，金牙外露，像只永远饿着肚皮的灰兔子。高明雷的脸相对之下更显宽，两边腮骨有棱有角地横向耳边，仿佛脸皮底下藏着两片锋利的薄刀。阿冰忽然感到惶恐，也不明白恐惧些什么。他们在说着江湖的恩怨是非，她听着却又根本没在听，仔细琢磨自己的心底感觉，脑海突然浮现另一张脸孔，同样是浓重的眉毛，同样是威严的眼睛，同样是筋肉横张：那是她小时候记忆里的父亲。结识雷大爷几年了，从未觉得他像自己的父亲，阿冰此刻不免感到迷茫。因为昔日未曾认真看清楚他的脸？抑或是有了那天下午的交谈，在前往和离开文武庙的路上，有了深入的认识，以及仰望，始有了隔代错认的联想？她想不透，只听见自己的一颗心在怦然跳动，仿佛有一头不受控的小兽将从嘴巴里爬出，这样的刺激感觉即连在遇上阿炳时亦未曾有过。

阿冰在想着，两个男人在聊着。酒一杯杯地往喉咙里灌，舌头开始打结了，金牙炳嘴里像塞着一颗橄榄，含糊不清地反复提及陆北风的请托。高明雷再喝三杯，压低声音道：“炳哥，这里都是自己人，我就有话直说。这些年来我一直想把蜀联社带出九龙寨城，既然风哥看得起兄弟，何不干脆合作，把生意做大？龙义门那边的货，我负责去拿，要多少有多少，包在兄弟身上，土货经陆路出海，到香港之后，由上环的三角码头上岸……”

“三角码头可是‘潮和顺’的地盘呀？”金牙炳打断他道。

高明雷干笑一声，道：“我当然知道。但你和风哥有没有想过，如果那变成新兴社的地盘呢？飞天东一直对湾仔虎视眈眈，别忘记湾仔以前有几条街本来由潮和顺所管，后来被孙兴社抢走。南爷不在了，大只良和刀疤德分别搞了新堂口，拆散了孙兴社，还不是因为有飞天东在背后挑拨撑腰？他做初一，你们做十五，为什么新兴社不可以搞他们？这等于替南爷和孙兴社报仇啊。”

金牙炳默然，觉得也非全无道理。高明雷隔座瞄阿冰一眼，她望着他，似懂非懂地听着，比金牙炳更觉得他有道理。

高明雷又灌一杯九江双蒸，续道：“江湖是带着棺材出来混的，该打的时候就得打，说不定你今天不打飞天东，飞天东明天也会打你。放心，蜀联社不仅会替风哥向龙义门取货，更会出兵，把潮和顺打个稀巴烂，赶他们到西环。打完仗，三角码头和湾仔码头都归新兴社管，你们左右逢源、调动灵活，别说什么川货，连飞机大炮都可以出入自如！”

金牙炳被高明雷的满肚大计唬住了，更说不出话。阿冰反而像小孩子听大人说着世界大事，心底涌起莫名的兴奋，尽管忙累了整天，依然睁着明亮的眼睛，隔着阿炳，凝望这个男人。

高明雷最后直接道出条件：“风哥肯定会问这对蜀联社有什么好处。真人面前不说假话，何况是自己兄弟？我不图别的，只要三角码头以外的地盘。黄的赌的，都归蜀联社我这边；至于川货在上环的买卖生意，我和新兴社联手做，免得你们在湾仔鞭长莫及。但蜀联社只取两成利润，码头仍然交给新兴社，你们想运什么便运什么，兄弟不过问半句。我的大愿只是让蜀联社别一辈子窝在寨城，听说英国佬准备动手拆城了，那里绝非久居之地。”

金牙炳越听越感心惊，有点后悔代陆北风对高明雷提出川货请托。自己向来只擅长管账，每天打理赌摊和走私的账目已够忙碌，攻城略地的事情对他来说太复杂了，能不插手便不插手，最好连知道也别让他知道。所以他沉默了一会儿，婉转地说：“雷大爷果然有志气！回头我跟风哥说明一切，他是老大，你们老大对老大，龙头对龙头，你们谈，你们谈好了，小弟替你们做跑腿。”说毕，突然侧脸扬一扬下巴，示意阿冰举杯。金牙炳拉开笑脸道：“来，我和阿冰再敬雷大爷一杯！”

阿冰觉得扫兴，无奈端起杯子，心里却道：“这杯酒是我自己要敬的，不需要你指挥！做男人，要做大事才叫争气！”她的酒量其实比金牙炳好，不敬则已，一敬，连敬三杯，绯红着脸斜睨了高明雷一眼，用眼神对他说“佩服你”，高明雷不动声色，只在心底不断琢磨这个眼神的意思何在。

十八　在铜像的暗影里

过了五天，陆北风把高明雷找来菜馆，拱手便道：“我一直想教训飞天东！雷大爷愿意出兵相助，求之不得！”

陆北风有自己的算盘。他想要三角码头，军统的吴铜青也希望他能够控制三角码头，他觉得运气来了，谁都挡不住。

军统在孙兴社初立时提供了不少助力，陆南才也替军统做了不少事情，日本占领期间，军统的情报人马土崩瓦解，被抓的被抓、变节的变节，和平后，新上任的香港站主任吴铜青负责重建情报系统，找上了陆北风和他的新兴社。吴铜青威胁陆北风道：“你在广州的那几笔烂账还未算清呢！你在香港不算汉奸，可是，嘿，谁保证明早张开眼睛你不是已经躺在广州？英国人总不会日日夜夜在身边保护你。戴罪立功，于你于我都是好事。”

陆北风并不担心被绑架回广州，江湖风浪急，仇家处处有，死在谁的手里都是死，他不在乎多了军统这一刀。吴铜青找上门，他认为是个好机会，兵马粮草都可以向吴铜青伸手求助，像哥哥当年借东风，起风得特别顺手特别快。所以听完金牙炳的转述，陆北风立即往找吴主任商量，谈不到几分钟已都同意应该取下三角码头，新兴社要的是四川黑货和更大的地盘，军统要的是海岸据点和出入通路，湾仔码头虽然属于新兴社的势力范围内，但太靠近湾仔警署，耳目众多，一旦有了上环，左右逢源，人货方便。何况吴铜青打听到飞天东近日常跟共方人员眉来眼去，必须把他打垮。

但说归说，仍得考虑力克那边的看法。力克当初搞竞价投标，为的就是把地盘分配妥当，堂口专心揾钱，警察安心分钱，有财大家发，不许争来夺去。蜀联社和新兴社联手进攻三角码头，不先取得洋人的默许，不可能成事。所以陆北风对高明雷提了个主意："洋人为的也是揾食，既然力克是我们的三弟，有福同享亦是个道理。何不分他一杯羹？川货来了，你占两成，我六成，余下的两成分给力克。三角码头由我管，至于飞天东的地盘，我只要永乐街、永安街和永胜街，其余的归你。"永乐街一带有许多米粮店和海味馆，陆北风打算强迫店主们给他干股做保护费，坐享其成。

为了让蜀联社杀出九龙寨城，其实不管陆北风提出什么条件，高明雷都会同意，但要让力克同意，不能不耍点诡计。陆北风从吴铜青手里取得几份文件，晚上派电艇驶到三角码头对出海面游来驶去，故意引来香港水警截查，艇员跳海逃之夭夭，艇里留下文件，佯装是共方和飞天东之间的秘密通信。政府情报部门盘问飞天东，他当然不认，也无从去认，却已留下勾结共方的嫌疑，力克担心上头责怪他对堂口看管得不够严格，立即给飞天东看颜色，找借口抓走他几个得力手下。

栽赃嫁祸得逞，话便容易说了。菜馆里，陆北风把自己灌得脸红耳赤，无中生有地对力克抱怨潮和顺到湾仔抢地盘，他不仁，我不义，新兴社的兄弟本来打算回攻上环，但考虑到力克先前下过"禁斗令"，未敢鲁莽行动。陆北风皱眉道："三弟，他们破坏规矩，这口气，我真替你吞不下去……”高明雷在旁抢白，对力克道：“破坏规矩等于掴三弟耳光，掴三弟耳光就是掴我们的耳光，风哥好脾气，我可真想马上带人把潮和顺打个稀巴烂，替兄弟大大出口气！”在公开场合里，两人尊称力克为“警官”，关上了门，结拜兄弟，老三就是老三，是老三就得叫老三。

力克不答腔，只向陆北风追问细节：“飞天东派了几个人来？搞了你哪个地盘？”

不防有此一问，陆北风愣了一下，方说：“这得问问金牙炳。”

金牙炳眨几下眼睛，道：“这……我得问问阿火，他比较清楚。”

力克心里冷笑，听得出他们的挑拨语气，但暗想不妨借力使力，压住飞天东，好好管住三角码头。力克沉吟一阵，道：“我最近学了一句广东话，‘唔可以一部通书睇到老’，意思是做人做事都应该顺势而变。不知道是这样吗？”

陆北风一拍桌子道：“对、对！正是这个道理！墨守成规，丢脸的是自己，吃亏的也只是自己！放心，只要三弟吩咐一句，我立即把他们打到跪地求饶！”

高明雷煽风点火道：“蜀联社亦是随时待命，三弟一声令下，我们赴汤蹈火、万死不辞，让飞天东见识见识袍哥的厉害。”

力克脸色一沉，明白高明雷急于把蜀联社带出九龙寨城，心里暗怪他操之过急。高明雷一怔，反应不过来，陆北风马上代他打圆场，对高明雷道：“老大是一番好意，但三弟自有主张，做事要有分寸，不必急，也急不来。”他瞄见力克的眼神和缓下来，才慢慢说出川货三人分红的想法，力克手肘支着桌面，用手指揉着眉心，似在专心聆听，却又像心不在焉，半晌方道：“Let me think about it.[1]”

陆北风和高明雷没听懂，唯一能做的是笑得满脸尴尬，以及等待，一天得不到力克的点头，一天便得等下去。

高明雷等了几天，每晚溜到菜馆打转，力克来过两次，却只跟他们打麻雀，半句没提川货的事情。他不耐烦了，直接问道：“三角码头那边，可以了？”

力克打出一只六筒，皱眉反问道：“哦，三角码头有事情吗？怎么没人报警？除暴安良是警察的职责，放心，如果有人捣乱，我们不会袖手旁观。”

高明雷尚在琢磨话里的话，陆北风却已心里有数，明白力克是叫他们放手做事，他在背后，出了事找他。陆北风用力啪声摔出一只麻雀牌，上面刻了个“发”字。他喊道：“发财！大家发财！大家发大财！”

高明雷也弄懂了，懂了便要着手做事，他征得陆北风同意，带同手下狗仔和阎罗王到三角码头张望了几趟，又在永乐街和高升街一带走来巡去，多一分了解巷道地形，心里便多一分把握。一天下午他从上环走往湾仔，行路到了德辅道中，远远看见一位少妇挽着两个纸袋，推开“先施”的旋转门走出街上，定神一看，竟然是阿冰。高明雷把她喊住，她说担心天气快要降温了，趁着百货公司减价，特地来替孩子买两件来路毛衣。他忙从她手里抢过纸袋，替她提着，说相请不如偶遇，不如到安乐园吃下午茶。阿冰尚未点头，他已嘱咐两个手下先返回九龙寨城，阿冰沉默地跟他步步往前走去，倒并

① 意为：让我想想。

非不情愿，只是在惊喜的笼罩下，其他感觉都来得缓慢。她去过两回安乐园，第一次是金牙炳带她，第二次是她带三岁的纯坚，安乐园雪糕名气响当当，又叫作“唉士忌廉”，阿炳那回见她边吃边笑，说她像小孩子，这回的第三次，和高明雷对坐在桌子前面，她觉得自己又是孩子了。

步出安乐园，两人慢慢走到皇后像广场，战前这里竖立了八个铜像，都是洋人，阿冰喊不出名字，金牙炳对她解释过那都是英国的皇亲国戚。日本鬼子占领后，铜像拆的拆、毁的毁，不知去向，阿冰听电台新闻说，战后英国人从日本寻回了两三座铜像，但只有一个穿西装礼服的洋男人被放回原地，这家伙倒非皇族，而是一个名叫昃臣的汇丰银行大班。这天黄昏站在铜像旁边，夕阳余光在地上映射出一团黑麻麻却软绵绵的影子，阿冰站到影子里，抬头仰望结结实实的昃臣，昃臣的左手握着礼服襟领，左膝微微朝前提高，仿佛正准备举步前行。

阿冰忽然孩子气地说：“你看！洋大班多么神气！可是不管有多神气，依然被我踩住，逃不开老娘的天残脚！”她又弯腰把两只手掌按在影子上面，笑道：“还有五指山！老娘不准你走，你便哪里都去不了！”

高明雷拍一下手掌，道：“果然是汕头九妹！跟我们的辣川妹一样提劲！”兴之所至，他放下两个纸袋，也踏到影子里，不顾途人侧目，蹲起马步耍了几招蛤蟆拳，阿冰先前在天台见过他和陆北风比武，当时不敢插嘴说话，这时候放松了心情，才吃吃笑道：“雷大爷变成了一只大青蛙！”他佯装生气，脸色一沉，瞪起眼睛，张开十指，抬起两条胳臂扑过去，阿冰从他的右胁下闪身溜开，他右掌一伸，牢牢抓住她的手腕，她“哟！”了一声。

“啊！”高明雷连忙缩手，“拳脚无眼，我也太不小心了。”

他走近她，一股熟悉的体味涌入她的鼻孔，像那天在电车厢里。她腕上泛起几条红痕，一张脸却比手腕更红，热热烫烫，仿佛被太阳晒了一个下午，但明明已是黄昏，她也明明站立在昃臣铜像的巨大黑影里，可是这一刻，影子似乎不是在她脚下，而是粗暴地捅进了她的心、她的脑、她的身体。阿冰心神恍惚地呆着，没想到痛不痛，就只是不知所措。

高明雷见她不语，一直温言问道：“痛吗？不痛吧？没事吧？”见她没反应，干脆执起她的手腕察看，这只可以握着打狗棒在汕头街头巷尾把男人打得抱头鼠遁的手，此时是虚弱无力地任由摆布。阿冰错觉昃臣铜像已经崩坍，纷纷乱石朝她身上倒塌下来，把她沉沉地压住，她唯一能做的是努力呼吸，吸气，呼气，再吸气，胸口上下起伏。

凝望着阿冰，高明雷心里有数。天地良心，眼前一幕绝非在他计划之内，他没有计划，只是自从处处领受到阿冰的热切，便也倒过来特别对她好，否则便是太不解风情。他懂得“朋友妻，不可欺”，但自问没有去欺，只不过没有拒绝，一切顺其自然，不发生的事情总不会发生，而万一发生了，那么，发生了再说吧，兵来将挡，男女的事情就是江湖的事情，他的态度向来一致。这时候把阿冰的手腕摊搁在自己的手掌上，他明白是一种冒险，但等于抢寨子，来到了寨门前面，不能不敲门，不然面子何存，也太对不起自己了，至于什么时候攻打进去，用什么方式攻打，还得谨慎掌握分寸。

他试探地问：“要不，找个安静的地方，替你敷点药？”

阿冰没说不，也没说好，高明雷弯腰捡起放在铜像旁的两个纸袋，兀自往上环海旁走去，他知道那边有间客栈，管房是刚来香港的上海人，不可能认得他们。他缓步走在前头，不时侧脸确认阿冰有否跟在后头，高兴地，每一次瞄看，都没有失望。

天色在他们的脚步里暗淡下来，往前走，天色暗些，再走，再暗些，海旁马路有几盏微弱的街灯，海面附近的货船和渔船上也挂着和闪着灯，但不知道是什么理由，高明雷错觉眼前仍是一片漆黑，仿佛自己仍是昔时袍哥，在月黑风高的夜里，埋伏在草丛间忐忑守候过路的羊牯。想着，走着，海上远处突然传来不大不小的几道响声，先是一声轰然，再有几声“咔嚓——咔嚓”，然后是几个女人的凶狠咒骂，骂的都是叽里咕噜的疍家语，他听不懂半句内容，但怒气已在声调里刻画得一清二楚。高明雷侧身眺望海面，隐约见到一团杂乱的船影，估计是发生了碰撞意外。

这时候勃勃达达地驶来一艘电船，船头架起明亮的射灯，光线把一切照得赤裸裸，果然是两条渔艇在黑暗的海面迎头撞上了，较小的艇稍稍向左倾斜，但估计撑得住，沉不了。有孩子在艇上哗哗哭嚎，有女人扯起尖亢的嗓门，失心疯地叫嚷，高明雷只听懂“银纸……银纸……”，八九不离十是在索求赔偿。她身旁有个男人挺腰站立，双手紧紧握着船桨，怒目瞪向对方艇上的人，较大的艇上亦有一家老少，亦是女人在哭骂，男人反而只懂用眼神睨来眦去。电船上的应是就近前来调解的善心人，有个船员朗声喊道：“有事慢慢谈！安全就好！安全就好！”

两边渔船上的女人继续哭闹，船员再劝一阵无效，索性挪动射灯，刻意把灯光集中在她们身上，或许以为能够收到震慑作用。女人们被照得张不开眼，有了共同敌人，倒过来异口同声喝骂船员。船员被骂得张皇失措，慌张里不小心把射灯照到码头岸上，凑巧照到高明雷这边，一束强光像箭般直射进眼，他脚步一浮，几乎站不稳，然而被这么一晃，竟像在熟睡中被摇醒，脑海被摇出了一道声音："高明雷，你在干啥子啊？那是阿炳的老婆啊！阿炳是你的救命恩人啊！他从来没有对不起你，他的老婆你也想碰，你疯了！仙人板板，江湖是这样混的吗？"

一连串的问号令他打从心底冒起冰凉的寒意。他呆站不动，仔细琢磨，忍不住连声暗骂自己笨蛋。今天对阿冰意乱情迷，恐怕是贪图刺激，也是不服气。自己的老二不一定每回都受使唤，却仍喜欢花钱找女人来供玩弄，现下忽然有女人凑靠过来，为的又不是钞票，如果拒绝，做男人还有啥意思？难道床上不中用了，便连卿卿我我也不可以有？那是老友的老婆呢！这辈子活到这岁数，坏事做尽了，还未试过爬灰，正好尝尝这滋味。然而，然而，一旦冷静下来，也幸亏被射灯照得冷静下来，对金牙炳这层顾忌实在跨不过去。那是老友的老婆啊！若是为钱杀人，高明雷自问要杀几个就敢杀几个，但是为了女人而对不起老友，别说碰犯了江湖大忌，更不见得是划算的买卖。金牙炳不仅是他的救命恩人，更是陆北风的手下，自己又是陆北风的拜把兄弟，眼前准备携手抢地盘、卖川土，实无理由因为一时好胜而坏了大事。战争那几年让他学懂了忍耐，这回鬼迷心窍，几乎把学懂的都忘却，几乎捅出大娄子。

头脑想通了，心里便更慌乱了，不知道如何收场。高明雷发现自己身上都是汗，胸前、背后，以至于手脚，无不湿嗒嗒地跟衣布黏成一块。活到老大不小的年纪了，没想到忽然像个在邻居田里偷吃了甘蔗的乡童，不懂得如何收场。他慢吞吞地开步前行，两步、三步、五步、十步，心里终于有了决定——他要用最可笑却亦是最简单的方式结束今天的混乱。他想妥了说法：“阿冰，格老子，可能刚才吃了雪糕，我要拉肚子。还是回家吧，已经很晚了，再晚些便来不及了。他们都在等你。”

好！就这么说！这么说其实不算拒绝，言下之意是，待以后不拉肚子了，时间也对了，若真仍想要，有的是机会。他相信这么说可替自己和阿冰留了面子，以及后路。

可是，当高明雷转身，发现望见的只是空荡荡的黑漆街道！

阿、冰、不、在、了！

阿冰不知何时已像鬼魂般消失，剩下高明雷孤单无主地站在海旁，手里依然挽着先施百货的两个纸袋。海风呼呼地刮到他身上、衣上，远处“叭！叭！”地响起两下轮船笛声，他处变不惊，但一连打了几个喷嚏，着凉了。

十九　最困难的其实是舍弃

高明雷把纸袋拎回了九龙寨城，正烦恼如何还给阿冰，身体却先发寒发热，灌了两三天药汤，到了第四天，精神稍稍恢复，方似试探军情般摇电话到新兴社总堂找金牙炳，问他菜馆夜晚会否有麻雀局。金牙炳热情笑道："有！当然有！无'雷'不成局啊！等候雷大爷大驾光临！呵，记得多带银纸！"

他放下心了。然而，金牙炳挂线前忽道："对了，劳驾也带上我孩子的毛衣。"

高明雷倒抽一口寒气，"嗯"了一声，咦，阿冰跟他说了那天的事情？说了什么？不至于吧？

幸好话筒那头再传来金牙炳的声音："在先施买的那两件啊，雷大爷忘了？破费，破费，不好意思。"

高明雷支吾地挂上话筒，在电话机旁边呆坐，手肘撑着八仙桌，手掌托腮，暗忖："没事的，如果有事，以阿炳的行事作风，做不到这么淡定。阿冰肯定有其他的说法。"

好不容易忍耐到傍晚，高明雷搭船转车到了汕头九妹菜馆，进门正好看见阿冰从贵宾房推门步出，门缝里传来陆北风和金牙炳的朗朗笑声。阿冰见到他，扯开嗓门调侃道："哎呀，神龙见首不见尾的雷大爷终于现身了！孩子的毛衣呢？怎么把礼物带回家了？嘻，不会是后悔付了钱，偷偷拿回去退货吧？”高明雷递过袋子，阿冰一手接上，另一只手拉开贵宾房的门，笑道：“阿炳和风哥都说想念雷大爷呢！请进！”她今夜是额外地热情，反而让他强烈觉得那是另一种刻意的冷淡，仿佛筑起了一道防波堤，笑容是既厚且硬的堤石。

原来阿冰明白高明雷早晚要物归原主，担心金牙炳追问因由，索性先下手为强，随口编了个简单而可信的情节。她告诉金牙炳，那天在百货公司偶遇高明雷和手下，她刚买过一堆折扣货，再替孩子挑选毛衣，高明雷坚持送礼，又帮忙提拎，但手下忽然催促他到码头搭船返回九龙寨城，匆匆忙忙道别，他竟把手里的两个纸袋带走。阿冰千叮万嘱金牙炳：“记得提醒雷大爷派人送回毛衣。”

这夜，高明雷走进房间，陆北风扬一扬手，招呼他坐到金牙炳旁边。高明雷一边夹吃小碟里的酸菜，一边敷衍说着这几天的病况，说不到几句，陆北风打断他，问道：“雷大爷前几天去了上环？”他愣了一下，尚未来得及反应，金牙炳却抢过话头，向高明雷抱拳道谢：“雷大爷太客气了，阿冰替孩子买衫，雷大爷却抢着买了单，唔好意思，唔好意思。阿冰以前好悭家，当妈之后便不一样了，女人嘛，变得快过天气！”高明雷连忙搁下筷子，抱拳回礼，心里已经想明白了阿冰编的故事。她买毛衣，他偶遇她，他付了钞票，她忘了拿走。必是这样了，顺畅而自然，其实除了由谁付了毛衣的钱，其他的都是事实。他没占她的便宜，她也没让他占便宜，她手腕上的淡淡血痕只是意外，当夜回到家里应已消退，仿佛从来不曾存在。高明雷唯一想不透的是，那个黄昏，阿冰为什么突然退却？因为害怕？因为羞愧？因为顾虑？他要问她吗？该问她吗？

“雷大爷想象不到阿冰以前多么节俭，纯坚出生的时候，她……”金牙炳意犹未尽，自顾自地向高明雷吐出家中苦水，没理会高明雷根本心不在焉。陆北风瞪他一眼，用眼神责怪他岔开了话题，金牙炳识相住嘴。

陆北风问高明雷道：“三角码头那边情况如何？去看了，有把握吗？”原来在高明雷来到菜馆以前，陆北风听金牙炳谈及阿冰曾在上环遇见他，料想必是为了侦察敌况，所以急于知道详情。

高明雷那天确实巡睃过码头附近的大街小巷，也早有了一些关于开战的想法，所以能够气定神闲地对陆北风分析形势，说完一轮，结论是：“二弟，放心！我们双剑合璧，三招两式已够把飞天东送上西天！不，是把龟孙子一脚蹬进十八层地狱！”

陆北风马上举杯敬酒，三人商议战情，阿冰陆续端上菜肴，饶木也来了，坐下唏哩呼噜地吃喝，表示力克今晚来不了，洋警官们最近为着新界的事情头痛不已，力克的直属上司葛里逊负责此事，把他拉住不放人。饶木告诉大家，新界有堂口勾结宝安县那边的人，打算搞什么起义行动，迫蒋介石政府收回租借地、赶走英国佬。高明雷道：“新界的兄弟不好惹，得小心。”

饶木把嘴里的鸡爪子骨头吐到桌上，耸肩道：“你们寨城的人也不是省油的灯。”

高明雷怔一怔，追问道：“寨城有特别的消息吗？听说洋人和南京方面这阵子绷得紧。”

“寨城的事情，应该是你告诉我啊！”饶木笑道，“你是寨城的雷大爷啊！”

高明雷道：“饶长官别开玩笑了，那是政府对政府的事情，小弟只是区区老百姓，知道个屁！”

在香港这么多年了，高明雷仍未习惯把警察喊 Sir。他只喜欢老派的叫法，长官前，长官后。而他所说的“政府的事情”，乃指战后港英政府和南京方面对于九龙寨城的管治角力，按照一八九八年的《展拓香港界址专条》，寨城的土地并未租借给英国，英国人没有直接去管，当然更不会准许南京方面派人来管，所以才有“三不管”的真空乱象，让高明雷这类亡命之徒浑水摸鱼、据地为王。日本人来了，拆毁了城墙，日本人走了，失去城墙的寨城却依然“三不管”，但一九四六年底，宝安县长不知道发什么神经，忽然向广东省政府和外交部要求恢复宝安县对寨城的管治权力，呈报了一份《宝安县政府九龙城复治计划大纲草案》，而外交部回复了四个字：“自属可行”。一石激起千层浪，中国的新闻报纸纷纷呼吁顺势收回九龙半岛和香港岛，广州、长沙、上海等地无不发出电文响应，一时之间，群情汹涌，谣传新界堂口中人更已摩拳擦掌恭迎“王师”南下。

洋人倒是不慌不忙地做两手准备，一方面继续跟南京方面周旋谈判，强调英国政府一直对九龙寨城拥有管辖权力，另方面，暗中炮制对寨城的整治计划，一九四七中接任港督的葛量洪决定快刀斩乱麻，于十一月底由工务局发出通告，宣布即将清拆寨城外围一带的木屋和铁屋，事涉居民两三千人，房舍两百余间。但寨城的人可非软脚蟹，马上组成“宝安县九龙城居民联合大会”，向南京政府提出请愿书，要求“迅予提出严重抗议，呼吁全国同胞，予以声援，为政府后盾，收回地权，俾国家领土得以完整，贫苦民众仍能安居乐业”。

山雨欲来，剑拔弩张，不管日后结局如何，高明雷都觉得寨城已非久留之地，所以听见饶木提到寨城，立即紧张打听，没料碰上软钉子，唯有乖乖住嘴，准备稍后有机会见到力克，亲自向他探探口风。有权势的洋人比执着鸡毛当令箭的华人更不轻易摆架子。

陆北风眼看气氛有点僵，便出来打圆场，把话题扯到前阵子的海上劫案上：从香港驶往厦门的客货轮万福士号被几十个海盗登船抢掠，海盗更绑走了富商陈嘉庚的儿子陈厥祥，目前仍下落不明，江湖有风声说陈嘉庚悬赏六万元寻子，又说陈厥祥早被相士批过命中犯水，果真在海上出了事，不由大家不信邪。高明雷笑道："四川人不谙水性，肯定不是我们蜀联社的兄弟干的！如果不是广东佬，就是福建佬，你们出水能跳、入水能游！"

饶木也笑了，道："六万元！老子不如干脆不当警察，直接去帮陈老板找儿子！"

再聊一阵，陆北风建议开局打牌，力克到后才叫金牙炳让位。高明雷离座先到厕所解手，厕所在厨房旁，推开木门，有一条长而窄的走廊，阿冰刚好步出厨房，在窄窄的廊道上迎面碰见高明雷，完全没有回避的退路。厕所门前悬吊着一盏昏暗的灯泡，天花板渗水，水滴沿着斑驳的土墙流到地面，一摊摊的积水倒映着微弱的光线，乍看像一条小河流，而他们，在河上，各在各的船上，眼睛望着眼睛。厨房里的水龙头不时传出哗啦哗啦的水声，似倾盆大雨，又有熊熊轰轰的炉火声响，是暴雨里的雷电。

高明雷先打破沉默，问阿冰："手腕没事了吧？"

阿冰微微一笑，只道："雷大爷记得洗手啊！我准备了炸芋条，我们汕头人都是直接用手抓吃，味道特别不一样，雷大爷好好尝尝！"

高明雷“嗯”了一声，想再问她关于那个傍晚的事情，却不知道问什么、如何问，仿佛喉咙已被芋条哽住。阿冰笑道：“快！等你回来才上菜！”然后往前踏步，他无奈侧身让道，阿冰在他面前走过，衣上发上飘起一阵淡淡的烟火气味，呛进他的鼻子里，令他猛然醒悟，这不是河，这不是船，这是菜馆，这是厨房，这是活生生的眼前现实，柴米油盐，恁谁都脱离不了。

阿冰走向廊道尽头的木门，伸手推门，却忽然背向高明雷，轻声说：“那晚我头痛，所以先走。没事了，就这样了。”

就这样了。高明雷顿然安心。他明白，确实就这样了。她没有把事情告诉金牙炳，也不会告诉金牙炳，那天的事情到此结束，纯粹是一回谁都没想过会发生的小小的意外，也幸好没有发生。活到三十六的年岁了，他只认定要让蜀联社在九龙寨城外面扬名立万，他要做香港的雷大爷而非只是寨城的雷大爷，绝对不可以因一时失神误了江湖正事。他非常感激阿冰的识大体，她用一句话让事情变得有头有尾，干脆果断，不愧是汕头九妹。

其实“就这样了”是阿冰说给自己听的。那天傍晚不远不近地走在高明雷的脚步后面，海上的吵闹聒噪传入耳里，妇人的咒骂，孩子的嚎哭，然后是探射灯直直地照过来，照到高明雷身上，亦照到她的脸上，她心底突然涌起一股强烈的恐慌，仿佛走到夜路里遇鬼，不，仿佛她才是鬼，在道士的照妖镜下露出了真身原形。阿冰侧脸望向高明雷，高大粗厚的背，一颗心马上怦怦隆隆地震动，可又觉得如此地不真实，明明这么近却又似隔了好远好远，只有自己确确切切地站在强灯里，孤立无援地站着。有那么一刻的冲动，她想快步朝前走去，紧紧地抱住他，认真地感受安全的温暖。

然而也就只有那么一刻。阿冰没有迈开步伐，因为有一道声音像一堵厚墙把她重重围住：何必呢？既然你已经决定跟他以兄妹相待，何必再想其他？你已经选择了，如同你当年选择了阿炳，你选择了孩子，好的坏的，都是你选的，也就认了吧。选择了一些，就必须舍弃另一些，只选不弃，最后有的必然只是烦恼。或许生命最困难的决定并非选择而是舍弃，最难过的也并非选择而是舍弃，可是也唯有舍弃才对得起最初的选择，一旦违背了，便无法原谅自己。

阿冰回头直望探射灯，强迫自己睁开眼睛让强光照射，眼前一阵眩晕，她晃了一下，勉强定下神来，叹一口气，心里凄然却也释然，之后，转身，头也不回地沿着海边向湾仔的方向走去，那里有她的夫，她的孩，她的家。她的最初。先前发生的一切只是一趟防避不及的迷途，迷途上的风景有过便好，遇过了亦是运气，兜兜转转，迷途不要紧，重要的是终究懂得回家。

所以今夜此刻她推开菜馆厨房走廊尽头的木门，明亮灯火映入眼帘，如同那夜的强灯让她眼前一花，但这回她没有慌张。对于呆站背后的高明雷，她不曾怨怼，只存感激，如果不是有了那晚的迷乱，后来她亦不会尝到重回正途的快乐滋味。阿冰想起文武庙的签文，“鸳鸯飞入凤凰窝，莫听旁人说事破，自是良缘天配汝，不调和处也调和”，人与人，做不成鸳鸯，亦无必要成为仇敌；至于阿炳，既然命定是鸳鸯，只要她愿意，再不调和亦可调和，何况签文卦头亦道“哪相出身后为神”，非经削骨割肉之苦又怎能得道升天？

阿冰盘弄一下脑后的发髻，一步步踏实地走近柜台，安静地坐在收款机旁边，满目骄傲地瞄瞄座无虚席的饭馆。她回到原处，没事了，就这样了。

二十　可以忍耐，不可以退缩

金牙炳觉得阿冰这阵子有点不对劲：竟然对他恢复了热情。一天夜里她主动伸手摸弄他的裤裆，他吓了一跳，冲口而出问："做乜捻？"阿冰把脸贴近他，望他，看他，眼里有久违了的春情。

阿冰确实回来了。回来的是那个意志坚决的阿冰，选择了跟金牙炳走下去，当然还有两个孩子，那便不会容许任何人任何事阻拦她。要做的事情便要做，她知道什么叫作责任，责任就是你去做了再说，否则你会愧疚难寝。所以她重新开始认真面对阿炳，她是可以的，因为她愿意。她跟金牙炳谈孩子、谈菜馆、谈粮庄，也探问新兴社那边的风吹草动。金牙炳开始时嫌她啰嗦，多管闲事，但一开始说了，便说下去，有了越来越大的兴头，像回到了阿冰刚来香港的那段日子，搭电车从中环一路坐到筲箕湾，只要两个人在一起，看见什么皆有新意。

不久后阿冰再度怀胎，她到处笑说："老娘老娘，卅岁再做大肚婆，真的是'老'娘了！丑死鬼！"

然而阿冰感觉肚里的孩子不稳，特地从早到晚躺在家里床上养胎，金牙炳多聘了一个妈姐陪她，原先的一个专心看顾纯坚和纯胜。一天夜里金牙炳回到家中，对阿冰说高明雷跟力克的相处最近颇为紧张，他担心往后只会越趋糟糕，关键在于九龙寨城那边局势紧张，力克不欲节外生枝，阻止蜀联社和新兴社抢夺飞天东地盘。阿冰心里忐忑，却不好表现出来，只问道："风哥有什么想法？"

金牙炳耸肩道："风哥无太大所谓，不希望为这事跟力克翻脸。留得青山在，日后再说，不急。"

阿冰"哦"了一声，不说话了，心里猜想高明雷不会作罢，先前在菜馆经常听他踌躇满志地喊着要把蜀联社带离寨城，眼睁睁看着快要吃进口里的肥肉被抢走，若吞得下这口气，他便不是雷大爷了。可是自己的任何想法都无法言诸于口，所以她只提醒金牙炳："你和风哥要有准备，尤其是你，雷大爷跟你交往最久，左边是兄，右边也是兄，夹在中间，里外不是人。"金牙炳笑道："放心，放心，我是做跑腿的，两边都不得罪，也都得罪不起。"

每回听金牙炳说什么"跑腿"不"跑腿"，总觉得不是味道。一直都没大志，死性不改。既然金盆洗不了手，就好好干，混江湖就要有江湖志气，即使真是跑腿也无必要挂在嘴边。然而她静心一想，终究是那句老话，选择他的时候已经知道他是什么人了，是什么人便做什么事，强逼他反而不太公道，倒不如借这个机会催促他实践承诺，别混了，老老实实做个小老板便好了，宁为鸡口，莫为牛后，始终是最稳当的道理。一时希望他留，一时盼望他走，心意每两三天变一变，阿冰忍不住笑自己善变，万一让阿炳知道，肯定骂她莫名其妙。可是她不在乎，骂也好笑也罢，她决定了跟阿炳走下去，福是两人的，祸亦是两人的，"莫听旁人说事破"的旁人，其实包括了最亲近的身边人。是留是走，再说吧。

阿冰担心高明雷并非没有道理。高明雷不断纠缠陆北风，希望他说服力克，陆北风渐渐感到为难，他主张“事缓为圆”，迫得太紧，万一力克翻脸，事情更不好办。洋官毕竟是洋官，他是庄，华人是闲，洋官发号施令惯了，一旦倒过来，感受到威胁，即使是拜把兄弟亦容易出乱子。陆北风这点意思亦是跟军统的吴铜青商量过的，但他的决定跟吴铜青的建议刚好相反。吴铜青说已向南京方面探了底，得回来的指示是中英两国当下为了九龙寨城恶斗，新兴社和蜀联社若能尽快在港岛制造麻烦，等于另开战线牵制英国，让洋人明白中国人不是省油的灯。吴铜青道：“兵贵神速，你和四川佬联手进攻三角码头，让鬼佬蜡烛两头烧，尝尝我们的厉害！”

陆北风口里虽说遵命安排，心底想的却是：“万一你们突然跟英国佬讲和，而我们又跟英国佬闹翻了，到时候，二选其一，你们放手不管，我们怎么办？谁撑我们？让我们当炮灰？”

他也没把这想法对高明雷说，只道从长计议，急不来，急不来。

陆北风不急，高明雷却急死了。寨城的“居民联合大会”酝酿武力对抗英国人的拆屋行动，要求蜀联社加入，他虽然是堂堂龙头，但四川帮一直受城内东北帮和宝安帮的排挤，一方面三分天下，另方面小斗不断，向来相处不顺。况且他仍在冀望力克支持进军三角码头，断无理由蹚这浑水。左忖右度一番，他决定私下往找力克问个明白，可是力克的答案非常干脆：“No bloody way! 别做我的 trouble maker[①]！”高明雷皱眉表示听不懂。力克用中文讲清楚：“不——可——以！别给我添麻烦！”

问题是即使高明雷听话，寨城其他人却说不，麻烦陆续有来。

---

① 意为：麻烦制造者。

英国人终于出手，派遣两三百个警察往拆寨城旁的屋舍，“居民联合大会”纠众反抗，警察施放催泪弹，也抓人，激斗一番后终于把该拆的都拆了。蜀联社兄弟袖手旁观，被居民咒骂汉奸，连蜀珍馆的招牌亦被迁怒砸毁。南京方面一如所料提出外交抗议，再度声称对九龙寨城拥有管治权，容不得港英当局放肆。有了南京方面撑腰，联合大会的人有恃无恐，几天之内已经重新搭建几十个窝棚，打了洋人一记响亮的耳光。

力克的上司非常苦恼，力克比他更苦恼，但在苦恼里想出了一个好法子。力克把高明雷找来，道：“我们再去拆屋，到时候你来闹事，闹得越凶越好，我们会收拾残局。维持治安本来就是警察的神圣职责。”

高明雷脸露犹豫，力克明白他的盘算，道：“这件事一天不摆平，一天去不了三角码头。蜀联社不是一直想离开寨城吗？雷大哥，雷大爷，‘人人为我，我为人人’，我们不是这样说过吗？你为我做事，我不会不为你做事。懂了吗？”

高明雷朗声笑道：“懂，懂，懂！兄弟有难，两肋插刀！”说毕拱拳以示一言为定，力克却二话不说，伸出左手。高明雷愣了一下，马上也伸手相握，并且使劲地摇动胳臂。

六天之后，按照谈好的计划，力克率领一百多个警察，工务局的职员，以及救护车和囚车，浩浩荡荡来到九龙寨城外面，用扩音机宣布要动手拆屋。居民联合大会的人一字排开堵在屋舍面前阻挡，突然，高明雷带同三四十个兄弟手持棍棒现身，也有人高举孙中山肖像和写有“革命尚未成功，同志仍须努力”的纸牌，高声喊道：“保卫寨城！寸土不让！”高明雷向身边的阎罗王打个眼色，阎罗王是主责刀枪的“管事五爷”，立即执起一块砖头往警察的方向扔过去，其他手下亦纷纷行动，扔石的扔石、掷砖的掷砖，同时叫嚷：“洋鬼子，有胆卡过来呀！看看谁怕谁！日你仙人！怕你的是龟孙子！”

其他居民看得傻了眼，没想过一直靠边站的袍哥们忽然这么勇猛，意外得有点不知所措。带头的东北佬郑昊低声对旁边的宝安佬刘方正道：“四川帮在干啥呢？有点不寻常。”刘方正沉吟一下，慌道：“会不会是抢功？打跑了洋警察，功劳便是他们的了，将来南京派人来接收，我们吃大亏！”两人你看我一眼，我望你一眼，心照不宣，马上各自捡拾砖石向前掷去，也唆使乡亲们有样学样，切莫输给四川帮。东北佬和宝安佬之间也暗暗较劲，你扔一块砖，我扔两块；你扔两块，我扔四块，谁都不甘落于人后。

高明雷知道诡计奏效了，他鼓动了大家的好斗心，只须点燃第一把火，火势便会熊熊地越烧越猛烈，谁都压不住了。然而他和力克要的不只是火而是炸弹，所以他微微后退一步，站在阎罗王背后猛喝一声：“冲过去！打他们个稀巴烂！洋鬼子欺负我们太久了！”轻轻一句话就像扯开了手榴弹上的引线，东北帮和宝安帮同时朝前奔去，红着眼睛似发狂的兽。高明雷和手下走在他们后面，一直喊：“冲！打死他们！保卫寨城！”站在警队那头的力克眼看双方距离差不多了，一扬手，前面两排的警察立即一边用警棍敲打盾牌，一边踏踏踏地开步前行，警棍嘭砰嘭砰地击出摧心裂肺的恐怖响声，似无数的闪电雷鸣，天地即将崩塌。

两军终于硬碰，棍棒砖石齐出，可是警察这回没有施放催泪弹，力克决定擒贼先擒王，目的不在于驱散，而是拿下居民联合大会的头目以杜后患，所以高明雷不仅要把大家唆使到前方，更须在激斗的混乱里防住刘方正和郑昊的退路，让他们彻底暴露在力克队伍的眼前。当刘方正和郑昊发现高明雷的狡计，已经太迟了，宝安帮在左，东北帮在右，警察在前方棍如雨下，他们不敌，转身准备撤退，可是蜀联社的人偏偏不动，郑昊瞪着眼睛对高明雷猛喊：“先退！退回屋里再说！”高明雷却把他瞪回去，道：“退什么退！冲呀，窝囊废！”他是豁出去了，他把宝押在力克身上，注码是九龙寨城。

郑昊从他的眼神里猜出了端倪，咬牙道：“你……好哇，原来你……”话未说完，后脑已经挨了一记警棍，再一记，又一记，双腿一软，瘫倒地上。刘方正亦被警察制服，一张脸被压在地面，警察揪住他的头发，使劲地拉起他的头，再往下压，又拉起，再压下去，仿佛想硬生生敲开一个胡桃壳，红彤彤的鲜血从鼻孔和嘴里喷出，他紧闭着眼睛，从眼眶渗出来的亦是血水。

确定刘方正和郑昊到手了，力克远远地向高明雷点一下头，高明雷领会，对阎罗王喊道：“够了，撤！”蜀联社兄弟鸣金收兵，东北帮和宝安帮损兵折将，力克抓走了几十人，屋舍顺利拆毁。

大功告成，高明雷返回蜀联社总堂，其他人也退到城内，哭嚎连天，家家户户愁云惨雾，他们暂不知晓四川帮的阴谋，只骂警察暴力镇压。郑昊和刘方正被关在警局囚室，遍体鳞伤，被悬吊在窗台旁，惨受灌水和棒击的酷刑对待。高明雷请手下喝拔烂地庆功，告诉他们：“三角码头是咱们蜀联社的了！”

这一夜，高明雷喝个酩酊大醉，睡到翌天下午，头痛得像被炸开，一边捧着碗喝粥，一边听收音机的新闻，播报员说昨天九龙寨城暴徒疯狂袭警，警察被迫还击和拘捕，辅政司麦道高严正指示，寨城藏污纳垢，有不良分子胡作妄为，严重影响香港的治安和管治，港英当局不排除有进一步的整顿行动，而且针对目标可能是香港所有三合会。高明雷冷笑几声，自言自语道：“不是整顿！是洗牌！本来就应该轮流当庄！”

休息了一会，召来阎罗王，嘱咐他和兄弟们近日最好低调行事，静观其变，也养精蓄锐，应该很快便可杀到港岛大干一番。自从出道当袍哥，高明雷从未向命运低头，山不转路转，路不转老子转，从重庆杀到寨城，一步步杀出血路，依靠的是拳头，也是顽固的脑袋，他认定了的事情便要做到，他可以忍耐，可以等待，但绝不可以退缩。

然而世事由不得你全盘做主，到了前进不了的时候，后面亦不见得有退路。高明雷忍耐了三四天，力克那边没有半分动静，但电台新闻一天比一天令他陷入焦虑。广东方面发动了“粤穗各界对九龙城外交后援会”，中山大学学生上街游行，事情闹大了，南京和伦敦交涉，同意各自设法控制局面，之后才谈如何解决寨城的问题。所以当高明雷收到饶木的电话，约在旺角的如意茶楼见面，立即觉得大事不妙。

力克没有来，只指派饶木传话：“三角码头的事情先缓一缓。”

“缓一缓？”高明雷冷冷道，“缓到什么时候？”

饶木端起杯子，撅起两片嘴唇，吹一下热茶，道：“太烫，勉强喝下去会伤胃。”

高明雷哼道：“快渴死了，再烫的茶也得喝！别说是茶，再烫的尿也得喝！”

见饶木不作声，他继续说：“力克交代的事情我都做了，我要做的事情他不可以不帮忙。郑昊和刘方正早晚会回到寨城，纸包不住火，东北帮和宝安帮会放过我吗？蜀联社不可能留在寨城了！”

“再撑一下吧，你们是拜把兄弟，力克警司不会不顾雷大爷死活。”饶木安抚道。

高明雷摇头，抬高嗓门道：“我不是不相信他，可是，不怕一万，只怕万一，蜀联社几十口人家的生死都在我的肩膀上面。兄弟归兄弟，他总得给我个稳当的安排。我高明雷可不是狗，不会让人呼之则来、挥之则去！以前不会，现在也不会。在四川不会，在香港也不会。希望力克弄清楚这点！饶长官，有劳你回去跟他说个清楚明白。”

你不是狗，那么，我是？饶木脸色一沉，把茶杯捧在两只手掌里，隔着杯沿上方瞟了高明雷一眼。高明雷在气头上，没注意，或该说是没在意，饶木眼里的杀气。

二十一　守信用真有这么难?

又等了三四天，高明雷终于沉不住气，打电话给饶木，要求跟力克见面，饶木在话筒那头嘱他等待消息。再等了一天，消息来了：时间，晚上七点半;地点，汕头九妹潮州菜馆。高明雷依约到了菜馆。进店，推开贵宾房门的时候，力克和陆北风正压着声音说话，金牙炳在旁边喝闷酒，吃花生米，抬头望他一眼，眼神闪过一阵担忧。

他坐下，陆北风干咳一声，先下手为强，道:“大哥，三角码头的事情，先搁一搁，嗯? ”

高明雷沉吟一下，陆北风续道:“我也是今天才知道一切，不然，不然……”其实“不然”什么，他也没想清楚，所以说不下去了。

陆北风确实是这个下午才从力克口里得悉九龙寨城打斗的来龙去脉。力克找他和金牙炳先见了面，直言上司指示必须配合南京和伦敦的外交斡旋，尽量让事情降温，刘方正和郑昊被送到医院治疗，反正沙面那边也有洋人受了伤，各有亏欠，拖过一阵相信可以大事化小。力克担心高明雷冲动误事，要求陆北风帮忙压住他。陆北风直接向力克提出了高明雷心里的疑问:“拖一阵?要拖多久?蜀联社看来在寨城待不下了。”

力克半晌方道:“没事的，四川帮不是善男信女，挺得住的，大局为重，他应该识大体。”

陆北风不吭声，金牙炳更不说话，他比陆北风更了解高明雷。力克斜睨陆北风一眼，探试道：“万一真撑不住，不如让他们先到湾仔避风头？对，一座山藏不了两只老虎，你们是这么说的，对不对？但我们是兄弟啊。一座山应该藏得了两个兄弟。三个也可以。今晚你就帮忙说几句吧。”陆北风愣住，心里一寒，一时之间无法确认力克是否只在开玩笑，洋人的眼神总是那么诚恳，连虚假的时候也是如此坚定不移。

终于到了晚上，该来的人都来了，高明雷听完陆北风建议“搁一搁”，再也按捺不住，重重一拍桌子，用四川话骂道：“斫脑壳！”先前其实饶木已经转达了力克的意思，但高明雷希望亲耳听力克说出来，饶木提过力克会安排善后，可是到底如何安排，力克有责任亲口给个说法。行走江湖要有担当，做警察，做洋人，同样不可以没有担当。

陆北风和力克没听懂，却猜到是四川的骂人狠话，所以都抿着嘴，不答腔。金牙炳打圆场道：“别急，有话好商量，有话好商量。我叫阿冰弄些好菜，吃了再谈，吃了再谈。”

半晌，力克打破沉默，拎起茶壶，俯身弯腰往高明雷的杯里倒茶，道：“大哥，并非我不让你去三角码头，是上头不让你去三角码头。我是警官，可是警官上面还有警官，我是鬼佬，上面的也是鬼佬，我没法子不听他的。你要体谅兄弟，要替兄弟着想……”

高明雷打断他，道：“兄弟？好哇。我是兄，你是弟，兄长现在有难了，而且是因为你才会有难，你要不要也体谅体谅？”

陆北风插话道：“会的，当然会，做兄弟要同舟共济。”

高明雷道："说得好，同舟共济！但现下是我坐在船尾，你们坐在船头，还怕我把船坐翻呢！"

陆北风正色道："开玩笑仍得有个谱。兄弟是这种人吗？"

三人安静下来。金牙炳和阿冰同时端了几道热菜进房，放到桌上便又推门离开。电风扇在天花板吱吱兀兀地回转，更显得房里一片死寂，六叶扇面晃动个不休，仿佛随时会掉下来，唯不确定会先把谁的头割开。墙壁上仍然挂着谢无量的书法对联，"每恨江湖成契阔，长留篇什继风诗"，高明雷忽然惦念早已不在的骆仲衡。

不知道过了多少时间，高明雷提出了一个解决的主意："三弟，力克长官，如果郑昊和刘方正回不了寨城，或许有办法瞒住事情。你看呢？"

力克马上否决，道："不可能！他们已经在医院。如果他们出了事，南京肯定闹得更凶，我过不了上级那关。"稍顿一下，又说："你们在寨城，能挺就挺，挺不了，不如二哥先让出湾仔的几条街道给蜀联社歇歇脚，过一阵子再做打算。二哥，没问题吧？"

这回轮到陆北风恼火了，做梦也没想到力克想从自己身上割几块肉给高明雷，让自己替他擦屁股。他绝不吃泰山压顶这一套，但不宜对力克发作，他始终是有枪在手的警官。所以他硬忍了这记闷棍，打哈哈道："湾仔是小庙，哪里容得下袍哥大爷。依我说，大哥终究要忍一忍，寨城里面的东北佬和宝安佬，两只软脚蟹，加起来都打不过大哥的一只手掌……"

语音未落，高明雷却已发难，伸臂把桌上杯碗碟盆哐啷啷地扫到地面，茶水和菜汁溅向力克和陆北风。力克仰后身子闪躲，跌个四脚朝天，后脑门沉沉地撞到墙角的木电箱上，半昏过去。高明雷骂道："好样的！不是他们加起来，是你们加起来欺负我这个大哥！你们把老子当作痰杯，吐完了便踢开！告诉你们，老子其实是药膏布，黏在额上胸前，撕不走的！就算要撕，亦要连带撕下你们的一层皮！老子无论如何会去打飞天东，谁挡路，谁便不再是兄弟！两位自己看着办！"

高明雷霍地站起身往门外走去，陆北风伸臂阻拦，嚷道："雷大爷，万事好商量！"

"商量个屁！你们压根儿没替我想过！你不过是洋鬼子的狗！守信用真有这么难？洪门洪门，其实只是屁门！"高明雷推开他的手，更顺势反扣他的手腕，陆北风一痛，也一怒，情急之下挥掌推在他的背上。高明雷往前一仆，但立马站稳，怒火从心底烧上脑门，耳朵仿佛听见了熊熊声响，眼里也只看见一片血红，像当年在乡下杀第一个舵把子，又似在重庆杀第二个舵把子，烈火烧开了便止不住。他回身拳脚交加打向陆北风，陆北风接招，两人像昔日在天台上比武，差别在于昔日是游戏，现下是生死。人间的游戏往往是生死的预演，只不过，当时已惘然。

拳来脚往两三回合，高明雷的蛤蟆拳稍占上风，陆北风吃了几记捶踢，不甘示弱，拎起桌上一把餐刀向他拦腰捅去。每回力克来到菜馆，阿冰都细心准备刀叉，万料不到今天派上这样的用场。高明雷站稳马步，闪开捅过来的刀，然而这时候阿炳闻声闯进房间，一推门，眼见形势大乱，吓得"哗！"声高叫，高明雷扭头察看，分了神，不小心被背后的椅子绊倒，身体下坠之际，牢牢拉着陆北风的衫袖，打算把他一同扯到地上。但陆北风反应灵敏，肩膀一扭一缩，不仅挣脱了他的抓扣，还借力一掌把高明雷推后，令他跌得更重更沉。

躺在地上的力克迷迷糊糊间看见众人打斗，虽然两眼昏晕，却仍拔出腰间佩枪准备制止乱局，但好巧不巧，人算不如天算，高明雷跌个踉跄，身材粗厚的一个四川汉子不偏不倚地压向力克，力克正举枪扣下扳机，手肘被他一压，本来朝外的枪口硬生生地转了方向，砰一声，子弹射出，直贯自己的胸膛！

高明雷止不住跌势，重重地压住力克，背后感觉一阵滚烫，衣衫全被他的鲜血染红。他惊惶跃起，陆北风和金牙炳急忙趋前查看力克的伤势，力克的额头渗着汗，双目紧闭，微微张开苍白的嘴唇，喃喃地说："Cold... Bloody cold... [①]"

闹出人命了。闹出人命本来不可怕，但闹出的是洋人的命，而且是洋警官的命，这才可怕。高明雷见大事不妙，夺门而出，大厅站满了被枪声吓得手足无措的客人，兵荒马乱，一双双惊恐的眼睛望着他。饶木此时正好踏进菜馆，未明状况，朝高明雷喊问："怎么回事？"金牙炳从贵宾房门外探出头来，慌张地说："他打了风哥！警官也中枪了！"

饶木一片茫然，深深叹一口气。过去数天他对力克加油添醋地说高明雷如何出言不逊，建议力克设法把他除掉。但力克不赞成，仍然认为这时候没必要火上加油。力克以为高明雷求的只是钱财，不如强迫陆北风让出一些地盘，稳住局面再说。饶木劝阻无效，心里已有预感事情会闹得更大，想不到的是预感马上成真，硬碰硬，两人互斗变成三人相斗，斗出了个大头佛。

---

① 意为：冷……好冷……

高明雷瞟饶木一眼，二话不说，转身往大厅右侧的一道木门方向走去，他熟路，知道门后是厨房，厨房旁是厕所，厕所旁是直通谢菲道的后门。饶木先冲进贵宾房察看，望见力克躺在地上，胸前衣衫血淋淋一片，陆北风蹲在旁边叹气连声。他立即转身闯出房间，往厨房追去，边跑边喊："高明雷！高明雷！"他蹬脚踢开木门，跑进昏暗的廊道，地面潮湿，他几乎失足滑倒。站稳之后，再往前跑，走廊尽头有另一道小门，饶木猜想高明雷经由这门逃走，于是拔足狂奔，就算到了天涯海角亦要把他抓住，不然如何对力克交代。

金牙炳也追过来了，远远望见饶木的背影在走廊尽头，门开了，街外的灯光射进来，背影变成了深深的黑影，然后，门关了，黑影消失在门后。站在昏黑的廊道上，金牙炳突然感到眩晕，天旋地转，胸口一阵窒闷，这几天他一直流鼻水，脑门发热，中医说是湿邪，吃了几天中药，没料如今使劲跑一跑，竟然气喘累累。色字果然伤身。他弯下腰，咳了几声，决定放弃，回身步往菜馆大厅，走经厨房门外，门里墙边有道木门，木门后是个暗室，平日用来放置厨具杂物，他发现有几个木桶和铁锅被扔于地，室内传出微弱的人声。

他细心一听：竟然是阿冰！

还有，高明雷！

金牙炳马上用厨房木门做掩护，侧身站在暗室门外，隐约听见阿冰压着声音说："再等一下，我出去瞧瞧。"

高明雷道："好。待你唤我，我才走。"

室门咿呀一声拉开，金牙炳窥见阿冰踮着脚走出，他透过门缝望见高明雷蹲坐在原先摆放木桶和铁锅的地上，竟还抬手拉一拉阿冰的衣袖，低声说了一句："谢谢！"阿冰拽一下臂，头也不回地走到室外，高明雷眼神闪过一丝无奈。

阿冰离开厨房，往大厅的方向走了几步，背后忽然响起一声“咳！”，吓得心脏几乎从嘴里跳出，回头一望，见是阿炳，呆住了，一张脸跟躺在贵宾房地上的力克一样毫无血色。

不至于吧？金牙炳同样脸色苍白。刚才发生的事情，这瞬间撞碰的事情，统统把他杀个措手不及。到底是怎么回事？我的老婆，我的老友，什么时候搞上了？为什么会搞上？那是阿冰啊，固执而纯良的阿冰啊，怎么会这样？是否因为我冷落了她？是否因为我乱搞女人，这是阿冰给我的报复？抑或是老天给我的报应？我是高明雷的救命恩人啊，这王八蛋可对得起我？一连串的问号像一个个锤子，一下一下地敲着金牙炳的脑袋，敲得快要裂开，眼冒金星，他站不稳脚，右手伸向背后扶着墙壁，左手按住胸口，否则无法呼吸。

阿冰见他脸如死灰，连忙踏前两步想扶他一把，但金牙炳摆手示意她停住。阿冰惊慌地说：“不是的，炳，别胡思乱想，我们无事，真的无事，什么都无发生。”金牙炳深深吸气，稍稍调顺了气息，打算向她抛出所有问号，但一开口，竟然哽咽，所有的话都堵在喉咙，能够说出的只是：“点解……点解会……”

阿冰望向金牙炳，廊道天花板的灯光映在她脸上，熟悉又陌生的脸，眼神是满满的羞愧，金牙炳从未从她脸上见过的羞愧。阿冰低下头，道：“我只不过心乱了一下，真的，只是那么一下，然后便没有了，也不想有了……”

金牙炳打断她，但能够说出口的仍然只是：“点解……点解……”

阿冰抿着嘴唇，泪水噗噗滴下，用金牙炳几乎听不见的声音道：“我不知道，我不知道，我真不知道。也许是心里不服气罢了，但也许只是好奇，可是马上觉得无必要。你有其他女人，不见得我也该有其他男人。我阻止不了你，但总可以决定自己的事情。”

两人沉默。半晌，阿冰用手背把眼泪拭向耳背，擤一下鼻子，嗫嚅道：“我唯一知道的是，我选了，选了就是选了。阿炳，不必担心，相信我，没事的，以后也不会有事。我们不是说过就算到地狱亦要在一起吗？说过的便要做到，无论如何都要做到。我们是鸳鸯同命，我早告诉过你。”

地狱？鸳鸯？金牙炳此时已经觉得身处地狱，斑驳的墙壁是刀山，湿滑的廊道是油锅，狰狞的牛头马面躲在暗室木门后面，随时扑出来把他压在地上噬咬，无处不是怖恐。至于鸳鸯，不是也可“棒打”吗？轻轻一棒便可拆散，没什么了不起。他冷笑两声，嘴角勉强扯出的笑容亦像把阿冰推进了地狱，脚下，心底，手和身，无不感到冰寒透骨。

金牙炳冷冷望着阿冰，本想忍住不问，但终究仍是开口了，他暗骂自己窝囊废。他问道：“你说你选了，但你其实并未放弃。所以你才帮他忙？”

“不！刚才他冲进厨房，走投无路，求我，我一时心软，让他在里面躲一躲，安全了便让他走。他毕竟是你的老友啊！”阿冰急忙自清，再往前踏出一步。金牙炳抬手阻止她往前，“哼！”了一声，骂道：“刁那妈，到这时候还用我做挡箭牌！明明是你的决定，别把我扯下水！老友？我呸，贱！你倒有情有义，果然是个好女人！”

阿冰直勾勾地望他，忽地，咬牙道：“我不是好女人，我只是自私。你不相信？好，你看着！你看着！”她突然转身走向廊道尽头，拉开门，朝大厅里喊：“喂！高明雷在这里！在厨房里面！快来！别让他跑了！”

暗室里的高明雷听见，暗骂一声“贼婆娘！”，正犹豫该否冲门逃跑，陆北风和几个菜馆伙计已经闻声赶来，执起铁棒和木棍，一拉门，把他打个头崩额裂，再压倒地上，五花大绑。饶木亦从谢菲道回来了，伸脚用鞋底把高明雷的脸庞狠狠踩在地面磨蹭，黑色的皮鞋，磨得底面一片红。高明雷陷入昏迷，但眼睛仍然半张，眼白里都是血水。他什么都看不见了，可是阿冰隔着一群男人的背影隙缝望过去，隐隐觉得他在望她，但她不认为他的眼神是惊讶，也非怪责，因为他们其实相同，或许大抵只要是人便都相同，唯有在风平浪静的时候才有办法做个好人。在阿冰的想象里，高明雷眼里只有绝望，他认了，不认也得认——这样的眼神，她见得太多，在昔日的汕头屠狗场里。

所以当天晚上回家，金牙炳睡在孩子的房间，阿冰和两个孩子躺在另一个房里的床上，心安理得。窗外风平浪静，偶尔传来几声狗吠，在别人听来可能凄厉，听进她耳里却是无比地亲切，使她想起汕头的岁月、澳门的日子，以至香港的战争。多少风浪都熬过了，她就不相信这一关难得倒她。她做了自己的选择，“鸳鸯飞入凤凰窝，莫听旁人说事破”，在这个房子里，她是个好人，更是个主人；“自是良缘天配汝，不调和处也调和”，或许先前的迷乱是命定的，其后的选择亦是命定的，但她不管，她只管顺着自己的选择好好活下去。中国人不是都说“回头是岸”吗？不也喜说“变乱”吗？其实“变”和“乱”是两码子事，变而不乱，控制得了，往回走，往往比原先的更加好。现下轮到阿炳要做选择了，而她相信，阿炳愿意留在岸边等她。

力克在医院躺了三个星期，子弹射穿左肺，动了三次手术，总算留住一口气。离开医院前夜，他在病床上用被单捂住嘴鼻，失声痛哭。泪水咽灌到喉咙，胃一翻，呛得不断呕，无休无止地呕吐，吐出了胆汁。他忆起小时候生病也曾有过这样的呕吐经验，他问父亲：“我会死吗？”父亲摸抚他的头发道：“主有安排，你是我的儿子，也是他的儿子，他爱你，他还要让你体验生命的美好，你是善人，你还有许多的路要走。”

可是力克不相信。如果主要给我美好，应该只给我美好，没必要让我受尽病痛的折磨。但他仍然信主，他相信主赐给他的是选择的能力，自己有责任用这能力来寻找美好。长大的他寻找了知识和艺术，后来在香港寻找了露易丝，后来寻找了权力和金钱，这一切于他便是美好，都是他依凭主所赐的能力而得。所以如果真有后悔，力克懊恼的是当天没把高明雷跟刘方正和郑昊一起抓走，事后也应该听从饶木的建议，设法把高明雷解决。不给三角码头便不给了，这是他的能力，何必多解释？就因有能力而没施用，落得这下场。

力克被救活了，高明雷却被判绞刑，意图谋杀洋警官，死罪难逃。在从牢房被押往绞刑台的短短的路上，高明雷不断冷笑。以前有相士说他的耳朵后面有块“反骨”，一辈子跟兄弟师友相处不好，结果两个舵把子死在他手里，拜把兄弟也几乎死在他手里，反来反去反到最后，有此结局，无法不认命。唯一不服气的是江湖行走这许多年，竟然被一个女人出卖，丢尽袍哥的脸。回想起来，如果早些对她下手，说不定能够逃过此劫。自己做了失误的选择，活该。然而转念一想，即使逃过，又如何？若真是命，一劫过了又一劫，总有个劫是逃不过的，不如早死早超生，十八年后回来再做龙头，但到时候最好别在四川投胎，要生在香港，再混一回江湖，圆了杀出九龙寨城的梦才甘心。

这么一想，高明雷坦然了。警察替他套上黑布头罩，眼前只见一片黑暗，而黑暗里，隐隐看到一张熟悉的脸。是骆仲衡。笑着，对他招手，他恨不得往前奔去，可惜手脚都绑着铁链，幸好这已经是最后的不自由，再忍耐一阵，便好了。

宝安帮的刘方正和东北帮的郑昊被释放回到了寨城，不免跟蜀联社有一番腥风血雨，四川帮拆伴败走，阎罗王领着部分兄弟返回四川，重新做他们的袍哥。南京和伦敦继续外交斡旋，寨城和沙面的事情不了了之，过不了多久，新中国登场，袍哥们关的关，杀的杀，在新世界里都变成龟孙子。

潮州菜馆照旧营业，阿冰每天挺着肚子坐镇店内，照旧里里外外忙着。但菜馆改了店名，因为她记得“汕头九妹”最早由高明雷提议，她不希望牵着这条尾巴惹金牙炳胡思乱想。改什么好呢？忖度一番，就叫作“鸳鸯楼”吧，鸳鸯同命，有楼为证。墙上的“每恨江湖成契阔，长留篇什继风诗”也取下了，但金牙炳嫌墙壁空荡荡，到湾仔道街市的书画店找陈老板商量，选了一幅喜气洋洋的牡丹图，装裱挂起。

老陈道：“咦，附近不是有间翡翠歌厅吗？有两个句子好鬼合用，不如我替你多写一幅书法？街坊邻里，买一送一！”那是唐朝陈去疾的《踏歌行》，老陈约略解说后，提笔挥洒在宣纸上写出十四个字：鸳鸯楼下万花新，翡翠宫前百戏陈。他笑道：“呵，简直是古人为你们的店度身订造！”

金牙炳费了一番力气把画和书法挂到墙上，他想亲自动手，谢绝兄弟帮忙。完事后，累得虚脱似的瘫在地上。店是旧的，贵宾房是旧的，他坐着的地面亦是力克曾经中枪躺下的地面。但他的心情是新的。老习惯，拿了一手烂牌，唯一能够做的是把牌打到最好，虽然好的烂牌仍然是烂牌，但他舒坦。换不了牌，换个想法便成了。反正事情的开始和结果往往由天不由人，如果能够做主的时候也不做主，便太对不起自己了。所谓做主，便是相信做选择，然后自己选择。人世匆匆几十年，没理由选择让自己不快乐，没理由要跟自己过不去。这点道理从隔窗偷看她母亲和虾米叔在床上翻云覆雨的那天，他已明白。所以他选择相信阿冰。金牙炳没有向阿冰追问任何细节，他不愿意跟自己过不去。反正他赢了，输家是高明雷，金牙炳生平很少有当赢家的感觉，他快乐。

生活恢复如常，金牙炳照旧在陆北风身边“做跑腿”，也照旧在女人的床上浪荡，而阿冰照旧不问不提，倒是外头的世界已不如旧。

几个月过去，阿冰诞下第三个孩子，感谢老天，是个女孩，取名纯芳。一年后，一九五〇年，朝鲜战争爆发，美国对香港禁运；中华人民共和国成立后，伦敦宣布两国正式建交；数以万计的国民党残兵旧将拥入香港，挤住到调景岭山头；“14K”头目葛肇煌把堂口总坛从广州移到香港，打出了自己的地盘；一个名叫李嘉诚的潮州商人创办“长江塑料厂”，开展他的工业和贸易生意。时间仿佛比先前走得更快，更不容易追赶。然而无论世界怎么变动，每天夜里，巷道之间依然准时传来最后一班电车的“叮铃铃……叮铃铃”的响声，收更了，司机习惯沿途拉铃，提醒车厢里看不见的乘客下车，孤魂野鬼必须自寻归路，其他人的帮忙总有尽头，人间地下，生死幽冥，唯一能够依靠的都只是自己。

当电车驶过，巷道野狗吠声不绝，那么固执，那么顽强，那么熟络，像在应和着铃声，又似老朋友们前来对汕头九妹道晚安。阿冰望一下街外，把窗户闩紧，替三个孩子盖好被子，返回房间躺到金牙炳身边，每天夜里，就这样，沉沉地睡了一觉又一觉。

第三部

当年结义金兰日
红花亭上我行先

二十二　无恶不作，众善奉行

一九五〇年是李嘉诚值得高兴的年份，也是陆北风的。这一年，李嘉诚拓展业务，成立了“长江塑料厂”；同一年，陆北风的新兴社亦壮大了势力，一批又一批拥到香港的国民党残兵旧部被他收容到堂口，成为他的马仔。吴铜青当然有在幕后帮忙，湾仔的地盘他抓得更稳当了，新兴社成为响当当的名号，道上的人谁来湾仔，谁都要先拜风哥的码头。

高明雷的事情让他不舒服了好一阵子，但也只是不舒服。江湖道上，各有各的路，身作身受，命作命抵，别说是拜把兄弟，就算是亲生父母亦只能做个旁观者。若真要怪，只怪高明雷当时沉不住气，搞出了大麻烦。但毕竟高明雷是跟他搏斗才误伤力克，又是他的拜把兄弟，陆北风自觉有收尸的责任，送殓当天，他对棺材喊道：“雷大爷，来生别做乱世人！”

当天夜里，陆北风梦见高明雷站在贵宾房抽烟，用嘴巴滋滋地吸，烟雾却从颈上的一条裂缝里呼呼喷出。高明雷睨他一眼，尽是恨。陆北风拱手道：“大哥，一切可好？”高明雷不作声，猛力蹬腿踢翻椅子，椅子竟像弓箭般飞撞过来，他抬臂挡拦，不知何故双臂完全不受使唤，眼看木椅快要撞到额前，金牙炳突然推门进房，房门轰轰隆隆地往前延伸成一道木墙替他挡住了椅子。高明雷忽然像云雾一样在他眼前消失，墙上依然悬挂着书法对联，“每恨江湖成契阔，长留篇什继风诗”，那个“风”奇怪地变得很大很大，仿佛急不及待想从对联里蹦跳出来。

惊醒后，陆北风恍恍惚惚地琢磨出一番道理：“呵，‘风’就是我呀！江湖无情，人来人往，谁能够‘长留’谁才是赢家。原来命运早已写在纸上。当天如果不是阿炳突然闯入，高明雷不会被椅子绊倒，后局难料。雷大爷，当年救你一命的人，竟亦是今天害你一命的人，你认命了吧？”沉吟半晌，陆北风又领悟：“看来，阿炳是我的贵人！”这阵子金牙炳重提过几次退出之意，陆北风眼看新兴社日渐人手兴旺，本来也考虑遂其心愿，让他跟阿冰专心经营粮庄和菜馆，然而经此一梦，决定免了，必须把贵人留在身边做护身符。

力克出院后返回英国休养半年，再被调往马来西亚槟城做警政官，赴任前在香港停留一天，从陆北风手里接过一个手提箱，里面塞满英镑钞票，算是买断他在鸳鸯楼的干股。力克的工作暂由饶木处理，全盘管住港岛的堂口，大家唤他“饶总华探长”。官方制度里其实没有“探长”的职位，“探长”只是警署署长，官阶是“沙展”，但因为日夜带领下属在华户查探案件，直接面对三教九流，手里握有实权，始尊称“探长”。饶木是港岛区最能主事的探长，故又加个“总”字，而是华人，故又有个“华”字。陆北风跟饶木向来谈得投契，少了力克的掣肘，更是无话不谈，其中少不了三角码头的控制权。

陆北风向饶木试探道：“是时候收拾飞天东了？”

饶木耸肩没答腔，只摇一下头。

“还等什么？”陆北风心下一凛，连忙追问，“夜长梦多，没必要吧？”

饶木笑道：“不是要等，只是不必用拳头、动刀枪。”

港英当局去年订立了《驱逐不良分子出境条例》，举凡被认定为“不良分子”的人皆可被强押到内地乡间，任其自生自灭。乞丐、疯子、“无人供养，不能谋生”的人，统统属于“不良”，黑帮堂口当然亦在其中，饶木打算利用这条法规把飞天东和他的兄弟赶回潮州。

陆北风瞪目道：“哎哟，我亦是不良分子啊，岂不也会遭殃？”

饶木轻拍陆北风的肩膀，道：“风哥是帮忙缉捕枪杀洋警官的功臣，怎会不良？如果我做得了主，肯定颁个英王勋章给你！”陆北风眼里闪过一丝不悦，他不喜听见提起贵宾房里那天的兄弟阋墙。

主意定了便要行动，为免显得只针对飞天东，饶木指派手下分头扫荡各区不同的堂口，筲箕湾、北角、西环、上环，以至湾仔亦有行动，只不过预先把时间地点通知陆北风，由陆北风吩咐兄弟，找几个替死鬼在现场束手就擒，再给安家费，风声过后再想办法把他们接回。事情本来简单顺利，然而人算不如天算，阿冰兄长阿火在大搜捕当夜在友人家中喝酒，酩酊大醉，扶路而归，半途竟然醉倒在汕头街的楼梯口，一群警察正好收队路过，刚才抓得兴起，顺带也把阿火扣上手铐。阿火在迷迷糊糊中挣扎，一个警察拔出警棍，朝他后脑重重敲下，就这么一敲，血流披面的阿火从此变了个呆子！

阿火被送进高街的精神病院，不管碰见谁，都学狗吠，吠吠吠，吠吠吠，或许在精神错乱里回到了童年故乡，以为自己是父母刀下待宰的狗。阿冰哭得死去活来，不断喊着：“我要亲手报仇！我要亲手报仇！”金牙炳和陆北风商量，要抓到那个挥棍的警察是不可能的事情，饶木不会答应，唯有急忙张罗一套警察制服，再胡乱找个欠债的赌鬼，叫他穿上冒认，把他推到阿冰面前。阿冰不虞有诈，一见到他，不问不说，立即执起一支铁棒朝他头上抡打，咚！咚！咚！咚咚咚咚！汕头九妹有许多年没施展打狗棒了，没想到重出江湖之日，便是杀人夺命之时。但这一杀，同时杀死了阿冰对金牙炳金盆洗手的坚持，她说："最靠得住的是自己手里的棍棒。阿炳，别退了！拿好棍棒，争争气！"

飞天东的地盘终于到了陆北风手里，新兴社同时控制湾仔码头和三角码头，白货黑货，上船落船，货如轮转，钞票一箱一箱地搬进总堂。陆北风此时更不可以没有金牙炳，金牙炳替他管账，替堂口买屋置产，又对兄弟们该得的份额配备妥帖，新兴社上下齐心，声势和人马皆为香港岛第一大帮。力克在英国休养康复，饶木的上司换成另一个英国警官史坦克。饶木对陆北风抱怨道："又是'克'，说不定会'克'住我们呢！"

陆北风笑道："但也可能会倒过来。别忘了上回是我们'克'住力克！"

堂口事繁，金牙炳无暇顾家，事无大小全落在阿冰身上，她招来几个汕头同乡姐妹帮忙料理菜馆，所以游刃有余，把三个孩子看顾妥帖。八岁的纯坚好动，经常在三层楼的家里奔上跑下，像只停不下来的猴子，也确跟金牙炳一样长个猴相，阿冰干脆喊他"孙悟空"，隐隐担心他长大了真会大闹天宫。五岁的纯胜体质羸弱，三天两头咳嗽发烧，最让她提心吊胆。只有把一岁半的纯芳抱在怀里的时候，阿冰能够忘记所有劳累。纯芳的眼耳口鼻都长得像她，仿佛有个巧手工匠依照她的模样雕出了另一个阿冰。所以她替纯芳取了个乳名：

小冰。兄弟妹都是她的心头肉，让她觉得重新并且同时过着三个童年，没有狗血腥气的童年。

陆北风儿子陆世文也六岁多了，陆北风没在香港续弦，只经常带不同的女人回来，这个女人住半年，那个女人住三个月，都是暂时的女主人。世文尚不懂事，有个坏心的女人哄他喊“妈妈”，被陆北风听见，三个巴掌把她掴得鼻青脸肿。陆家的女佣常把世文带到阿冰家里跟纯坚和纯胜玩耍，世文发现茶几上搁着一个算盘，小眼睛一亮，咯咯咯地抓起把玩，爱不释手。金牙炳逗他念珠诀：“隔位六二五，两价三七五，转身变作五，见九无除作九八……”世文竟然咿咿呀呀地模仿，尽管咬字不清不楚，然而节奏分明，有模有样。金牙炳抚摸他的头顶，笑道：“好哇！叔叔一辈子替你老豆管账，你这小子数口精明，就让叔叔传你衣钵，日后新兴社的账全部交番俾你！”

孩子长大得快，阿冰偶尔忆及前事，禁不住好奇如果不曾把高明雷交出，用行动让阿炳安心和放心，今天将是何等局面。这样的想象并未让她惆怅，反而，每多想一回她便添了一分踏实，庆幸自己果断。每年他们去香港仔拜祭陆南才——陆北风也替高明雷在附近买了墓，在陆南才墓前叩拜之后，缘分一场，陆北风亦会带兄弟到高明雷那边上香，金牙炳和阿冰年年托辞先行离去，头晕、肚泻、看顾孩子，能够想出来的借口都想了，陆北风取笑道：“雷大爷跟你们八字不合！”两人走路下山照例沉默，即使回到家里，话也比平日的少，过去的都过去了，但仍似墙边角落留着的一道深深刮痕，冷不防瞥见了，难免忐忑一阵。

下山后，陆北风通常转到东华义庄一趟，为的是拜祭杜月笙。

杜先生于一九四九年来了香港，两年后病逝，借厝东华义庄，因为家人打算局势平稳才把他送回上海落叶归根。每回到义庄，陆北风都想起杜府的出殡情景。在骆克道与分域街交界的万国殡仪馆，丧务三天，收到花圈七百多个，附近花摊向来由新兴社兄弟看管，数口精明的金牙炳得知鲜花不敷供应，献计让手下偷龙转凤，把部分花圈由前门恭敬送入，摆放一阵后即由侧门鬼祟运出，换过赠挽名条，冒充全新的花圈，再次送进二楼的殡仪礼堂。每搬一个花圈，丧家赠送“力金”两元，加上花圈卖价以及其他跑腿酬劳，数天之内兄弟们赚了四五千元，所有人眉开眼笑，事后消夜庆功，无不举杯欢呼：“多谢杜老板！”陆北风暗忖，生时提携手下，死去亦提携手下，这才是最有实力的堂口大佬。

陆北风又忆起发殓当天，达官贵人鱼贯前来，李丽华也现身，黑旗袍把腰和胸包裹出动人的弧线，鼻上架着太阳镜，终究是大明星，连送丧亦把嘴唇涂得像两瓣红花，走路时婀娜多姿，仿佛走到哪里，哪里便有风。陆北风带领兄弟把守殡仪馆门前，有机会近距离盯住她左摇右摆的臀部，有一刻，竟然硬了，连忙暗颂“阿弥陀佛、阿弥陀佛”，惭愧于对杜老板之大不敬。

下午两点一刻，择定的时辰已至，灵輀车队从万国殡仪馆出发，沿骆克道、轩尼诗道、军器厂街慢驶，在大佛口稍停辞灵后，再开往皇后大道东、皇后大道中、西营盘、薄扶林道，最终停柩于东华医院义庄，庄前有永别亭，亭前有联“永不能见，平素音容成隔世；别无复面，有缘遇合卜他生”。

车队行发时，最前方高举用鲜花缀成的“义节聿昭”四字横额，由蒋介石从台湾隔岸颁扬，沿途执绋亲友和门生数千人，白车素服，另有百余辆私家车跟随于后，又有数十部警车巡逻指挥，围观者更是把马路两旁挤得水泄不通。车队最尾处，有十多个壮汉在呐筝奠声中举舞黑狮，狮身黑，狮眼白，白中有一球黑点是眼珠，黑中又有一滴白点是眼泪。陆北风忍不住感慨："在杜老板面前，黑途白道，邪妖正侠，无一不是自家人。这才是真正的老大！"

而当车队驶至石水渠街口之际，忽然有六七个蓝衣布裤的男女从卢押道交界处走出，跪在马路旁向灵车饮泣叩头。他们手里捧着花圈，一看即知是用不知道从哪里捡拾而来的野花匆忙拼凑而成，圈上有白布条，漆着歪歪斜斜的黑字："杜爷千古，义薄云天，大恩大德"。新兴社兄弟担心有人闹事，趋前查问，三言两语起了冲突，混乱之间有兄弟把花圈一脚踢翻，一阵风吹过来，残花在苦雨凄风里纷纷乱飞，倍添悲凉气息。其后搞清楚了情况，才知道这群人是昔日曾在上海滩受过杜月笙"闲话一句"解救的一家老少，如今落难香港湾仔，自惭形秽，不敢往灵堂上香，唯有来此向灵车遥遥跪拜。

陆北风抱胸站在路旁掌控一切，记起十三年前初到香港，曾跟哥哥陆南才到告罗士打酒店拜候杜月笙，那一天，瘦削的杜老板从容自若地坐在厚软的沙发上，不怒而威，略问过两兄弟的身世，只轻轻说了一句："有什么事情需要帮忙，跟我的秘书说便好。"这些年后陆北风终于明白，混江湖的关键正是"帮忙"。帮忙既是道义，却同时是自保。别人前来求助，必是认你有帮得上忙的本事，你不帮，便是你欠他，这危险；帮了，便是他欠你，这安全。所以万无一失的法门是，不管谁来开口，与人为善，能帮就帮，更何况你永远不知道自己何时倒过来需要别人帮忙。帮会帮会，"帮"是帮派的帮，其实也可以是帮忙的帮。陆南才生前对弟弟提过信谦堂的张子谦，他是杜月笙的上海门生，抗战时期来了香港，他曾经提醒陆南才："越是无恶不作，越是众善奉行。"说的就是这个道理。

可是，明白道理是一回事，有些忙终究帮不出手。既然帮也死，不帮也死，不如干脆快意行事，待麻烦找上门时才看着办。开口要求帮这种忙的人，这回是力克。

二十三　K金十四为标记，誓保中华享太平

力克重回香港已是一九五五年底的事情，香港已是另一个香港，力克更已是另一个力克。他长胖了不少，头顶微秃，留了满脸的络腮胡，嘴角咬着烟斗，垂下的肿肿的眼皮压住一双曾经灵敏多端的蓝眼睛，眼珠子仿佛从不转动。以前的他健谈风趣，现下却不苟言笑，历史故事都锁在肚皮里。唯一令陆北风感到熟悉的是他仍然嗜吃。

力克被调往九龙区，陆北风请他吃了几回饭，但都不在鸳鸯楼，特地避谈旧事。每回三人，他，力克，金牙炳，无论是在尖沙咀的天香楼、湾仔的英京酒家或龙门茶楼，都点八九道菜，力克狼吞虎咽地把食物送进嘴巴里，阴沉的蓝眼睛迸出亮光，仿佛从啃、咬、撕、噬的举动里苏醒过来。但陆北风觉得他并非在享受食物而是在攻击报复，似乎食物，以至所有可触之物和人，都是仇敌。有一回力克不满意侍应生的服务，竟然执起桌上的茶壶重重地敲过去，侍应生血流披面，蹲下呱呱喊痛。力克不罢休，蹬腿把他踢翻，并呱哩哗啦地骂了一轮英语，陆北风只听懂个“dog①”。金牙炳跟侍应生相熟，连忙劝阻，力克不买账，狠瞪他几眼，二话不说，站起身离开。

重返香港的力克仍旧负责警政，但管的是九龙和新界，手下猛

① 意为：狗。

将是探长张荣金。饶木半年前高血压中风，无法不退休，权力交给比他年轻十岁的华探长吕乐，洋主管依然是史坦克。陆北风有一回在龙门茶楼向力克试探道："什么时候回来港岛？我们两兄弟再好好大干一场！"

力克把嘴里啃着的东江鸡胸肉渣吐到碟上，啐道："太硬了，咬不动！香港岛的鸡不只骨头比九龙的硬，想不到连肉也是！"陆北风和金牙炳皆不作声。半晌，金牙炳打圆场道："香港九龙很快一家亲，不分你我了！政府不是宣布要在海底凿弄一条什么鬼道吗？之前一直填平海面，现在竟然连海底也不放过，海龙王肯定气得吹胡子瞪眼睛！"

"是海底隧道！"陆北风笑道，"还早呢！听说要建十多年，到时候我们早就去咗卖咸鸭蛋。"

金牙炳道："大吉利是！阿 sir 和风哥长命千岁，香港九龙新界，全部吃得上！"

港英当局这两年确实大兴土木，似想把香港倒转过来。内地翻天覆地，香港也在翻海覆天。港督杨慕琦战后回港，提出了大规模的改革方案，因为担心南京方面会把香港收回，先下手为强，打算对华民逐步下放参政权力，万一真要撤退，亦要预先留下亲英的自治格局。杨慕琦离任后，新上场的葛量洪先缓下计划，隔岸旁观国共战况。不久中华人民共和国成立，英国和中国建交。

港英当局放心了，终于在一九五二年宣布："无意在香港推行重要改革。"政治不碰了，其他方面倒大展拳脚，填海拓土，卖地建屋，开路筑堤，让华洋商贾安安心心做生意。洋大人们建议在海底开一条贯穿香港和九龙的隧道，立法局通过了，需要耗时十多年，是大工程。阿冰从广播新闻里听见，莫名亢奋了两天，对三个孩子哄道："以后可以搭车过海了！还可以看鱼鱼游来游去！"但念到海底隧道建成之日孩子早已不是孩子，又不免怅然。幸好铜锣湾开展填海工程，建起了一个大公园，取名"维多利亚"，来得及让她带孩子奔跑嬉玩。战前中环广场有个高耸的维多利亚女皇铜像，日本鬼子拆下送到东京，准备熔铸为炮弹，但尚未动手已经战败，英国人把铜像搬运回来，改放在公园正门之内。维多利亚女王早于一九〇一年驾崩，之后是爱德华七世、乔治五世、爱德华八世、乔治六世，一堆洋名轮流上阵，陆北风既听不懂也懒得理会谁是谁，只知道到了加冕或诞辰纪念之类的大日子，洋政府必在香港举办巡游，新兴社控制了大部分的鲜花买卖，都是发财的好机会。现任英王又是个婆娘，叫作什么伊丽莎白二世，听说才廿六岁，香港的广东佬惯称她作"事头婆"。

大江南北的人不断涌入香港，人，很多的人，更多的人，如波似浪，战后的十年间人口由七十万暴涨为两百五十万，香港像被闷在蒸锅里的包子，一直发胀、再发胀，人挤人，在这样的一个小城市里，到处是临时搭建的木屋和棚屋，终于有过几回火灾，而且一回比一回严重，死人伤人，居民流离失所，躺睡在街头路边，洋政府决定兴建平民房屋予以安顿。一幢幢四五层的楼房盖起来了，名为"徙置区"，流徙和置放，是生活秩序的重整。最先盖好的是石峡尾的"李郑屋邨"，早前这里是满布木屋的菜田山地，聚居的人若非姓李便是姓郑，分为李村和郑村，洋政府收地重建屋舍后，原居民可住，外来人也可住，"村"被改为"邨"，但保留了"李"和"郑"的称号名分——力克就是为了李郑屋邨而找陆北风的麻烦，因为李郑屋邨先找了力克的麻烦，大麻烦，非常大的麻烦。

那是一九五六年十月十日，国民党的“双十节”，李郑屋邨居民照例在门墙各处悬挂青天白日旗，这里是所谓“白区”，有不少住民是从内地南下的国民党家眷，又是“十四 K”的盘踞地。

十四 K 龙头叫作葛志雄，广东河源人，父亲葛肇煌本是国民革命军第九十三师的一个小连长，加入了军统，汪精卫老婆陈璧君弟弟陈耀祖在广东省省长任内被杀，开枪的便是他。战后葛肇煌接收了跟日本鬼子合作的堂口“五洲华侨洪门西南本部”，将之易名“洪门忠义会”，不做兵了，改做帮派老大，一时之间还真搞得有声有色。不久，国民党败走台湾，他亦南下香港，召集旧部重开香堂，堂名化繁为简，就叫作“十四”，因为洪门忠义会设址于广州宝华路十四号，饮水思源，不忘老巢。堂口“十四”常被喊作“十四号”或“孖七”（七加七等于十四），不久又变成“十四 K”，那个 K 字，有几个来源说法。其一是代表老 K 国民党，其二是代表葛肇煌的英文姓氏 KE，其三是代表如假包换的坚硬 K 金。另外有个传说，有一宗涉及“十四号”的案件在法院审判之日，有个政府文员匆匆忙忙在档案上用“14K”标示“属于葛肇煌的十四号堂口”字，却忘记修正，法官于判决时直接读出“14K”,把它认定为堂口名号,新闻记者照录如仪，习非成是,大家便也懒得改口,后来还错有错着地演化出几句招牌诗：“龙飞凤舞振家声，招牌一出动天庭，K 金十四为标记，誓保中华享太平。”

葛肇煌在广州时曾跟陆北风的万义堂作对，后来在香港重遇，本来是冤家，但葛肇煌已经摇身一变做了帮会老大，便又变成了“亲家”。道上的人，不管属于哪个堂口，大家吃的都是江湖饭，所以互称“亲家”。新兴社在港岛，十四号在九龙，“你不抢我的牌九，我不搞你的番摊”，各发各的财，相安无事。葛肇煌病逝于一九五三年，才五十九岁，丧礼排场比杜月笙有过之无不及，陆北风亦曾到灵堂上香致祭。洋政府老谋深算，借葛肇煌之死整肃帮会，趁机把几个堂口老大驱逐到台湾，警告蒋介石别纵容三合会在香港搞事。被逐的人里面有“义安”龙头向前，这家伙跟葛肇煌一样出身于国民党特工系统，也跟葛肇煌一样把龙头棍交由儿子接班，堂号改为“新义安”。但不管是葛肇煌之子或向前之子，都没想到三年之后忽然有了一场黑警大对决。

话说十月十日那天早上十点，李郑屋邨徙置区已是一片青天白日旗海，G座大楼的外墙更竖起两个高达五米的“十”字花牌。这其实是意料中事，但不知道是否因为前夜输了麻雀或者其他理由，徙置事务处有两个职员看不顺眼，竟然动手撕走旗帜，又把花牌拆下，不到一刻钟工夫，立即有几百个人冲到事务处门外喊骂，职员报警求助，警察赶到调解，他们答应让居民重新布置，群众陆续散去。

冲突本来到此为止，但G座有个十四号的小啰喽阿勇因跟其中一个职员早有嫌隙，他觉得对方经常色眯眯地盯看自己的老婆，为此争执过几回，眼下有了机会，趁人不觉，来个栽赃嫁祸，偷偷撕走几面旗帜，然后怂恿堂口兄弟和其他居民再去闹事。这一闹，便闹出连天大祸。

当天下午一点，包围徙置事务处的人已经多达两千，带头的是“孝字堆”的双花红棍白无常。十四号以“忠孝仁爱信义和伦”分为八个“堆”，即是各据一方的八个派系，石峡尾和深水埗是“孝字堆”的地盘，白无常平日横行霸道，如今更倚势凌人，要求职员应允四项和解条件：燃烧一串十万头的鞭炮庆祝“双十节”；在徙置区当眼处悬挂孙中山和蒋介石肖像；登报道歉；下跪认错。口头谈判破裂，便动拳头，两个职员被追逐殴打，警察来了，防暴队也出动了，群众用石头和瓶子做武器，办事处被抢掠和火烧，警察施放催泪弹，傍晚时分总算压住了局面。

然而翌日早上，群众再度集结，十四号的人马倾巢而出，手持棍棒封锁深水埗、青山道、油麻地一带，趁火打劫，居民和汽车进出皆被胁迫购买青天白日旗，商户亦被掠夺一空，甚至有妇女被轮奸，有街坊被斫杀。远在台湾的国民党保密局见事有可为，马上派来七名情治人员，宣达“总统府”高层的嘉许肯定。一个姓毕的驻港特务为了表功，猛力一拍桌子，口沫四溅道：“诸位放心！为了国家的体面，以及振奋海内外人心，我们的兄弟必大干一场，震住‘左仔’气焰，也让香港的洋鬼子不敢小觑我党！”

保密局来客拱手道：“极峰已有指示，要钱有钱、要枪有枪，我们是兄弟们的坚强后盾！”

这么一说，十四号更肆无忌惮，群起攻击新中国政府的驻港机关，报社、工厂、戏院、商店，无一幸免，荃湾和青山道一带顿成鬼域。台湾的《中央日报》把暴动描述为“香港同胞对附匪人员的惩罚”，把杀人放火的烂仔誉为“护旗义士”。白无常指挥手下在街头作乱，他高举斧头，红着眼睛，嘶喊道：“兄弟们，上！趁佢乱，攞佢命，今天杀人不用偿命！”十四号的其他字堆人马以至其他堂口的帮众亦浑水摸鱼，连香港岛那边也有人渡海前来发财。

形势失控了，港英当局宣布九龙半岛戒严，防暴队真枪实弹镇压，跟烂仔们打了四五天拉锯战，终于稳住阵脚。几天里，伤亡枕藉，烂仔死，平民死，瑞士大使馆副领事夫人亦在的士车厢里被活活烧死。警察的事后报告说，死者六百人，伤者三百人，有两千多人遭受逮捕，港督葛量洪紧急订立“非常时期拘捕条例”，不经审判便可以维持治安为理由把他们无限期监禁。

北京中央政府当然愤恨驻港机构受到攻击，周恩来公开指责英国纵容国民党帮会作乱，广州市民也集会声援，港英当局在官方调查报告里坚称“尚无足够证据指证暴动由国民党策划”，却又承认闹事堂口是“跟国民党当局有密切关联的半官方组织”，到了最后，港督下令把九成的被捕者驱押离开香港，其中包括十四号龙头葛志雄，以及根本未曾参与其事的陆北风。

时也命也，陆北风欲哭无泪。

二十四　快乐的风

那是十一月初的下午，力克把陆北风约到尖沙咀的米高酒吧见面，神情凝重，所剩无多的几绺头发横七竖八地搭在顶上，一双眼睛仿佛随时喷出火焰，能让桌上的威士忌熊熊燃烧。陆北风尚未坐定，他已劈头劈脑地开骂："你们不想活了！如果我是总督，把你们统统抓去枪毙！"

"我们？"陆北风猜到他说的是李郑屋邨的事情，紧皱一下眉心，脸色沉下，"干我什么事呀，三弟，不，警官！"

力克哼道："蛇鼠一窝！"

陆北风默然，向侍应生点了一杯啤酒。送来了酒，他举起厚重的啤酒杯碰一下力克的威士忌小杯，道："不是都解决了吗？抓的抓，赶的赶，雨过天晴。来，别恼火，江湖事情江湖了，兄弟归兄弟，何况我确实并未掺和。"力克没反应，陆北风不管了，先喝几口，再道："中国老话说'乱世出英雄'，如果不乱，怎有机会显出警官大人的本领？"

力克瞅他一眼，一字一顿地说："你也没说错。所以，陆，帮个忙，让它再乱一些。"初认识时力克习惯只喊他的姓氏，混熟之后，有时候会叫他的外号"十三风"，做了结拜兄弟，私下会唤"二哥"。去年久别重逢，生分了，又是"陆"来"陆"去的了，听进陆北风耳里，发音像“辘”来“辘”去，恰似转来变去的两人关系。

陆北风兀自喝酒，眼睛望向酒吧前方的小舞台，一个年轻的洋少年抱着吉他唱着洋歌，他听不懂，只想起很久以前力克说过自己喜欢拉小提琴，他还取笑过那叫作“洋二胡”。半晌，力克用锋利的眼神扫他一眼，问：“陆？”

陆北风喝光了啤酒，再点一杯，然后提高嗓门对力克道：“警官，有什么事我可效劳，尽管吩咐！‘人人为我，我为人人’嘛。你说，我去搞掂，两肋插刀！”

原来李郑屋邨和荃湾皆属力克的管辖区域，闹出暴动，上峰非常不高兴，把他召到办公室臭骂了几回，责怪他无能失职，幸好上峰是爱尔兰的老同乡，尚未至于辣手处分。事到如今，他虽有拼命善后，但不服气香港那边风平浪静，所以希望陆北风安排手下闹它一闹，把那边的主管史坦克也拖下水，如果搞走了史坦克，他便有机会调回港岛。

陆北风心头一震，暗道：“岂不等于推我的兄弟出去挡子弹？”他不作声，直望着玻璃杯里的啤酒，错觉黄澄澄的平静一片像波涛汹涌的海浪。

力克用两只指头咯咯轻敲桌面，跟随舞台的音乐打着拍子，故作轻松地说：“不必担心，史坦克再过三个月便退休了。但我打听到他在申请延迟，你那么一闹，他便延不了，没法挡住我的路。日后我回去港岛，替你也拿下北角码头，由上环到北角的海岸线都是新兴社的了，你想运什么进来便运什么进来，你想送什么出去便送什么出去！ Is it a good deal①，陆？”

① 意为：这是笔好买卖。

陆北风心动了一下，但也只是一下，然后马上决定了应该怎么做。能够信任力克吗？开玩笑！看看高明雷的下场便知道了。高明雷替他在九龙寨城闹事，尽管后来形势有变，广州沙面的英国领事馆被烧了，力克却置身事外，完全没替兄弟善后。人人为他可以，他却不会为其他的任何人。这笔生意，并非不划算，而是不牢靠。

但也没必要当场翻脸。陆北风佯装认真思量，半晌方道："兄弟的事情就是我的事情，北角码头拿不拿下，慢慢再说。先让我回去布置一下。"

力克干笑了两声。陆北风想到不如把话题扯开，打算向他探听那些劳什子"楼花"是否值得投资。这阵子有一家叫作"立信置业公司"盖楼，平常是全幢盖妥之后才分间出售，但那公司是在打地基的时候已经开始卖楼，顾客预缴一笔订金，再每月分期付款，两三年后楼房落成，便是业主了，而在这以前，楼房业权容许转让，房价一旦节节升高，最先下手的买家等于用很少的首期便可以赚取不轻的差价利钱，个中原理像买下了花朵，虽然尚未结出果子，却已有机会先尝甜头。金牙炳对陆北风提过此事，认为香港地狭人多，房价只会涨、不易跌，应该把新兴社赚到的钱尽量转移到楼房投资上面，亦算是留条后路。陆北风近日正在盘算此事，反正要没话找话，不如听听见多识广的力克有什么意见。

岂料他才说了"你怎么看那些楼花……"几个字，力克已经扬一扬手掌，示意他可离开，会面到此结束。力克没正眼看陆北风，只望着酒杯，不耐烦地说："就这样了。别让我等太久。三天，就三天。"

回到家里，陆北风生了一天一夜的闷气，把金牙炳召来喝酒，拍桌骂娘的叱喝声音把陆世文吓得不敢踏出房门半步，只让工人送进饭菜。陆北风道："新兴社以前是真金白银地孝敬他，现在亦是真金白银地孝敬史坦克，无拖无欠，鬼佬以为我会让他呼之则来、挥之则去？就算真要北角码头，我'十三风'会自己拿下，不必靠他！死鬼佬，冇个好！"

金牙炳唯唯诺诺地附和，却亦劝他沉下气，认真想个应对的法子："鬼佬靠唔住，但越是靠唔住，越要小心。好佬怕烂佬，烂佬怕鬼佬！"

"刁那妈！谁教你这句话？"陆北风忍不住笑，"别长他人志气，灭自己威风！我们不是随随便便的烂佬，我们是新兴社的烂佬！"

商量一夜，陆北风提了个主意：找个懂英文的人写封告密信给史坦克，揭露力克的阴谋，让鬼佬内讧，鬼打鬼，两败俱伤。金牙炳担心两个鬼佬会官官相护，到头来吃亏的依然是新兴社。陆北风摇头摆手道："不会！史坦克要退休了，肯定不想闹事，依我看，他会把信交给上峰，让上峰出手修理力克那仆街。老实说，烂佬怕鬼佬，鬼佬又何尝不怕烂佬？而且鬼佬之上又有鬼佬。大家都靠大家，也大家都怕大家！船头惊鬼、船尾惊贼，还混乜捻江湖？"

金牙炳点头同意，但建议道："何不干脆写信给力克的上峰？"

一言惊醒梦中人，陆北风拍一下自己的后脑勺，决定就这么办了，打蛇打七寸，直接向力克的老板告状。此事交到金牙炳手上，他找了一位自称懂英语的相熟的代书先生，嘱其写信揭发力克刻意捣乱，撺掇三合会在港岛闹事，吃里扒外，不是个好东西。岂料代书先生的英文其实只是半桶水，把廿六个英文字母堆砌了半天，最后竟然把力克对史坦克的陷害"阴谋"错写成两人联手"合谋"，conspiracy变了 collaboration，意图给香港 make trouble[①]。金牙炳取过信函，半

① 意为：制造麻烦。

眼没看，反正看不懂，马上遣人辗转送到警察总部，收件者署名警务处长，香港警队的最高指挥官。警务处长日理万机，信函皆先由秘书过目，秘书按例把匿名的投诉信转给副处长，副处长就是力克和史坦克的直属上司，早上九点十分看完信，十点钟已把他们召到办公桌面前臭骂一顿。

他并不相信信函的胡说八道，但洋警官被人用乱七八糟的英文信告状已经非常有失体面，他伸手把桌面的文具木盒砰声扫到地上，怒道："我叫你们管着那些中国猪，你们竟然被猪反咬一口？英国人如果都像你们，还怎么管住香港！"

两人面面相觑。史坦克似被人用麻袋蒙住脸，白白挨了一记闷棍。力克则有一股怒火从心里烧起，因为他心知肚明是怎么回事。肯定是陆北风搞的鬼！不仅不帮忙，还敢倒打一耙，好大的胆子！火气把力克阴森的脸色燃烧得涨红，像一片三分熟的牛肉。

副处长再咆哮一阵，最后下达指令："扫平他们！把他们赶下海，扫！一个不留！要让中国猪知道谁才是香港的老大！是我们警察！是我们英国人！今晚就做，明天早上我要向处长报告！"

指令就是结论了。走出了办公室，力克按捺住怒火，故作轻松地拍一下史坦克的肩膀，道："其实他说得对，没理由让中国佬吃定。反正你要退休了，离开以前显显威风，不也是好事吗？"

史坦克瞟他一眼，跳上汽车返回港岛。他明白力克知道自己希望延迟退休，那么，黑函是不是力克在背后搞的鬼？如果是，黑函又为什么把力克拖下水呢？他想不透，只是隐隐觉得事情不简单。可是，简单也好，复杂也罢，副处长说了算，指令不可能不执行，执行之后再找答案也不晚，反正灭了中国佬的气焰，假如自己真能留在香港，日后行事亦较方便。跟金牙炳以至所有人一样，史坦克在乱世里学懂了把坏事看成好事的本领，世越是乱，越不可以不懂。

回到办公室后，史坦克花了二十分钟撰定名单，写了又删，删了又添，终于列出六个横行堂口的龙头姓名，然后命令可靠的手下分头行事,马上动手把他们逮捕驱赶。九龙堂口的人先前被赶到台湾，史坦克决定分散目的地，这回改把港岛的混蛋押往菲律宾。

当警察砰砰嘭嘭破门闯进房子的时候，陆北风仍在床上抱着女人呼呼大睡，瞬间被五花大绑，黑布蒙头，强押上警车直往中环卜公码头。历任香港总督依传统坐船在这里登岸，然后搭乘马车前往总督府宣誓就任，在第十五任的梅含理以前，港督搭的是木轿，但梅含理在轿上被华人李汉雄开枪行刺，之后的上任仪式便弃轿从车了。梅含理在一八九八年英国租借新界时是香港的警察总长，元朗居民武装抗争，广东省的三合会众前来助阵，梅含理领队镇压，战斗了六七天，杀了一些华民，种下仇恨，十三年后他荣升港督，据说李汉雄是新界人，咽不下先前那口气，遂来报仇，可惜眼界差、手气背，子弹只射中轿的木架子，失手就擒，被判处无期徒刑。卜公码头船来船往、人进人出，只不过人们不易记得码头天空上的血腥气。

金牙炳赶到陆北风家里的时候，只见到女佣把陆世文抱在怀里，蹲在地上双双嚎啕大哭。陆世文不断哭喊："爸爸……爸爸……他们抓走了我爸爸……"

阿冰闻讯赶至，在门外已经听见陆世文的哭声，被惹得一阵伤心，站在金牙炳身边，把脸埋在他臂膀呜咽饮泣。金牙炳呆若木鸡，不断暗问自己："会不会是我跟这对兄弟八字犯冲？刁那妈，难道是我命克他们？南爷突然被炸死，风哥又突然被赶走，到底点搞？”

警轮在海浪里颠簸了数十小时，六个堂口龙头在岸上耀武扬威，被困到船舱内却似六只病恹恹的老猫，趴着、躺着、蹲着、抱膝坐着，船身一下倾斜向左，一下偏侧向右，轰轰隆隆的引擎声响震耳欲聋，似有一支螺旋桨在所有人的喉咙不停搅动。“和合和”的跛佬雄脸色惨白得像被放光了血，忽然，哗哗吐了一地。秽物的腥臭气味惹来另一个人的呕吐，然后，第三个、第四个、第五个。陆北风一直压住胃里翻腾，此时再也忍不下去，但肚里空空，吐得满嘴苦水，连鼻孔亦被胃汁塞哽住。他一阵惆怅，恍惚间希望这是个梦，然而嘴里鼻里的苦涩是如此确切，不可能不是真的，唯有告诉自己，是福不是祸，是祸躲不过，顶硬上吧，顶过便好。他坚信可以，打死他也不相信自己会死在海里。我是“十三风”啊，铁打的汉子，福大命大，不会的，绝对不会。陆北风暗暗运劲调节气息，吁——呼——吁——呼，渐渐觉得理顺了呼吸，但过了一阵，肠胃突然反扑，胸口一闷，喉咙一苦，胃汁重新无休无止地从嘴里涌出，他眼前一阵昏黑，晕倒过去。

陆北风苏醒的时候，风平浪静，菲律宾的马尼拉，码头的船笛响号和沸腾人声迎接他登岸。

岸上是陌生的世界，却亦是熟悉的世界，因为有唐人街，更因为唐人街有洪门。六位堂主虽是初到的客人，但踏进唐人街，乡音是亲切的，规矩是老旧的，先往洪门致公堂向各方人马拜码头，再由他们领路到中华商会拜会老侨领，接下来的一个星期是一顿连一顿的饮宴款待，主人好奇香港的动静，客人探究本地的门路，各自扔出一堆问号，你来我往，相互称斤掂两。江湖人是鼻子灵敏的野狼，不管身处何埠何城，远的近的，富的穷的，只要是有华人的所在，总能闻嗅到血腥的可能，然后掌爪发劲一蹬，扑前噬咬。所以主客双方很快有了携手发财的默契：马尼拉需要的，借助六位堂主的香港手下集齐运来；香港需要的，由马尼拉的洪门帮会张罗运去。黑货白货，香烟洋酒，枪炮子弹，百无禁忌，互通有无，关键是能够保证货源充足、海路畅通。两个字，就是走私。

说句老实话，六位堂主都不愁钱，各有兄弟陆续从香港汇来美金花用，并未人走茶凉，这点起码的江湖义气仍然是有的。然而混江湖不只为了发财，铤而走险是一种刺激的瘾头，沾上了，不易戒掉。他们坐下商量了一夜，无不喝得脸红耳热，一方面重复又重复地回顾旧事，轮番夸大吹嘘自己昔日的打杀身世，另方面对于摆在前头的走私生意感到无比亢奋，争相认定自己出得上力的地方。最后得出结论：与其各自为政、单打独斗，不如联手在这片新天地闯荡，江湖日月新，亦是很有意思的挑战。“潮兴义”的师爷贵提了个主意：“一二三四五六，我们六个人，新堂口就叫作‘六合堂’，如何？老天爷把我们凑在一起，时也命也，唔捻好浪费老天爷的一番好意。”

陆北风首先拍桌赞成，道：“好名字！中国武术有六合拳，大刀王五和燕子李三都是此道高手，我也练过，可是说来惭愧，练来练去都只是三脚猫。除了六合拳，也有六合掌、六合腿、六合棍，招招攞命！六合，六合，六六大顺，六六无穷，如意吉祥，六合堂，好！”其实他心底想着的是粤语的“六”和“陆”同音，“六合堂”便是“陆合堂”，在名号上已经以他为尊，让他占尽便宜。

其他人听陆北风说得头头是道，当然没有不同意的理由。接着便要排辈分、分座次了。

六个人当中，论岁数，陆北风只排第二，但新兴社掌握了湾仔码头和上环三角码头，对人货来往最为有利，所以年纪最长的跛佬雄主动建议陆北风当龙头老大。陆北风连忙拱手推辞，故作谦虚地说：“在座有谁不是独当一面的英雄好汉？怎么可能让诸位委屈？堂口既然名为‘六合’，大家就该不分高低，同心协力。洪门开山老爷子不也有前五祖和后五祖？我们今天六人联手，呵，还比他们多了一祖，等到打出一番局面，再把六合堂带回香港。总而言之，大家平起平坐，咁高咁大！”

“天义堂”的豉油张竖起大拇指道：“风哥泱泱大度，果然是做大事的人！但既然要做大事，始终要有个稳当的方法。不如这样，小弟大胆建议，我们对外是六合堂，私货的瓣数全由风哥安排做主，然而对内各有副号，我的叫作‘六合天义堂’，师爷贵的叫作‘六合潮兴义’，跛佬雄的叫作‘六合和合和’，依此类推，各自招兵买马，养足了势力，可以搞的便不止于私货了，否则，只搞一瓣，唔捻过瘾啊！”豉油张多年以前是柴湾街头的酱料贩子，后来混帮派，有了自己的堂口，又靠日本鬼子的庇护壮大了力量，平日横行霸道，如今忽然被流放到马尼拉，憋得慌，恨不得马上打出另一个江山。

豉油张的主意燃点了所有人的雄心，上惯了战场的人，最担心的并非战死沙场而是无仗可打，于是纷纷意气激昂地附和。陆北风从此成为六合堂的大路元帅，其余五人各为二路统领，亦各有手下。大家又有协议，每当遇上重大难题，陆北风须提出商量，模仿洋人的会议规矩，经由投票决定，少数服从多数。仅花了一年多的时间，六合堂已在唐人街打响名号，各个副堂亦跟本地帮会勾结，分别插手黄赌毒，难免掀起阵阵血雨腥风，但总算都站稳阵脚。跛佬雄最倒霉，在一场打斗里被轰了两枪，右前臂失去知觉，既是跛佬雄亦是跛手雄。陆北风是六合堂元帅，同时是“六合新兴社”龙头，主要靠军火买卖发财，他在唐人街仍然被尊称“风哥”，走到外面，菲律宾人都叫他作Bagyo，风，从中国吹来的劲风；在马尼拉美国海军基地的鬼佬大兵则称他作Happy Wind，快乐的风，只要向他开口，他有本领替你找来世界上所有使人快乐的东西。

至于香港的地盘，有金牙炳替他全盘打理，问题是，金牙炳，不快乐。

二十五　阿娟

陆北风不在香港了，金牙炳便是新兴社的龙头，堂口为陆北风所开，堂规为陆北风所订，而且他什么时候会回来，谁都不知道，所以他说谁做龙头便谁做龙头，兄弟们全无异议。金牙炳或许是唯一不同意的人。他从来不想当头，也不稀罕当头，因为当头便要负责任，他嫌累，那是心里的累，比张罗跑动累上十倍。金牙炳只愿听令行事，被兄弟喊唤“炳哥”已感满足。

他去了两趟马尼拉，第一回是领着陆世文过去让他们父子团聚，第二回是交代私货走运的安排细节，每回都被海浪晃得肠呕胃吐。他怕水，一上船已头晕。登岸后陆北风派手下安排他找乐子，但在女人的床上，英雄无力难抬头，扫兴得无法原谅自己。在马尼拉的两回，他都力劝风哥回港坐镇，大不了偷渡，先匿藏一阵，待史坦克消气了，送些美金，天大的结亦可解开。陆北风答应认真考虑，但后来认识了老鬼，却又加倍认真地决定留下。

老鬼，原名刘天贵，祖籍福建泉州，年轻时做过江湖郎中，兼通占卜命理，自称师承中州派，尤其拿手紫微斗数。一九五〇年老鬼从福建去了香港，还在上环公馆替杜月笙算过命，之后跟同乡跑船到菲律宾，娶妻定居，却糊里糊涂上了海洛因的瘾，老婆跑了，什么都荒废了，窝在唐人街的小客栈里苟且度日，做清洁工，偶尔也替妓女和房客占卦算命，开开偏方，赚点小钱，但转身便把钱转到毒贩子手里。有一回，陆北风夜里突然全身发热，上吐下泻，肚皮鼓胀得像吞了半斤石头，服药无效，躺了几天床，经常梦见死去多时的陆南才，自认命不久矣。幸好师爷贵说："我认识一个人懂很多旁门左道，不如死马当活马医，试一试？"

找来了老鬼，老鬼抓一条大蜈蚣和一堆乱七八糟的小虫扔进碗里，加些草药和烧酒，搅拌成血红浓浆，强迫陆北风咕噜咕噜地一口气喝个精光，陆北风觉得肠胃似被无数利针插刺，痛苦挣扎了几分钟，喉头涌起一股腥气，哗一声张嘴吐了一地，全部是绿色浓液。飘浮在房间里的臭味使他再吐了几回，吐空了胃，出来的都是胃液。然后，清醒过来了。

老鬼站在床边笑道："以毒攻毒，百毒不侵！"

两人自此谈得投契，某夜老鬼到陆北风家里闲聊解闷，他央老鬼算命，老鬼在纸上涂涂画画，花了半小时开了个紫微命盘。其他相士是一个时辰一个时辰地推，老鬼却是一分钟一分钟地算，终于找到跟陆北风最贴近的生平征验，父丧之年，娶妻之年，为父之年，无有不准。老鬼把命盘铺展桌前，戴起眼镜凑近研究三方四正的吉凶碰撞，推敲了一阵子，啧啧连声，说此为号令天下的府相朝垣格，破军、七杀、武曲、太阳皆入庙，主有兵有权，只可惜，擎羊陷，铃星陷，天哭亦陷，权难持久，位高势危，而且逢五或七岁数之年易生转折，尤其在三十七至四十五岁之间，若不以退为进，必招大祸，幸好他从香港被驱离到菲律宾，远离故地故人，已算是退了。

陆北风暗忖："逃离广州那年，我不正是廿五岁？囡囡世韵死于天花那年，我不正是卅五岁？去年被鬼佬赶来菲律宾，我不正是三十有七？看来，确实，是福不是祸，是祸躲不过。”

他问老鬼有没有化解法子，老鬼道：“老话常说‘成大机者速断，成大功者善藏’，韬光养晦，君子善藏，错不了。我以前提醒过杜月笙老爷，他偏不听，但也许是人在江湖，以他的地位，可不是想藏便藏得了。”

陆北风问：“我们是烂仔啊。烂仔也要善藏？”

“君子是人，烂仔就不是人？是人就要替自己负责任。自己的因，自己的果，因果才是最大的命理。我只能就盘论盘，命盘以外的因果，恕我看不透。老弟好自为之。”老鬼说着说着，语调渐转低沉，忽然打了几个哆嗦，陆北风明白他犯烟瘾了，连忙掏几张比索塞进他口袋，老鬼来不及道谢已起立溜走，却又在门外停住脚步，转身探头对仍在房里的陆北风道：“再说一句，一字记之曰‘花’，你是土命，多接近花花草草，有吉有利。”

两人后来再谈命论运，陆北风说金牙炳是他的贵人，曾把陆南才的黄金和钞票还给了他，又在汕头九妹菜馆的贵宾房里意外救他一命。老鬼探问金牙炳的生辰八字，陆北风打电报向金牙炳要，老鬼后来据之开盘细究，结论是四个字：前贵后败。人与人的和合冲克依随时节而变，像广东人饮汤，冬天的补汤不宜于夏天喝，秋天的润汤不合春天喝，金牙炳曾经有旺于陆北风，并不表示会一直旺下去。以盘论盘，金牙炳前十年确对陆北风有逢凶化吉的助力，但到了另一个十年，星移运转，便不一定了，他的夫妻宫和子女宫被擎羊星和陀罗星冲撞，所谓“擎陀四墓，五劳七伤”，虽然事业宫仍跟陆北风相配，但只宜远交而不合亲近，“离则双利，合则两伤”，否则容易走霉运。老鬼皱着眉头道：“风哥，贵友六亲缘薄，接下来还有几道难关要过，过得了，自有后福。”

“过不了呢？”

“过不了便过不了，如人饮水，冷暖自明。”

陆北风知道提错了问题，改道：“有方法令他过得了？”

老鬼道：“始终是那句老话，行善积德，福有由归。另外或可冲喜一下。他既是有家室的人，那么，不妨纳门偏房，务求分散擎陀衰星的冲撞力量，化强为弱。”

陆北风摇头苦笑，说金牙炳的老婆是慓悍的汕头九妹，一旦知道老公纳妾，肯定棒打鸳鸯，闹出人命。

老鬼道：“不纳妾就休妻，不休妻就拈花惹草，总而言之要想办法把擎陀衰星扰乱到头昏脑涨，牡丹桃李，到处都是他的女人，即使衰星要来冲撞，亦分不清楚到底应该冲哪里、撞哪里。”

陆北风朗声大笑道：“那就好办！这个家伙从来没让老二闲着，我叫他再加把劲就是了！”

这边厢，金牙炳再度订妥从香港前赴马尼拉的船票，出发前一周忽然接到陆北风寄来的信，仍然是口述笔录，但以前只是简简单单的几句话，这回却整整写满两页纸，主要谈三件事。首先是交代关于私货送运的诸种安排，货种的调整、接收的地点、时间的变动等等。其次是直接转述老鬼的批算，提醒他万事小心，尤其得看顾家里的老少平安，这几年暂时用书信和电报联络，过一段日子再见面，“到时一切都会妥当”。最后说的是一桩喜事：陆北风竟然重遇阿娟并且冰释前嫌，重新相好，阿娟还替他开拓鲜花批发市场的生意。

阿娟是陆南才在宝华县河石镇时讨的妻，少女时代备受欺凌，竟然渐渐变为沉溺床上欢愉的女人，无法自拔，到处勾搭，和小叔陆北风私通以后，一起去了广州闯荡江湖，但没多久她又跟别的男人跑了，此后十五年，音讯全无，陆北风做梦也没想过会在马尼拉美军营地附近遇见她。原来她在男人和男人之间消耗了青春，有个机缘便跟一个广东老头辗转来到菲律宾，老头没多久病殁，她拿着他留下的钱在小巷里开花店，其实早已风闻来了 Happy Wind 这号人物，但自觉人老珠黄，不敢相认，直到陆北风意外来到花店门前，不管是有缘抑或有孽，千里相会尤其在他乡，总能使人唏嘘，许多事情，好的坏的，皆易由此趁虚而入。

陆北风没在信里写出跟阿娟的那天重遇情景，他不可能对代书先生承认自己哭过。他已经很久很久没流过半滴眼泪。上一回哭泣，还是一九四三年从广州到香港处理陆南才的遗体，他跪在棺材前面呜咽道：“哥，放心去吧！我替你活下来，而且活得痛快！”十年前，一个晚上他看见四岁的陆世文在床上酣睡，肉团团的童稚脸容，鼻梁却已挺拔，像他，像陆南才，也像祖父，是如假包换的陆家男丁，他忽然想起两代人的流离命运，悲从中来，几乎鼻酸下泪。然而他勉力忍住，对在梦乡沉睡的陆世文说：“你不会像我们，一定不会。我不会让你像。”而这回在马尼拉遇见阿娟，前尘往事瞬间涌上心头，河石镇、广州、香港、陆南才、父母亲，胸口一阵怆楚，竟然心头抽紧，眼眶泛起了把自己吓了一跳的眼泪。

站在阿娟面前，陆北风抬手揉眼遮掩，但，太迟了，被阿娟发现了。体态已经发福至近于臃肿的阿娟不明白他为何伤心，只调侃他道：“哎哟，怎么了？见到我，有这么开心？可惜我是个胖老太婆了，不然马上跟你回家，打我踢我也不放手！”

阿娟终究回了陆北风的家，跟二十年前一样无名无分，然而二十年前没有半刻有一起走下去的意志，如今，两人皆年近四十，也都，有了。

读过了信，金牙炳瘫软身子坐在总堂的藤椅上，把信纸拎在左手不放，右手拨弄旁边茶几上的算盘，咯咯，咯咯，咯咯咯，算珠随着手指头的召唤上晃下跳。咯咯，咯咯，咯咯咯。他多么渴望生活能够如此接受摆布。金牙炳并不介意陆北风嘱咐他别去马尼拉，陆家两兄弟都在他身边遭殃，换作是自己，可能也会有所避忌。“夫妻本是同林鸟”，何况只是堂口手足？虽然有情有义，但当面对现实的直接威胁，自有另一番考虑。关键是要安排得妥帖，在情义和威胁之间，让大家各有生路，高明雷之所以出状况，正因为一翻两瞪眼，彼此无路可走了，选择便很明显。现实是楼房的地桩，情义是亭台楼阁，根基烂了当然什么都垮塌下来。倒过来想，唯有把桩基打得稳当，始有更多的闲情逸致把楼阁布置得花枝招展。金牙炳不认为自己无情，他只是清醒，而且年龄越长越清醒，如果到了这龄数仍然自己骗自己，便是非常不长进。

至于陆北风重遇阿娟，金牙炳打由心底替他感到高兴。陆南才对金牙炳提过阿娟的事情，但说得不多，不外说阿娟水性杨花，几乎不放过任何一个身边的男人，后来跟了陆北风，又跑了，其实陆南才并未跟她正式休离，所以南爷偶尔笑道：“我也是个有老婆的人！”

金牙炳这刻倒好奇阿娟的长相模样，能有这样的桃花随身，连到老去亦有男人走近身边，她不一定名如其人，相貌未必娟好，但猜想必是个风情万种的女人，深懂抓住男人的心意。

想着想着，金牙炳忽然轻声失笑。咦，自己不也一样？风流遍地，床上不愁女人，说来其实跟阿娟是同一类人。但自己毕竟是男人，是男人便不一样了。他不必懂得女人心意，更不需用摆弄风情，只要舍得花钱，要多少女人有多少女人。多花点钞票，得到的是比较养眼的女人；少花点钱，女人丑些，但终究是女人，不见得无法让他爽快。床上艳事多了，男人顶多被看成“淫”，女人却是“贱”，淫和贱可有天壤之别。这些年来金牙炳并非没对女人动过心，但担心一旦出了乱子，阿冰可非好惹，他向来怕烦，那就算了，偷偷摸摸亦是情趣，反正阿冰早已睁一只眼、闭一只眼，在家门以外寻欢作乐，抖完了下身，干手净脚，剩下的时间用来应付其他烦心的事情，他认为更划得来。在阿冰身边，他感觉非常自在，不，应该说是非常实在，不仅闲话家常觉得心宽，连在吵架的时候亦感到浑身是劲，气完了，便爽了，而那种爽跟在其他女人身上的爽快截然不同。

金牙炳把算盘珠子推上拉下，擦拨得越来越急促，咯咯哒，哒哒咯，像敲着木鱼，忽然手指头戛然止住，因为一个比喻浮现脑海把他逗笑了：对，老婆是用筷子呼呼呼地扒进嘴里的白米饭，吃得胃肠充实，如果浇淋几滴热猪油更回味无穷，一天半顿不吃饭，胃里空荡荡地难受，浑身乏力；其他女人则像一粒粒地夹起的虾饺烧卖，固然美味可口，但总不至于从早到晚把虾饺烧卖当饭吃吧？

想出了这样的比喻，金牙炳自鸣得意，开心笑了几声，手肘支撑着椅柄，拎起算盘高举在半空里左右摇晃得哗哗沙沙地作响，像战士凯旋。他自觉摆定了所有女人的位置，心安理得。他瞄一下钟，傍晚六点半，是回家的时候了，纯胜的哮喘病这几天发作得严重，阿冰千叮万嘱要他早回。

二十六　有仔送终

纯胜在病床上躺了两个星期，打针吃药，阿冰不眠不休地照顾，早晚到洪圣庙上香祈福，瘦了好几圈，原先宽厚的腮骨被脸皮牢牢包住，骷髅似的。幸好熬过来了，她慷慨还愿，庙里的人高兴得把她看成现世的观音菩萨。然而过了半年，入冬了，香港这个冬天特别地湿寒，天天飘着雨，许多人夸张地说："看情况，搞不好会下雪呢！"雪并未降下，然而一个傍晚，纯胜从家里浴室步出，身子一凉，打了个喷嚏，然后不停地咳嗽，哮喘再犯，一口浓痰哽在喉咙，含糊地喊了两声"妈！妈！"，阿冰在厨房里煲汤顾火，没听见，走到客厅时看见儿子脸色惨白躺在地面，无知无觉，召来救护车急送往医院，尚未送到病房已经去了，只有十二岁。

办过丧事，金牙炳非常内疚两年前没告诉阿冰，陆北风在信里做过提醒，他的灾星移向子女宫，六亲缘薄，家族不宁。他是为了不让阿冰担心，反正无论是否知道老鬼的批算，凭她的谨慎性格，都会万事提防。如今出了事，他忍不住暗自回想，如果当初多嘴说一说，能否避开此劫？阿冰面对丧儿之痛，不茶不饭，活得似行尸走肉，金牙炳多雇一个女佣在旁看顾照料，更不敢提半句关于老鬼的批算了。他发电报给陆北风，只写："不幸言中"——他想不到的是，不幸陆续有来。

十五岁的纯坚本已无心读书，弟弟纯胜猝逝后，难过心伤，干脆不上学了，金牙炳安排他到堂口看管的花档帮忙，他反叛，坚持自食其力，跑到北角的上海理发铺做学师仔。八岁的妹妹纯芳倒勤奋用功，每天搭电车从湾仔到鹅颈桥上下课，成绩从来不是第一便是第二，堂口兄弟都恭喜炳哥家里出了个女状元。她的志向是日后办一间专收贫穷子弟的学校，教好每个穷家小孩。学校老师问她为什么有这想法，她低头轻声道："阿爸成日打人，所以我要救人。"纯芳向来憎厌自己是烂仔头的女儿。

纯坚出事于一九六三年。那一年，香港严重水荒，水塘仅有一个月的存水量，当局宣布限水，民居和商铺全部受管，五月二日开始每天供水四小时，五月十六日改为隔天供水四小时，到了六月，情况严峻至每四天供水一次四小时，水来的时候，家家户户用上了所有能用的容器，桶子、浴缸、壶、碗、锅、瓶、杯，每滴水都是甘露。四五层的唐楼住户，下层猛开着水龙头，水压弱，上层取不了水，唯有推开窗户，扯开嗓门像是命令又似央求地呼喊："楼下闩水喉！楼下闩水喉！"也有时候不得不到街上的公众水喉前排队。每逢街喉开放，路上挤满男女老少，身旁摆满木桶铁桶，前胸贴后背地排着长不见尾的队龙，像盼望天神降临般守候水龙头流出的每一滴水。

滴，滴，滴答，滴答，滴滴答，滴滴答，滴滴答答……队伍最前方的人凝神屏息注视水况，嘴里念着："来了！来了！"背后的人亦跟着喊："有水了！有水了！"喊嚷像电流般一直往后传开、扩散、爆裂，有妇人竟然兴奋得哭泣，孩子见母亲哭，便也哭起来，是欢欣的哀伤，迎接水龙头哗啦啦地涌出的街水。

人龙里有赵纯坚和他的打工拍档，阿伧和阿辉，理发店耗水量大，老板派他们每天到街边提取食水。三个男人扛着六个大水桶，赤裸上身，在夏天的大太阳下焦灼地等待。水来了，所有人高声喝彩，阿伧道："刁那妈，他日解除制水，我发誓要冲足一天一夜的凉，打捻死都不离开浴室！"

纯坚附和道："一天一夜唔够！要四日、要五日、要一个礼拜！冲到皮破血流都唔怕！"

队伍开始缓慢移动，众人不约而同地伸长脖子，用眼神和骂声催促前方取水的人加快手脚。好不容易排近水喉头，前面只有四五个男子，阿伧的肚子突然咕咕作痛，急于往公厕解决，忍不住踏前两步向其中一人问道："大佬，人有三急，帮个忙，让我先，得唔得？"

对方回头瞪他一眼，用福建口音的粤语骂道："死捻开！"然后瞄见他背后的纯坚，又道："哦，我认得你，金牙炳的大少爷！别以为新兴社大哂！这里系北角，唔系湾仔！"

纯坚根本无意插队，被冤枉了，不服气，何况福建佬把他跟父亲堂口扯上关系，更令他怒火中烧，立即回嘴嘲讽道："湾仔唔系大哂，但北角细过鼻屎！"

福建壮汉不甘遭受奚落，霍地转身走向纯坚，他个子不高，但肩臂非常粗壮，同样没穿上衣，两团胸肌像两块坚硬的花岗石。站在他们中间的阿伧举起手掌阻止壮汉前行，福建壮汉伸臂格开，抡拳朝前直打，阿伧冷不防中了招，"呀！"声往后倒去。纯坚连忙将他扶住，另一个拍档阿辉加入战团，冲前扑向福建壮汉，随手执起一个铁桶砸向他的头，壮汉闪开，桶子掉滚到地上砰然乱响。对方同伴此时亦杀至，亦是三人，三对三,六双拳头挥来打去，水桶也是武器，街坊群众慌张走避，无人理会依然开启的水龙头，街水沙沙哗哗地喷流，把崎岖的地面射成小河。

扭打之际，纯坚脚底一滑，不小心跌个四脚踉跄，倒霉鬼，后脑轰然一声撞到路旁竖起的一支尖顶石柱，一个被踢起的铁桶刚好从半空掉到他脸上，把五官密密遮蔽，像殓房里的盖尸布。纯坚没有醒过来，尚差五个月才满廿一岁。

阿冰也几乎醒不过来，往后几个月在昏昏沉沉中度日，就算偶尔清醒亦呆坐终日。失去一个儿子,好不容易熬过五年多的惨愁日子，再失去一个儿子，祸不单行的打击像两条粗重的铁链般把她牢牢锁在家里，客厅便是她的牢房。纯芳懂事，每天下课赶完作业便坐到床边陪伴母亲，金牙炳亦尽早从堂口回家，木柜上搁着纯坚和纯胜的黑白遗照，照前缭缭袅袅飘着香火烟雾，另有两盏冥红的长明灯，进门便觉得到了灵堂。

一天傍晚金牙炳回到家里，见纯芳抱膝坐在椅上哭泣，问了半天她才说："我好惊，阿妈傻咗！"

"乜事？她做什么？"金牙炳瞄一眼紧闭的房门，问道。

"阿妈学狗吠！好细声，但我好惊！我好惊！我好惊！"纯芳把脸埋在手掌里失声痛哭,单薄的身子不断颤抖。金牙炳坐到纯芳旁边，让她把头偎到他肩上，眼泪，也滴到他肩上。

待纯芳冷静下来，金牙炳拉开抽屉找出锁匙，踮着脚走近睡房，咔咯一声，扭开门把进房，竟然看见阿冰坐在床沿，嘴角挂着诡秘的笑意。昏暗里，他几乎不认得阿冰，纯胜病逝之后，她老了十年，纯坚走后，她再老二十年，蓬乱的苍白的头发遮蔽了半张脸，深陷的眼窝似两个盛满了泪水的破碗，锋利的碗沿朝眼里戮去，随时刺出两行鲜血。金牙炳感到不对劲，连忙唤她：“阿冰！阿冰！笑乜？”阿冰似没听见，不答理，金牙炳更慌了，威吓道：“你再这样，我要送你去医院！”阿冰听见了，眼白朝上一翻，收起笑容，倒执起墙角的一把长扫把朝他头上如雨抡打，金牙炳抱头冲出客厅。砰一声，阿冰关上房门。

金牙炳坐回纯芳身旁，见女儿又哭起来，他伸手轻摸她的头发，安慰道：“别怕，爸爸在，没事的，相信爸爸。阿妈是个坚强的人，你以后也要做个坚强的女仔。”他抬头望向墙上儿子的遗照，强忍住鼻酸，叹气道：“仔呀，是命呀，认吧。”赵家绝后了，金牙炳有朝一日身故，注定“无仔送终”，每回念及此事，他都恨得紧握拳头，但纵然万般不甘心，亦唯有认了。他曾经做梦，梦里，纯芳半躺地上，口鼻渗出血水，他万分难过地低头端详着她，转头却见纯坚嬉皮笑脸地坐在餐桌旁，阿冰从厨房端来一碗冒着白烟的热汤，两母子相视而笑，那一刻，在梦里，他心头竟然泛起阵阵幸福的暖意，庆幸死去的是女儿。翌晨回想，金牙炳羞愧得不敢直望纯芳半眼。手掌手背都是肉，割哪里都痛，然而有些肉被割走，不只是痛。

其实金牙炳不知道纯芳有什么理由相信他刚才说的安慰话语，但这不重要，重要的只是阿冰用行动证实了他对纯芳的安慰。这个傍晚，在迷迷糊糊、恍恍惚惚里，阿冰听见由远而近的、熟悉的狗吠声。不,不是平日从巷口传来的狗吠。现下的吠声涌自她脑海深处，咆哮，嚎叫，是一声连一声的挑衅音调，把阿冰从天昏地暗里唤醒，她勉强撑起上身坐在床上，告诉自己，来了，终于来了，那是在汕头和澳门死在她和父亲以及母亲刀下的狗在耀武扬威——怎么样，看到了吧？我们回来了，该还的总得要还，但我们不要你，我们要他们，他们就是你，比你更是你。

阿冰其实一直隐隐有这担忧，只不过强迫自己不去想，日子过得越顺遂，她越感受到过去的鲜血亏欠。世上的屠夫多的是，但其他人有何遭遇和想法，她不管，也管不着，她只相信自己母亲说过的话，狗灵必会回来讨债，以这样或那样的方式。过了这么些年，这一天果然来临，万料不到的是竟然连讨两回。所以她笑。先是苦笑，在痛苦中无奈地接受命运折腾的苦笑。但慢慢地，苦涩里竟然浮起丝丝的自豪感，仿佛有一片片碎木此起彼落地从海底冒升，漂着，荡着，无声无息地霸占了半个水面。阿冰心里叹气，暗道："狗灵啊狗灵，你们意志这么顽强？好的。可是我是阿冰，不见得会输给你们。你们以为这样可以把汕头九妹打垮？休想！我还活着，我要活着，看你们这些畜牲能够把我怎样！"她低声模仿狗吠，吠吠吠，吠吠吠，是对狗灵做出调侃和抗议，没想到把纯芳吓着，而金牙炳冷不防闯进睡房，恐吓把她送去医院，听进阿冰耳里代表他要放弃她了，阿冰蓬然烧起满腔怒火，火势由胸口蔓延到脑袋，激发了熊熊斗心。挥动在她手里的那柄扫把，打的既是金牙炳却同时是狗灵，她不再担忧，更不惧怕，遇人杀人，遇佛杀佛，遇狗灵杀狗灵。把金牙炳赶出了房，她再对空气吠了几声，是对狗灵说："你们敢动纯芳一根毛发，看我不把湾仔的狗全部碎尸万段！"

阿冰决定活下来，并且要生龙活虎，她要亲眼见到纯芳长大，要替纯芳找个好归宿，其他的统统不重要。她问金牙炳："你冇仔送终了，点算？"金牙炳心里似被撞了一下，但见阿冰好不容易恢复精神元气，不忍让她伤心，只好故作轻松地说："冇咪冇啰！有仔送终要死，冇仔送终亦是死，双眼一闭，人死如灯灭，知道个屁！"然后又调侃说："不如我们再生一个？"

阿冰瞪他一眼，欲擒故纵地骂道："要生，你揾其他女人生！"。她比金牙炳年长一岁，快四十八了，去年开始停经，生孩子只能是下辈子的事情了。金牙炳可不清楚她的状况，两人已经好几年没有鱼水之欢，但在床上同被共寝，仍然有说不出的亲密。何况金牙炳确实跟阿冰无话不谈，除了外边的女人。阿冰是他的妻、他的友，似他的上半身。但下半身也不属于其他女人。下半身像算盘的木珠，只归自己控制，征服，驾御，胜利，非常地单纯，玩归玩不至于出现不可预料的混乱。

跟其他女人生孩子？金牙炳没接阿冰这句话，脑海却冒起一幅可怕的画面：阿冰握刀在后头追赶，他和一个女人在前头奔跑，女人的手里抱着哇哇啼哭的婴儿，阿冰快要追上，走投无路，他和女人被迫跪下求饶。金牙炳太了解阿冰了，她可以故作不知地让他拈花惹草，顶多只是妒忌，然而一旦在外留根，尤其如果留下的是传宗接代的儿子，妒忌即变仇恨，汕头九妹可吃不下这个亏。他自己也不希望捣乱眼前秩序。何必呢？已经是新兴社的龙头了，阴错阳差地完成了阿冰要他争气的渴望，又经历了两回丧子之痛，再不一切看淡，便是自寻烦恼。金牙炳的最大心愿是等待陆北风重回香港，让他交卸堂口的担子，重新专心做个老老实实的生意人，"上岸"了，一家三口平安度日便是福气。纯胜去世后，他自觉老了十年，纯坚遭受不幸，他再老十年。不仅心态老，体能亦大不如前，尽管仍常到妓寨和歌厅寻欢作乐，却只像抽烟喝酒和撩拨算盘，是改不掉的老习惯。会改的，他自己知道，会改的，但顺其自然吧，这一天不会不来。

见金牙炳半晌没言语，阿冰开始担心了，狠道："丑话说在前头——如果你在外面另外有家，我会亲手替你送终！"

这句话说得杀气腾腾，金牙炳心胆俱裂，急忙摇头道："放心，不会！放心，放心！"阿冰见他气急败坏，忍不住抿嘴笑道："你也可以放心。我答应你，我不会比你先死，我要留着命，只要你不是死在其他女人的床上，我也会亲手替你送终。我会替你风光大葬。你答应过一起下地狱，但是我不想去地狱了。要去，一起去西天极乐世界！"

二十七　龙头凤尾碧云天

阿冰做回了阿冰，似有用不完的精力，三下五除二地安排了所有想安排的事情。先是搬了家，在汕头街找了个三楼的租宅单位，她说感觉像回到了老家。又在星街的伯公坛旁后山布置了个“四方犬灵”碑墓，花钱请道士打醮两天两夜，她站在墓前上香合十，喃喃禀道：“从今而后，春秋二祭不会欠缺，该还的都会还给你们。冤有头，债有主，你们别来碰我纯芳。”从伯公坛回家的晚上，她对金牙炳说决定守长斋，而且要到庄士敦道开设鸳鸯楼分馆，但只卖斋菜。金牙炳感到突然，可是才“咦”了一声，阿冰已经抬高嗓门道：“咦什么咦！我是替你们积阴德！你们不用守斋，我守便可，所有罪孽由我一人承担，你只需要掏钱！”

金牙炳连忙安抚道：“一定支持、一定支持！你不是说我们是鸳鸯同命？有你就有我，有我就有你！我和纯芳也吃斋，但要慢慢来、慢慢来。我们初一十五戒肉，过时过节也戒肉，好不好？”

阿冰道：“你们可以慢，我却慢不得！”

金牙炳其实也在尽力配合阿冰。他到诊所拔掉金牙，镶了一只平整的瓷牙，医生说是英国的舶来货，他希望换牙齿就是变运气。不是金牙炳了，牙也不哨了，但大家一时改不了口，仍然唤他哨牙炳。

更重要的是他尽量把堂口事务交给手下处理，自己集中精神管账。

他有几个得力助手，拳脚硬朗的刀疤德、好勇斗狠的大只良、诡计多端的鬼手添、嘴甜舌滑的花王二，兵马船运谈判，各司其职，哨牙炳只要管住粮草明细以及跟菲律宾那边的对应，日子过得其实不算忙碌。他发过不少电报问陆北风何时回港，风哥的回复却跟他对阿冰的说法一样：慢慢来、慢慢来。原来阿娟甚具经营手腕，几年间替陆北风在马尼拉美军营区一带开了十来间店铺，卖花、卖烟、卖女人、卖黑货，无所不卖，六合堂拆伙已久，堂主们各有各的江山门路，用回自己原先的堂口招牌，各自发财，“六合”二字归陆北风所有，他把堂口唤作“六合新兴社”，招了不少喽啰，华人和土人皆有，算是湾仔的新兴社在海外开枝散叶。生意做得顺遂，陆世文亦已入读马尼拉大学的商学院，交了女朋友，陆北风计划过几年帮助他成家立业，之后再做回港的打算，但也不一定要走，反正适应了这里，走不走都无所谓。

陆北风惊讶于自己心境的变化，坐在大房子的大阳台上，眺望山山水水，无尽的绿和无穷的蓝，看多了，放松下来，竟然渐觉懒怠。小时候在河石镇亦与山水为伍，但那是青春年少，外头的世界不向他招手，他亦急不及待奔跑过去，江湖闯荡二三十年，出生入死，早已忘掉“累”字怎么写。但是这两年经常觉得精神困乏，有一回手下报告堂口杂事，听着听着，一阵凉风从窗外吹拂过来，他的眼皮竟然说合上就合上，还睡得鼻鼾连声，也不知道到底是心累抑或身累。如果老鬼在就好了，可以找他批算一下，是否应该江湖引退，可惜老鬼三年前断气于唐人街的路边垃圾槽旁，满嘴泡沫，据说因为抽了师爷贵那边卖的劣质土货。他本想找师爷贵算账，但记得老鬼说过自批阳寿不长，看来是命，就算不死于这样亦会死于那样，于是作罢。

没有老鬼指点迷津，却有洋医生；老鬼用的是纸和笔，洋医生用的是针和药。一天早上醒来，陆北风伸个懒腰，打算翻身下床，岂料双腿不受使唤，右腿尚可微微挪动，左腿则像一支沉重的木棍，半分动弹不得。他慌张高喊：“娟！我的腿！娟！我的腿！”阿娟倒镇定，嘱他躺着别动，并连忙唤来一个大胡子美国医生，可是洋医生才刚踏进家门，他的腿已经恢复知觉，一骨碌下了床。陆北风对大胡子医生摆一摆手，说：“不用麻烦了，没事了。”阿娟连劝带骂道：“来都来了，让医生摸一摸，会死吗？”

大胡子医生摆着椅子坐在床边，从牛皮手提包里翻出各式各样的冷冰冰的检查工具，从额头到眼睛到舌头到手到脚，几乎把他全身审察了一遍，又用针筒抽了血，最后皱眉道：“我判断是高血压、高糖尿和高胆固醇，中年人常见，没什么大不了。你的睡姿不妥，压麻了小腿神经，如此而已。这里有三包药，你先早晚各服三粒，但要吃饱了饭才用，有了验血结果再说其他。这几天必须尽量休息，保持情绪冷静，不然血管爆裂，一辈子躺床！”

阿娟在旁听见，喃喃道：“糖尿？尿里面有糖？那么喷出来的东西岂不都是甜的？怪不得……”

陆北风睨她一眼，她却仍说下去：“是真的啊，那天……”

“说够了未？！”陆北风把她喝住，她愣一下，满脸不服气地闭嘴。

验血报告后来确认了大胡子医生所言不虚，陆北风从此每天早午晚要跟一堆红红蓝蓝的小药丸打交道。他非常不服气，对阿娟发牢骚道：“老子练过铁布衫啊！一身好武功，铁打的体魄，怎么落得如此下场？！”说得激动，挥掌把床边桌上的药丸全部扫落，阿娟趋前蹲下捡拾，突然抬臂紧紧捏住他的裤裆不放，笑道：“唔紧要！留得青山在，只要保住你的小铁人金刚不坏，多吃几粒药丸有屁关系！”

陆北风回港无期，哨牙炳唯有继续管住堂口事务，却亦开始思量到了适当时间该把龙头棍交到哪个兄弟的手上。他向陆北风要过指示，陆北风却说由他做主，唯一要求是到了交棒之日，哨牙炳须把账目理个清楚明白，堂口的归堂口，其余部分便该依据昔日约定分配，哨牙炳占两成半，陆北风要七成半。这点其实不劳陆北风操心，哨牙炳向来数目分明，不贪心，公道是第一要义，对南爷是这样，对风哥也是这样。他这辈子唯一的手脚不干净，是从陆南才留下的箱子里取走了五根金条，但他觉得那只是借，将来拆伙分账，该还的他都会还给风哥。

新兴社的老巢在湾仔，分堂在三角码头，史坦克早已退休，接任的鬼佬华莱士只要有花不完的黑钱，乐意任由香港岛的总华探长吕乐呼风唤雨。力克仍然管着九龙和新界，手下是蓝刚。力克偶尔在港岛遇见哨牙炳，不忘语带挑衅地问：“你们的风哥什么时候回来？香港风大，如果回来了，提醒他别又被吹进维多利港！”哨牙炳不愿得罪他，嬉皮笑脸地说：“风哥不想念香港，只想念力克警官！他每回都在信里托我向警官问好呢！”

堂口以外没有太多事情需要烦心，堂口以内的人事反而要谨慎应对。手下看出了哨牙炳意兴阑珊，新兴社的龙头大位早晚得交出，于是难免有暗潮汹涌的争夺，几个兄弟分头招拢人马，拥兵自重，更常因小事借故摩擦较量。哨牙炳不断提醒他们以和为贵，他们无不答应，却是说归说、做归做，三不五时互打小报告。但是几乎闹出人命的一回倒只跟女人有关，江湖是英雄地，英雄若有死穴，向来是女人的事情。事缘刀疤德睡了大只良的老婆，纸包不住火，两个猛将在堂口扭打搏斗，事情闹大了，哨牙炳对跪在地上的刀疤德斥责道："此乃洪门大忌，三刀六眼，家法难容。连我这么咸湿也不会碰兄弟的女人！"

刀疤德被罚挨棍，由戴绿帽的大只良亲手执家法。啪！啪！啪啪啪啪啪！刀疤德的背脊皮开肉烂，问题是皮开肉烂却仍无法终结心中怨仇，过了三四天，大只良余恨未消，认为哨牙炳处事不公、有所偏袒，越想越心怀不忿，索性要求破门脱帮。他到总堂找哨牙炳，主动交出三千六百六十六元"过底费"，并用一把小刀自割左前臂三下，涌出了三行鲜血。大只良又卜通一声，双膝跪下，口诵"大底诗"："龙头凤尾碧云天，一撮心香师祖前，当年结义金兰日，红花亭上我行先。"这首诗，入社时念是结为手足、恩深义重；离社的时候念是分道扬镳、恩尽义绝。

哨牙炳无奈叹气道："唉，何必呢？"

大只良从此不再是新兴社的人，未几转投北角的合义堂门下，担任草鞋岗位。

人虽走，仇仍存，半年之后，大只良派手下把已经休了的老婆强拉到后巷"轮大米"，七个兄弟轮流上，自己坐在旁边喝酒吃肉。又过了几天，一个夜里，大只良收到消息，刀疤德在大王东街的"操记粥面店"吃夜宵，他亲领五个手下埋伏门外，等了一阵，果然见到刀疤德剔着牙走到街上，身旁还有哨牙炳和鬼手添。大只良略为犹豫，可是既然来了，不想回头了，他大喝一声，其他兄弟冲前纠缠鬼手添，他则挥刀猛斫刀疤德，刀疤德身中多刀，应声倒地。哨牙炳发现是大只良，厉声道："仆街！阿良，你系咪黐捻咗线！"

大只良杀红了眼，转身扑向他，染血的刀刃高举半空，道："你那天唔斩佢，我今天代你执家法！你包庇手下，我也替远在天边的风哥执你家法！"

哨牙炳闪躲不及，右肩吃了两刀，忍痛一路狂奔，终于在"蛇王芬"店门前不支蹲下。大只良穷追至，手起刀落，刀尖直抵哨牙炳的胸口，哨牙炳浑身颤抖，竟然噙泪求饶："唔好呀！我错！是我错！"

大只良不屑地朗声笑道："无胆匪类！你无捻资格做大佬！"

大只良终究放了哨牙炳，警察来了，救护车来了，哨牙炳被送进养和医院，躺了一个星期；以寡敌众的鬼手添则毫发无损。阿冰悉心照顾哨牙炳，养和医院旁边是跑马地，一个午后，她俯下半个身子在床沿不知不觉地睡去，忘了关窗，未几即被外面的人声吵醒，那是赌徒们的喧哗欢腾，有着最忘形的狂喜与狂悲。因为睡得沉，醒得特别猛烈，脑袋昏沉沉似被敲了几下，大白天的阳光直射进来，刺眼戳目，恍惚之间不知道身处何方何地，以及何时，只知道跟窗外好似是彻彻底底的两个世界，一分为二，弄不清楚哪边是阳界哪边是阴间。她揉一下太阳穴，定一定神，然后伸手到被褥下面触碰到哨牙炳的手掌，暖烘烘的，有肉有骨有皮肤毛发，是的，他在了，结结实实的在的感觉，像船找到了舵，阿冰的心立即沉静。

结婚二十多年，夫是夫，妻是妻，生儿育女，起跌患难，按道理没有比这更实在，但，不，这一刻却是前所未有地沉实，仿佛先前的一切都只是粤剧的六国大封相，只为提振观众精神，让他们看完一轮热闹，更能静心领会才子佳人的悲欢离合。自己的老公并非才子，自己当然也不是佳人，阿冰不是没有自知之明，但是谁说只有才子佳人始配有戏？她是不会服气的。只要是人便有戏，问题是要跟谁有戏，以及演给谁看。她要做自己的花旦，更要做自己的观众，所以她牢牢握紧哨牙炳手，仿佛稍为松开他便会消失。她不会放开他的，当年在澳门她愿意为他冒险跳海，今天如果可以，她亦愿意替他挨刀，一刀，两刀，十刀，廿刀，无所谓的，她都可以，她都心甘情愿。

哨牙炳亦从熟睡里转醒，感觉到阿冰的手，"嗯"了一声，想说话，却因喉舌干涸发不出声音。阿冰连忙递过白开水，他呷了几口，说："唔该。"阿冰望着他，明白他后面仍然有话。果然，哨牙炳再清一下喉咙，道："对不起，我对你唔住。"

阿冰不明所以地问："对不起什么？你傻咗？"

哨牙炳皱一下眉头，道："我都唔知道。只系觉得对你唔住。"

阿冰嗔道："你成日乱搞，当然对我唔住！"

哨牙炳语塞。愧疚，是因为自己一直乱搞？因为自己身为龙头，竟然跪在地上求饶？因为自己几乎被乱刀斫死，遗下阿冰和纯芳？一时之间他分辨不清，恐怕是，这都是。

两人沉默半晌，阿冰再开口说："如果你真的突然走了，才真系对我唔住。你千祈唔可以走。答应我，你不可以先走。"

哨牙炳笑道："你先前不是说过我要比你先死吗？怎么又反悔了？我让你先死，谁替我送终？"

阿冰在他大腿上轻捶一拳，道："谁都别死！我们要一起活！唉，不说了，不说这个了。我去给你泡杯参茶。"卿卿我我，连自己也觉得肉麻，她站起身走出病房。

望向她的背影，哨牙炳忽然记起在洋片里听过的love，中文就是“爱”了，他从未讲过这个字，更不会想去讲，充其量只在相亲和新婚的日子里说过“钟意”，钟意就是喜欢，喜欢就是爱。但此刻又觉得不是，不是钟意也不是喜欢，就只是爱。他爱阿冰，心底涌起强烈的愿望把这个字说出来，第一次，或许也是最后一次。但是，来不及了，阿冰已经离开了房间，待她端着茶杯回来，他已经不好意思说。吊扇在天花板上旋转摇晃，吱嘎——吱嘎——吱嘎，仿佛已经代他说了那个说不出口的字。

二十八　确实，真的是老了

往后两年的日子过得有点怪异，阿冰经常感到头晕，胸口滞闷，极容易受惊。去看医生，医生说是神经衰弱。她问："那就是神经病啰，跟我阿兄一样？"医生笑道："不至于。可能只是……"他顿住了，不想提及她的丧子悲痛，改口道："只是天气闷热，高血压，毕竟有了些年纪。"阿冰黯然道："确实，老了，真的是老了。"

医生给她开了安眠药，嘱咐她多休息。她同时去看中医，早晚灌一碗黑浓似墨的苦涩药汤，喝得感觉连眼白亦变灰色。两间鸳鸯楼的生意交给好姐妹打理，阿冰可以放心，只是偶尔到店里张望，查一查账本，然后归家。家门内的时间仿佛凝固，照顾纯芳，礼佛诵经，守候阿炳回家晚饭，两人几乎从来不谈外边的世界，只在客厅陪伴纯芳，一起听她说学校的事情，中学四年级，一心一意期盼考得上大学，老牌的香港大学或两年前成立的中文大学，都好。考得上便是中状元了，女状元，其实比男状元更难能可贵。把外头讯息带给阿冰的是收音机和新闻纸，它们告诉她，外边世界的脚步用难以理解的忙乱速度往前冲刺，似乎有个确定的方向，唯有她不知道方向。这段日子有不少人从中国内地跑来香港，街头有了更多的工厂、更多的生意，八九层的楼房一幢一幢地建起，还有连小市民都在讨论一种叫作股票的东西，说可以很快赚个盆满钵满，一九六五年又出现了一种叫作“股灾”的事情，有人亏尽财产上吊自杀。

她不懂什么是“股灾”，猜想既然称为“灾”，自可跟旱灾、水灾、风灾一样能够置人于死地，所以也不为怪。真正令她寝食不安的是股灾那年七月，收音机说一名贸易公司老板被谋杀分尸，放进八个塑料袋，再塞于樟木箱，事发现场就在距离她家不远的骆克道怡华大厦。听见新闻的时候，她胸口抽紧，当天夜里梦见有一把利刀在双乳上狠狠地切、割、剮，她觉得身体一寸寸地灰飞烟灭，在世界里不再占有任何空间，是哨牙炳的嚎哭把她召唤回来。但是在梦中动手分尸的竟然是她自己，她握刀把左腿斫断，然后是右腿，再然后是左臂，最后朝脖子抹上一刀，鲜血如注哗沙沙地喷溅。她惊醒过来，一颗心怦怦跳动连自己亦听得见声音，在床上坐直身子，看哨牙炳躺在旁边睡得唏哩呼噜，心情渐渐平复，瞄一下床头柜上的钟，半夜四点廿八分，她渴望永远不会天明。

时局继续以阿冰不理解的方式乱下去，一九六六年天星码头加价五分钱，一个名叫苏守忠的廿九岁的年轻人绝食抗议，支持者拥来，引发了街头暴动。澳门那边也烽烟四起，凼仔的市政府人员阻拦兴建学校，学生和工人到总督府门前朗读“毛语录”，警察开枪，死了人，示威一发不可收拾，葡萄牙鬼镇压不住，大家都说澳门已经是“半个解放区”。

隔了一年，香港闹得更厉害，渣华邮船、南丰纱厂、的士公司、青洲英泥厂、新蒲岗人造花厂等先后罢工，警察不断抓人，有人组成“港九各业工人反对港英迫害斗争委员会”，路上到处是炸弹，陆续有死伤。每天听着新闻广播，阿冰胆战心惊，年纪大了，胆子小了，惶惶终日仿佛大祸临头，早上望着纯芳出门上学的背影，总在疑心这已是最后一见。于是报纸不读、广播不听，以为只要自己不顾世界，世界便亦不会前来侵犯。

有一天在龙门酒楼饮早茶，鬼手添边啃咬凤爪，边问哨牙炳："炳哥，如果再乱下去，你估英国鬼守唔守得住？"

哨牙炳想起一九四一年日本鬼子进攻香港前夕，他亦曾在现下坐着的龙门酒楼内向陆南才提出相同的问题，南爷当时气定神闲地说："是鸠但啦！守得住，我们是堂口的人；守不住，我们也是堂口的人。不管谁来当家，堂口的人，最紧要系认得谁是堂口大佬。"于是他有样学样，把这几句对今天的鬼手添复述一遍，也指明是"祖师爷"陆南才留下的遗训。鬼手添呸的一声吐出一截鸡脚骨头，道："话虽如此，但英国鬼和日本仔买堂口的账，解放军却不理会什么堂口不堂口呀！新闻纸不是说青帮老大黄金荣也要在上海扫街吗？"

哨牙炳无法回答，他不懂，他只懂管账。这几年阴错阳差地当上龙头，许许多多事情都是问了亲信兄弟的意见才做主张，他们的意见就是他的主张，也许时运好，没出过什么大差错。几乎是唯一一次的自做决定，他只给刀疤德挨棍而不见血，结果惹出了大麻烦。哨牙炳定睛望住滔滔不绝地议论时局的鬼手添，没认真细听，只在心里暗想："罢了，不如让这家伙去管新兴社算了，老子乐得逍遥过好日子。"然而脑海又忽然想起花王二，左右为难，终究有必要仔细铺排。

花王二名叫黄二，长得高大，头脑动得快，中学毕业后在洋行做信差，一九六一年加入新兴社，负责向湾仔的花档强索保护费。当时有个顺德佬花王昌垄断了鲜花批发生意，有一回跟筲箕湾“和联兴”的独眼龙在斗酒时生起冲突，吃了拳头的亏，黄二事后巧施妙计替他出了气。黄二的父亲黄豫山是一九三七年从山东应聘到香港的“鲁警”，虽已不在人世，但黄二透过长辈打听到独眼龙跟一个警长曾有嫌隙，于是建议花王昌掏钱买通小报记者，不断发放新闻影射该警长贪渎和嫖娼，字里行间，暗示消息来源于筲箕湾某堂口大佬。警长当然质问独眼龙，他否认其事，梁子结得更深，黄二在这节骨眼上带兄弟在筲箕湾路边侮辱警长的家眷妇孺，警长怒不可遏，把所有的账算到独眼龙头上，找个罪名抓他到牢房关了三个月。

立了功，精明的黄二得到花王昌赏识提携，两三年后，花王昌老病引退，愿意把批发生意转卖给他，他跟哨牙炳商量，由新兴社出资，占股七成半，其余的归他。黄二，从此变成“花王二”，湾仔由大佛口到鹅颈桥的一百二十七个花档都要从他手里进货。曾经有人问黄二为什么不走父亲的当差老路，黄二笑道：“都只系揾食！不穿制服始终比较放肆！”别人以为纯属戏言，唯有他自己知道，是真的。黄二自小受到父亲严厉管教，却亦知道父亲收规索贿，心里痛恨他是个伪君子。长大后，黄二看见警察制服便感讨厌，父亲心脏病猝逝后，他索性步入黑途，越是能让父亲在阴司地府里怄气的事情，他越做得高兴。

花王二与鬼手添话不投契，说起来，其实是隔代积怨。

鬼手添，原名傅邵添，父亲傅德兴昔年在北角路边开赌，人称“赌鬼添”，曾因规费的数目争拗，被黄豫山抓到警局打至脸青鼻肿。事情解决后，傅德兴带同儿子迁居湾仔，齐拜在陆南才门下，替孙兴社打理赌馆。傅德兴和黄豫山先后去世，上一代的怨恨却燃烧到下一代，傅邵添是新兴社的二把手，处处留难黄二，但到底压不住对方冒升。黄二跟妓寨的鸡佬成最谈得来，鬼手添则跟白粉摊的潮州仔走得近，潮州仔多番要求黄二在花档兼卖黑货，他坚持拒绝，难免成为鬼手添和潮州仔的共同敌人。

傅邵添自小跟在父亲身边，学懂十八般赌博武艺，只因懂得偷牌换牌，有“鬼手”之名。广东麻雀十三只牌，他左藏右夹，能够打十六只，比别人整整多了三只牌，岂能不赢；推牌九，只要由他搓牌叠牌，再由他掷骰，便可想给谁九点给谁九点，让谁拿至尊谁便拿到至尊。新兴社的赌档都归他管，赌档内抓到出老千的赌仔，带到摩理臣山边，用石头敲手指，初犯者敲左手，重犯者两手齐敲，若敢再来，便不客气了，山边有个小树林，林内有个水坑，街坊称之为“赌鬼坑”，不知道埋了多少赌仔尸骨。

但有人是个例外，而且是个女人。曾有个名叫方小露的女人在麻雀桌上动了手脚，被抓到了，毒打一顿，三天后竟敢回来故伎重施，再被打，这回她发狠躺在地上，双腿张开，高喊道：“打吧！打死我！想怎么打就怎么打！”鬼手添骂道：“今天不打死你这八婆，老子不姓傅！”说毕往她的下体连踩几脚。岂料方小露不仅没哭半声，反而发出像拉得荒腔走板的二胡的尖寒笑声，道：“踢吧！我老公短命死了，没留半毛钱，却把骨肉留在我肚里，我也不想做人了，干脆把我母子俩一起打死！”

鬼手添的右脚顿时停在半空。方小露的肚皮奇迹地保住了，后来更当了他的妾侍。鬼手添喜欢慓悍的女人，反正妻子连咸蛋也生不出半粒，取得她的同意，他把小露和孩子带在身边，是男孩，取名傅十三，期望他长大后日日吃和十三幺。之后方小露再生一男一女，男的取名傅一色，女的取名傅四喜，都是麻将桌上的大好牌，前者吃和清一色，后者吃和大四喜，大吉大利，赌运昌隆。至于方小露，下体被踢之后竟仍能保下胎儿，大家戏称她作“金阖露露”，她是知道的，也不以为忤，江湖有江湖的名号规矩，个中总是喜意多而恶意少，往往比本名更具生趣。

花王二和鬼手添有心结，哨牙炳并非全不知情，他最担心的是花王二被迫走，再无可靠的人帮忙管理堂口的正行生意。他坚持堂口必须有黑有白，黑是进攻，白是防守，正行生意是在黄赌毒以外的后路，说不定到了某年某月，会变成唯一的活路，有必要守住。花王二精明干练，万一他不在，自己便得操劳，万万不可让此事发生。

所以他三番四次提醒鬼手添，陆南才初创孙兴社时曾领过黄豫山的庇护人情，新兴社创立之后，黄豫山同样有过帮忙，做人不该忘恩负义，不可以待薄他的儿子。另一方面，哨牙炳不断叮咛精明干练的花王二，行走江湖必须时刻怀着两个锦囊，首先是团结忠诚，兄弟齐心，其利断金，所谓义气，其实是对自己的最大保护。其次是与人为善，昨天不如你的朋友，难保明天不会比你优胜，所以能帮忙便帮忙，可以扶持便扶持，多一个朋友是多一个窗户，多一个敌人是多一道高墙。

这是老生常谈了，即使哨牙炳不讲，花王二也懂得，他唯唯诺诺地说“多谢炳哥塞钱入我口袋”，心里却暗暗给了自己第三个锦囊：忍耐。你鬼手添现下走运，老子不跟你硬碰，但人有三衰六旺，终有一日你个契弟会跪着向我求饶。我老爸曾经吃定你老爸，我也必有机会吃定你。

花王二能够忍耐，鬼手添却越来越不耐烦。陆北风迟迟不回香港，哨牙炳主要跟他对应私货的送运，潮州仔管白粉，鸡佬成管鸡窦，黄二打理花档花店和其他正行生意，赌馆则在鬼手添手里，他亦是二路元帅，一旦有了纠纷，兵马粮草皆由他调动。可是他不满足。论辈分，除了哨牙炳，以他的资历最深，由孙兴社到新兴社都有他的一份拳头功劳，由南爷到风哥都有他在旁边帮忙。论揾银，他的赌馆替堂口赚进了大把大把的钞票，潮州仔旗下的粉摊也听令于他，在他的谋划里，新兴社应该跟油麻地细眼超和荃湾鹤佬德合作，三堂结盟，打通新界九龙港岛，人货两旺，畅通无阻，只要把吕乐和蓝刚两个总华探长打点妥当，想穷都几难。哨牙炳眼中的乱世正是鬼手添眼里的盛世。他并非不服炳哥，但炳哥从陆北风手里接过新兴社以来，行事温吞，长此下去很容易被其他堂口蚕食。九年了，既然陆北风回港遥遥无期，干脆换个龙头亦是天经地义，而且，要换便得快，一旦让花王二坐大，便压不住了。

鬼手添对哨牙炳提过几回结盟想法，哨牙炳一味摇头道："再说，再说。我问过风哥了，风哥未有表示。"其实他说谎，年近半百了，他只想"落雨收柴"，保住堂口的老本便算了，再无精力和兴趣开山劈石，所以一直未向陆北风谈及此事。

鬼手添终于沉不住气，一天下午坐在堂口楼下冰室，他再向哨牙炳探问陆北风的意向，哨牙炳的答案仍是意料中的"风哥未有表示"，鬼水添单刀直入地说："不如我去马尼拉跑一趟，亲自跟风哥讲一讲。这样或许比较清楚……"

哨牙炳打断他，搁下端在手里的热鸳鸯，拍桌瞪眼道："添仔，什么意思？你嫌炳哥唔识做嘢？你想做埋炳哥的份？”

“唔系！我点敢？”鬼手添连忙解释，“所谓一人计短、二人计长，我只不过想帮帮口。其实如果炳哥自己拍板说做就做，咁就一天光晒，谁都不用去了。那个鬼山旯旮地方，山长水远，谁要去呀。”

鬼手添多说多错，哨牙炳更恼怒了，说：“你嫌炳哥做不了主？咁不如你来做主，你添仔说了算，好不好？炳哥听你的！新兴社几百个兄弟都听你的！”

被戗得灰头土脸，鬼手添干脆把话摊开来说：“我正是为了新兴社的几百个兄弟着想！炳哥，人望高处，抛身混堂口，当然希望食到大茶饭，唔想日日坐在这里饮鸳鸯。其实我同细眼超和鹤佬德谈过了，在大屿山搞赌船，专门招呼豪华贵宾，他们感兴趣，万事俱备，只要炳哥点一下头，其余事情我拍心口搞掂！”

哨牙炳气得脸色铁青，把杯子端到唇边，又放下，一时之间不知道如何反驳，心里隐隐觉得因为鬼手添曾经见他向大只良跪地求饶，瞧不起他，所以胆大妄为。鬼手添见他不答话，站起身道：“炳哥，我先回堂口，忙得很呢。事情有了进展，我再向你老人家报告。”

望着鬼手添施施然离开，哨牙炳叹了口气，忽然感到浑身无力，似挨了几记闷棍。他呷一口鸳鸯，冷静下来，渐渐觉得鬼手添其实并未说错。人望高处，混江湖是卖命的勾当，既然连命都可以不要，谁不希望有钱赚尽？在上位的人，如风哥，如我自己，年纪大了，钱赚得差不多了，免不了持盈保泰，若能适时而退，让下一辈的兄弟掌权，未尝不是明智的决定。但哨牙炳不服气于鬼手添的咄咄逼人，必须先锉锉他的锐气，让他搞清楚谁是大佬，令他说个“服”字。

二十九　吕乐与蓝刚

鬼手添两个星期没现身，哨牙炳也没找他，如果是夫妻，便算是“冷战”了。然而毕竟不是夫妻，无法一切听其自然，人心隔肚皮，先下手为强往往是最安全的防守。所以哨牙炳做了他相信是该做的事情，然后，等待对手出招。

十多天后的一个早上，鬼手添终于摇来电话，请炳哥下午到安乐园餐厅谈事。哨牙炳在电话里问：“就我们俩？”鬼手添冷哼了一声，道：“炳哥放心，我不是大只良。”哨牙炳再问一次：“就我们俩？”鬼手添悻悻然道：“总之炳哥来就对了，到时候慢慢谈大茶饭。”

不答就是答了。挂上电话，哨牙炳对自己冷笑道：“仆街，作反了！”

当天下午四点，哨牙炳准时来到安乐园，进门步上二楼，在楼梯间已经听见几串放肆笑声。果然不出所料，二楼角落桌旁坐着鬼手添、细眼超和鹤佬德，脸上眉飞色舞，谈笑旁若无人。众人望见哨牙炳，连忙站起身，如斯隆重有礼，令他更知道必有三分险。

哨牙炳坐下，大伙风花雪月说了一轮江湖闲话，话题扯到近日的工人运动上面，无不同意街上的炸弹使得人心惶惶，然而赌馆的生意更见兴旺，只能说是一赌解千愁。细眼超在油麻地庙街掌控十几个赌摊，习惯叼着牙签说话，他是地中海秃顶，一对眼睛狭窄如两条缝线，嘴唇是薄的，眉毛是浓的，鼻头是宽扁的，左右两边的招风耳朝外横撑，整张脸看上去似三岁稚童用铅笔在纸上随手涂出的漫画。他一边说话，一边用手指弹按嘴角的牙签，牙签上下抖弹，仿佛搔撩着哨牙炳的耳膜，令他浑身不自在。

细眼超正经八百地分析形势，认为香港九龙赌档林立，但手里有钱的生意人嫌它们拥挤得似菜市场，去澳门呢又嫌路程遥远，如果堂口这时候能够弄些新花样，肯定能够令这群人像蚂蚁看见蜜糖般拢聚过来。他道："我唔啰嗦啦，相信添仔已经跟炳哥讲过，我们打算在大屿山搞个有咁豪得咁豪的赌场，要赌有赌，要粉有粉，要女有女，但只招待驶得起钱的人，闲人免问……"细眼超说到激昂处，"呸！"地把牙签远远喷吐到地面，同时把一口浓痰咳到口腔，他却懒得吐了，咕噜一声吞回肚里。

鬼手添接腔把话说完，道："炳哥，我们商量过了，三个堂口联手去搞，把香港九龙的有钱赌鬼和咸虫统统拉过来。赌馆需要的本钱，三个堂口分摊，但利钱由新兴社占四成，其余的由超哥和德哥平分。我们有着数啊。"

哨牙炳问："有咁大只蛤乸随街跳？[①]"

长了一张马脸的鹤佬德笑道："炳哥真是明白人。赌馆要搞得成，首先要过得了蓝刚和吕乐两个大门神的铁门关，他们同炳哥称兄道弟咁多年，只要劳驾炳哥出马打个招呼，肯定冇问题，对吧？炳哥以后就是赌馆的门神，差佬那边的门路，全部由炳哥说一不二。"鹤佬德十年前从福建来到香港，落户荃湾，跟鬼手添一样擅长千术，

① 意为：怎会有这么现成的便宜可占？

一九五六年李郑屋邨暴动后，许多堂口大佬被驱逐出境，他和细眼超趁空而上，各自有了自己的地盘。

哨牙炳瞟了鬼手添一眼，方对鹤佬德和细眼超拱手道："多谢两位带挈！可惜我阿炳不惯俾别人差遣工作，呢碗饭，我食唔落。其实，添仔有毛有翼了，你们跟他合作便好，只要唔搞到新兴社的老本，我冇兴趣阻任何人发达。"

听了这几句重话，众人脸色大变，尤其鬼手添，又气又急。他明白自己先跟其他人谈妥计划，才把哨牙炳抬上轿，确有几分霸王硬上弓，但说到底这是好财路、大财路，哨牙炳再不满亦无理由反对，否则便是对人不对事了。所以他涨红着脸，气急败坏地说："炳哥，慢慢商量，无必要意气用事。"

哨牙炳瞪向鬼手添，眼前的这张脸孔，明明看了二十多年，此刻忽然让他有了陌生的怪异感受。鬼手添脸上尽是褶皱，嘴角眼角皆下垂，眉毛稀疏，两道虎纹深深刻在嘴边。哨牙炳努力回想他的昔日模样，却总想不起来，方才惊觉，老了，原来同伙多年的兄弟跟自己一样，不知不觉已经老去。然而难以说清是福还是祸，这位兄弟的眼神里仍然点燃着火，火里面，仍然有刀光剑影的江湖，不像自己，满脑子想的只是收成享福。他心底涌起一阵纠缠，有佩服，有怜惜，也有嫉妒。或许一个江湖养出百种的人，如南爷，如风哥，如花王二，各有各的路，最重要的是大家都有路可走，至于能否走到底，虽说要看个人造化，但也得互相扶持。结交这么久了，他明白鬼手添的倔强脾气，一旦有了主张便会坚持，所以哨牙炳暗暗庆幸其实做了成全他的准备，兄弟一场，就算鬼手添不仁，他亦做不出不义。

鬼手添被哨牙炳端视得有点发毛，硬着头皮好言解释：“炳哥，如果解放军攻入香港，你做又死，唔做又死，他们点都唔会放过我们。咁就不如放手一搏，揾得几多得几多。揾多些钱，日后走路也可以走得快些……”

未待他说完，哨牙炳已经离座走向柜台摇电话，之后再施施然回到桌旁坐下。众人认为他是刻意缓和刚才的僵局，遂陪着有一搭没一搭地聊，聊了大概半个钟头，楼梯间响起皮鞋的踏踏响声，转脸望去，出现了一个高大俊朗的男人——竟然是蓝刚。

蓝刚慢步走往他们的桌子，四个人立即站起齐声喊道：“无头 Sir！”

“无头 Sir”是蓝刚的诨号，他幽默诙谐，没架子，喜开玩笑，但记性不佳，经常忘了自己说过的话，“无头”指的便是说到后面忘了前面，像被斫去了头。蓝刚不以为谑，还对堂口的人说：“你们送我这个名号，我受落了，但如果你们不听指挥，我动一根手指头便可以令你们人头落地，跟我一样变成无头！”他是三代在香港的广东中山人，却长着一副北方脸，眉清目秀，有七分似当红小生谢贤，如果他说自己是电影明星，你不会有半秒钟怀疑。他原名蓝文楷，中学毕业后做警察，嫌名字太柔弱，改名为“刚”，经常自夸：“有了个‘刚’字，我的老二果然金刚不坏！”他有一妻四妾，妻是堂堂正正的妻，妾亦是堂堂正正的妾，香港到了一九七一年才立例禁止纳妾，在此以前，只要有钱和原配首肯，想娶几个就娶几个。

蓝刚跟上司和同僚相处融洽，但他在警察之路扶摇直上，靠的并非拍马屁而是其他两个本领：口才和胆色。他精通外语，英、法、德、西班牙、荷兰语，完全难不倒他。他有极强的说服能力，一九五八年有“双枪虎将”之称的悍匪李卓绑架九龙巴士公司总经理，蓝刚自告奋勇进门跟他谈判，劝他投降，他愿意替他向法官求情，他日出狱，亦会让他在堂口赌馆上分一杯羹。李卓考虑一阵，答应放下手里的枪。蓝刚一九六二年做了九龙和新界区的总华探长，香港岛那边是吕乐，两人分庭抗礼，心里互有不服，表面倒还客客气气。

吕乐和蓝刚同年，看上去却老十岁。他是海丰佬，圆脸，有两个深酒窝，虽具喜气，却威严十足，一双眼睛像射光灯般把人瞪得心寒。他原名吕慕乐，大家喊他“乐哥”或“阿叔”，有人在背后说他是文盲，他气得把讲坏话的家伙抓到警察局，亲眼看着他在纸上默写《千字文》，然后迫这家伙抄写他的《千字文》一百遍，抄错任何一个字都要重写。当差二十多年，吕乐足智多谋，想出了不少花样把堂口管得服帖，例如制订了一套全新的规费会计方式，堂口的黄赌毒有多大规模，便要依例给多少钱，像政府纳税般有根有据。收回了规费，各级警员警目警长警司该抽多少，亦是半点不含糊，人人有份，皆大欢喜。

吕乐的管辖地盘是香港岛，长期租下湾仔道的白宫酒店 517 号房会客谈事，江湖人开玩笑唤他作“香港总统”，跟美国鬼佬一样有个白宫办公室。然而到了一九六七年初，港英当局突然宣布把吕乐和蓝刚的管辖岗位对调，香港岛的去九龙，九龙的去香港岛，意图切断两人的地方势力。两人毫无反抗余地，唇亡齿寒，反而放下心结，经常相约坐下一边打牌一边互通消息，也难免暗自慨叹大风大浪就在前头，只不过都不愿先说出扫兴的话。

蓝刚这天忽然现身安乐园餐厅，吕乐亦是事先知晓，因为哨牙炳早已跟他们通了声气。所谓“人老就精，鬼老就灵”，自从约略听过鬼手添的大屿山开赌大计，哨牙炳像打算盘一样左推右敲，料想他必会要求自己打通探长那边的老关系，倒不如先发制人。他约两个探长出来见面，说服他们，大屿山高级赌场是条大财路，关键只在于把赌场交托给哪个可靠的人。三人商量半天，有了主意，但暂时沉住气待蛇出洞。终于，鬼手添、细眼超和鹤佬德摊牌了，哨牙炳也不客气，依计行事，把蓝刚找到现场，叫他们分清楚谁是庄家谁是闲家。

蓝刚甫坐下，劈头即骂："听说你们想食大茶饭，有没有先问过我和乐哥？好呀，香港九龙新界一条心，想搞事？就不怕被饭哽死？"

三人忙不迭地说："不敢！不敢！"又解释一番，只希望一切铺排就绪，才请炳哥出面向两位探长请求批准，绝非有心在背后搞搞震。哨牙炳不发一言，只是一直含笑望着鬼手添满脸窘态。

蓝刚继续开骂："大茶饭人人想食，之但系并非人人有资格食！细眼超！鹤佬德！你们连自己的地头都未搞掂，凭乜把脚伸到大屿山？小心被大海浸死！乐哥托我同你们讲，千祈唔好以为他刚转去管九龙，你们就欺生！乐哥动一只手指头已经可以把你们压扁！"原来荃湾和油麻地近日各有地盘抢夺械斗，吕乐认为是堂口利用探长对调作乱，满肚子是气，然而忍住，抓准机会才出手整顿，而现在，正是机会。

细眼超和鹤佬德低着头，像被校长训话的小学生。蓝刚最后狠道："如果不是我替你们说过好话，乐哥早就把你们的地头扫得一干二净！还不快滚回九龙！"

待两人夹着尾巴离开，蓝刚"嘭"声一拍桌子，问鬼手添道："谁是香港老大？"

“无头 Sir……”鬼手添嗫嚅道，不忘拍马屁。

“错！是英女皇！英女皇就是事头婆，事头婆就是香港龙头！”蓝刚凶道，“但系事头婆住到好捻远，所以叫差馆的鬼佬替她在香港办事。鬼佬又好捻懒，所以叫我和乐哥替他们办事。我和乐哥又好捻忙，所以叫你们替我们办事。既然替人办事，就要把事情办好，更要明白到底自己在替谁办事。一天搞唔清楚这点，凡事自把自为，就系冇分寸，大逆不道！”

鬼手添点头不绝地说：“知道！知道！知道！”

蓝刚转脸望向哨牙炳，道：“唔好意思，阿炳，我帮你教仔。”

哨牙炳满嘴歉意地说：“我才应该说唔好意思。咁小的事情，竟然要惊动无头 Sir，看来我有资格做大佬了！”

“乱讲！世界越乱，越要我们这些老屎忽[1]坐镇，管住呢班马骝。问题系有人已经明明年纪唔细了，却仍鲁莽行事，离捻哂谱！”蓝刚边说边狠瞪一眼鬼手添。

“呵，在大佬眼中，兄弟永远只系细路仔。添仔叫作‘鬼手’，有名你叫嘛，梗系手多多，乜都要伸手碰一碰。话说回来，大屿山赌场开张之后，肯定财源滚滚，这条财路由添仔谂出来，以后我也会交俾他打理，他始终系聪明仔，只不过太心急，无头 Sir 肯花时间教他，是他的福气。”哨牙炳道。然后呼喝鬼手添：“还不斟茶感谢无头 Sir！”

气氛缓和下来，蓝刚道出早已跟哨牙炳和吕乐商量好的决定。大屿山赌场仍然要搞，但没细眼超和鹤佬德的份儿，吕乐要求新兴社跟由他扶植的旺角“福义堂”的大哥木合作，开赌利润由两个探

---

① 意为：老炮儿。

员和两个堂口平分，至于本钱，当然只由堂口出。这样的条件不可谓不苛刻，但既然是哨牙炳和两个探长的协议，鬼手添除了应声附和，不敢再吭半句。其实蓝刚和吕乐另外私下谈妥，香港和九龙的堂口规费稍后亦要增加，时势动荡，尽情搜刮便是最好的应对。

再聊一阵赌场大计，蓝刚离开安乐园，剩下鬼手添和哨牙炳沉默相对。鬼手添一支接一支地抽烟，等待哨牙炳开声斥责。哨牙炳却不言不语，只再点了一杯热鸳鸯和一块西多士，喝着，咀嚼着。鬼手添偷瞄他几眼，这回，轮到他觉得哨牙炳有点陌生。先前是哨牙炳察觉到鬼手添的衰老，现下却刚相反，是鬼手添感觉哨牙炳显得年轻。或许只是因为他没想到平日行事温吞的炳哥有此一着，竟然捷足先登，预设陷阱让他跳下去。生气是有的，但更强烈的感受是惭愧，低估了炳哥，姜是老的辣，自己一时冲动而丢失面子，咎由自取，抵捻死①。当一个男人展现了意料之外的生命力，看在别人眼里，便有了“回春”的劲道。

其实哨牙炳亦在心里沾沾自喜。他暗忖：“老虎唔发威就当我病猫！现在知道谁才是大佬了吧？”这些年来，他依凭的是分寸。跟在陆南才身边，再跟在陆北风身边，他都知道什么该做和不该做。该做的分内事，有时候难免做错，但，人谁无错？错了便改，说几句“唔好意思”便可以了。然而一旦做了不该做的事情，逾越了分寸，就算只是小事，后果很容易不堪设想，打死他亦不会干。即连此番对付鬼手添，以及到大屿山开赌，他也事先打电报到马尼拉征求陆北风同意，风哥一天不回复个“可”字，他一天无法觉得踏实。做兄弟，哨牙炳用分寸来要求自己，亦用分寸来要求别人对待自己。

---

① 意为：活该。

喝完热鸳鸯，吃完西多士，哨牙炳只说一句“买单吧，衰仔！”便起身离去，鬼手添急不及待地跟在后头，涎脸笑道：“炳哥，听说金乐舞厅新来了几个靓女，不如去睇一睇。”

三十　哨牙双侠

哨牙炳没去金乐舞厅，他心血来潮，嘱鬼手添先回堂口，自己独自搭船到九龙寨城找德叔。德叔是他的多年朋友，每当哨牙炳的心情特别好或特别差，总想跟他喝酒叙旧，对老友吐苦水或吹牛皮，不必顾虑体面不体面，老友相处的好处就在于能够尽兴。

德叔原名曹崇德，广东惠州人。有个外号“哨牙德”，跟赵文炳一样有两只突出的门牙，只不过德叔胖，哨牙炳瘦，但都有一对小眼睛，年纪相差四五岁。两人的缘分很深，一起在张发奎的第八集团军做过兵，因长相酷似，索性结拜，曹崇德为兄，赵文炳为弟，战友戏称他们为“哨牙双侠”。哨牙炳后来逃离部队，怂恿哨牙德同行，哨牙德摇头道：“我老豆老母老婆儿子全被萝卜头炸死，不杀回一百个、一千个鬼子，我不会走！”

哨牙炳逃亡后，哨牙德留在部队里南北征战，官拜炮兵排长，杀了几年鬼子，总觉得杀得不够本。打完鬼子打内战，又打了几年，国民党兵败如山倒，哨牙德混在难民潮里来到香港，终于跟哨牙炳重逢，一人在湾仔，一人在九龙寨城，各有一片堂口江山，偶尔渡海互访，打牌喝酒叫鸡，哨牙炳还在他开设的酒吧醉倒过几回。

其实哨牙德最初的根据地并非九龙寨城。当年一批批难民涌来，元朗、沙田、佐敦、深水埗、北角、筲箕湾，山上，街头，楼梯，巷尾，无不是衣衫褴褛的男女老幼，仿佛地壳震动崩灭，蛇虫鼠蚁涌到地面，各自另觅求生洞穴。曹崇德抵港之初的落脚处是港岛上环，那里聚集了许多国民党官兵，排长连长营长甚至师长，昔日沙场征战，此刻却全是睡在街头的落难饥民。香港的善长仁翁募款救济，东华医院每日派饭，但难民继续来，医院撑不下去了，向当局求援，香港社会局把难民转移到摩星岭军营旧址。摩星岭位于西环，面向硫磺海峡，是维多利亚港西边入口的战略高地。十几幢军营容不下七八千个难民，社会局唯有在高低起伏的山岭上搭建油纸营棚，野地荒山，许多人犹在幻想国民党会派船前来把他们接到台湾。

一九五〇年的端午节，新中国成立后的第一个端午节，两百多名年轻人举着“军政医职工旅行团”布条和五星红旗从山下走到山上，白衣蓝袂，腰间缚牵秧歌小鼓，来到营棚面前敲敲打打、扭腰跳舞，更呐喊挑衅道：“回乡去为人民服务吧！大陆解放了，你们逃来香港，但是香港很快便也解放，你们还有地方可逃？”

营棚里的败兵残将并非善男信女，破口回骂。来踢馆的年轻人情绪激昂，嘲讽道：“你们只是蒋帮走狗！蒋帮走了，把走狗扔在这里，你们等着饿死吧！”

哨牙德终于按捺不住，把汗衫一脱，光着膀臂，执起地上的一根粗木棍，一边往前扑去，一边咆哮怒骂：“刁那妈！老子烂命一条，今日唔打死你们，老子唔姓曹！”其他人蜂拥跟上，纷纷捡起棍棒和石头冲前追打学生，双方肉搏混战，当过大刀队队长的杨大爷把一个年轻人击昏于地，再用双手死命紧捏他的脖子，眼看年轻人快将吐舌气绝，做过工兵的孙晓军从后抱腰把他拉开，杨大爷双眼满布血丝，用山东话嘶吼道：“别阻俺杀小兔崽子！别阻俺杀小兔崽子！”双方血战一场，伤了三四十人，有两个学生被打得面目模糊，但命大，没死。

血战的结果是摩星岭住不下去了。港英当局为绝后患，干脆用两天时间把难民统统转移到九龙半岛东隅的吊颈岭，并跟台湾当局商量，要求尽快派船把他们接走。国民党却迟迟没反应，港英当局改弦易辙，计划把难民遣回内地，翌年春天在山岭的棚房墙上贴出告示：“自下月起，粤籍居民饭票，停止换发。”难民看见告示，慌张混乱，女的哭，男的怒，在山岬上齐聚商量应对。哨牙德坐在地上，把两颗小石头在手里不断盘来滚去，老习惯了，是为了锻炼掌力，突然，他把石头抛向山下，厉声道：“鬼佬唔俾饭我们食，我们就乜都唔捻食！我们死俾佢睇！”

一呼百应，男男女女坐在山坪上不吃不喝。洋记者们前来采访，有人对记者说：“明天早上再来吧！我们会到悬崖排队跳海！这里不是叫作吊颈岭吗？以后要改名了。叫作跳海岭！”又有人撺掇孩子在营房墙上张贴标语：“我们甘愿追随爸妈跳海！”

新闻见报后，舆情汹涌，港督葛量洪乱了手脚，只好推说一切只是谣言，难民政策并未改变，住吧，继续住吧。

政策不改，地名倒是改了。吊颈岭最早名为照镜湾，地势三面山、一面海，波平如镜。一九〇五年有个叫作 Alfred Herbert Rennie① 的加拿大籍退休洋人来这里开设面粉厂，三年后，经营不善倒闭，他绝望得跳海自杀，但以讹传讹，附近居民不知何故都相信他是上吊致死，竟把工厂所在之地唤作“吊颈岭”，一唤便是四十年，直到难民涌至，

① 人名，艾尔弗雷德·赫伯特·伦尼。

一位中学老师向官员建议把吊颈岭易名“调景岭”,意喻“调济景况”,官员让葛量洪做决定，葛量洪一口答应。

曹崇德同样改了名，两回奋不顾身带领难民抗敌，赢得敬重，大家不再叫他哨牙德，改喊“烂命德”，烂命一条，有前冇后，打死就罢。烂命德就在调景岭住下来，而且做了大佬。

调景岭没有堂口，却有大佬，大佬就是大家都会听从他的意见的男人，尤其有了纠纷，他说了算。烂命德非常满足于大佬身份，主要因为住在这里的人来自五湖四海，有许多人当兵时的官阶比他高，但如今都脱下军服，肩上没了勋章，手里没了枪炮，都一样了，都是败军之将，一切由零开始，还原成一个个赤条条的人，赤条条的生命。生活是艰苦的，可是打过仗的人连枪林弹雨都不怕了，怎会把这点饥饿折腾放在眼里？他反而觉得解放了，这是真解放，住在荒山野地上，从头做起，仿佛有了新的生命，其他人都听他指挥。为此，他曾独站山头、志得意满，对着大海喊道：“壮志饥餐胡虏肉，笑谈渴饮匈奴血。待重头，收拾旧山河，朝天阙！”

烂命德在调景岭做了七年大佬才联络上哨牙炳，哨牙炳带同手下搭船到调景岭找他，被风浪抛得呕吐不已，上岸时坐在石滩旁喘气休息，哨牙德老远喊一声：“阿炳！”他激动得流泪，但因手下在旁，硬生生忍住。

两个哨牙老友坐在码头聚旧，胖的瘦了，瘦的胖了，以前像两兄弟，此刻倒似两叔侄。哨牙炳叫哨牙德——不，已经是烂命德——到湾仔跟他搵食，烂命德摇头苦笑道：“留在这里，我系大佬，去了湾仔，便要做你细佬。唔捻去！”

哨牙炳认真地说："风哥才是大佬，我亦是他的细佬，大佬上面永远仲有大佬，这个世界，冇人最大。坦白说，谁最大，谁倒霉！"哨牙炳当然没想过陆北风三年后会被力克警司驱赶到菲律宾。

烂命德依然摇头，但向他提出了请求："不如替我弄几支鬼火傍身。万一有人前来捣乱，我把他们射个肠穿肚烂。冇枪在手，点算大佬，啱唔啱？"

有了枪，烂命德的大佬更当得如虎添翼，他组织了五十个人的营村自卫队，以练武强身为名，称为"雄岭健身团"。这时候的调景岭已聚居了两万多名难民，港英当局设置了办公处安排基本救济工作，国民党不把难民接走，只成立"中国大陆灾胞救济总会"，其后改为"港九各界救济调景岭难民委员会"，承担撤离后的援助任务。

然而就算有援助，难民仍须自食其力，女人在山间垦田种菜、养鸡养猪，也从观塘的工厂承接塑料花加工，家家户户把花从纸箱里倾倒到地上，坐船的人经鲤鱼门靠近调景岭，遥遥远眺，夕阳斜照下，漫山遍野的红黄橘白使人错觉这是个度假庄园。男人呢，天未亮起床，翻山越岭走路到青山道的工厂打工，或搭小艇到港岛的太古船厂或北角糖厂工作，工资每天三元，是唯一的出路了。年纪较大的，走不动了，留在村里的基督教会工场做零活，有几位以前是军长、师长级的大爷坐在小竹椅上帮忙妇孺穿花工，大家在背后笑称"百万将军学绣花"，他们听见，自我解慰道："这不是虎落平阳，这叫返璞归真，比自己人杀自己人好得多。"

话虽如此，村里却仍偶有打杀。有几回有不识相的流氓来到岭上耀武扬威，"雄岭健身团"的兄弟把他们打得屁滚尿流，烂命德刻意抓住其中一人，请四川的黄大爷给他狠狠扇几个耳光，过一下久违的动武瘾头。黄大爷老实不客气，扇完耳光，再一脚蹬向流氓的春袋，目露凶光，嘴里喊道："格老子！吃了豹子胆，敢来我军阵地捣乱？让你绝子绝孙！"

村里失过几回火，都是在十月底，山岭上有处悬挂"蒋中正总统诞辰"的庆祝红布条，竟然有人把它撕下，甚至有棚屋无故燃烧，幸好被及时扑灭。然而真正给烂命德带来霉运的是"双十暴动"，港英当局于镇乱后严惩黑社会分子，有个叫细强的惠州仔并非堂口兄弟，却趁乱贪玩对鬼佬警察扔石头，事后被缉捕，慌忙从荃湾逃到调景岭，烂命德一拍胸脯，做主收容，因为对方的父亲是他的同乡死党，一起滚泥沙、打群架长大，他没法说不。

这下可惨了。村里有个山西来的鲁大爷，自恃当过旅长，占用邻房孤儿寡妇的菜地，烂命德代为出头讨公道，惹下怨恨，鲁大爷此番趁机报仇，一天傍晚跑去救济委员会办事处打报告，职员暗中通知烂命德，他赶进办公室之际，鲁大爷正跟职员抢夺桌上电话打九九九报警。烂命德从后一把抓住他的汗衫，猛力一扔，把他摔个四脚朝天，再叉腰骂道："这里谁不是落难人、丧家狗？没必要迫人太甚吧？赶狗入穷巷，大家都没好结果！"

鲁大爷啐道："你他妈的才是狗！老子乃堂堂国民革命军第十九军总司令阎大将军的旅长！正因为有你这类下三滥，我们才败给共军！"

烂命德冷笑道："阎大将军？他不是跑去台湾了，有带着你吗？香港这边不也跑来一大堆将军，有理过我们吗？仗是老子打的，功是他们领的，吃了败仗，他们却他妈的逃得比谁都快。醒醒吧，大爷！

这里是调景岭，没有什么将军了！我们以前打生打死，却要听别人指挥，现在也是打生打死，但至少没人指挥了，是生是死都得靠自己。阎大将军，阎大将军，我呸！他还不是仍靠蒋介石养着？”

躺靠墙角的鲁大爷听他出言侮辱阎锡山，一股怒气冲上脑门，挣扎起身，执起一张木椅冲前发狠劲朝烂命德掷去，山西老汉毕竟占了个子优势，瘦死的骆驼比马大，何况是怒从心上起的老汉。烂命德被掷得头破血流，暖烫的鲜血渗滴到眼帘上，蒙眬间，仿佛耳畔响起隆隆炮声，仿佛回到战场，眼前的鲁大爷不知道是鬼子抑或共军，总之是敌人，不是你死，便是我亡。烂命德猛喝一声，扑过去把鲁大爷推跌，然后跨腿压住他双肩，一巴掌、一巴掌掴他的脸。左、右，左、右，左、右，不知道掴了多久，直到双臂感到酸痛才如梦初醒，察觉鲁大爷嘴角流出白沫，眼睛半闭，两边脸颊肿得发紫。办事处职员在旁目瞪口呆，望望鲁大爷，再望望烂命德，嘴唇颤抖，吓得不敢说半句话。

烂命德知道闯了祸，探一下鲁大爷鼻息，没了，必是被活生生掴得心脏病发作。他马上站起转身冲出办事处，连奔带跑返回自己的棚房，找到细强，表示必须逃离。

“德叔，点解赶我走？”细强被这突然的消息弄得莫名其妙。

“不，我和你一起走！刁那妈，我杀咗人！”烂命德把难民证和两件简单衣物塞进麻布袋，道，“你先到后山路口等我，快！”

细强走后，烂命德携着麻布袋到棚房后面的菜园找到老婆阿喜，对她略道原委，说不必担心，很快会回来接她。阿喜是他到调景岭后新娶的妻，广西壮族人，先前的丈夫是桂系李宗仁部队的工兵，死于抗战，其后嫁给胡宗南部队的炮兵，又死于内战。她只身逃到香港做难民，自认克夫，本来不肯再嫁，烂命德纠缠她，道：“你克夫，我克妻，克克相冲，什么霉气都会抵消。”她便答应了，两人无儿无女，相依为命，万料不到结婚五年仍要分离。

阿喜低头流泪，泣道：“对不起，对不起，早说过我命硬，身边留不下男人。”烂命德叹气道：“别傻了，明天的事情谁知道？他日我发了财，派大红花轿回来再娶你一次。”

阿喜哭得更厉害了。烂命德再安慰几句，不得不离开，因猜想办事处职员必已报警。他先到菜园旁的鸡栏，在饲料桶下的泥地里挖出三把哨牙炳弄来的黑星短枪，然后急步走向后山会合细强，边走边感慨，天地茫茫，安居却竟如此不易，吊颈岭，调景岭，哨牙德，烂命德，看来不管如何改名易字，歹土仍是歹土，歹命依旧是歹命，天意难违呀。刚来时还说什么“待从头，收拾旧山河”，原来是新山河收拾了他，把他打回原形，又得从头漂泊。

逃出调景岭，进入九龙寨城，正是哨牙炳出的力。

烂命德和细强到湾仔新兴社的时候，正值陆北风被史坦克警司驱赶，新兴社群龙无首、存废未卜，但哨牙炳依然仗义，嘱两人安心留下，帮忙看管谭臣道的几间妓户。反对的是鬼手添，他毫不避讳，在烂命德面前直道：“炳哥，江湖落难，互相照顾是天经地义的事情，可是我们现在七国咁乱，差佬日日来搞我们的生意，堂口兄弟都几乎冇饭食，仲点照顾外边人？何况德哥杀人逃亡，好大镬。”

哨牙炳嘿两声，道：“江湖兄弟有边个干净？不是杀人就是放火，有乜问题！”

鬼手添却续道：“就算德哥冇问题，那个细强老弟呢？差佬发疯一样要扫清荃湾暴动的人，新兴社明明冇份，仍被差佬搞得鸡犬不宁，连大佬都被赶出大海。万一鬼佬警司知道我们这里有个暴动友，肯定冚家铲！”

哨牙炳正欲发作，斥责鬼手添不顾江湖义气，烂命德却从椅子上站起，抱拳道：“阿炳，添哥说得对，‘救急不救贫’是江湖规矩，我们却是又急又贫，加上有案在身，绝没理由让新兴社百上加斤。兄弟的好意，心领，我们不打扰了……”

细强在旁抢白道：“德叔，不如我们回去九龙，听说寨城没人管，差佬也不敢进去。”

哨牙炳眼前一亮，仿佛自言自语地说：“如果你们落城，里面倒有自己人。新兴社有个肥仔桐，十年前亏空了麻雀馆的账，被风哥赶走，我于心不忍，把他引荐给寨城的拜把兄弟雷大爷，雷大爷虽然是四川帮，仍然看我面子，收容了他，听说现在捞得唔错。”

烂命德和细强从此在九龙寨城落户生根。哨牙炳自觉有所亏欠，亲自送他们过海，花了四百元在光明街买一间寮屋让他们住下，再带他们找肥仔桐。肥仔桐此时已经自立门户，是“九新社”堂主，但过了两年，才三十六岁，心脏病发猝死在妓女床上，手下之间争夺厮杀几个回合，烂命德掌了权，细强是二把手。每天有新的人拥进城寨，有新的寮屋、木屋、石屋建起，于是每天有新的争夺，却亦有新的生意，寨城堂口不像外边那么多规规矩矩，总之强者为王，谁在打杀里站到最后，谁便抢到了生意。

站稳了阵脚的烂命德再次改名，这回比较单纯，就叫：德叔。

跟高明雷一样，德叔的救命恩人是哨牙炳，亦以九龙寨城为堂口地盘，但德叔在高明雷上了绞刑台之后才进入寨城，江湖人来人往，在同一处地方，在不同的时间，各有身影与故事。

哨牙炳每回来到寨城，免不了忆起高明雷，幸好他不多愁善感，过去的就随它去吧，所以每回都像挖鼻屎一样，把从脑海冒起的往事念头抓起一捽，狠狠扔到远处。他不喜自寻烦恼。但是这回不太一样。刚才恩威并济地收服了鬼手添，让曾经目睹自己跪地求饶的兄弟明白他虽无勇，却非无谋，哨牙炳觉得重重吐了一口鸟气，心情放松，酒便喝多了，话也更多，跟德叔坐在乐口福茶楼里吃小菜、喝双蒸，从抗战时的旧事聊起，逃难，流亡，湾仔，吊颈岭，大事小事无不想当年一番，不知不觉从下午一直聊到黄昏。最后，疲倦了，哨牙炳起身告辞，德叔伸展双臂打个大大的呵欠，懒洋洋地说："原来三四个钟头已经可以谈完一辈子的事情。到底是我们做得太少，抑或是时间过得太快？"

"刁那妈！我们做得还不够多？"哨牙炳不服气地道，索性重新坐下，"三十年了，死了一个大佬，跑了一个大佬，连儿子也死了两个……"他突然顿住不说。怎可能说呢？老友归老友，难道要告诉他"几乎连绿帽也戴了一顶"吗？于是唯有把最近的烦恼再说一遍，鬼手添的逼宫，阿冰的精神衰弱，市面的不太平，统统都令他或愤怒，或难过，或担忧。

德叔听后，道："那些搞运动的工人确实恶得越来越过分，幸而寨城这边仲顶得住。城里没有英国佬，等于没有敌人，他们懒得来搞搞震。但咁搞落下，搞到香港鸡毛鸭血，有钱佬全部移民走人，香港人想食啖安乐茶饭都难！"

"移民"两个字轻轻撞了哨牙炳的脑袋一下。他愣一下，仿佛想起些什么，并未专心聆听德叔对暴动时局的大势分析。再坐一会，他打断德叔的滔滔议论，道："时候不早了，我该走了。"

几十年老友，德叔感受到哨牙炳话语里的倦意，于是扬扬手，道："走吧。想走去边度就去边度，我们几十岁人，死就一世，唔死就大半世，无必要太委屈自己。这两年我搞懂了一个道理。你对兄弟有道义，兄弟不一定对你有道义，可是如果你因为这样动气，等于别人准备好毒药，你自己抢来喝进肚皮。多不值得！守不守道义，自己决定，无必要理别人怎么做怎么想。做人，终究一个人来、一个人走，刁那妈，决定不了自己几时死，总可以决定自己几时去边、几时唔去边吧？"德叔用手指头笃一下胸口，"但我始终不明白，守道义这么难？道义就是信用，守道义就是守信用。守信用真有这么难？男人大丈夫，不就是说得出，做得到吗？冚家铲！说话不算话，做乜捻男人？"

哨牙炳的心震了一下。在菜馆的那个夜晚，高明雷也说过同样的话："守信用真有这么难？"而到最后，高明雷也走了，但其实走了也许更为痛快，不必再计较谁守信谁不守信，尽管这样的走法并非由他决定。但说到底，谁又有能力决定些什么呢？南爷走了，风哥跑了，纯坚和纯胜死了，阿冰死了又活过来，可是又越来越变得陌生，仿佛渐吹渐远的风，要留也留不住。扪心自问，哨牙炳亦不是个守信用的人，下巴轻，胡说八道的承诺经常达成不了，尤其面对阿冰，拈花惹草便是对她的最大违背，不去想便罢了，一想起即感愧疚。唯有自我安慰："我背叛承诺，错是错，但只是小错，当初做了不该做和做不到的承诺，才是大错。假如没有最先的大错便不会有之后的小错。然而话说回来，阿冰相信我的承诺，同样是错，是第三个错。真是一塌糊涂啊，错上加错再加错，一眨眼，唉，已经过了大半生。”想到这里，哨牙炳忍不住稍稍感到高兴。既然大半辈子只是诸多错误的层层相叠，自己其实不必负起全部责任，生命是一本理不清的账簿，不像算盘般可供他任意调拨。他记起南爷那句口头禅：“是鸠但啦！”原来确可安心。

在搭船回家的路途上，哨牙炳重复念着这两句话：“是鸠但啦，无必要太委屈自己！”他非常庆幸有南爷和德叔这样的老友。

下船后，他走向码头旁边的石滩，坐下来。海边有块光滑平整的石头，远看像一张矮椅子，陆南才昔时常来沉思，一坐便是几个钟头。哨牙炳曾对南爷开玩笑说这块叫作“捻样石”。广东话的“捻”跟“谂”近似，“谂”是沉思的意思，“谂样”就是思考中的人，至于“捻样”，指的是像生殖器一样的王八蛋、龟孙子。南爷脸上展现神秘的表情，意有所指地笑道：“对，我系捻样，我系个冇捻用的捻样！”

二十多年后的这夜，哨牙炳坐在同一块石头上，九月初秋的海风霍呼霍呼地吹刮脸额，他感到寒冷，用双手环抱自己取暖，下巴低低贴在胸前，打了几个哆嗦，一阵酸楚在胸腔里翻腾，他抽索着鼻子，压住泪水，低声说，仿佛陆南才就在眼前：“南爷，其实我才系冇捻用的捻样！除咗玩女人、打算盘，乜都做唔好！”半晌，又道：“可是南爷你应该不会怪我。我守住你的秘密，没对任何人说过，从来没有，没有！”

自怜自悯一阵，哨牙炳得到的领悟是：死亡不见得是最悲惨的事情。人死灯灭，一了百了，眼不见为干净，亦是潇洒干脆。但这样的想法马上引发了另一个念头：要一了百了，不一定要死，大可以有其他方式啊。对，就像在赌桌旁转身离场，赢了该走，输了更要走，这才干净利落。恐怕是放下的时候了，就当收服鬼手添是引退前的最后一仗，像闭目断气前的回光返照。

哨牙炳的脑袋瞬间变得轻盈，弯腰用手掌掬水洗脸，海浪突然扑打岸边，他向来惧水，连忙后退转身离开。在慢步走回堂口的路途上，心情澄明如头上的皎皎皓月。

三十一　自此应当百事宜

“移民？去边度？”阿冰被哨牙炳的提议吓了一跳，“难道去南非？”

半年前阿冰的三伯娘从外地回港相约茶聚，她生平首回听闻地球上有个叫作约翰内斯堡的城市，在一个叫作南非的国家。这年有不少香港居民移民，最有钱的人去荷兰、英国和澳洲，其余的去泰国和马来西亚，三伯娘选择的是南非首都约翰内斯堡。在英京酒家食虾饺烧卖，三伯娘欢天喜地讲述当地的平静生活，阿冰听得入神，冷不防三伯娘道：“你们也来吧！去开间鸳鸯楼，照样做老板娘，那边很多中国人，白人鬼佬也爱吃中国菜！”阿冰听过便算了，没放在心上，万料不到哨牙炳今天突然提议移民，她便随口说出“南非”二字，其实她并未当真。

但是哨牙炳认真，爽快地说：“南非也不错，胜在有亲戚在那边照应！”

“讲笑而已！南非咁多黑人，好鬼恐怖！”阿冰摇头道。但忍不住用试探的语气问：“去到那边，你不再是堂口大佬，舍得咩？”

哨牙炳冷笑道：“市面乱到这地步，早走早着。这样搞下去，万一解放军真的来了，孙兴社以前替日本鬼子做过的事情，瞒得住吗？”

阿冰被唬得不敢作声。她从未想过移民，可是阿炳一旦提出，便像在她心里推开了一道门缝，忍不住窥探门后风景。在香港的日子过得一天比一天提心吊胆，纯芳朝早出门上学，她总忧虑街头巷尾的炸弹和子弹会夺走她最后的孩子，往往担心到彻夜失眠，唯有不断央求医生配发安眠药，吃得双手颤抖。经哨牙炳一说，她觉得一走了之确是一了百了，此地不宜久留，只要阿炳和纯芳平平安安留在身边，再远的天涯海角她都可以去、愿意去——问题是仍得先到文武庙问问神明。

感谢神明，阿冰在文武庙求得一支上吉好签，签题是“张子房游赤松”，文曰：“盈虚消息总天时，自此君当百事宜，若问前程归宿地，更须方寸好修为。”二十多年前替她解签的咸湿相士仍在开摊，秃顶了，仍然戴着眼镜，远远望见阿冰，立即低下头佯装翻书。这些年来她经过他摊前无数遍，都是昂首阔步。他当年用嘴巴吃她豆腐，她也早已给了他教训，按道理应是两不相欠。生命也分出了胜负。她当了堂口龙头的妻子，当了菜馆的老板娘，当了三个小孩的母亲，他却仍然是个日晒雨淋、伛弯着腰的摆摊解签佬。她是胜利者，尽管两个儿子的性命保不住，但生命也许像穿着一双破底而狭足的绣花鞋，即使渗水，就算脚疼，只要走在人前，仍得走出个风光排场。吃了黄连，只要把骄傲的笑容挂在脸上，鞋面也保持光鲜艳丽，便无人得知——也没必要让人知道——心底有多大的苦涩。

这个傍晚，阿冰前来探问远行吉凶，有万事俱休的离愁别绪，忽然想到既然已经到了终场，胜负分明，何不多展现几分大方？舞台上的大戏结局通常是大团圆。赢是好事，而赢得漂亮，是好上添好。

所以她在咸湿相士的摊前坐下来。相士吃了一惊，身子往后一仰，几乎跌倒而重演二十多年前饿狗吃屎的狼狈戏码。阿冰连忙道明来意，从银包掏出一张五十元钞票塞到他手里，并且递过签条，和善地请他解说。相士微微定神，低声念道：“鸳鸯飞入凤凰窝，莫听旁人说事破，自是良缘天配汝，不调和处也调和。”阿冰眼眶一红，几乎滴下泪水。这么多年了，他居然记得那时候她求的姻缘签，或许那天他挨过揍，一辈子忘不了。但不管是什么理由，他的记得令她感激，多年宿怨原来可以烟消云散得如此简单。阿冰马上再掏五十元，用钞票代替她道谢。

这回解签，相士当然不再咸湿，连正眼都不敢望阿冰，只低头耸肩，一本正经地略说签文本义。这签并不难解，既说是“百事宜”，自可远行无碍，但若要行而大吉，仍须做出一番“好修为”。相士托一下眼镜，终于抬头望向阿冰道：“就是说要做好事啰。做了好事，走得顺利。”

阿冰啐道：“老娘日日都做好事！相夫教女，开菜馆卖斋菜，全部是好事！”

相士哈腰连连道：“是的，是的，都是好事，好事。但是好事不嫌多，好事做得越多，越能为往后的日子积福。”

阿冰想了一想，道：“简单！我在移民以前摆酒请客，宣布不收礼金和赠礼，免得大家破费，不也是做好事？”

相士唯恐马屁拍得不够响，故作夸张地拊掌道：“好主意！好事不必复杂，确是简单就好。大姐英明！英明！”

阿冰白他一眼，翻一下银包，只剩两三张十元纸钞，统统抓出来给了相士，笑道：“喳，我又做好事了！”

相士脸一红，鼓起勇气，对她抱拳敬礼，羞愧地说：“昔日有所冒犯，希望大姐大人有大量，别再放在心上！”

她懒得回话，微微一笑，站起转身离去，昂首阔步沿嚤啰街走往皇后大道中。途经弦月巷，豆腐花摊档已经不在，她眼里却仍看见昔年跟高明雷蹲坐在矮凳上聊天谈笑的自在情景，可惜自在之后，便是烦恼，烦恼全因动了心。阿冰突然生起些许愧疚，对高明雷。继续缓步走下斜坡，抬头望望天空，挂着一圈淡淡的太阳，久久恋栈不肯退位让月亮现身。她暗笑道，何必呢，该放手的时候便要放手。或许刚才跟相士的“和解”令她放松了心情，仿佛脑袋被掏空了，连走路脚步亦变得轻盈，于是冷不防冒起一个古怪的念头，如同许多感情的决定都只是一时冲动，有时候对，有时候错，有时候就算错了亦可补救，最痛恨的是总有些事情回头很难。

回到家里，阿冰倒了杯茶给哨牙炳，要他坐在沙发上认真听她说话。他一边撩拨茶几上的算盘，一边笑道：“乜事？中了彩券？”

阿冰慢慢道出在归家路上想到的主意：“摆酒请客，其中一桌要请跟你上过床的女人！”

“砰”一声，哨牙炳惊吓得十只手指头一震一抖，算盘从茶几掉到地上。他连忙弯腰捡起算盘，仰脸望向阿冰，见她眼神坚定，不似开玩笑。哨牙炳搞不清楚阿冰的葫芦在卖什么药，强作镇定，刻意用夸张的口吻调侃道：“一桌十二个座位？点够用？一百二十个也不够！”

阿冰蹬脚踏翻茶几，叉腰骂道：“唔好三分颜色染大红！我叫你请，你就请！这是给你面子，也是给我们积福！你唔肯请，我和纯芳留在香港，你一个人去那个黑鬼地方！”

刚才摇摇晃晃地搭电车回家，她已经想通透了。自问并非对哨牙炳这些年的花花草草毫不知情，但是吵也吵过、闹也闹过，断不了就是断不了，再无力气理会。况且经过了高明雷那事，她心虚，不愿干涉，后来又经历丧子之痛，更懒得在此用心，只求天下太平，做个稳稳当当的龙头阿嫂便已满足。每回为女人的事情吵闹，他都答应下不为例，以前她痛恨他不守信用，但近几年，她觉得愿意承诺已经等于“重视”，有重视，便算了，世上毕竟没有不偷腥的猫。她明白哨牙炳花名在外，不仅兄弟们知道他好色，连街坊邻里都知此事，到了这一刻，她忽然觉得与其被人在背后说三道四，不如反客为主，把花花草草大方邀来，当着众人眼前，让大家确认谁才是最后的赢家。你们跟我老公上过床，又怎样？终究只有一个赵太太、赵夫人，就是老娘，而且跟他一起远去天涯海角，没你们的屁份。天下间乱搞的男人多的是，有胆识让老公的花草亮相的女人或许只有我汕头九妹。我不但要赢，更要赢得体面堂皇。

听完阿冰的妙想天开，哨牙炳仔细琢磨了两日，反复思量，终于点头同意。不算是被迫，他有他的盘算：在乱七八糟的时局里离开香港，说不定有人觉得老子怕事。老子确是怕事，但也怕受到嘲笑，所以如果在晚宴里搞些花样，便可把注意力从他转移到那些花花草草之上，老子成为万红丛里一点绿，倒有独特的风光。到时候，大家将赞许老子是大丈夫、真好汉，做人有情有义，敢让上过床的女人在晚宴里亮相，亦算是给了她们一个小小的名分。自问龙头大佬担当得不够出色，若能在烟花江湖留个情深义重的威名，聊胜于无啊。世间嫖客多的是，但能够在老婆的同意下宴请有过一腿的女人，老子可算前无古人后无来者。

这么一想，哨牙炳自鸣得意，睡前站在客厅良久，向神台上的关公肖像虔诚上香。关老爷左手捻须，右手提着青龙偃月刀，腰背挺直，双目炯炯有神地望向前方，嘴角挂着豪气万丈的浅笑。哨牙炳盯住肖像的眼睛，仿佛想看出什么玄机，看久了，竟觉得有几分头晕，幸好在晕眩里忽然有了灵感。翌晨睡醒，他匆匆忙忙赶往龙门茶楼，对围聚饮茶的堂口手下道明申办移民之意，并谓关二哥半夜显灵报梦，嘱他大排筵席，邀来昔日红粉，赠金送财，公开承认床上情分，让世人明白他是个情义充沛的好汉，上对得起兄弟，下对得起红颜，他这一辈子有头有尾，有始有终，有为有守。办完这场晚宴，他将选定新兴社的下任堂主，在移民以前正式交出龙头棍。

兄弟们听了，面面相觑，无不暗觉胡闹，唯独鬼手添另有想法。他已在密锣紧鼓筹划大屿山赌场，也明白炳哥已对自己放心，炳哥移民，龙头棍理所当然交到他手里，于是马上一拍胸脯，表态支持：“新兴社冇咗炳哥，群龙无首，好捻麻烦。但难得炳哥看得破、放得下，我们应该替炳哥感到高兴。炳哥放心，只要有我阿添在一日，保证冇人敢来抢地盘！谁来，我阿添斩开佢十八碌！来一个，斩一个！来十个，斩五双！六亲不认，‘新’字当头！”

花王二不甘人后，在旁道：“炳哥，这确实是‘双金临门’的大喜事呀！”他已听闻开赌之事，心里暗喜，因为他判断大屿山船程遥远，香港九龙新界的有钱佬不会受落，要搭这么久的船，不如直接去澳门。到时候，新兴社和福义堂血本无归，鬼手添领导无方，才是他要求换人的大好机会。他不急，铺桥搭头都要耐性，何况争夺龙头大位。

“双金临门？”哨牙炳不解，追问花王二。

花王二笑道："炳哥退出江湖，是金盆洗手；告别红颜，是金盆洗捻。一金加一金，就是'双金'了。"

哨牙炳纵声朗笑，竖起大拇指，佩服花王二的古灵精怪。鬼手添睨了花王二一眼，觉得不是味儿，嫉妒得牙痒痒。

哨牙炳呷一口烫热的普洱茶，向花王二问道："那么，这场宴会应该叫作'金盆洗手'抑或'金盆洗捻'？又或者'双金全洗'？快快想个好名号。辜负炳哥无所谓，千万别辜负了关二哥的托梦提点！"

花王二略为沉吟，轻拍桌面，道："炳哥是名震湾仔的龙头大佬，小弟建议，宴会不如唤作'沐龙宴'。"

"木龙？木雕的龙？"哨牙炳抓一下后脑勺，不明所以。

花王二连忙说："不是木头的木，是沐浴的沐。炳哥是大龙，炳哥的老二是小龙，如今炳哥出洋移居，等于双龙出海、龙游浪奔，全身上下水气饱满。沐，就是水气旺盛的意思。水为财，水旺则财旺，举办完沐龙宴，到了番鬼佬的地方，炳哥肯定再有几十年财运可享。至于桃花嘛，在这边放下了，去到那边谁说不可以重新栽种？有水就有花，说不定洋桃花更香艳，更合炳哥的胃口！"

哨牙炳猛力一拍花王二的肩膀，夸奖道："湾仔才子！冇捻得顶！"

移民手续竟然比预期中办得顺畅，阿冰委托三伯娘介绍的洋律师，有钱使得鬼推磨，洋鬼日鬼黑鬼白鬼都是鬼，只要愿意在律师费以外多送几个红包给南非领事馆的人，在一沓厚厚的文件上签几个名字，两个月后已可成行。他们既不脱手房子，也不顶让店铺，留下退路，以防万一，待到约翰内斯堡安顿之后再做打算。沐龙宴亦依计划进行，阿冰请英京酒家的陈部长拟定菜单，十八席，她把菜单拿回家递到哨牙炳面前，他看也没看，只道：“你话事，老来从妻，都听你的。”阿冰的精神衰弱一天比一天严重，哨牙炳体贴，让她说一不二。

阿冰戴起老花眼镜，凑近沙发旁的小灯把菜单读了再读，仿佛多瞄一眼即可令移民的事情多添一分笃定：

英京酒家　一九六七年十二月廿四日

赵文炳先生　沐龙大典

大汉全筵

每席盛惠港币两百元整

到奉点心

玉液桂鱼卷、玫瑰菊花球、上汤片儿面

四双拼冷荤

波罗浴日、白雪红霞、金玉鸳鸯、荷塘并蒂

四热荤

碧绿珊瑚、金缕银针、玉种蓝田、松江玉脍

四海碗

一品官燕、凤尾群翅、锦殿花狸、彩凫鹿羓

四大碗

龙纹鲍片、京扒熊掌、松鹤延年、红扒海狗

四中碗

竹林瑞鹿、锦绣香罗、四海升平、龙肝凤髓

四每位

月中丹桂、雪花雀利、彩凤衔芝、上汤雪蛤

四烧烤

朱盘献宰、如意鸡成对、花甲双周、哈儿巴全体

四座菜

肘子婆参、河清人寿、瑞裙鳖肚、合欢比翼

四饭菜

京都酱肉、岭南风肠、金银奶酪、兰远金钱菇

四甜菜

莲蓬豆腐、杏仁红豆沙、甜仙翁露、百合海棠羹

敬奉

四看果、四水果、四糖果、四蜜果、四京果、四生果

八仙贺寿、三星公、爵禄封侯、五瑞兽

王母蟠桃乙座

眼睛酸了，摘下老花眼镜，阿冰揉揉眉心，哨牙炳忽道："来，我帮你。"阿冰受宠若惊，脸上冒起一阵红晕，呶一下嘴，羞涩地笑一笑。

哨牙炳坐近她，伸出两根手指头轻压她的前额，由额到眉，由眉到太阳穴，问："舒服吗？"阿冰无比受用，轻轻发出"嗯嗯哼哼"的舒坦声音，但马上感到不好意思，刻意拉开话题，闭目说话。想当年，从汕头说到澳门，又从纯坚说到纯胜，中间当然跳过了高明雷的一段，仿佛生命里有些事情从未发生，唯有说得出口的才算真的存在。

哨牙炳不答腔，只是听，望着一直紧闭眼睛的阿冰，她的脸变成一幅白幕，放映着一段一段的影画戏，戏里，一张张脸庞，男的女的，老的少的，狂怒的，兴奋的，焦灼的，刚毅的，一张重叠一张，慢慢地，阿冰没提到的人，他的爸妈，虾叔，南爷，都在眼前登场了，然后呢，又退去了，一张张地渐渐地消散无形，白幕也不见了，剩下的只是陪伴他走过了二十九年人生的阿冰和她那皱纹斑驳的、眼肚浮肿的脸。

一阵阵复杂的感觉涌上心头，是温暖吧，却也是寂寞，是凄凉，哨牙炳分不清楚、说不上来，唯觉心里似被沉甸甸地压着。他累了，垂下手，张嘴打个呵欠。阿冰温柔地眼笑了，说:“快睡吧。老了，熬不了夜。我们都老了。”

哨牙炳伸个懒腰，站起身走回睡房。阿冰再瞄一眼桌上的菜单，然后对空荡荡的沙发另一端喃喃道:“阿炳，鸳鸯同命啊。这是你前世欠我，亦是我前世欠你。”

而她和阿炳都无法知晓，即使知晓了亦不愿相信，沐龙大典将是他们夫妻共聚的最后一夜。

第四部

江湖笑看日初升
梦醒桃花沐飞龙

三十二　沐龙大典

阿冰特地订造了一袭玫瑰红旗袍，量身时吩咐裁缝把腰围尺寸尽量收紧。个子矮细的老师傅抬头瞄她一眼，仿佛在问：“你穿得下？”她对试装镜里的自己偏一下头，嘟嘴笑笑，想着：“可以的，只要我想要，可以的。”

离开裁缝店，她到中环永安百货花了五十五元买回一条英国制的腰封，一星期后返店再度试装，出门前唤女佣阿娟帮忙，她举起双手，阿娟依照说明书上的图画指示，把棉质封带往她腰间转两圈，软软的赘肉被硬生生围出了高低起伏，像挤褶的窗帘布，也似馒头花卷最上端的层层叠叠。痛是痛的，但阿冰忍得住，还倒过来安慰阿娟，不要紧的，可以再用力，要靓就要付出代价。

被旗袍包裹的阿冰绝对配得美艳二字，腰显得细了，本已圆翘的屁股更见跋扈，腰之上是胸，用的亦是在永安百货买回来的英国胸罩，罩杯里缝着垫杯，挤托得双峰挺拔，于是身体变成一截曲折的河湾，奔流着火红的诡异的水，似工厂内在管道里流窜的钢铁熔浆，冒着热乎乎的蒸气，稍有疏失即喷出伤人。阿冰知道强装出来的好风光难以持久，但是沐龙宴是她的大日子，再难受亦须挺住，反正内衣衬托的加工效果除了阿炳和自己以外无人知道，不知者不罪，不知者也不笑，世上事情只要隐瞒得过去便没关系，门面功夫即是内里功夫。活着，谁不希望有内也有外？如果只能二选一，她宁要后者。

宴会当天，哨牙炳出门时已是下午五点半了，猜想阿冰已在英京酒家里嘀咕抱怨。她嘱咐过五点以前必须到达，但他贪睡午觉，蒙眬醒来之际伸手摸摸下身，软绵绵，没精打采，跟他的脑子一样。阿炳低头苦笑道："好兄弟，对不起你了，但今晚你是主人家，你就勉为其难，配合老哥演出大龙凤吧！"

出门前阿炳在镜前端详自己，昨天到"祥记理容店"找明叔把头发染黑，西装也是新造的，浅灰色的直条人字绒布料，一百二十支针，上海裁缝师傅用半咸淡说这是英国名厂 Holland & Sherry，广东话谐音便是"好捻犀利"。哨牙炳在几个抽屉之间左翻右寻，好不容易在重重叠叠的衣物底下找出一条桃红丝质领带，是陆南才的遗物，他留作纪念。

领带在抽屉里被积压了许多年，皱得像一瓣干枯的橘子皮，又有点褪色，其实出不了场面，然而哨牙炳并不介意，是陆南才把他引进江湖，到了金盆洗手之夜，特地打上这领带，算是对南爷恩情的答礼和告别。带背缝着一截细布条，绣着 Made in Scotland① 的一行金字，米烟史葛伦，他懂这句英文，估计领带是张迪臣当年送给南爷的小礼物。工人见到领带也看不过眼，嚷着要替他先熨一熨，哨牙炳道："不必，我自己来。"

他把窄窄的领带平铺在板子上，洒点水，用力把熨斗在带面来回扫烫，水点在熨斗和领带之间蒸发出丝丝雾气，暖暖地，都飘进

① 意为：苏格兰制造。

哨牙炳的眼里，那是仓皇岁月的突袭重临，眼前隐隐看见昔日跟南爷称兄道弟、拉肩拍膊的放肆场景，闯荡江湖似在玩游戏，然而才一眨眼，已经消散无形。他把手掌押在领带上面，一阵烫热穿透皮肤传到心头，令他对陆南才有了椎心的痛惜。那天坐在海边的捻样石上他觉得死得痛快亦是好事，这一刻，他却不这么认为了。只知道三十年的日子都过去了，剩下的便是唯一的，能够有剩下的已经值得快乐。

哨牙炳感到迷茫，说不清楚是欣然抑或凄然。不再想了，手忙脚乱地牵妥领带，领结紧紧贴着喉头，似是南爷陪他一起出席晚宴。望望镜子，哨牙炳自觉年轻了五岁。

车子早在门外等候，本来英京酒家就在汕头街附近，两分钟走路穿越庄士敦道的电车轨便到，但今晚是大日子，哨牙炳必须讲究排场。傍晚的天空竟然有几分暗红，风里有湿气，俗话道“天红而雨”，这该是一个水汪汪的雨夜。汽车沿庄士敦道往东行，在菲林明道来个急转弯便到酒家，但忽然有一个男子不知从何处骑着单车冲出来，几乎碰上哨牙炳的车，司机紧急刹停，男子却头也不回地驶得老远，白衬衫捋起袖子，残旧的蓝布裤，戴眼镜，背影消失在萧顿球场外的电灯柱之间。阿炳朝车窗外白他一眼，啐道：“呸！死仆街！”

英京酒家门前早已挤满凑热闹的街坊，新兴社的兄弟拉开车门，哨牙炳慢条斯理地下车，人潮里竟然有人起哄拍掌并高喊“炳哥，好嘢！”，甚至有人咔嚓咔嚓地按动照相机，像欢迎大明星。哨牙炳含笑点头，昂首阔步踏进酒楼。

五个月前英京酒楼被扔掷炸弹，炸坏了大堂右边往上回旋的乳白色大理石楼梯。楼梯早已修复，哨牙炳却搭左边的电梯，直上六楼金鸾厅，叮叮当当两声，电梯门关了又开，眼前大厅烟雾弥漫，推牌九的推牌九，打麻雀的打麻雀，也有在猜枚比酒，喧哗吆喝比街市还热闹。兄弟们该来的都来了，“福义勇”“和新义”“和圣堂”“敬义”“粤东”的宾客也来了不少，彼此之间平日偶尔有冲突纠纷，更动过刀枪，但该吃喝时还得吃喝，有钱赌时更要赌钱，俗语说“赌桌上无父子”，赌博必须认真，只讲赢输，不论情面，哨牙炳深信赌桌上也无仇人，除非真有不共戴天之仇，否则站到赌桌前，长三板四，牌上论英雄，赌桌外的恩怨皆可暂时抛开。

哨牙炳跨步迈前，大厅内兄弟都喊：“炳哥！”“炳哥！”“炳哥！”他不断点头挥手，走到大厅最前方有个临时搭建的舞台，台上竖着两座高得夸张的大红花牌，几乎触碰到天花板，由顶到底缀满花簇，射灯直照花上，鲜红桃红绯红淡红，浓烈的花香被天花板上晃动的电吊扇吹得流窜四溅，涌进哨牙炳的鼻里，他鼻翼一紧，忍不住打个喷嚏。花王二连忙走近递上热毛巾，道：“炳哥，今日系你老人家的大日子，保重龙体！”

哨牙炳接过，狠狠地把鼻涕擤在毛巾上，啐道：“刁他妈，要金盆洗捻了，龙体保重来有乜意思？”

花王二笑道：“不用担心。不是常说‘女人一日唔死，一日都可以再哄回来’吗？男人一样，细佬一日唔断，一日都可以再硬起来。留得宾周[①]在，哪怕冇女搞？炳哥去到南非，几万个黑妹排住队任你搞，对不对？炳哥是飞龙，沐过的飞龙是更劲的飞龙啊！”他向大厅前方台上扬一扬下巴，哨牙炳顺着他的目光望向台上花牌，左右

① 指男人的生殖器。

并排，花簇里各垂下一幅红布条，上有金漆字，直写道：

江湖笑看日初升
梦醒桃花沐飞龙

台上亦吊挂着一幅红布横幅：

沐　龙　大　典

花王二得意道："我写的，希望炳哥啱听！"

哨牙炳点头赞好，然后伸手轻扶花王二的手臂，提醒他："阿添的赌馆和码头是堂口的金矿，几百个兄弟，几百口人家，有冇饭食，全靠他。可是阿二你管住堂口的花档，其实更占便宜，差佬会去冚大档，却永远唔会去冚花档。中国人嘛，死人白事送花圈，吉庆喜事送花牌，新界佬和疍家佬又一年到晚要抢花炮，花来花往，长做长有，做到九十九岁都唔惊冇饭开。总之你两兄弟都是在做善事，赌钱的人高兴，买货的人高兴，做人嘛，求的不就是'高兴'二字……"

此时背后忽然传来一道声音把他打断："讲得好！阿炳，既然走得咁高兴，点解唔带埋我去？"

回头一看，是挺着个圆滚肚腩的湾仔区华探长廖丁凡，大家在背后叫他作"麻烦探长"，当面则尊称"廖老板"。哨牙炳连忙转身抱拳，满脸恭谨地说："哎呀，惊动廖老板，罪过罪过。小弟今晚在这里做这场大龙凤，真系'灵堂放屁'，失礼死人。话说回来，全香港的人都可以走，只有廖老板不可以，你一离开，香港会陆沉！"

两人相互恭维之际，阿冰悄悄出现身旁，眉目皆是喜盈笑意，像愿望成真的新娘子。廖丁凡故意在阿冰面前调侃哨牙炳："我特地来看你个仆街仔点样洗捻，等一下一定要掏出来让大家看个够！"

阿冰掩嘴而笑，哨牙炳则大方回道："廖老板，我们在浴德池一起泡过几百次上海澡了，早就互知长短，还有什么好看？全香港，当然系你最长！"

阿冰笑得更开心，呛了两声，廖丁凡吮一口夹在手指间的雪茄，道："呵，炳嫂千万要保重身体，去到鬼佬的山旮旯地方，阿炳以后得番你一个女人，辛苦你了。你确是大方，如果我家的黄脸婆有炳嫂的一半器量，我就快乐过神仙！"

聊笑一阵，廖丁凡使个眼色，示意哨牙炳到大厅侧的小房间坐下细谈。廖丁凡告诉哨牙炳，无头 Sir 今晚不方便亲临致贺，但托他带话，提醒阿炳留意鬼手添的动静，虽然他和福义堂大哥木在筹备赌场，却仍暗中跟细眼超和鹤佬德眉来眼去。哨牙炳脸色一沉，叹一口气，暗忖人虽未走，茶却已凉，鬼手添原来是个养唔熟的反骨仔，但今夜是沐龙大典的好日子，得先忍住，明天才把他召到堂口严辞责问。

廖丁凡道："无头 Sir 只是善意提醒几句，你留心一下便好，唔好阴沟里翻船。既然要走，就要走得清清爽爽，去到番鬼佬的地方，安心享下清福，搞多几个黑鬼婆，但千祈唔好俾炳嫂发现，她会阉咗你，我们汕头女人好捻恶死。来，推几口牌九，我好久冇同你赌钱！"

两人步离房间，走向鬼手添的赌桌，大家挤出空位让哨牙炳和廖探长站到桌边，阿炳对站在他对面的鬼手添喊道："阿添，玩归玩，要玩得规规矩矩，收起你其他几只鬼手，唔捻好对炳哥出古惑！"

就是在这番牌九局里，哨牙炳一连取了三铺"鸳鸯六七四"。

三十三　仙蒂，亲爱的仙蒂

还记得先前现身的仙蒂吗？我在前面只略提了她一下，只因觉得把仙蒂留在“沐龙宴”重新出场最适宜。像她这样的女人，唯有在这样的宴会里最能展现风光。

仙蒂，调皮的仙蒂，顽强的仙蒂，亲爱的仙蒂，如果陆南才不曾遇上这样的女子，他对张迪臣的爱还会这么强烈？恨，也会这么强烈？他从仙蒂身上看见了生命力，也灌溉了自己的生命力，仙蒂让他明白绝不可以在伤害面前屈服。这是仙蒂告诉他的：“阿才，他们伤害不了我们，真的，我们一定要活得比他们好。”仙蒂给了陆南才力量和勇气，如果张迪臣是他的神，仙蒂便是他的仙。

仙蒂是身体力行。战前被父亲从惠州卖到香港石塘咀欢得楼做“琵琶仔”，那时候叫作“小白仙”，破身后一路做得红牌阿姑，政府一九三五年取缔华娼，她转到湾仔 Crazy Darling① 做吧女，取洋名 Cindy，练得一口顺溜的 Chinglish②，跟英国客人打混出另一番风光明媚。香港陷落，日本鬼子准许塘西复业，酒吧老板冬叔见她精明干练，找她合作在花艇开设欢得厅，她换个新名字叫作“碧仙”，大家喊她“仙

① 酒吧名，疯狂情人的意思。

② 意为：中式英语。

姐”。日本鬼子后来灰头土脸地走了，她可没有，跟冬叔重返湾仔骆克道，他出钱她出力，各做半个老板，再度挂起Crazy Darling的霓虹招牌，并且因为韩战和越战的关系，美国的阿John阿Jack来了一堆又一堆，酒吧招牌比昔日更璀璨，她深信世上只要有男人，最好同时有战争，霓虹光线便不熄灭。

可她只对男人的钞票感兴趣，能够给她快乐的只是姐妹。尽管佩姬嫁到英国，她却不愁欠缺这个姬那个姬，旗下有几十个吧女，她是老板，想要谁都不会受到拒绝。至于爱，她不急，该来的时候自然会来——譬如说，一九六一年。

碧仙那时早已把名字改回仙蒂，大家仍然习惯唤她“仙姐”，四十四岁了，手臂和臀部固然比年轻时圆润了不少，幸好保住腰肢的曲线，把旗袍穿到身上，依然配得上魅媚二字。去年荷李活电影公司到湾仔酒吧区取景拍《苏丝黄的世界》，新兴社在卢押道收陀地，她和姐妹们凑热闹挤在人群里，踮起脚尖老远争看靓仔小生威廉荷顿，导演忽然要求多找几个吧女做临时演员，她当仁不让，高举双手喊嚷：“Me[①]! Me! Me!”结果真的被选中，电影放映时仙蒂拉队请姐妹们到英京酒家旁的东方戏院观看，在大银幕上瞥见自己的三秒身影，暗暗高兴，觉得年轻二十多岁的女主角关南施有的只是人人有过的青春，而自己呢，却是只此一家的风韵。散场后，她请姐妹们到汕头街的操记吃泥鯭粥庆祝做了“国际明星”。

然而仙蒂不会发明星梦。并非因为老了，只是生命折腾得她相信钞票比任何事物都更实在，她恨不得用钞票做床板，躺睡在上面，嗅闻着钱香入梦。除了每日坐在Crazy Darling的柜台后面收钱数钱，

① 意为：我。

她也跟鸡佬成合股开了两三间女子理发和女子擦鞋，酒吧赚英国佬美国佬的钱，其他的店赚广东佬上海佬的钱，华洋通吃——更吃出一段不打不相识的缘分。

一个傍晚，仙都女子擦鞋店的清洁阿姐气冲冲地到酒吧找仙蒂，神色慌张地说有警察找麻烦。仙蒂怒问："边个差佬咁够胆？鸡佬成不是派了规费？"清洁阿姐答道："唔系差佬，系差婆！"

原来是深水埗区的女警目三姐，忽然便服现身于仙蒂旗下的女子擦鞋店，但非收钱勒索，而是花钱享受，像其他大爷客人般坐在高脚椅上。女侍应不惯服务女人，板着脸，三姐脾气不好，蹬脚把她踢了个倒栽葱，再冲前左一巴掌、右一巴掌，将女侍应掴得脸青鼻肿。仙蒂赶往调停，命令女侍应鞠躬赔罪，然后她把三姐拉进小房间，淡定地说："女人欺负女人，会让男人更瞧不起女人，何必呢？"三姐愣住，脑袋当的响了一下，突然非常恼恨怎么自己没早些想透这点简单的道理。

不打不相识，三姐自此常到酒吧找仙蒂聊天谈笑，偶尔亦到她的家里吃消夜。在仙蒂家里，三姐见到客厅供奉了满天神佛，十八罗汉、关二哥、观世音、释迦牟尼，还有一个矮木柜，柜上或横或竖地摆放着十多个不同材质和尺寸的十字架，是陆世文从菲律宾寄回来送她的礼物，生日寄一个，复活节寄一个，圣诞节寄一个，他在香港念的是天主教小学，到马尼拉跟父亲陆北风团聚后，信仰不改，对仙蒂的礼貌也不改，年年准时寄出贺礼。另有几幅挂在墙上的油画，出自陆世文手笔，他自小喜欢拿笔在纸上涂涂画画，小时候常喊仙蒂"神仙阿姨"，因为仙蒂对他说，陆南才和陆北风都是她的结拜哥哥。

仙蒂对三姐说了陆南才的故事："你五岁那年，阿才从河石镇到茂名当兵，你七岁那年，他从茂名徒步逃来香港……”

仙蒂和三姐莫名其妙地结成密友，一个心思绵密，一个硬朗慓悍，或许友谊往往如爱情，互相从对方身上补回自己失去的一半，同样是鸳鸯不搭的对配始可长可久。

三姐本名徐茵姗，三十二岁，警队编号是PC6003，所以同僚戏称她作“三姐”。她是澳门人，母亲在一九二九年把她生下，不久后死于霍乱，当苦力的父亲独力抚养她，却常对她拳打脚踢，她十七岁从家里逃出，到酒楼当台面收银员，几天后被部长拉到二楼办公室的小房间里蹂躏。她又逃出，索性逃到香港，四五年间先后做了乱七八糟的几个工作，一天读到报上的女警招募广告，月薪一百六十五元港币，是她在出版社当抄写员的四倍，鼓起勇气报名，过五关斩六将，竟然让她考上。

香港政府于一九三八年通过《保护妇孺条例》，应允招聘女警察，但拖到一九四九年二月廿八日的《华侨日报》始出现这样的新闻标题：“适应各种工作需要，本港设女警察，初期招女警士五十名，副帮办三名”。然而无人报名，主要因为条件苛刻，入职者必须懂英语，且要接受六个月训练。到了第三次招聘，终于有五个女子申请女副帮办职位，到了年底，选定其中一人，在马来西亚婆罗洲出生和成长的 Kimm Koh，后来由上司替她取了个中文姓名“高健美”，女警之母，新时代总算开始。徐茵姗是高健美的师妹，警察训练结束的时候，二十三岁，毕业那天步离黄竹坑学堂，抬头仰望门前蓝天，她对自己发誓道：“今天起，我不会再让任何人欺负。”

交往久了，既然投契相知，两人索性到洪圣庙前结拜做金兰姐妹。上香之际，三姐流了一脸的热泪。仙蒂笑道：“又不是出嫁，哭什么哭呀？”三姐抹去泪水，道：“我不知道……我也不知道。”仙蒂心里其实亦是感动的。友情，亲情，爱情，活得年岁越久，她越明白唯有“情”字能够让人像在泥土里扎了根，到了断气临终的时候，如果没有对谁牵挂，或者没有被谁觉得不舍，想必是难以弥补的遗憾。匆匆活过几十年，情最伤人，情却亦最动人。

仙蒂的年纪比三姐大十二岁，红尘打滚许多年，善体人意，处处让三姐自卑于鲁莽粗疏。至于仙蒂看三姐，似是窥见了自己的昔日身影，那么无惧无畏，那么直来直往，让她感受到失去已久的任性快乐。她经常提点三姐谨言慎行，但其实不愿见到三姐过于世故，好像母亲渴望孩子快高长大，却又希望孩子永远只是个孩子。三姐觉得仙蒂是她的姐姐，更是她的老师。有一回她对仙蒂感慨道：“如果早些遇见你，早些认识做人，我可能早就升官发财！”仙蒂笑道：“是早是晚，佛祖自有安排！何况什么叫晚、什么叫早？有人相逢恨晚，有人却相逢恨早，早聚往往早散。”

“我们要做一辈子的好姐妹！不散，不散！”三姐认真道。

仙蒂促狭地举起右手敬礼，说：“Yes, Madame![1]”

哨牙炳是患难之交的老友，沐龙宴这么意义深远的大日子，仙蒂不可能缺席，然而三姐须在警察局留守，去不了。仙蒂这夜选了一袭蓝绿色的直襟凤仙领旗袍，天气冷，外加一件灰银狐皮短褛，是在先施百货买的时髦款式，售货员说英国流行。

她当然备了礼。仙蒂在谭臣道的百福金行订了一支金如意，九九金成色，旁边特地摆放两粒金蟠桃。一棒二桃，时时刻刻提醒

① 意为：是，长官！

阿炳在湾仔有过的无边风月。

瞄瞄墙上挂钟，时近六点，仙蒂拉开梳妆桌的小抽屉，找出一个象牙首饰盒，里面横竖放着几对她最钟爱的耳环和几只钻戒，也有几张细小如邮票的黑白照，她小心翼翼地拎起照片，凑近眼睛端详照里的两张脸孔，陆南才坐着，站在他旁边的洋人是张迪臣，那是个下雨的傍晚，两人兴冲冲地到她的住处，带着张迪臣从警局偷出来的照相机，央求仙蒂做他们的摄影师，他们不久前分别在手臂文了个“神”字，要拍照纪念。仙蒂觉得新鲜，不懂拍也拍了，生平第一回拿照相机，张迪臣教她好久，她仍然手忙脚乱，像做贼一样地紧张。结果只拍了三四张，焦点调校不准确，两人的五官模糊一片，似小孩子在功课簿上用橡皮擦擦了擦的两圈错字。其中一张照片，两个人手牵手，张迪臣比陆南才高了半截，阿才扭着脖子把脸贴到张的肩上，仙蒂嘲笑他像个待嫁的新娘，没有半分堂口龙头雄风，阿才对她吐舌头、装鬼脸。她拍下这个场景，如今隔着时间看去，人不在，鬼脸更如鬼魅。

后来张迪臣在仙蒂居所的厕所里用药水把照片冲出，奇怪，今夜看着照片，当年那股浓烈的气味立即重新涌进鼻孔，仿佛两人仍然在她的屋里。忘了是什么理由，两人没把照片带走，照片一留便到今天，成为阿才寄存在她这里的秘密。今天是哨牙炳的沐龙宴，三十年的老朋友，走一个便没一个，思潮起伏，忍不住翻看陈年老照，似是代表阿炳向阿才正式说句再见，天涯路远，各自挑路前行。

其实几天以来看过照片不知道几遍了，看一回，难过一回。自问并非没见过场面和世面，这么多年了，多少变数都能沉着面对，生离死别，践踏欺凌，仙蒂都告诉自己忍一忍便熬得过去，如果一切是命，唯一能做的事是配合命运的脚步，即使走投无路，同样是命，认了便好了。只要选择站在命运这边，你跟命运同命，苦便没那么苦。相士曾批仙蒂八字，命局中满盘金水，水旺而无制，桃花而无主，并且官刹混杂，多出入烟花之地，沦落风尘。她认了，活得心安理得。仙蒂非常渴望把眼前手边的世界留住不变，抓住它们，抱住它们，不准它们流失。到这年月，仙蒂最恐惧的是一个“变”字，所以经常回看旧照，幻想自己仍然留在照片里的遥远世界。照片里的陆南才和张迪臣，共同守护一个只属于他们的秘密。

对于秘密之保守和揭露，仙蒂一直有她的看法。以前她对陆南才说过：“自己认为可以就可以了，再不然，不要让别人知道就可以了。没关系的，有了秘密，躲躲藏藏的，像冒险似的，他们看我们像鬼，我们看他们也像鬼。就算被知道了其实也没关系，秘密没你想象的咁重要，知道了就知道了，只不过，守住秘密，本身就很刺激。”阿才确实守住了秘密，守得非常非常紧，她曾取笑他胆小如鼠，是“鼠头”，不是龙头。然而近些年她逐渐变得谨慎，经常觉得有许多对眼睛从暗处探望过来，可真应验了“江湖走老，胆子走小”的老话。此刻把陆南才的照片握在手里，仙蒂再次提醒自己万万不可轻率，对于生者，对于死者，绝对不可以有任何伤害。

三十四　冲天香阵透长安

仙蒂这夜整妆妥当，暗忖："差不多了，家俊应该不会迟到吧？"

她把照片放回首饰盒里，朝镜子补一下脸妆，这几天睡不安稳，眼皮肿胀，特地把眼影涂得深厚，仿佛房子有了可供依靠的坚实屋顶，有了抵挡风雨的安全感。

萧家俊并未迟到。在约定的时间，傍晚六点一刻，门钟叮当响起，一个肥胖的身影出现于仙蒂的谢菲道唐楼门前。

一九三八年初萧家俊把陆南才带到毛妹家里，始认识仙蒂，始有了后来的故事。毛妹活到一九五四年，四十二岁，战前患过肺炎，战后再犯一次，躺在医院像一根被榨干的甘蔗，家俊哭得死去活来，有情有义的男人，日子过得比没心没肺的男人辛苦得多。此后家俊仿佛变了另一个人，吃喝再吃喝，脸和身都胖得像圆滚滚的球，也不再混堂口了，跟亲戚学做生意，以前三兄弟在萧顿球场一带向黄包车夫勒收保护费，现在开设的士公司，取名"摩利"，英文 Molly，跟毛妹的洋名相同，是只有他和仙蒂明白的情义暗号。公司开始时管理五部的士，自雇司机载客，后来有十部、十五部，改把的士每部每日八十元租给司机，一天进账一千多元，资金丰裕后，开拓楼房维修业务，承接了不少政府工程，财源滚滚要挡也挡不住。

萧家俊发了财，经常请仙蒂旗下的吧女到红宝石食大餐，是给她做面子。这次仙蒂送礼给哨牙炳，事先曾找家俊商量，他出了主意，更买了单，他的年纪其实比她还大三岁，但这些年来因常得她提点，倒像他是弟、她是姐。

进门后，萧家俊用手帕朝额上抹汗，气喘吁吁地说："我们应该走路过去，大道东刚刚又有'同胞勿近'，防暴队封锁了一截电车路，开车反而更慢。我也是在和昌押那边下车，连跑带跳赶过来，累死人！"这阵子路旁经常出现贴有"同胞勿近"的纸袋，大多数里面只放砖头，却亦有真炸弹，杀伤力虽不太大，已足令风声鹤唳，防暴队更是疲于奔命。

仙蒂用涂了艳红蔻丹的指甲隔着衬衫轻刮一下家俊的肚皮，说："你再不减肥，不必劳烦炸弹，你自己会心脏病发。"

萧家俊急忙拉好西装外套的钮扣，丰胖的脸颊竟然浮起霞气，像一个被捉弄得手足无措的男学生。仙蒂朝桌面嘟一下嘴，示意他记得带上金礼，又说："别忘记拿南爷的木把手，否则他会报梦找你算账。"萧家俊执起绑了一条红丝带的木把手，扫打了几下空气，欲言又止地道："其实，我也有神秘礼物送给炳哥。"

仙蒂问道："是什么？"

家俊眨一下眼道："要保密。你肯定也会高兴，所以，等于同时送给你！"

仙蒂懒得追问，两人急步出门，沿谢菲道走到卢押道，转经轩尼诗道萧顿球场，灯亮了，卖武卖艺卖吃卖衣的人都来了，江湖就是揾食，揾食就是江湖，吃不饱的江湖是最混乱的江湖。但时局终究影响了生意，仙蒂的酒吧有休假的美军撑着门面，尚算过得去，女子理发店和女子擦鞋店却甚冷落，客人被遍地的“同胞勿近”吓怕了，尤其史钊域道的“杜老志”舞厅，两星期前被人用油漆在闸门涂上大大的红字：“彻底打倒港英白皮猪！”“坚决推翻万恶资本主义！”守门阿差告诉她的姐妹，别说老衬不敢上门，连舞小姐都不来上班，担心舞厅被扔炸弹。仙蒂听后，对姐妹笑道：“幸好我的酒吧只服侍鬼佬，比较安全，有人如果敢来捣乱，炸死了一个阿 Jack，美国人可能用原子弹炸烂香港！”

舞厅通常与球室相连经营，地面店铺是跳舞喝酒，一楼“波楼”打桌球，同时供堂口兄弟聚集，有纠纷的时候可以立即就近调兵遣将。鬼手添说这是“以场养兵”，像古代的屯军布防。英京酒家也有舞厅，叫“英京夜总会”，在五楼，但没有波楼，可是独树一帜，由驻场乐队演奏粤曲《胡不归》，让宾客跳慢狐步舞。

这夜快将走到达英京酒家，仙蒂拉一下萧家俊的西装衣袖，说想先到春园街的“杨春雷凉茶店”喝一碗廿四味，这几天吃得太多煎炸油腻，喉咙沙哑，待会儿难免又要大吃大喝，得先在胃里打个底。杨春雷是五六十年的老店，在顺德行医的杨四海于清末南下香港湾仔卖凉茶，战时由儿子杨樬楠接手经营，连日本鬼子感冒了也来帮衬，却从不付账。仙蒂慢慢喝下热腾腾的廿四味，萧家俊在旁一直看表，焦急催促道：“饮快啲！炳嫂说有好戏看，别错过。”

仙蒂白他一眼，道：“急什么急！老友鬼鬼，炳嫂肯定会等埋我们才开场。唔知炳嫂搞乜鬼，总不至于真的叫阿炳把细佬掏出来用热水洗完又洗吧？”

家俊耸肩道：“汕头女人，什么事情都不做出？说不定还要由你仙姐主持大局，动手帮炳哥洗干净呢。”

仙蒂把空碗搁在桌上，啐道：“洗你个死人头！可以走了，短命种！”

英京酒家电梯缓缓升向六楼的金鸾厅，行经五楼夜总会，传来一把响亮雄浑的女声，唱的是白光名曲《恋之火》，嗓子比原唱更厚实，更接近时代的斑驳气息。萧家俊一听便知道是那位本名徐郧书的小姑娘，两年前参加《天天日报》举办的“香港之莺”歌唱比赛，取得第一名，很快走红歌坛，改艺名为小凤，用十八岁的青春在夜总会与夜总会之间换取喝彩和家用，外号“小白光”。家俊在北角“丽池”和“天宫”多次欣赏过她的演出，听得陶醉难忘，没料到今晚又在这里遇上，电梯门打开，他竟然一个箭步冲出，头也不回地沿大理石楼梯走下五楼，只留下一句：“我听完马上回来！”

仙蒂哭笑不得，只好独自往前穿越一张张的赌桌，本来只是餐桌，铺上报纸，在纸上赌个天昏地暗，便是赌桌了。堂口兄弟纷纷跟她打招呼，仙蒂却被舞台上的花牌摄住注意力——此时已经不止有两座花牌了，又增添了十一座，每座都比人高。

原先的花牌仍在，摆在中间，左边“江湖笑看日初升”，右边“梦醒桃花沐飞龙”。它们两侧各另放置了稍矮的花牌，牌上前前后后贴满红色的纸花和丝带，顶部皆嵌着一面圆形的小红牌，上有红纸黑字，各写一个花号。仙蒂站在台上，默念一下，左侧五座，分别是梅、杏、桃、石榴、莲。右侧六座，是玉簪、桂、菊、芙蓉、山茶、水仙。她明白这是一年四季的代表花种，只不过，欠缺了四月的牡丹。

“仙姐，犀利吧？十几个花牌都是我店铺的隆重巨献。”花王二突然在仙蒂耳边逞威自夸，把她吓了一跳。回过神后，仙蒂问这是搞什么把戏，花王二压低声音，幸灾乐祸地说："今晚不是请来炳哥的十一位老相好吗？十一种花，十一个女人，春夏秋冬，齐晒脚，一人一座花牌。这阵势叫作'冲天香阵透长安'，犀捻利！炳嫂说等一下炳哥要把花名亲手剪下。我连金剪刀都准备好了，他老人家大剪一挥，咔嚓一声，从此告别女人了！"

"临别秋波，每人送一座花牌做分手费？太寒酸了吧？"仙蒂问，"牡丹呢？怎么没了牡丹？"

花王二笑道："炳嫂说她自己就是牡丹，所以只邀请了十一个女人。有一座最巨型的牡丹花牌放在后台，好戏在后头。"牡丹是众花之王，号称"花魁"，龙头上的龙头，老大中的老大。十一个花牌名号全由花王二亲笔题写，但"花魁"二字不写书法，改贴金纸，让人一眼看出独特的地位。

仙蒂又问："炳哥搞过的女人少说也有一千几百个，只邀来十一个，太失礼了吧？这十一个点样拣出来？"

花王二道："炳嫂只准他请十一个！我问过炳哥，他说这十一个女人不只跟他上过床，还懂得讨他欢心，跟他谈天说地，听他发过牢骚。其实这类女人也不止十一个，他列了一张名单，有四五十个！最后他闭起眼睛，用毛笔在名单上面画圈圈，画中谁，便请谁，让老天做决定。"

仙蒂抿嘴笑道："真是乱点鸳鸯谱！"

十一座花牌置于台上，仙蒂暗笑哨牙炳自寻烦恼，男人大丈夫，其实想屌就屌，想唔屌就唔屌，何必多此一举？但她明白炳嫂的刚烈性格，英雄难过老婆关，况且阿炳并非英雄，他一直只想做二把手，可惜阿才不在，风哥也不在，命运把他推到大哥的位置上，如今移民他往，卸下重担，是好事，可打死她也不相信移民之后阿炳管得住自己的老二，到时候且看阿冰如何应对。

刚念及阿冰，她便来了，兴高采烈地跟仙蒂打完招呼，又兴高采烈地转身招呼其他客人。今晚是她的祝捷大会，苦战二十多年，终让阿炳答应金盆洗捻，等同焦土政策的惨胜。仙蒂朝阿冰的背影远望过去，大厅后右方坐满盛装打扮的莺莺燕燕，十六七人，其中大部分必是哨牙炳特定请来的老相好，梅莲菊杏芙蓉水仙，全都在了吧？另外的几个女子，仙蒂也认得，阿英、阿月、阿玫，有些是旺角“十二金钗”的人，都是伴舞女郎或女大班，分属14K、“和胜和”“联英社”“和安乐”“同新和”等不同堂口，却互通声气，恁谁也不敢欺负。每天下午十二个金兰姐妹齐集在旺角凤如茶楼饮茶聊天，比缺德鬼们更聒噪。

三年前这群女人闹过大事，她们惯用的茶楼桌子被潮州帮敬义占据不肯让座，吵嚷一番后大打出手，女人终究吃亏，处于下风，大家姐阿英干脆跳到桌上，猛喝一声：“条四兄弟在哪里？”所谓“条四”就是14K。经她一喊，立即有十多个茶客挺身助阵，把潮州佬打得屁滚尿流。事后几个堂口召开江湖大会，旧怨新仇尽被掀出，再经历了几轮厮杀才谈和解决。

姐妹堆里，有个女子叫阿群，嗓门最大，用沙哑的鹅公喉撩拨邻桌男宾斗酒，一张国字脸涨红似一块烧得火红的炭，可把身边的人炙伤。战前阿群的洋名叫Angel，也在湾仔酒吧揾食，吧女们在一九三九年的圣诞办“抗日筹款舞会”，她有参与，仙蒂筹了廿五元美金，第四名，阿群仅仅比她多筹一元，第三名，因为不服输，所以印象深刻。

阿群是安娜的亲密姐妹，安娜从澳门来港揾食，在 White Horse[1] 酒吧上班，经常跟 Crazy Darling 的吧女打麻将、吃消夜，大家混得熟络。安娜后来回澳门嫁人，开了酒吧当老板娘，阿群被招揽过去，也嫁了人，但又离了婚，带着孩子长居当地，眨眼廿多年，跟仙蒂极少联系，没想到今夜在此重逢。阿群胖了可不少，穿一袭窄身艳黄旗袍，像个塞满了硬币的红包袋，但仙蒂只凭眼神已认出她，一对眼睛深陷在肿胀的眼肚里，就算是笑着，亦似含恨，仿佛全世界亏欠了她。

阿群远远看见仙蒂，挥手招她过去凑热闹，仙蒂挤起笑容，花颤柳摆地走过去，但忽然觉得仍是应该先找主人家道个恭喜和送礼，于是停住，隔空用手势向阿群示意稍后再谈。仙蒂回身找了花王二，问："炳哥呢？临阵脱逃，不洗捻了？"花王二笑道："他敢？炳嫂斫死他！他在贵宾室。"

仙蒂朝贵宾室走去，走近门前已听见哨牙炳的滋滋笑声，他的声音偏向尖亢，笑起来像拉坏了的二胡调子。她咯咯敲门，再轻轻一推，门后站着一个男子对她做出夸张的举手礼，喊道："神仙阿姨！"

仙蒂大吃一惊。男子鼻梁挺拔，戴着金丝框眼镜，印堂开阔，粗浓的眉毛往上放肆飞扬，嘴唇薄，她见了，几乎冲口而出喊一声："阿才！"

① 酒吧名，白马的意思。

三十五　阿群

眼前人并非陆南才。只是陆世文。

仙蒂上回在香港见陆世文，他才十四岁，身子开始拔高，却仍一脸娃娃肉，是个大小孩。九年多未见，已经彻头彻尾是个大人，虽然他寄过不少照片给仙蒂，有血有肉地站在眼前却是另一副模样，陆南才和陆北风是兄弟，他却比北风长得更似南才。俗语说“外甥多像舅”，他却是长得酷似伯父。

站在门前，仙蒂惊讶得说不出话来，眼神是兴奋的，但又马上沉下来，觉得委屈。怎么回来香港也不预先知会她，难道把她看成外人？

“阿姨，我代表父亲回来给炳叔饯行，想给你们惊喜，所以先不说。明天我请神仙阿姨吃饭赔罪！”陆世文见仙蒂满脸不悦，连忙婉言解释。他预订的是前天抵港的航班，但马尼拉的天气坏，拖延到昨天中午才起程，夜晚抵埗后先往萧家俊家休息，今早去饮茶和理发，也在萧顿球场附近转一转，好好看看久违的旧地。

哨牙炳坐在房内沙发上帮腔圆场，笑道这是很好的事情呀，风哥真有心，自己回不了香港，特地派儿子做代表前来，还送了一堆菲律宾土产手信，木筷子、木匙、木碗，刚好让他带去南非跟当地土著一起吃饭。纯芳也在，陆世文和她相差五岁，小时候结伴玩乐，长辈们经常调侃两人青梅竹马，不如干脆日后成亲。纯芳站在沙发背后，望向仙蒂阿姨，调皮地笑着。

陆世文拉仙蒂坐下，端茶赔罪，她白他一眼，把茶杯搁在桌面，急急探问陆北风近况。世文托一托眼镜，叹了口气，本来打算轻描淡写说说便算，毕竟年轻，坐在长辈面前一阵激动，忍不住把陆北风的病情和盘托出。刚才已跟炳叔说了，现在再说一遍，陆北风的糖尿病病情压止不住，这几年有了肾脏的并发症，每天要到洋医院洗肾，精神非常虚弱，只不过一直不对香港的故旧门生提及。至于发财的事情，倒很顺利，阿娟——陆世文唤她作“姨妈”——拉线跟一位美国军官合作，开了一间贸易公司，接了不少洋生意，财源滚滚，陆北风摇身一变成为侨领，在马尼拉的华人商圈非常吃得开，甚至常跟当地官员往来。当初拉线的人来自台湾，名叫顾谦荣，闻说原先在台北开人造花工厂，大家称他“花哥”，他在菲律宾的企业亦叫作“花荣行”，至于他跟陆北风做的到底是什么贸易，世文了解不多，只知道父亲屡有感慨，相士老鬼曾说“一字记之曰花，有吉有利”，果然应了预言。

仙蒂叹息连声，不胜唏嘘。她问陆世文自己的日子又过得如何，世文三言两语略说了近况，半年前在马尼拉大学商科毕业，到一间美国商行上班，跟同事相处不来，又觉得升迁的前景不明朗，索性辞了职，这次回到香港，如果有好的出路，说不定考虑留下来。其实他有其他说不出口的故事。三年前他在大学交了一位女朋友，父母是来自纽约的生意人，女朋友毕业后，父母离婚，她被迫陪伴母亲返回美国。这是陆世文唯一的恋爱经验，三年已是天长地久，分手的时候，如同每个经历第一回分手的年轻人，认真相信自己这辈子无法再爱任何人。他从洋行辞职其实跟人事或前途无关，他只望尽快离开马尼拉这片伤心地，凑巧有了哨牙炳的沐龙宴，他主动向父亲请缨代为回港赠礼祝贺。

哨牙炳问陆世文：“往后有什么打算？”突然拍一下大腿，逗他道：“炳叔要移民了，不如让你接替堂口的位子！你肯接，我明天就开香堂，在祖师爷面前把龙头棍交给你，风哥肯定同意！”

陆世文摇头笑道：“如果炳叔的堂口是新兴书局，我一口答应。”又道：“家俊叔说可先到他的公司帮忙一阵，我不急，感谢主，主有安排。”他是天主教徒，虽然不算虔诚，在家里也跟随父亲拜关公和佛祖。

说曹操，曹操到，萧家俊此时推门进房，喜盈盈地夸赞徐小凤歌艺了得，后悔没花钱请她到沐龙宴献唱助庆。仙蒂和哨牙炳异口同声抱怨他嘴巴守得太密，家俊满脸得戚，道：“我早说过要送神秘礼物给炳哥。不口密，怎可以神秘？”

哨牙炳与众人一边谈笑一边拆开仙蒂送来的金礼，抓起那根又长又硬的金如意，调皮地说：“像我！真像我！”房里坐着阿炳，家俊也在，年轻时候的好友调笑情景似重现仙蒂眼前，恍惚间，错觉一直三十年的事情统统在这个房间里发生，友谊、爱恋、伤害、逃离、忠诚、背叛，都在这里诞生和完成，但是来到这一刻，无影无踪，都不在了，都不在。然而并非水过无痕。大家的脸容便是痕迹，颓败，苍老，好像旧房子的几支柱子，斑驳剥落，不知道还能撑到何年何月。幸好有世文和纯芳，仿佛有人在旧房子里挂起两个红红的灯笼，带来了明亮的火影，以及跟他们早已无关的青春朝气。仙蒂的心往下沉，但因为世文和纯芳，不至于沉到最低。

也许刚才在大厅跟兄弟们贪杯喝多，哨牙炳滔滔不绝地忆记旧事，对陆世文谈到陆南才，竟然忘形地说："南爷的棍术是无师自通，说不定他是保护唐僧取西经的孙悟空投胎转世，唔怪得同西人咁倾得来……"

"阿炳！"仙蒂脸色大变，厉声喝止。众人吃了一惊。她立即清一下喉咙，岔开话题，道："咸丰年的事情，无谓讲了。家俊，你带世文到外面见见其他叔伯，长大了，不妨学下赌钱，不赌钱，你不知道人心可以有多坏。纯芳，你陪着吧。"

众人站起走出贵宾室，仙蒂板起脸孔望向地面，哨牙炳低下头，像犯事的孩子般满脸尴尬。两人默然对坐，十二月天，小房间没开电风扇，也没窗户，空气凝固得使人窒息。这些年来仙蒂从没对哨牙炳提过半句张迪臣和陆南才，但她猜他总知道些什么，跟在阿才身边那么久了，常替他到赤柱集中营打听张迪臣的消息，就算阿才没亲口承认，阿炳亦必猜到七八分。对陆南才和张迪臣之间的事情，他们心照不宣，从不论及，——直至这个夜晚。

所以仙蒂打破压住了三十年的避讳，抬头直视哨牙炳，问："你没对其他人说过，是吗？是吗？"

哨牙炳急忙自圆其说："没有！我发誓，没有！我刚才只系说西人。香港由西人管，堂口老大个个都同西人熟，我也同西人好熟，西人确实好捻亲切……"他发现自己越描越黑，马上住嘴。

小房间恢复死寂。门外是赌钱和斗酒的热闹世界，以及，突然响起的高跟鞋步履和随之而来的一道推门声。

推门进房的人是阿群，涨红着脸，几乎撞倒门后的挂衣木架，双眼血丝密布得像蜘蛛网，两只手各端一个酒杯，盛满啤酒，口齿不清地抱怨哨牙炳怎么不到大厅跟大伙玩乐高兴。哨牙炳正心烦意乱，懒得答腔，皱眉摆手示意她别胡闹。

阿群的脸顿时再红了两分，竖起一对吊睛虎眼，道："哎哟，好捻威风，果然系大佬！来，老娘敬炳哥一杯！大家都在找炳哥呢，炳哥却躲在贵宾室，是不是瞧不起老朋友？"

哨牙炳再摆摆手，眉头皱得更深。

阿群把目标转向仙蒂，亲热地说："哎呀仙姐，好久唔见，仲系咁靓，啧啧啧，羡慕死我这个老太婆了。刚才已经想跟仙姐叙旧，你却唔理我，原来跟炳哥躲在这里幽会！炳哥真有魅力，香港九龙新界都有你的女人，老的少的，燕瘦环肥，来者不拒，怪不得今晚只请我来饮酒，没有给我预留半座花牌。好！我今晚要喝光炳哥的酒，炳哥唔念旧，我却是非常长情！"

仙蒂耐住性子道："炳哥不太舒服，别勉强他了，我来饮。男人冇捻用，点都比不上我们女人的耐力。"

阿群不仅没收敛，反而趁着酒意越说越过分，竟道："炳哥今晚金盆洗捻，伤尽天下女人心呀！老娘久违炳哥雄风了，炳哥不会不给面子，连喝一杯也托手踭[①]吧？"

仙蒂明白醉酒的男人容易变得脆弱，醉酒的女人却通常特别慓悍，为免局面闹得不可收拾，她踏前几步，从阿群手里夺过酒杯，笑说："我口渴，来，让我饮！先干为敬！"仰颈把杯里啤酒咕噜咕噜地喝得见底。

---

① 意为：拒绝。

换是寻常日子，有人出面缓颊，阿群自然见好就收，但今晚可不寻常，她已喝出八分酒意，刹不住车了，何况自觉承受了很大的委屈。哨牙炳“金盆洗捻”请来十一位老相好，居然没她的份。阿群为此郁结已久。自从沐龙宴的消息传出，她满心欢喜期待哨牙炳邀约，请柬确是来了，但只是被请去喝喜酒而不在老相好名单之列。其实原先连请柬也欠奉，只不过她的老姐妹阿英说项，说阿群刚好从澳门回到香港，老友一场，不妨让她来凑高兴，反正不占用那十一朵花的位置。哨牙炳抵不住阿英的情面，勉为其难答应。阿群明白哨牙炳是无女不欢的色鬼，上过床的女人恐怕可以坐满英京酒家整整三层楼，但是阿群觉得自己不一样，她跟阿炳共过患难。

话说沦陷后期，美国佬经常派机轰炸港岛，当响起防空警报，哨牙炳不去防空洞躲避，却跑到她家，把她拉到床上滚来覆去，完事后用被子盖住身子，安静地躺在被窝里，不知道是等待轰炸结束，抑或等待被从天而降的炸弹活活炸死。阿群初时心惊胆战，后来倒觉刺激，像在赌大小，军机在天空轰轰隆隆地是在摇骰子，炸弹落到地面，没炸到她的房子便是开“大”，把他们炸死了便是开“小”，他们把命押注在“大”上面，结果都中，每次穿回衣服的时候，有从赌场赢钱的满足。

有几天哨牙炳的举动特别怪异，把她抱得非常紧，就只抱着，手脚很规矩，把头埋在她的乳房中间，像在学校被老师责罚后，回到家里向母亲撒娇诉苦。有一回还真的流出眼泪，她一直记得滴在胸口的那股温热，之前未有过，之后亦未有，男人在她乳房上哭。阿群轻轻摸弄他的头发，似用手指替刚睡醒的孩子梳头。摸着摸着，阿炳由饮泣变为嚎啕大哭，哭了一阵子，竟然在隆隆的轰炸声里沉沉睡去。醒来后，哨牙炳没说半句话，穿衣离开，阿群在这刹那间觉得自己是个伟大的女人。

不久后她听说孙兴社南爷死于美军轰炸，恍悟哨牙炳流泪的前因后果。这更让阿群自觉独特，她跟他是“生死夫妻”啊，拥抱在床面对生死，自己的生死威胁，兄弟的生死去留，时间短，却难忘。但仆街阿炳竟然假装忘记！其后他跟她逐渐疏远，尽管偶有碰头，亦表现生分，止于上桌打牌而非上床打炮，仿佛战时一切从未发生，假装都不存在。他们活着，但是他们之间有过的事情已经死去——哨牙炳没有勇气再次面对自己在痛惜陆南才时的软弱。

这夜在“沐龙宴”上，乘着浓浓酒意，阿群不愿放过哨牙炳，把自己的酒杯硬塞给他，他不耐烦了，伸手拨开，厉声道：“唔！捻！饮！”啤酒溅到阿群的柠檬黄色短旗袍上，这可是她特地为参加这场宴会订制的服装，哨牙炳对她说过喜欢黄色。

仙蒂见状，连忙执起桌上热毛巾替阿群拭抹衣服，阿群甩开她的手，一屁股坐到椅上，弯腰把头埋到膝间凄凉地哭起来，但是担心惊动房外姐妹，咬唇压住哭声，听起来像一只猫咪在街角受伤。仙蒂劝解道：“炳哥快离开香港了，他舍不得老朋友，最近睡不好，脾气大，你得体谅。”

阿群仰脸道：“体谅？他有体谅我吗？你知道我为他冒过多大的险？我敢说，我跟他，和其他的女人都不一样。”仙蒂暗暗叹气。普天下的女人都是傻子，都相信自己跟男人的关系比较独特，跟他和其他女人的都不一样，都觉得男人应该把她挂得最深、念得最久。其实，活在这世上，谁跟谁的关系不是唯一？或许倒过来说，正因每段关系都独特，像哨牙炳这种男人始会上下求索，不愿错过任何一次可能的欢愉。况且男女关系既然能够由无变有，有了之后，为什么不可以重归于无？一旦没有了，便没有了，不承认就是愿赌不服输，是傻上加傻、笨上加笨。

可是阿群不这么想。她继续吐出积压了许多年的怨气，豁出去了，道："我是陪他玩命的女人！忘恩负义，冇义气，仲话系堂口大佬！你不看看他趴在我心口哭来喊去的死样子！呜呜呜，呜呜呜……喊到死狗咁……"

哨牙炳盛怒，从沙发上跃起，冲过去就是一巴掌，但手掌落到阿群面前忽然停住。他生平只打过一次女人，在南爷要求他想办法保护集中营里的张迪臣的那个夜晚。他承担不了这样的秘密，回家后哭了，借故跟阿冰打架发泄，掴了她两个耳光。阿冰常说自己前辈子欠他债，他倒觉得是他欠阿冰，前世这世后世，债上加债，十世轮回也还不清。

阿群止住哭声，定睛看着他，眼线化妆融化滴流，在两边脸颊划出幼细的黑线，像一条条的楚河汉界。她坚决认定阿炳欠她好多好多。——而贵宾房里的这几个人，谁都没想到会被陆世文撞见这么尴尬的一幕。

三十六　安娜

陆世文本来跟在萧家俊身边到大厅向前辈们问好，纯芳却忽然喊饿，想去萧顿球场吃东风螺和炒辣蚬，他转身回去贵宾房，只为取回吊衣架上的外套。万料不到，一进门，三位长辈，一个坐着，两个站着，木然不语，扭曲的神情像将摇摇欲坠的颓垣败瓦。他从未见过阿群，但是他对炳叔有最起码的了解，猜想她是他的其中一个老相好，因为这样或那样的理由，跟他在闹。

阿群低头用手背抹走脸上的几行黑线，再掠两下耳边的头发，挤出顽皮的笑容，像在街角发现了可爱的小猫小狗。她不知道眼前人是谁，仙蒂为了打破僵局，简单介绍道："这是陆世文，风哥的儿子，认得吗？"又道："世文，喊群姨，你来到香港的时候，她已经去了澳门。"

陆世文点头喊："群姨！"阿群尖着嗓子道："嗳，我早听闻风哥有个靓仔儿子，想不到长得又高又壮。嘻，如果群姨年轻二十岁，爱死你了。"

对于阿群的不正经，陆世文完全不知所措，唯有呆站在门边，尴尬地笑着。阿群索性站起走到他面前，踮起脚尖，抬头凑近端详他的脸孔五官，一阵浓烈的酒气扑进世文的鼻孔，他被呛得后退半步。她不收手，继续进逼挑逗，眼珠子像从泥泞里伸出来的猫舌头，上下舔玩世文的五官。忽然，阿群脸色一变，眼神由促狭变成狐疑，自言自语，却又似向哨牙炳和仙蒂试探：“咦，这对眼睛怎么这样像……安……安娜……啧啧啧，这对卧蚕，还有眉毛，太像了，鬼鬼地，跟她一模一样。还有这个挺直的鼻梁，又似另一个人，不是风哥，不，你不像他。”

没有人说话，空气沉重得令仙蒂觉得晕闷，来不及反应，阿群已经追问世文：“你几岁？二十四？二十二？”

“二十三。”世文腼腆地说。

阿群沉吟一下，若有所悟地说：“哦，二十三岁，那是一九四四年，日本仔还未走，安娜那年也是挺着个大肚子，说要回澳门老家生小孩。你，安娜，呵，呵，呵……”一连三个“呵”字，似是问号，又像答案。

听见安娜的名字，仙蒂马上回神，用失火般的焦躁声音喊道：“世文！快去，去陪纯芳！”

陆世文“嗯”了一声，急急忙忙拿回外套，夺门冲出大厅，轰然一声带上贵宾房门，把阿群吓得抖了一下。房里再次剩下三人，仙蒂和阿群谁都没看谁，刻意避开彼此的目光，却又把对方纳入视线的余光里面，随时防备，也随时攻击。哨牙炳一脸疑惑地站在中间，看看她，又看看她，终于打破沉默，问阿群道：“到底搞乜春？什么安娜？边个安娜？”

阿群尚未回答，哨牙炳却先想起了些什么，自己给出了答案，喃喃道：“啊，记得了，那个好似男人咁高头大马的吧女，以前常跟南爷……”

哨牙炳没往下说，脑海似有无数的零乱碎片，在混乱的思绪里，他想象了一些惊人的空白，刹那间，碎片被拼凑成一幅可以被理解的图案。于是他侧脸望向仙蒂，凌厉的眼神像连发的两记子弹，问道："你是知道的，对吗？只不过从未告诉我，对吗？"

阿群在旁抢白道："她怎会不知道？安娜在澳门生了孩子，后来带孩子去香港，却独自回来，说孩子被拐子佬抢走了。她告诉我在香港和仙蒂见过面，仙蒂还帮了她的忙。两年以后安娜又来了香港，之后被发现在海里淹死，当时我们都说她跳海自杀。现在想起来，呵，呵，呵，有问题！肯定有问题！"

仙蒂一脸木然，半晌方道："我不知道。我记不得了。"

阿群冷笑两声，扭身夺门而出，却在拉门前扔下一句话："好哇，不知道？记不得？我自己去问！我自己去查！到时候，你记不得也要记得，不知道也要知道。"

仙蒂颓然坐到沙发上，闭起眼睛，再无力气说半句话。可是又无法不说。重重压在心里多年的秘密，像干枯的柴枝忽然被点燃着火，熊熊焚烧至不可收拾，若不把话说个清楚明白，她实在没有再站起来的力气了。何况哨牙炳不会不追问，他没说话，但抱胸站着，狠狠瞪着她，整个人便是个问号。就算她不说答案，他也会自己去找。

一旦下了坦白的决心，仙蒂心头一松，阻止不了眼泪汩汩而出，都是委屈。哨牙炳心软，叹一口气，坐到她旁边，拍一拍她的背。隔了些时，仙蒂止住泪水，拿手巾擤鼻子，直视他，轻声道："没错。南爷是世文的父亲。"

安娜是仙蒂介绍给陆南才的一个女人。张迪臣要求他处理日本鬼子的情报经费，陆南才知道他在利用两人之间的感情，却仍愿意帮忙，为的只是一个“义”字。他狠下心不再跟张迪臣有感情拉扯，他以为可以在女人的身体里忘记张迪臣，于是夜夜放纵床上。其后发生于陆南才和张迪臣之间的种种背叛和出卖，仙蒂其实并不完全掌握，只知道张迪臣被日本人抓走了，没能走出牢狱。阿才也死了，但不小心留下骨肉——在安娜的肚里。

安娜的娘家在澳门，她回去搵食后始发现有了孕，想找陆南才负责任，南爷却被炸死。因为身子太弱，她不敢打胎，把世文生下来唤作“阿细”，洋名 Fernando；她是个情义女子，没把细节告诉任何人，只说连自己也不确定肚里是谁留下的种。过了两年，她要嫁给一个土生葡人，辗转闻说陆南才的弟弟来了香港，便把孩子带去，希望南爷的家人领回抚养，让她有个全新的开始。安娜当时找仙蒂帮忙说项，仙蒂出主意，让陆北风给安娜一笔封口费，又编故事告诉大家，讹称孩子的妈妈和兄妹受陆北风的汉奸罪名连累，已经死在广州狱里，亲戚冒险把两岁的儿子送回父亲身边，诸如此类。陆北风同意了，反正只身在港，没理由放着哥哥的血脉不管。他把阿细唤作“世文”，二十多年来视如已出，也守住了孩子的身世秘密。

多年以来仙蒂一直提醒陆北风，千万别让孩子知道自己被吧女母亲遗弃，其实她的最大担心是，陆世文长大之后，顺藤摸瓜知悉自己的龙头父亲原来是鬼佬的秘密情人。所以她未把所有告诉陆北风。她以前对南爷说过：“我们一定要活得比他们好。”南爷不在人间了，她希望见到他的儿子活得好。她要保护他。

关于张迪臣，陆北风在广州时已听闻他对孙兴社撑持甚大，但仅止于此，不知道有其他。但是，纸包不住火，到了一九五四年，所有不知道的事情都知道了。世文十岁了，有一天，安娜突然现身门前，不仅向陆北风要钱，更要人。她的葡国丈夫烂赌，在澳门输掉了两间店铺，更欠了一屁股债，在黑沙湾被贵利流氓迫得跳海。流氓再来迫她，她唯有逃到香港，打算在湾仔的酒吧旁边开店卖餐给英国水兵，需要本钱，更希望陆北风同情她孤苦伶仃，让她领回Fernando，母子俩今后相依为命。当天仙蒂在场，亲眼见着陆北风一巴掌狠狠把安娜掴得嘴鼻喷血。他瞪眼怒道："你以为孩子是衣服，不要的时候就脱掉，忽然想要就穿起来？刁那妈，你想要小孩，自己揾鬼佬再生一个！"

安娜伏在饭桌上凄厉地哭，呼天抢地说怀孕两次都流产，生不了，担心老去无依靠，一定要把孩子拿回身边，亲娘就是亲娘，谁都拆不散。陆北风站在她背后不断粗言喝骂，安娜终于坐直腰板，认真地说："孩子年纪不小了，我们问他，让他自己选择。告诉他真相，你只是他叔叔，他亲生爸爸是南爷。放心，我半句不提南爷和鬼佬的事情，我会小心，他不会知道。"原来陆南才曾有一夜躺在她身边，说过不三不四的梦话，惊恐地喊唤张迪臣的名字，所有不该让别人知道的事情都在梦话里透露。她把他推醒，他哭了，在软弱里道白一切。

陆北风如堕五里雾中，追问"什么鬼佬？"，到底怎么一回事。仙蒂来不及阻止，安娜已经和盘托出一切。一切都是陆南才在床上告诉她的，男人上了床便守不住秘密，赤裸相见的不仅是身体而往往更是心底的压抑包括欲望和恐惧。陆北风愣住了，跌坐到椅子上，手肘支在桌面，手指使劲搓揉额头，仿佛有人在脑袋里面敲、敲、敲，他奋力对抗，不让脑额崩裂。

仙蒂对安娜道："有话好好谈，没必要闹到不可收拾。"

安娜道：“孩子在哪里？我们现在就问他，让他自己选，留在香港抑或跟我回澳门。”

“他上学了。别急，明天再谈。明晚九点我们在湾仔码头见面，先散散步，我带世文见你，慢慢把事情说清楚，他会明白的，他很懂事。但我把话说在前面，我哥哥的事情，你从来没对人提过？”陆北风冷静地问，眼神却似寒风般一道道刮向安娜。

安娜坚定地说：“没有！南爷对我很好，放心，我没对半个人说过半句。”

那天以后，仙蒂便没见过安娜。她没向陆北风探问他跟安娜在码头见面的经过，男人做事，搞掂了便好了，女人最好别问。只不过后来辗转听说有人在海面发现安娜的尸体，是“自杀”。她被迫带走了南爷的秘密，陆世文仍然是陆北风的儿子。

哨牙炳听完陆世文的身世，默不作声，左手拇指不断轻按右手腕的太渊穴，是老习惯了，中医说能清肺定心。他戒烟一年半了，此刻却伸手从桌上的铁罐里抽出一支待客烟，缓缓点燃，太浓了，吸了两口便把烟蒂重重压死在烟盅里。他发现仙蒂一直盯着他，心知肚明她在想什么。于是道：“放心，不会让世文知道的。我会搞掂阿群，对，搞掂她。”

“点样搞掂？”仙蒂十三年前没向陆北风追问如何搞掂安娜，但如今必须问个清楚明白，哨牙炳不是陆北风，她不放心。阿群亦非安娜，安娜只是无亲无故的杂种吧女，阿群却在香港有亲有故，有根有源，有底有面，难对付得多。所以她劝道：“阿炳，女人吃软不吃硬，先把她哄住再说。她求的不就是做你其中一个登台的老相好？

不如你出去跟炳嫂讲讲，临时加一座花牌，让阿群也到台上风光风光。”

哨牙炳摇头认为此路不通，临场变阵，性子硬的阿冰不会答应。仙蒂略沉思，道：“那么，换人不换花！”她提议送点好处给其中一个老相好，叫她佯装身体突然不舒服，赶去医院看病，花牌阵缺人，唯有由阿群顶上，否则场面难看。

哨牙炳拍桌道：“好主意！找阿梅谈谈，她最容易说话。”又忽然惊喊道：“哎呀，我们得赶快拦阻阿群，免得她向世文左查右问！说不定她知道南爷同张迪臣……”

仙蒂打断他，道：“不至于吧？她连世文和安娜的关系亦未确定，怎会想到南爷那边的事情？”

哨牙炳摇头道：“难说，难说。就算她冇法确定世文是南爷的骨肉，亦不见得安娜没对她说南爷的闲话，女人最爱说别人的秘密，自己的倒口紧得很。”

“这更事不宜迟！我去找阿梅，你去哄住阿群！”仙蒂边说边站起身推门，哨牙炳跟在后头。

甫出房间，哨牙炳迎面见到鬼手添，鬼手添说想跟他谈谈堂口接班的事情。他脸色凝重地道：“再谈，再谈。现在不是时候。”鬼手添愣住，支支吾吾地说：“咁……咁……咁即系点样？今晚不……交棒了？怎么可以不交棒？”

哨牙炳不满鬼手添话里的使唤语气，负气道：“我说不交就不交！点样？还要先向你问准，经你批准？你是大佬，我是大佬？”说毕跨步迈去大厅。

鬼手添拉住哨牙炳的西装袖子，沉住气道：“呵，炳哥舍不得金盆洗捻？没关系，南非有大把黑妹白妹，听说也有唐人街，肯定有屌不完的女人。只要提防些，别让炳嫂发现便行，偷偷摸摸，仲捻刺激！”又道：“炳哥放心，真的，香港这边由我管着，保证冇人欺负新兴社。”

哨牙炳觉得他说得过分，厉声斥道：“由炳哥管，就有人敢欺负？你即系话炳哥冇捻用？我系大佬，我想屌边个女人就屌边个女人，我想几时交棍就几时交棍。你冇资格说三道四！”

鬼手添已有七分酒意，终于按捺不住冲动，竟反唇相讥：“如果风哥在香港，整个港岛九龙新界都是新兴社的地盘了。”

哨牙炳愣住，胸口似被捶了一拳。但是因要赶往拦住阿群，先不计较，使劲甩开鬼手添，拂袖而去。

鬼手添觉得被摆了一道，站着恨得咬牙。多年的好兄弟，自己替堂口出生入死，哨牙炳就这样出尔反尔，难道完全不考虑他的处境？他暗骂一声：“刁那妈！”但亦无奈跟着哨牙炳的脚步进入大厅。

大厅内的贵宾坐得七七八八了，花王二担任司仪，在台上卖力说笑话暖场，筵开十八桌，主家席在台前中央，是一张特别大的圆桌，铺着红布，中央摆着一盆红花，连阿冰在内花团锦簇地坐了十二个女人。哨牙炳终于现身，本来四处张望的阿冰兴奋得像孩子迷路重遇父亲，急忙挥手召唤他坐到旁边。花王二瞧见炳哥身影，立即扯开嗓门对麦克风高喊一声：“有请各位贵宾、各路好汉马上就座。吉时已至，小弟荣幸宣布，沐龙大典，正式开始！有请新兴社堂主，赵文炳先生，炳哥！”

三十七　朱家搭桥洪家过，不过此桥是外人

“仆街，人呢？”哨牙炳站在大厅中央四处张望，心里一直骂着。他心焦如焚，希望尽快找到阿群。然而花王二突然呼唤他的名字，全场响起热烈掌声，更有几个兄弟趋前把他簇拥到台上。他心神不定，几乎跌倒在台阶前面，台下有人朗声捉弄道：“炳哥，小心金盆洗捻变成金盆断捻！”

上台站定后，哨牙炳拉整一下西装，环顾大厅四周查看阿群何在，竟然毫无踪影，由不得不惶恐万分。花王二在他身边催促了几次请他发言，他仍只木木地站着，脑海空白一片。阿冰坐在中央的主桌前，面对舞台，嘴角挤出生硬的笑容，眼睛却似石头般向哨牙炳狠狠扔掷过去。同桌的姐妹开始窃窃偷笑，美宝对阿仪说：“炳哥可能舍不得洗……”她明明把声压低，却仍低得让阿冰清楚听见每个字。

其他嘉宾亦交头接耳，仿佛到处是潺潺滑动的蛇，滋滋地吐着毒舌咧着利齿。

哨牙炳清一下喉咙，半晌方开腔，说：“今晚惊动了各路英雄和各位兄弟，真系唔好意思。小弟我出道三十年，结交了无数江湖朋友，亦得罪了无数江湖敌人，感谢各位贵宾前来赏光，我阿炳想借今夜沐龙之宴的难得机会，向各路英雄好汉郑重声明，万一昔曾有所冒犯，

还请海量包涵。”

台下“好！”声雷动，震天响的喝彩声竟然令哨牙炳的心情由焦灼变成激昂，刚才在贵宾房里的事情像拳脚一样把他打得头昏脑涨，南爷，安娜，世文，风哥，诡异的关系令他几乎忘记了今晚是自己的金盆洗手和金盆洗捻，现下突然成为所有人的注目焦点，我，我，我，对于这个江湖，总该留下一些想法。

于是他向台下抱拳，把嘴巴凑近麦克风，似对众人说话，但是只有他自己明白，其实他是在对自己说话。

哨牙炳慢条斯理地说：“我阿炳行走江湖这么久，对什么是江湖，总有资格讲几句意见。要明白江湖，必要先明白陆地。陆地之上，有道有路，有方有向，何去何从大致有轨迹可依可循。但在江湖之中，浮浮沉沉，漫无边际，东西南北谁都说不准。所以得靠自己闯荡，要靠自己打出江湖规矩。江湖里，有大鱼也有小鱼，有真龙也有假龙，各有各的货色和本领，但不管是什么货色、有何本领，求的大抵都是生存二字。生活不容易啊，能够在茫茫大海里活下来，已经是一桩不简单、不容易的事情，大家都得体谅大家。”

台下“炳哥，好嘢！炳哥，有见地！”之声不绝于耳。

哨牙炳得意了，继续把话说完，但其实刚才和之后要说的话，有许多是陆南才以前对他说过的。哨牙炳对台下道：“混江湖，吃的是四方饭，无论东南西北，有饭吃的地方便得去吃，而江水流动、湖海兴波，许多时候身不由己。恩也好，仇也好，天天在变，时时在变，想留也留不住。可是，留不住，却必须对得住，闯江湖既要对得起自己，更要对得起别人，吃饭终究要讲公道，否则便不是吃饭而是抢饭。新兴社前身是孙兴社，由南爷所创，南爷最常提醒兄弟们的，就是公道二字。南爷离开了，风哥掌舵，孙兴社虽然易名新兴社，名字变了，但仍把公道放在最前头。如今风哥身处远方，小弟不才，暂掌龙头之位，最看重的依然是公道。”

台下又是一轮鼓掌。

说到南爷，哨牙炳急往前方搜望，看见世文和纯芳并肩而坐，胸口涌起一股凄酸，整颗心像忽然放松下来，却又似突然被提上去。他深吸一口气，再道：“感谢祖师们，感谢南爷，感谢风哥，感谢在座各位兄弟手足，没有你们，便没有新兴社，更没有我赵文炳，请受小弟拜谢。”

说毕，哨牙炳抱拳躬身，把左手拇指和食指捏成圈状，其余三指伸直，是为“三把半香”，再用手指在右肩、右上臂、右肘、右前臂而至右手腕各碰一下，是为“过五关”，五个部位分别代表洪门典故里的高溪庙、乌龙岗、长沙湾、二板桥和姑嫂坟。为求隆重，哨牙炳边做手势边朗声念诗：“二板桥头过万军，左铜右铁不差分，朱家搭桥洪家过，不过此桥是外人。”又念：“头发未干出世迟，家贫少读五经书，万望义兄来指示，犹记花亭结义时。”

洪门老派人凭这手势和诗句为江湖相认之礼，但现下已不时兴了，更没几个人知道，懂得的人各自向邻座低声解说，脸色得意自豪。然而无论懂或不懂，也不管是男是女，在座嘉宾只要是洪门徒生，无不站起身抱拳回礼。阿冰则仍坐着，感动归感动，却同时讶异于阿炳怎么今晚似是变了个人，说话正经八百，严肃端正，不像跟她度了二十多年患难的那个赵文炳。

嘉宾重新坐定，花王二拱手请哨牙炳坐到台侧的一把太师椅上，忽然，锣鼓响鸣，新兴社分堂“洪义国术馆”的门生从后台咚咚隆隆地舞狮出场，黄狮在右，红狮在左，生猛威风，赢得满堂喝彩不在话下。四个人，两头狮，在哨牙炳面前摇晃摆动，妨碍了他的视线，他在人与人、狮与狮的舞动身影之间往台下张望，隐隐约约窥见主桌的众女脸容。

阿冰已经喝得双目涨红，黄狮头震颤颤地晃一下，把她遮蔽了；阿贞的脸圆得像月饼，黄狮尾左晃右摆，把她挡住了。还有阿婵、阿玉、阿意、阿静、阿容、阿美、阿惠、阿思、阿桂，脸颊无不涂抹得霞光照艳，深深浅浅的腮红在缝隙之间时而现、时而隐，像挂在神坛前的灯泡串，坏掉了，闪烁无定。有门生在帘幕旁敲锣打鼓，笃锵，笃锵，笃笃锵，喧天哗地，闹声震动他的耳膜，刹那间仿佛他的额头是鼓，他的后脑是锣，每响一下都打出他的一段销魂记忆。都是曾经给我无比快乐的女人啊，她们也曾告诉他，她们也快乐，但她们到底怎样快乐，他无法体会，只能从她们的呻吟和颤抖里想象。每个女人的快乐都一样也都不一样，各有各的声调和身姿，一千个女人便有一千种风情，然而到了风情的最高处，眼神竟是相同的迷离，似在对全世界宣布，我什么都不想要了，且让我停在最高处，这是我的归宿，我的故乡，我愿意付出所有，只要能让我在这里留下。正是她们义无反顾的渴求令哨牙炳觉得自己拥有实实在在的力量，他不再只是堂口的龙头，他就是龙，呼风唤雨，他是潮湿和狂暴的创造者，他有能力让对方的时间静止在最疯狂的刹那。

一张张脸容在哨牙炳眼前掩映，因被遮挡而破碎，似有还无，是陌生的熟悉。都过去了，快乐无论如何深刻，过去便是过去，之前之后不管还有其他多少个女人，依然无法彼此替代，终究都是独特的人，独特的快乐。他不禁戚然。快乐一旦被依依怀念，伤感即像青苔般在墙脚蔓生。

跟哨牙炳共寻过快乐的女人当然远远不止十一个，但沐龙宴只容许这个数字，唯有挑选能够安全曝光的人，都是风尘女子或堂口中人，没有名节的顾虑负担，求取生存和快乐是生活里的唯一义务，阿冰也不介意她们的存在，反正她是拥有名分的赢家。其他的女人，只好留在彼此的脑海成为心照不宣的秘密，有过而不能说，依然是有过，总强过一无所有。阿群其实并非不能公开，但是哨牙炳必须忘掉她，必须忘掉在她胸前曾经流过的男儿泪，这样才可忘记南爷的突然不在。许多时候，要远离伤痛，没法不把快乐一并踢开。

可是此刻他忽然发现自己没有踢开一切的资格。在仙蒂说明一切之后，陆世文已经不再是陆世文，在哨牙炳心中，他的出现等同南爷重现眼前，让他感受到无可逃开的责任，他必须在陆世文身边守卫秘密，绝对不可以让世文知悉南爷和张迪臣的关系，也不可以让他知道陆北风如何对待了他的亲生母亲。骤然而降的责任给他带来力量，相对于这样的力量，床上的呼风唤雨竟是如此轻浮，他从未试过这么认真地对待责任。四十年前目睹父亲被土匪割喉丧命，他觉得自己有责任代父报仇，但战场炮声把他的报仇意志炸得烟消云散，之后跟亲戚做生意，再之后跟南爷混堂口，因缘际会坐到龙头的位子上，有上千名兄弟门生合力撑持，一路上似有风浪把他推到前头，他并非全盘心甘情愿，却亦没做过什么严肃的取舍。说服阿冰移民，又倒过来被阿冰劝服金盆洗捻，这都当然是最有决心的取舍，但谁说取舍不可以改变？陆世文在，对哨牙炳来说便是陆南才活过来了，既然南爷在，他阿炳怎可以离开？如果世文愿意，又有谁说不可以把他栽培为新兴社龙头？世文在香港，风哥在菲律宾，让他们两父子——不，两叔侄——分在两地把新兴社的香火接续下去，岂不甚有意义？

他被自己的念头吓了一跳。真的吗？真的不该离开？可是已经骑虎难下，怎么办？好，山不转路转，路不转人转，再无办法亦要想出办法。无论如何，今晚这场沐龙宴好戏还是得演完，否则实在对不起阿冰。大不了去到南非之后，把阿冰和纯芳安顿妥当，他再独自回来，继续主管新兴社，再花几年时间认真扶持世文接位。这当然要先问问世文是否有此意愿，但他今年没有，不等于明年不会有，一切大可从长计议，唯今最要紧的事是寻得阿群，免她口没遮拦，捅出了所有不该被捅出的秘密。

打定主意后，哨牙炳站在台上，望向远处，暗道："南爷，阿炳又要替你办事了。你放心，我一定办好！"

三十八　人呢？阿炳呢？

晚宴主人致辞完毕，沐龙宴依计划往前推进，十一个女人全部登台，站在属于自己的花牌面前，先由阿冰用一块经庙公施咒的红布拭抹哨牙炳的裤裆三遍，再由哨牙炳执起一把金剪刀，逐一剪断悬吊在花牌顶端的一束小花球。花球代表女人们的元神，统统割走，裤梢干净。

这夜，喊唤主桌旁的女人登台以前，花王二瞄瞄手表，距离洪圣庙祝指定的九点三刻吉时尚有十五分钟之久，于是擅作主意，先邀炳嫂对大家说几句。阿冰大方起立，在掌声里缓步拾级登台，走得极慢，她要用心享受每一步的胜利感觉，短短的几秒钟的路，于她是二十多年的生命付出。她终于在众人面前独占阿炳，尽管很可能就只有这么一夜，然而一夜也好，至少在这一夜，丈夫对她正心诚意。

站定后，阿冰环视满堂嘉宾，略说了几句感谢光临，再把目光投向主桌的女人身上，特别感激她们这些年来跟哨牙炳有过的缘分。她道："世上没有不吃醋的女人，但男人嘛，你吃醋，他会搞，你不吃醋，他也会搞，与其吵来骂去，不如眼不见为干净。况且炳哥是大佬，如果大佬不爱女人，实在不太值得手足尊敬。请各位说句老实话，世上有干干净净的大佬吗？”

嘉宾笑翻了肚皮，纷纷鼓掌喊是。哨牙炳望向台下的陆世文，他正咧齿而笑，脸无异样，阿炳始稍稍放心。但仍然没看见阿群。

阿冰此时续道：“说句实话，我并非不懂吃醋，但是我深信恶缘坏缘都是缘，我跟炳哥是前世注定，姐妹们跟炳哥亦是前世注定，只不过我是十世，姐妹们可能是三世，十世缘赢三世缘，像打牌九，双天至尊赢了孖梅孖斧，所谓格食格，你们输了也该甘心。”

这个牌九比喻惹得满堂哄笑，大家从没料到炳嫂这么风趣。

嘉宾的笑声令阿冰的情绪渐趋激昂，加上喝了不少酒，兴致来了，干脆道：“今夜难得济济一堂，不如我唱几句汕头山歌给大家助庆，好不好？又掩嘴笑道，我是处女下海哟，生平第一次公开献唱，兄弟们千万别笑阿嫂。”

嘉宾鼓掌，哨牙炳坐到舞台左侧摆着的一张太师椅上。阿冰定一下神，扯开嗓门，唱的是潮汕小曲《送郎绑伞尾》的几句折子：

送郎拿伞出厅堂，祖宗面前来烧香，一来庇佑家中事，二来庇佑出外乡；

送郎卖茶出远门，手拿点心送夫君，行一步来停一步，夫正夫，湿透两条围身裙；

送郎送到屋檐下，目汁双流衫袖遮，手牵衫袖擦目汁，我郎何处去卖茶；

送郎一岗又一岗，几句言语劝夫郎，路边野花夫莫采，记得家中牡丹香，夫正夫，

嫖赌两字爱——提——防！

唱至最后一句，阿冰侧脸瞄瞄阿炳，刻意把音调拔高，竟然把自己感动了，鼻子一酸，呜呜索索地泣不成声。嘉宾齐声喝彩：“炳嫂冇得顶！”花王二连忙趋前递上热毛巾让她抹脸擤鼻。

这时候台下有男子喊道：“唔好喊！快点叫炳哥把东西掏出来让炳嫂洗干净。金盆洗捻，我们要睇巨捻！”哨牙炳认得是福义兴的双花红棍双鹰浩，他们多年前去泡过澡，见到他胸前文了两只展翼腾飞的彩鹰，两粒粗黑的乳头是鹰眼。于是哨牙炳朗声喊道：“阿浩，我条龙大过你只鹰，你早就见识过！”

台上台下来来回回地、不正不经地互相调笑，主桌忽然站起一个子矮小却长着两个像柚子般丰满乳房的阿惠，喊道：“炳嫂，姐妹们商量过了，今晚恳求你大方到底，让我们跟炳哥好好道别……”

阿冰打断她，笑道：“不至于要十几个女人一起上吧？”

阿惠在满堂笑声里道：“我们无所谓，只怕炳哥吃不消啊！毕竟今时唔同往日，炳哥年纪唔轻了！”

隔两个座位的阿贞抢白道：“是呀，炳哥以前好鬼犀利，成条铁咁，他的花名应该是‘铁棍炳’，不是‘哨牙炳’！”借着酒兴，老相好们一个说得比一个放肆大胆，笑声此起彼落。

阿思加入战围，说：“对！我是证人！我被炳哥弄得躺在床上三天三夜，现在想起来也觉得疼。”

阿容在旁附和道：“系呀，只有金闆才顶得佢顺！”

崩口人忌崩口碗，一提“金闆”二字，外号“金闆露露”的鬼手添老婆从邻桌远远扔来一支筷子，半认真、半开玩笑地喊骂：“死八婆，我得罪你了？做乜拉埋我落水？我跟炳哥清清白白，咪乱讲嘢！”

鬼手添起立叉腰，指着阿容叱喝道：“笑我老婆？信唔信我将你条脷根挖出来！”

阿容吐一吐舌头，装个鬼脸。阿思不服气，帮腔回斥道：“男人虾女人，唔知丑！”鬼手添作势动一下身子，似想冲过去揍人，但嘉宾起哄鼓噪把他压住，他不便发作，只骂一句：“好佬怕烂佬，烂佬怕泼妇！”

老相好们再度你一言、她一语，无不夸赞哨牙炳当年如何神勇。哨牙炳不断摇头苦笑，有女人夸他，尴尬归尴尬，总不能不准她们说话。阿冰却听得浑身不自在，倒非尴尬，而是有一股莫名的妒火在心底熊熊燃起，愈听火势烧得愈旺，由小腹至胸口，由胸口而喉头，由喉头而额头，令她发热冒汗，恨不得冲到台下给她们每人一个响亮的巴掌。

此时阿贞不识相地向阿冰重提刚才尚未说完的要求：“炳嫂，不如让我们到台上轮流摸一下炳哥裤裆，算是‘握手礼’，此后散伙，两不相欠。”

隔桌有人唯恐天下不乱地喊过来：“不如索性轮流锡一锡[①]炳哥的巨龙，好似鬼佬流行的乜捻‘骨拜骑士’？”花王二在身旁对阿冰轻声解说，“骨拜骑士”就是Goodbye Kiss，道别前的亲吻。炳嫂狠瞪他一眼，吓得他马上退后两步。

这句“骨拜骑士”像浇淋到炉火里的汽油，一股热气冲上脑门，阿冰再难自制，老远向阿贞厉声道：“你玩够未？今晚是金盆洗捻，不是金盆玩捻，唔好得寸进尺！”

① 意为：吻一下。

阿贞不甘示弱，反唇相讥道："哎哟，炳哥确实喜欢'骑士'！我们都是知道的，姐妹们，对吧？"她把视线在其他女人的脸上扫了一圈，有人微微点头，有人掩嘴偷笑。向来百无禁忌的阿容执起一支筷子，用色眯眯的眼神说："是啊，有一回炳哥还要求我涂上豉油骑士呢，害我的舌头咸得发麻。"

话未说完，阿冰已从花王二手里抢过用来割断花球的金剪刀，朝阿容狠狠投掷过去，边骂道："你咁钟意俾人插，我就插死你个八婆！"

剪刀落在台下地面，当锵锵一声，女人们吓得呱呱大叫。阿容亦非善男信女，定过神后，一跺脚，执起桌上的碗筷猛力扔去，其他女人看不过眼，竟然助攻，纷纷向台上掷盆扔碟，花王二连忙冲前用背挡护炳嫂，一瞬间，场面大乱，宾客们都是见过世面的江湖兄弟，并未落荒而逃，只是全部抱胸站到一旁看热闹。

鬼手添这时候匆忙跃到台上，打算用麦克风喊话制住场面，却不慎被电线绊跌至手脚朝天，左足一蹬，踢倒了最旁边的水仙花牌，它倾斜翻侧，撞向旁边的芙蓉花牌，芙蓉花牌又碰倒了山茶花牌，再而是杏、菊、梅、莲、桂、桃、石榴、玉簪甚至牡丹，以至那两座"江湖笑看日初升"和"梦醒桃花沐飞龙"花牌亦哗啦啦地接连垮塌，牌上的真花和假花皆像山泥倾泻般松脱掉落，但又被几把吊扇吹得漫天旋舞，不知者必以为是洋人的除夕倒数派对。

啃牙炳依然坐在台上，愣住了，万料不到热热闹闹的沐龙宴变成一场胡闹的混战，当女人不可理喻起来，比男人更像孩子。眼前的花舞令他想起十多年前杜老板的那场葬礼，同样是花叶飞扬，所不同者在于当时飘起的是白花，今夜飘动的是红花，杜老板的丧事被办得像喜事，他的喜事却被闹得像死了人，生生死死，成成败败，看来真各有天意。

恍惚之际，哨牙炳望见仙蒂走近台前向他招手示意，他站起趋前，半蹲下来。仙蒂对他道：“阿群跑了！”

哨牙炳慌张了，马上跃身跳到台下地面，拉住仙蒂的胳臂跑回贵宾室。

“阿群跑咗去边？”哨牙炳边跑边问。

仙蒂用疑惑的眼神望他，反问道：“你不是负责哄住她吗？怎么回事？”

“我踏出大厅就被他们推上了台，一直没看见她啊！”

“我跟阿梅谈好了，她睇钱分上，答应让位。我刚才陪她走路回家，确保她不会中途反悔。回到这里已经见到七国咁乱，阿群正拉着世文说话呢！我但从远处唤她，估唔到她掉头便走！”

“惨！走！赶快去找世文！”哨牙炳仙蒂紧随后头。

大厅的男男女女仍在脸红耳赤地吵翻天，他的老相好们和她们的男人是一伙，阿冰身边则有萧家俊、花王二、鬼手添、潮州仔、鸡佬成等兄弟护驾，双方对峙喝骂，粗言秽语令英京酒家的金鸾厅喧扰得比街市更像街市。

张望了一下，两人发现陆世文和纯芳坐在接近电梯的桌子旁，脸上神情有七分惶恐、三分好奇，对这群脾气暴躁的叔伯姨婶感到莫名其妙。阿群仍然不见踪影。原来她刚才步离贵宾房，激动得胃里翻腾，冲进厕所蹲在马桶旁哗啦哗啦地呕吐，吐得干净之后，竟然坐在地上昏睡，好不容易醒来，返回大厅，惊见一片混乱，凑巧见到陆世文，马上走过去跟他说话，但是说不到几句，远远望见哨牙炳和仙蒂从贵宾房出来，立即像见鬼般掉头走人。阿群觉得今晚受尽委屈，这口气，她咽不下，但决定先到英京酒楼附近海边吹吹风，冷静下来，慢慢思量如何用陆世文的身世秘密来威胁哨牙炳，敲他一笔钱，天经地义，亦算是替失踪已久的安娜讨回公道。

“群姨跟你说了什么？”站在陆世文面前，仙蒂劈头问道。

世文回道：“她问我有没有听过一个叫作什么安娜的女人的名字，又问我有没有听父亲提过母亲和家人的事情，我听得一头雾水，随口敷衍了几句。她突然看见你们，便像见鬼一样跑了。”他问仙蒂：“谁是安娜，神仙阿姨？”

纯芳在世文旁边，瞪着一对澄明天真的圆眼睛，羞赧地问仙蒂：“那个群姨也是阿爸的……那个？”

仙蒂道：“大人的事你们就别管了。”她稍稍放心，事情应该未至于不可收拾，但忽然察觉哨牙炳原来没跟上脚步，回身四处寻找，咦，奇怪了，人呢？阿炳呢？

三十九　光明街上的黑暗

哨牙炳失踪了。

大家找他，寻他，喊他。不见了就不见了。想必是趁着混乱离开了英京酒家，但是为什么离开，又去了什么地方，谁都摸不着头脑。大家能做的是你眼望我眼，七嘴八舌地，争吵着，讨论着。

阿冰颓然坐在椅子上，身子朝后仰靠在椅背，天花板的吊扇嘎嘎啦啦地转动画圈，似是个旋涡把她吸进黑暗无底的大海。耳畔是吵杂的声音，有人跑到家里查看，人没回去，人像被扔进海里的小石头，瞬间不知所踪。萧家俊用热毛巾替阿冰抹脸，又劝她喝热茶，她半闭眼睛，整个人瘫软着，再也顾不得主人家的仪态。

到底怎么回事？阿冰实在想不透。好端端的一场宴会，老公忽然跑了，老公的老相好翻脸了，在众目睽睽之下把她的面子尽毁，今后叫她怎么见人？快要移民离开了，却留下这样的烂摊子，她在香港生活了几十年，可不愿意变成这里的人流传在嘴边的笑话。才一瞬间，她由赢家沦为输家，输得彻彻底底，想起便非常地冤。阿冰万般不服气，自问尽心尽力为丈夫、为女儿、任劳任怨，这晚落得如斯下场，是老天对她不公道。想着问着，问着想着，阿冰流了一脸的泪水，不知不觉间晕倒过去。

不知道过了多少时间，阿冰转醒，张眼见嘉宾走得七七八八了，新兴社的几个亲信兄弟当然留下，萧家俊、仙蒂、世文等亦在，抽烟的抽烟，喝闷酒的喝闷酒，没人说半句话。看见阿冰醒来，鬼手添打破沉默，厉声道："炳嫂，你问仙蒂，她肯定知道发生乜事。她不可能不知道。"鬼手添先前瞄见仙蒂和哨牙炳在贵宾厅内聊了许久，还有阿群，见到她怒气冲冲地走出房间，其中必有古惑。

仙蒂故作镇定道："刚才不是说过了吗？只是阿群吃醋花牌名单内没她的份，来找炳哥撒娇，女人嘛，谈不到几句便哭，哭了便骂，骂了便走。你阿添又不是没见识过女人，应该比谁都明白。"

阿冰忽然想起阿群确实神色怪异，开席前过来问她记不记得安娜，又问是否知道安娜和南爷以前的关系，她忙着应酬，随意敷衍几句便没理会。当时不察，现下倒觉得另有隐情。陆世文插话道："我觉得那个群姨好奇怪，问我的出生日期和家事，紧张到不得了。"

仙蒂不顾长辈身份，怒道："冇乜好紧张！她只是等钱驶，想来揾着数，她就是个贪得无厌的死八婆！"又对阿冰道："炳嫂别担心太多，说句难听的话，炳哥可能舍不得金盆洗捻，去揾女人在床上告别。几十年夫妻，你应该明白他的为人。不如你先回家休息，等炳哥回来了，你闹他三天三夜，我保证他不敢回半句嘴！"

阿冰摇头道："不会的，我了解炳哥。他平日三心两意，却不至于在这时候一走了之。他咸湿，但他不是黐线！他不会无缘无故扔下我。去！去找他！把湾仔翻转亦要把他找出来！"她双手按住椅柄勉力站起来，但是过于激动，精神彻底耗尽，身子瘫软无力，咚一声跌回椅上。众人连忙劝道："炳嫂，你在这里休息比较稳妥，我们去找就好了，肯定找得到！"

阿冰用似哭非哭、像嚎非嚎的声音喊道："马上去！我要衰佬还我一个公道！怎么其他女人虾我，他竟敢跑掉！你们去，谁先找到炳哥，我保证让谁做新兴社的龙头！衰佬不答应，我上吊，死给他看！"

众人听得目瞪口呆。

动作最快的是鬼手添和潮州仔，他们交头接耳一番，带着满身酒气步离大厅，仙蒂和花王二仍在慢慢思量对策。

仙蒂想了一会儿，忽然问花王二，炳哥平日最惯常到哪里揾女人。花王二答道："难说，只要是有女人的地方炳哥都会去。"这时候陆世文嗫嚅道："炳叔先前在贵宾厅问我有没有去过九龙寨城，我说有。他又问我有没有看过寨城艳舞，我答没有。他说约了一个寨城老友，这两天找时间带我去开开眼界。"

花王二用手指敲一下自己的额头，"呀！"了一声，说炳哥确实跟他提过，寨城的龙门戏院最近来了一个艳舞团，有日本妹和法国妹，只留一星期便转到越南，这是最后两日，他一直嚷着要去，顺便探望"九新堂"的德叔，德叔早阵子走楼梯失足跌伤脚踝，今晚来不了，只派手下细强送来一个金算盘做贺礼。细强私下透露，其实脚伤不是问题，关键是临近圣诞节，差佬通风说这几天将有洋警司带队落城扫荡鸦片场，德叔必须留守打点，交出若干白货给他们带回警署交差演戏。

"九龙寨城？"阿冰当然知道德叔，是哨牙炳三十多年的老朋友。沉吟一阵，她道："走，我们过海，落城。"

走出英京酒家，仙蒂建议分头行事，鸡佬成到湾仔的风月场所打听炳哥下落，她和花王二沿菲林明道往码头搭船前往九龙城，陆世文嚷着跟来，仙蒂不同意，道："你咁斯文，姐手姐脚，去到那边会吓死你。"

花王二却说："他是风哥的儿子，新兴社出了事，有他在旁帮忙亦是应分。"

仙蒂听见"风哥"名字，想到的却是陆南才，心里想："他是南爷的儿子，让他接触一下父亲的世界也是有道理的。"于是应允。

船程十八分钟，这是个暖冬，海上吹拂过来的风竟然带着微微的温热和淡淡的腥气，忙乱了整天，仙蒂几乎一坐下即恍惚睡着。风浪平静，轮船在海上缓缓前行，黑沉沉的头面被船头劏开，又在船尾复合，仿佛有人用汤匙轻轻搅动一碗芝麻糊，他们是在匙里觅食的蚂蚁。

花王二和陆世文站在船头甲板闲聊，远处若隐若现的一束强光便是九龙城码头灯塔，下船后还要搭十分钟的白牌车才到达寨城。政府规定的士车牌黑底白字，私家车则是白底黑字，用私家车非法收凭载客的便唤作白牌车。这阵子闹工潮，的士司机组织罢工，白牌车趁机蜂拥而出赚钱，也方便了市民，政府放任不理，甚至暗示解决暴动后会推动白牌车转为正式经营的小型巴士，萧家俊打算分一杯羹，曾找哨牙炳和花王二商量他日如何垄断湾仔的生意。

上了年纪的花王二面对后生小辈，有了想当年的兴致，他伸手指向对岸码头，笑道："以前很少去寨城，但跟了炳哥揾食，经常陪他落城，那边的鸡、鸦、狗，样样齐，是男人天堂，可惜你在香港时年纪太小，错过了。"他又眨眼道："今晚倒可以带你见识见识。你不会仍是青头仔吧？"

陆世文脸色一沉，花王二想起他是虔诚的天主教徒，还有个洋名叫作 Fernando，不宜乱开玩笑，立即把话题转回寨城上面，解释道："鸡是女人，鸦是鸦片，狗是狗肉，加上赌，所有暗黑欲望，在寨城外面要偷偷摸摸地满足，到了寨城里面可以光明正大。出入寨城的男人都得感谢李鸿章，若非他在一八九八年把新界租借给英国时坚持留下寨城由清廷管理，殖民地的男人即无此刻的享受。"九龙寨城是所谓的"三不管"，中国管不了，伦敦不愿管。但寨城仍然有寨城的秩序，由堂口来管，堂口便是秩序，香港警察除了落城收规，或者城里发生了命案，甚少插手过问。

轮船靠岸后，花王二找来白牌车守候，三人登车直驱寨城，停在龙津道东侧的东南楼门外，徒步进入南门。

南门其实没有门，只是几级窄窄的石梯，往下走，便是寨城。当初是有的，有门，因为有墙。下令拆城墙的是日本兵，迫寨城居民亲自动手，许多人一边用铁锤敲下石砖，一边流泪。城墙石砖被移作扩建启德机场，自此只剩城基，城只像村不像城。战后不久，一幢幢三四层高的楼房沿着城基四周内侧蔓延建起，其后是五六层，再其后是七八层，转眼把寨城再次团团围住，只不过换成水泥围墙。但城内民居主要仍是横七竖八的木屋和石屋，谁先来占了土地，建起房子，谁便是主人了。后来者向先来者租屋或买屋，才有了房客和业主的分殊。新界租借予英国鬼子时，寨城住了四百多人，三十年后变成两千多，再过三十年，变成两万多，一代接一代的南来者像蛇虫鼠蚁般先后挤进这个不到七英亩的洞穴。

城内本来只有几条小路，楼房相继现身，屋与屋之间遂有了纵横交错的宽窄巷道，街名路名亦是自然而然地喊成习惯。西边的叫西城路，有水井的叫大井街，老人无所事事聚集的叫老人街，有天后庙的叫天后庙街，又延伸出一路二路前街后街，随意随兴却又都有说得通的道理，最重要的是让住民邻里懂得寻路归家。城边的龙津道倒是文雅的，跟城内的龙津路一样，典出“聚龙通津”，对人间兴旺有着堂皇的期待。

花王二等人从南门入城，位处两路交界，直行是龙城路，南北直通东头村道；朝左是龙津路，东西接通西城路。花王二熟门熟路地左转，走不到两百呎，右边岔出一条“光明街”，陆世文往里面瞧去，窄路两旁每隔几步即见烛光粼粼，光影晃闪里另有人影，蹲着，坐着，躺着，像一只只大鼠躲在厨房暗角偷偷地、贪婪地啃噬残羹剩饭，阵阵灰烟白雾在他们头上缭绕不散，令他想起在马尼拉见过的丛林夜景，不同的只是这里没有树、只有楼，也没有鸟鸣虫叫，只有此起彼落的咳嗽和痰音。

毕竟在湾仔长大，陆世文可没被眼前景象吓倒，但第一回目睹这么肆无忌惮的吸毒场面，难免愣住脚步，几乎碰跌身旁的仙蒂。仙蒂笑道：“你是教徒，但你未见过天堂。你看他们多快乐。这里就是他们的天堂。”走在前头的花王二停下脚步，道：“他们叫这里作‘电站’，叫粉档作‘电台’，死道友有钱便来‘上电’，没钱也来‘上电’，跪在地上乞求施舍。贱！”

瘾君子占据街道巷尾，把海洛因粉末放在金属纸上，用烛火烫热纸底，粉末融化成缕缕轻烟，用小管子吮吸的叫“追龙”，用火柴盒空壳吸索的叫“吹口琴”。也有直接把粉末渗入香烟里的，叫“打高射炮”。至于抽鸦片烟，虽不时兴了，却仍有，道友躺在木板烟床上像一具具快乐的僵尸。因烛光密布，街道干脆被命名光明街，街侧另一条短窄的光明巷，更是黑夜如白昼，蹲在巷里的人以肉身为柴薪，直到燃烧殆尽，每天总有人死在“电台”，尸体抬到龙津道的沟渠边，干净利落如丢弃一条丧犬。

拐弯步入光明街，在烟雾里前行三百呎便是龙津后巷，几间石屋门前零零落落吊挂着红色灯泡，门后传出音乐声和男人的阵阵欢呼，陆世文猜想这就是花王二寻找的艳舞场所。果然，花王二趋前问坐在门外折椅上把风的道友：“德叔呢？湾仔炳哥今晚有冇来揾女？”

道友歪斜着身子倚靠墙上，在红灯掩照下，脸色更显苍白，深陷的颊和眼像骷髅。他认出花王二，马上堆起笑容道：“二哥，好久冇见！德叔刚才去‘咗孖记’叹香肉，我看见他和几个人一起，但唔知道是不是炳哥。”又瞄一眼陆世文，以为是花王二的儿子，道：“带细侄来开眼界？今晚有正嘢，快开场了，阿叔请客，免费！”

道友推开木门，陆世文隔着门缝望进去，屋里挤满坐、蹲、站的人，小舞台打着镁光灯，有个金发女人赤裸裸地张腿坐在地板上，眼睛半眯半开，身旁有个玻璃缸，水里浮游着几尾不知道将面对什么命运的金鱼。仙蒂伸手推一下陆世文的背，提醒他花王二已经走向巷尾的孖记香肉店。广东人常说“三六滚一滚，神仙都企唔稳”，三加六是九，粤语的“九”和“狗”同音，狗肉的浓烈气味闻在广东人的鼻子里，是天堂的芳香。

龙津后巷是脱衣舞场和赌摊集中的地方，舞场门口挂红布、吊红灯，赌摊挂的则是蓝布，吊的是黄灯。行有行规，偏门有偏门的讲究。每间赌摊必在墙角供奉地主神位，墙上贴着两张黄纸，上写“五方五土龙神，前后地主财神”，还有一张小横批，写的是“大杀三方”。墙前没有香炉，却有两块削皮老姜，一块插了香烛，另一块插着一柄利刀，刀口朝外，同样是大杀三方的意思。

寨城里的街和路都窄，巷道更窄，但无论是街或巷其实都只像深而长的隧道，几十年来“三不管”，盖房建房不受法例规管，楼房高高低低紧贴相连，楼与楼、屋与屋之间的狭窄空间便算是路了。这里没有政府，所以没有电和水，堂口便是政府，水和电皆从城外接驳到各屋各户，水费电费都由堂口控制的公司收取，电线和水管既无秩无序又有因有果地穿越街道巷牵引进入家家户户。整个寨城像是一幢庞大的老房子，苔藓由地底冒出，蔓延到每寸角落、每处隙缝，终而像一片无边无际的蜘蛛网把老房子重重包围，人在不见天日的网格里爬行，卑微，但有卑微的自由。

路面起伏不平，阵阵尿臊恶臭从各方各处飘袭过来，仙蒂连忙掏出手帕掩盖鼻子。她瞄向墙边角落，发现散置了一团团的报纸，像一个个纸球，苍蝇在旁黑压压地飞绕，地上积渗着一摊摊黄浊秽水。城寨楼房十居其九没有厕所，人有三急，居民须走路到南门外的龙津道或者北门外的东头村才有公厕可用，所以干脆在家解决，粪便拉在报纸上，把报纸包裹成球，再带到城外的垃圾站丢弃，但常有人随手把戏称为“荷叶饭”的粪包弃放在巷道之间，反正是公众的地方，而公众的地方便也是自己的地方。

因担心被脏水滑倒，仙蒂一手用手帕捂住嘴和鼻，另一只手往前拉住陆世文的右臂，隔着衬衫触摸他的厚实肌肉，有青春的温度，微微发烫，仿佛有一群孩子躲在血管里面吱吱喳喳地谈笑。她忽然记起陆南才的胳臂，她拉过，那对拉黄包车的手，那对挥舞木棍的手，恍惚之际，错觉回到昔年和阿才奔往防空洞的逃难岁月，心里一阵凄然，轻轻叹了口气。

四十　答应我，保守秘密，好不好？

德叔的九新社总堂设在光明街的一幢石屋，但性好热闹的他每晚十点半后必出现在孖记香肉店，跟兄弟谈事，跟老友喝酒。这两年他喝出了肝病，少碰烈酒，却仍一杯杯地猛灌啤酒，否则无法跟朋友聊得尽兴。哨牙炳常到店里光顾，有时候是单枪匹马，有时候带领手下，他不吃狗肉，但是因为德叔在这里，他便来这里。

花王二这夜来到孖记香肉店门前，听见里面一阵吵闹，认出是鬼手添的声音，马上伸手拦住身后的仙蒂和陆世文，嘱咐大家先别进店，听清楚他们在搞什么把戏。两个沙哑的男人声音越吵越激烈，似乎跟新兴社和哨牙炳有关。

鬼手添太了解自己的大佬了，开心的时候要找女人，不高兴的时候更要找女人，哨牙炳前两天曾对鬼手添提过打算到寨城看艳舞，同时跟德叔临别话旧，所以他指派手下在港岛各处搜寻哨牙炳，自己和潮州仔则远来寨城探究，依凭的主要仍是直觉。

德叔的肝病越来越严重，背驼腰弯，坐在店里角落的桌子旁，把背靠在墙上，一对眼袋肿胀似在眼底塞着两支汤匙。见到鬼手添踏进孖记香肉店，德叔感到意外。哨牙炳确实说过这两天会到寨城找他，细强代表他出席晚宴，目睹混乱景况，火速返回向他报告，他判断阿炳稍后会来，万料不到的是，阿炳未到，新兴社的二把手却先现身眼前。

德叔是老江湖了，佯装对哨牙炳的失踪一无所知，追问细节，察言观色一番，发现鬼手添眼神闪缩，又隐隐带着戾气，明显只是急于找到大佬而非真心担忧大佬的安危处境。于是他故意拖延，没说哨牙炳已经来了，也没说哨牙炳尚未出现，只敷衍道：“我这里的女人全部好靓，炳哥要揾开心，不来这里，还能去哪里？”然后招呼鬼手添和潮州仔坐下，又道：“来，德叔请你们叹吓香肉，下午劏咗只唐狗，好捻肥，肥捻过我。你们大佬唔食，你们食，咪捻客气！”他暗中吩咐细强到城里的艳舞场寻找哨牙炳，机会最大。

孖记香肉店只有四五张矮木桌，客人通常屈膝坐在小板凳上，几近于蹲，有人喜欢把板凳踢开，直接蹲着，用小腿承托屁股，捧着碗筷，围着瓦炉，炭火在炉底噼里啪啦地燃烧，炉内的狗肉香气混杂了当归、茴香、桂皮，飘在半空久久不散，人被包围在气味里，肉气又从胃底冒起，再喝几杯双蒸酒，很快已可进入晕眩的离神状态。

这夜的客人不多，可能都去争取最后机会看洋妞艳舞了，鬼手添和潮州仔坐下后，香肉尚未上桌，德叔不断向他们灌酒，追问沐龙宴细节。鬼手添略说了几句，开门见山地道出忧虑：“炳哥似乎忽然唔想移民，唔捻知他到底在想什么，明明说好要走，没理由又说不走……”

“他走不走，你咁紧张？”德叔打断他，直问。

伙计端来瓦炉，掀盖，肉块在冒泡浓汤里浮沉翻滚，滋滋作响，仿佛仍有生命，在微微哀鸣。德叔夹起一块狗肉，沾一下炉旁的腐乳芥末，把肉送进嘴里，唇边挂留着一抹淡黄，像是问号的圆点。

他用手背抹一下唇，搁下筷子，刻意讲几句恭维，把鬼手添吹捧一番："你是新兴社的第一大将，德叔旁观者清，在你面前这么说，在炳哥面前同样这么说，没有你，便没有新兴社。只要有你看住新兴社，炳哥在南非，风哥在菲律宾，乜都唔驶担心！"

果然中伏。鬼手添没动筷，伸手抓吃小碟里的花生，用牙齿咬去花生衣，吐到地上，道出满腔牢骚："我无论做乜都只是为了新兴社。搞到七国咁乱，堂口就趁机搞到乱过七国，炳哥一直忍让，俾人欺负到上心口都忍完又忍，咁唔系办法。其实倒过来想，这是千载难逢的好机会，新兴社应该杀出湾仔，要食大茶饭，唔好再细眉细眼。炳哥并非不同意，只是不想再拼搏了，他年纪大了。何况德叔你也知道，他并非打江山的人，我们的堂口是南爷打来的地盘，后来由风哥掌舵，炳哥虽然又接了手，但是，根本……天地良心，炳哥只是个大管家。德叔，请你老人家评评理，万一我接唔到龙头棍，公道吗？"

德叔端杯喝酒，只摇头，心里感慨没想过鬼手添这么反骨，但是看在鬼手添眼里，他的摇头代表不公道。于是鬼手添更肆无忌惮地说下去："其实炳哥也心知肚明，他一天不走，新兴社便一天被其他堂口欺负，我只求替堂口重振声威。混江湖，有仗就要打，点可以做衰仔？德叔你知唔知道，两年前刀疤德沿着庄士敦道一路追斩炳哥，他吓得跪地求饶？我见到都觉得羞家。"

鬼手添越说得激动，德叔越觉得事有蹊跷，但刻意气定神闲，夹了一块狗肉放到他碗里，劝他先把肚子填饱，慢慢再说。鬼手添仍不动筷，叹了几口闷气，抓起杯子喝酒，一杯一杯，没几杯已经把自己灌得双眼满布红丝。忽然，他嘱咐潮州仔到店外买烟，剩下他和德叔，他再猛喝一杯双蒸，口齿不清地说：“论资排辈，新兴社点都应该轮到我做庄，再不抓紧机会揾水，来不及了。炳哥不一样，他叠水[①]，随时话走就走。德叔，我跟你讲个秘密。”

德叔犹豫一下，把身子倾前，鬼手添压低声音道：“炳哥忽然唔想离开香港，我怀疑跟陆世文有关。”

“陆世文？陆北风个仔？他不是跟老爸去咗菲律宾吗？”

“他回来了！炳哥今晚跟他在贵宾房里面倾咗好久，之后便心事重重。更离奇的是，炳哥有个老相好跑来问我知不知道那小子的身世，我话系人都知他老爸系风哥啦，她却笑得阴阴湿湿，说觉得那小子长得很像南爷。”原来阿群从厕所回到大厅的时候，尚未找到陆世文，先碰见鬼手添，随口谈了两三句。

鬼手添定睛看着德叔，等待他的反应，德叔却只抓了一把西生菜扔进炉内，再用筷子把菜压到汤里，仿佛想压住什么秘密。其实德叔根本不知道任何秘密，他只知道哨牙炳是他的老友，越是状况不明，越有必要信任和保护老友，如果连这份基本的仗义都做不到，他的江湖是白混了。唯今之计是尽快找到阿炳，搞清楚来龙去脉和提防鬼手添。

德叔瞄一瞄手表，快十一点一刻，哨牙炳应该不会现身了，心想不如索性搭电艇到湾仔碰碰运气，说不定阿炳此刻正在哪间客栈的哪张床上同时跟几个女人鬼混，狗改不了吃屎，咸湿佬的宾周不到断气之日不会软下来。于是他想借屎遁，猛地站起，道：“弊！我屎急！可能只死狗在我肚里反咬一口！你先坐坐，我肚痛，要去踎塔！”

① 意为：有财力。

鬼手添马上拉住他的手肘，道：“德叔，越南乱糟糟，那边的人要钱唔要货，要军火有军火，要鸦片有鸦片，我打算接手堂口之后，把货运来香港，先卖一批，再转到台湾、日本、韩国，打通水路和陆路，肯定发过猪头炳。实不相瞒，我跟细眼超和鹤佬德谈好了，他们负责油麻地和荃湾的线，寨城这边冇皇管，最好用来做货仓，有你老人家帮忙睇住，万无一失。我们合作吧！”

德叔沉下脸，甩开他的手，冷笑道：“多谢你赏饭吃！不如让我先问问炳哥？他同意，我就同意！新兴社到这一分钟仍然由他话事，至于之后是不是改由你话事，嘿，对不起，冇人知。”

这话像一拳打到鬼手添脸上，他咽不下这回气，右手一挥，桌上的碗筷碟盆哐啷啷地应声跌到地面。他厉声喝住德叔的脚步：“这是我应得的！新兴社十几间赌摊和字花档，全部由我管得企企理理，是堂口的粮仓。新兴社不给我，难道给花王二？他这小子做过什么？管花档，管兵器，说白了就只是个大打杂，最厉害的只是拍马屁！鸡佬成管住那群臭鸡，潮州仔管住那群道友，全部人当初都是跟我出身搵食，我做龙头，天经地义，受之无愧！德叔，你瞧不起我，以后一定后悔！”

德叔停下脚步，扭身回道：“没错，江湖上谁不知道你鬼手添叻仔？但再叻的人亦要讲规矩、分大细，否则连鬼都睇你唔起。你大佬一日未同意，你最好一日唔好搞搞震，明唔明？”

“我对大佬讲规矩，大佬有冇对我讲规矩？话走就走，话唔走就唔走，变来变去，衰过女人！我唔理咁多，你快把炳哥交出来，这是我们的家事，唔到你理！”鬼手添越说越失了分寸，更伸脚踢向身旁板凳，小店地面湿滑，板凳朝德叔的小腿撞过去，刚好撞到他的脚踝旧患。

脚上的痛楚激发心底的怒气，德叔弯腰执起板凳朝鬼手添头上掷回去，猛喝一声：“冚家铲，你敢打我？你别想走出寨城！”

鬼手添侧身闪开板凳，回骂道：“寨城大捻晒？你们像老鼠一样躲在这里，冇胆匪类！”然后扑起冲前抡拳打向德叔，德叔抬臂挡隔，两个男人像两只发狂的狼犬，在香肉店的地面缠斗互噬，食客四散，纷纷逃到店外。

店门外站着花王二、仙蒂和陆世文，把刚才的一切听得一清二楚了——除了关于阿群对世文身世的怀疑。仙蒂苦恼琢磨，今晚不管谁先找到炳哥，更不管炳哥日后会否离开香港，新兴社已是一山难容二虎。花王二倒暗中窃喜，两虎尚未相斗，鬼手添和德叔却先厮杀起来，最好让他们弄个两败俱伤，自己才收拾残局。

但是仙蒂跺脚尖叫，往花王二背后一推，催促他道：“打起来了！打起来了！阿二，还不快去阻止？”

花王二完全没有推搪余地，硬着头皮冲进店里，德叔正被鬼手添压在地上拳打脚踢，他用力拉开鬼手添，鬼手添却杀红了眼，回头一看是他，旧恨新仇涌上，二话不起，摆起地上的板凳做武器对他进攻。德叔趁机从地上爬起身，朝店外跑去召唤救兵，却在门前碰上买烟回来的潮州仔。鬼手添对潮州仔喊道：“唔捻好俾条阿伯走！今晚最多一镬熟！”

潮州仔立即拦腰抱住德叔，德叔死命挣扎，跌倒在地，潮州仔用双膝压住他的肩，拳如雨下打得他血流满脸。打架毕竟是年轻力壮占便宜，再打几下，德叔已经眼肚翻白，双唇间吐出“呼……呼……呼”

的羸弱喘息。潮州仔有点慌了，他无意闹出人命，双拳顿止在半空，一时之间不知道如何是好，仙蒂旁观得心惊胆裂，高声喊唤花王二援救德叔，却发现花王二早已被鬼手添的板凳击败，晕倒躺在店里墙角。

陆世文站在仙蒂旁边，眼见德叔脸色发紫，马上扑前，弯腰用双手猛压他胸口，再俯身捏住他鼻孔，用嘴巴对他施行人工呼吸。他吸气，吐气，再吸气，再吐气。反复吸吐十多回，德叔的喉咙响起几声咕噜，又干咳出一口浓痰，胸口恢复了顺畅的起伏。陆世文明白，德叔活过来了，刚才被痰哽住喉管，千钧一发，而自己在马尼拉大学的体育课上学习过急救，当时觉得无聊，没想过回到家乡能够派上用场。

陆世文松一口气，站起身走到仙蒂身旁，脸上挂着像孩子向长辈邀功的得意表情。鬼手添此时已经冲到店外，眼里两道寒光直直射向陆世文。就是你！你是我在龙头路上的绊脚石！今晚,有你冇我，有我冇你，你自找死路！

鬼手添一步一步朝他们走去，仙蒂吓得躲在陆世文背后，陆世文逞强，用身体护着仙蒂，自己双腿其实已经吓得颤抖，随时瘫软跪下。鬼手添踏前一步，他们后退一步；鬼手添再往前一步，他们再后退一步；巷道窄，退后不了几步，背后抵住石屋围墙，是绝路。

陆世文突然想：“如果真的跪下求他，他会不会放过我和神仙阿姨？大家无冤无仇，我父亲陆北风又曾经是他的大佬，这分面子他总得给吧？好，跪！跪了再说！”

想通了，屈膝便是非常容易的事情，陆世文毫不犹豫地卜声跪下，仰脸望向鬼手添，见到他额角挂血，左脸抽搐得像一团拧皱的报纸。

陆世文这一跪令鬼手添感到愕然，旋即爆出狰狞的笑声，转脸对站在店门内的潮州仔喊道："呢个衰仔丢尽陆家的面子，唔系男人，唔死冇捻用！"

陆世文回身抬头望向仙蒂，仙蒂低头看他，眼里满是怜惜。这样的眼神像两把利刀割向他的心，令世文更感委屈，整颗心似被割得四分五裂、支离破碎，但当割到一无所剩，反而激起一股突如其来的勇气。世文忽然瞥见墙边地上有几个用报纸包裹的"荷叶饭"，再旁边，有几支水喉铁管，他快速挪动身子，伸手握起其中一支，闭起双眼，猛喊一声往前冲去，把尖锐的管端直刺仍在嘲笑他的鬼手添。鬼手添此时仍在跟潮州仔相视而笑，冷不防有此偷袭，铁管不偏不倚地插进他的喉头，鲜血像喷泉般溅向四周，沿着铁管的窄道汩汩流到世文手上。陆世文吓得后退，把仙蒂碰跌倒地，他也像婴孩般瘫靠在仙蒂胸前，浓烈的血腥从双手涌进鼻腔，然后，哗啦啦几声，他把今夜在英京酒家沐龙宴上吃进胃里的鲍参翅肚吐个一干二净，脑子亦变得空荡荡。刹那间，陆世文想起以前在马尼拉经常用刀劈开椰壳，滋滋地喝光了汁，再挖啃椰肉，最后把壳扔到路旁。崩裂的椰壳静静躺着，菁华去尽，什么都不是了，正如此刻的他。

醒过来的人都活下来，活不下来的人都醒不了。这是废话。但废话不同于假话，假话通常悦耳动听，废话却是平平凡凡的真实，而在真实背后，另有唯有当事人明白的惴惴暗影。活下来的人往往在另一个意义上死去，但是如果运气够好，又会以另外一种方式活过来，周而复始，远在你控制之外。

陆世文最懂。

陆世文被送去警署，潮州仔也是。花王二被送去医院，德叔也是。鬼手添去的是殓房，只有他。并非居民报的警，九龙寨城的人不会报警，江湖事，江湖了，江湖以外便无世界。只是刚好有两个警察到寨城找德叔商量过两天的扫场安排，从艳舞场走到香肉店，刚好碰见最后一幕。所有暴力电影都由警察在最后一幕现身收科，然而收科并不等于结束，其后的故事多着呢，只不过有些为人所知，有些却永远石沉大海。

先说陆世文。在寨城杀人不算小事，但在寨城里，再大的事情也可以化为小事，九新堂安排了一个未满十六岁的小兄弟替陆世文顶罪，小兄弟被控谋杀，陆世文只是参与打斗。岂料到了法庭，小兄弟望见前来听审的祖母泪眼汪汪，忽然后悔得当场翻供，高喊："冤枉！我只是替死鬼！是大佬强迫我顶罪！"

审讯过程被刊登于《华侨日报》和 *South China Morning Post*[①]，洋法官碍于面子，没法不下令重新调查并重审案件。德叔和花王二胁迫潮州仔做伪证，表示当时另有一个道友在场，是德叔的朋友，拔刀相助，意外捅死了鬼手添，真凶早已逃之夭夭。陆世文为此只被控参与打斗，罪名成立，判监一年；潮州仔伤人罪成，判监两年；花王二和德叔是打斗的受害者，在医院躺了几天便放回家；细强因为找人顶罪，干犯"妨碍司法公正"，判监三年。

一年匆匆过去，陆世文活下来了，踏出牢房，却似进入了另一个轮回。尝过牢狱之苦，身家已不清白，一辈子扛着"监趸"名分，他终于想通了，天主既然不给他庇荫，他能够依靠的只是自己，以及在监狱里面派人保护他、在监狱门外派人迎接他的花王二。陆世

① 《南华早报》，香港销量最大的英文报纸之一。

文出狱时，花王二已是新兴社龙头，数度到马尼拉探望病中的陆北风，商量后，决定把堂口的花档和其他合法生意交由世文打理，没有堂口的岗位名分，但仍被堂口兄弟视为自己人。一九六九年初的香港是另一个香港，陆世文亦是另一个陆世文。

哨牙炳去了哪里？有没有活下来？谁都不知道，除了他自己。

四十一　我们的约定

哨牙炳那夜瞥见阿群的背影，她沿楼梯从三楼跑到二楼，从二楼跑到一楼，从一楼跑到地面门外，他来不及知会仙蒂，先追上去再说，从三楼追到二楼，从二楼追到一楼，当追到地面的时候，心急，失足翻了个大筋斗，砰一声跌坐到地上。重新站起，右脚踝疼痛得几乎走不动，但是走不动也得走，勉强一拐一跛地追往前头，顺着庄士敦道朝海边走去，穿越漆黑一片的萧顿球场，忍住脚痛，终于来到湾仔码头。港岛傍晚下过雨，一路上再次飘起雨粉，哨牙炳脱下西装外套，搭在头上遮挡。

“阿群！阿群！”哨牙炳一路喊着，但是越喊得急，阿群的脚步越走得匆忙，身影最后消失在码头旁的几根石柱之间，消散如雾。码头打烊了，墨绿铁门用铁链牢牢锁上，门前悬吊着两盏汽油灯，风吹来，灯摇影晃，仿佛配合着海面的波浪节奏摆动。哨牙炳跛着脚步走过去，没见到半个人影，无奈弯腰在石柱间喘气，感觉到——也许只是希望——阿群仍在附近，他必须尽快找到她，弄清楚她知道什么不知道什么。世文会知道的，也有理由知道，但并非现在。这一切只能由他亲口告诉他，到了适当的时候，然而到底何时才是适当，哨牙炳其实亦无头绪。今晚所有事情发生得太急太多，此刻他的脑袋一片糊涂，只想找到阿群，别让她搞乱局面，其他再从长计议。他明白阿冰必然心焦如焚，那更要尽快解决问题，回到英京酒家才慢慢对她解释。

喘定呼吸后，哨牙炳沿码头岸边走向右面的石滩，仅仅依凭直觉，事实上除了直觉，这时候他无所依靠。幸好直觉并未辜负他。走了数十步，远远听见石滩传来一道低微的饮泣声，阿群，果然在！她抱膝坐在石上，捻样石就在不远处，哨牙炳望一下那块石，竟似见到老朋友，心情顿然稳了三分。他踮起脚尖爬过岸堤，走向阿群，雨停了，石面仍然潮湿，他足底一滑，幸好双掌撑住石头才不至于跌倒。

好不容易踮着脚步走近阿群身边，她其实已经听见他的步声，但木然不动，饮泣的声音变为凄凉悲哭。哨牙炳俯身用西装替阿群抹拭湿透的头发和肩膀，像替一个洗完澡的孩子弄干身体，然后，跟她肩并肩坐在石面,沉默地望向维多利亚港上的无数的船灯。半晌，阿群一扭身，把头埋在他的肩上，泣不成声地说："没人理我，从来都没人理我！我是垃圾，我是尿壶，你们用完便扔，扔了也不说半声多谢！"阿群姓丁，父亲早逝，母亲带她到中环半山富户当妹仔，不久，母亲投海自尽，阿群被卖到塘西做歌女，长大后再到酒吧搵食，又辗转到了澳门。有人对她说过，她母亲其实是被老板在床上虐待致死，死后才把尸体扔进大海。过了许多年，打听到老板葬在香港仔，她特地到他墓前"报答"——蹲在墓头脱下裤子，拉了一坨臭屎。

这夜来到了海边，阿群感怀身世，悲从中来，泪如缺堤。哨牙炳为了哄住她，温言细语地说："别太难过，其他人不理你，炳哥理你。我们混江湖的，何尝不是被人视为用完便踢开的尿壶？最重要是自已争气。争了气，才有机会出气。”

阿群听后，却毫不领情，啐道：“你理我？我连做你其中一个登台的老相好也不配呢！你理我个屁！我是连尿壶都瞧不起的尿壶！”

哨牙炳急忙解释道：“唔好意思！唔好意思！只不过太久未见了，炳哥猜想你已经名花有主，担心请你登台，会破坏你的名节呀。”

“我这种人还稀罕名节？还有资格稀罕名节？炳哥太看得起我了！”阿群骂道，然而话音里隐含笑意，又伸出手指戳一下他的额头，显然开始心软。

于是哨牙炳打蛇随棍上，用更柔和的声调，继续哄道：“其实，越是珍贵的东西，越要珍藏起来，自己回味享用，没必要拿出来示众嘛。”

阿群不作声，只嗔了一声：“啍！”

哨牙炳用手肘轻碰她的肩膀，然后伸开胳膊，把她揽进怀里，在她耳边说：“过几天，我请你到中环吃西餐，只有你和我，你最大，你是唯一的女人，算是炳哥对你赔罪，好不好？”

阿群把脸贴在哨牙炳胸前，半晌方道：“其实你这样说说，我听了已经足够，做不做，无所谓。”她明白男人肯骗女人，已经是对女人的好意，远胜于连欺骗也懒得费精神。

哨牙炳轻轻抚弄她的头发，慢慢打开话匣子，问及她的昔时旧事，也谈了自己这些年来的起跌风浪，高明雷，力克，陆北风，新兴社，马尼拉，终于把话题拉到陆南才上面。他小心翼翼地问：“以前那个什么什么安娜，有说过南爷的事情吗？”

阿群立即惊觉有诈，抬头瞪他一眼，反问道：“他们能有什么事不可告人？还不是做过一阵子露水夫妻！有乜大不了？”她竟然倒过来试探哨牙炳，道："你和仙蒂这么紧张，肯定心里有鬼！那个小伙子长得这么似南爷，你说说看，他会不会是南爷留下的种？我觉得是！"

哨牙炳连忙抬高嗓门道："不会！别胡说！别对世文乱讲！"他愣住，发现自己露了底牌。这么一提世文的名字，岂不等于间接承认了答案？

见哨牙炳神色惶恐，阿群更加相信自己抓住了把柄，里面绝对大有文章，刹那间，她把脑海里所知道的蛛丝马迹统统串连在一起，仿佛想通了所有事情。于是干脆把话说穿，直接道："安娜和南爷相好的那年，正是她怀上孩子的那年，后来她到香港找风哥，回来澳门已经没带着孩子，好多年后又说要找风哥，之后便断了音讯。其实我怀疑很久了，你说里面没有古惑，我才不相信，唔好当我系三岁细路！姓陆的两兄弟本来就古古怪怪，安娜有一次喝醉了，说过几句，南爷好似跟一个鬼佬警察非常亲近，我问她什么叫作'亲近'，她只说'比兄弟更亲的那种亲'，我当时不以为意，现在回想起来，嗯，有问题！有问题！但我还真想不透，如果南爷钟意俾鬼佬搞屎忽，有乜理由又会跟安娜要好。呵，说不定他比你更咸湿，乜都食得落。"毕竟出身风尘，阿群口没遮拦，毫无半分界限顾忌。

听见"搞屎忽"三个字，哨牙炳暴怒，跳起身，叱道："贱！嘴巴给我放干净点！"

"我贱？不干净？如果我唔贱，以前能够让你在床上爽得叫来喊去吗？要我不干净的时候就求我不干净，想我干净的时候就骂我不干净，老娘确实是任由炳哥摆布的尿壶啊！嫌女人脏，就唔好搞女人，去搞男人。可是，嘿嘿，男人更脏，但这也好，脏上加脏，脏过屎坑！"

阿群不吃眼前亏，连番回骂，哨牙炳听得脸上一阵红一阵白，不过岸边有微弱的灯光，他背光站着，阿群看见的只是一道黯黑的单薄的身影，以及听见因盛怒而发出的啧啧喘息。

阿群骂得兴起，收不住了，继续说："姓陆的两兄弟，耀武扬威，但其实一个短命、一个走路，有乜了不起？做男人，有乜咁威？我们女人再贱，亦是自食其力，不偷不抢，比你们打打杀杀干净得多！你就更加冇出息！除了识得坐在柜台后面打算盘计数，识得揽住女人喊苦喊忽，识得跟在姓陆的屎忽鬼背后做跑腿，你仲识做乜？香港一乱，你就马上走人，宁可跑去黑鬼的地方自生自灭，无胆匪类，有乜资格做大佬？"

哨牙炳气得双腿颤抖，几乎在石上站不稳脚。两年前被刀疤德斫杀的时候，他被骂过无胆匪类；卅八年前他母亲离家出走，叫他舅舅传话，也曾骂他没出息。阿群的嘲讽把这两幕景象推回他的眼前。这个女人！这个贱女人竟敢瞧不起我，她凭什么！哨牙炳气得松开手掌，西装外套掉落石面，他明白，只要双手轻轻往前一推，便可令这个贱女人葬身大海。

他的手掌微微动了几下。他告诉自己，留不住了，这个贱女人。她把我再骂得狗血淋头也无所谓，我吞得下这口气，但是她显然知道得太多，南爷和张迪臣，风哥和安娜，万一也让世文知道，他母亲的下场，他父亲的秘密，怎么办？怎么承受？我怎么对得起南爷、对得起风哥？哨牙炳突然感到全身冰冷，垂着手，犹豫着是否应该往前推去。是的，万一。不怕一万，只怕万一，不可以让死去的南爷和活着的风哥承受万一。

然而眼前的女人是曾经给过他慰藉的女人。而且，是个女人。

哨牙炳深深佩服陆北风对安娜下得了手，也许这便是混江湖和跑江湖的差别了。自己只是“混”，随着波浪漂到哪里便混到哪里，依凭的是风向运气。“跑”却是杀出一条活路、生路，要用力气去劈石开山，依靠的是胆色勇气。他，终究不是陆北风。

站在阿群面前，哨牙炳呆若木鸡，他费力控制自己的手掌，别动，千万别动。或许看在阿群眼里可笑，但他顾不了面子，右手几根手指头忽然上拨下撩，想象有个算盘压在手掌底下，“隔位六二五，两价三七五，转身变作五，五四倍作八，见九无除作九八，无除退一下还九”，心里反复默念着算诀。唯有如此他才能镇住不断抖动的神经，不让自己做出回不了头的事情。每念一轮算诀，神经便松弛一分，再念，再松，这是他的“定心大法”，算盘是他的老朋友，从小到老从来没有让他失望。

念了三四回，可以了，他觉得已有足够的冷静，事缓则圆，世上没有事情不能够从长计议，还是回去找仙蒂商量一下吧，也可听听阿冰的意见，这几天暂时把陆世文看顾妥当，别让他有机会接触这个疯女人，然后，再找阿群坐下来，有事好谈。如果她为的是钱，大可用银纸解决；如果她为的是面子，他愿意给她斟茶道歉。只要她答应守住秘密，他都答应。不都说退一步，海阔天空吗？好，老子就退，反正没有人看见此情此景，也没人听见他刚才被出言羞辱，退又何妨？哨牙炳暗叹：“我的确是无出息、无胆匪类！”阿群骂得半点不假。

想通了这一点，哨牙炳长长地吁一口气，弯腰捡起石上的西装，耸一下肩，不发一言地，转身走向岸边石堤。然而这么突然地离去，倒令阿群错愕得更是生气，女人吵架最痛恨对方不回嘴，像对着空气击出一个巴掌，无声无息得令人觉得自己愚蠢可笑。于是阿群不甘善罢，一个箭步踏前抓住他的西装袖子，喊道："你以为可以一走了之？今晚不把话讲清楚，老娘不会罢休！屎忽鬼！陆南才！你！通通系屎忽鬼！屎忽鬼！"

一连串的"屎忽鬼"像掷到哨牙炳心里的鞭仗。轰！轰！轰！彻底炸乱了哨牙炳的脑袋，他停步转身，把拎在手里的外衣像石头般扔向阿群，阿群扭身闪躲之际，他已冲过去用右手五根指头紧紧捏住她的喉颈，她失声喊叫，却仅能发出"呜……呜"悲鸣，双手不断挣扎捶打哨牙炳的臂膀。哨牙炳骂道："贱人，敬酒不吃吃罚酒！说呀！还敢不敢说？你再说半句，唔打死你，老子唔姓赵！"

阿群双目满布惊惶血丝，瞪着，拼命摇头，脸色涨红发紫。

哨牙炳慢慢松手，退后半步，叹气道："唉，点解？点解我们要咁样？我们本来可以唔驶咁样。"

阿群弯着身子痛苦地咳嗽，眼泪流到颊上，鼻涕流到唇间，口水滴到鞋面。哨牙炳缓步走回码头岸边，却又转过身来，趋前伸手执捡滩石上的西装外套。阿群没望他半眼，只盯着自己的脚，一边抚顺自己的心口气息，一边像自言自语地说："屎忽鬼……只识欺负女人……"

她说得轻声，但在哨牙炳耳里却有千斤沉重，像从背后刮来一股强大的风，把他不由自主地推向阿群。他彻底失控地再度冲前，高高举起巴掌再狠狠掴下。拍！拍！拍！拍！阿群口鼻都是血。然而四记耳光亦像火炉旁的风般煽起了阿群的满腔怒火，她抬膝撞向哨牙炳下阴，他痛得直不起腰，她双手住扯哨牙炳的头发，龇牙咧齿地骂："老娘想讲乜就讲乜，要你管！屎忽鬼！屎忽鬼！听清楚了！屎——忽——鬼！"

哨牙炳一咬牙，扑前把头壳顶向阿群，抓住她的腰，用力一推，阿群来不及挣扎，腰背一仰，整个人朝后倒去，像从崖上松脱的树枝。然而脚下已是石滩边缘，阿群背后只有海，没有石，她惨叫一声，失重往海里掉去，但是在跌落之际，双手拉住哨牙炳两只肘臂。哨牙炳大惊失色，不知道是否幻觉，他看见阿群的嘴角微微抽搐，并非恐惧，而是笑，是报复式的、同归于尽的满足的笑容。好一个贱婆娘!

阿群死命抓紧哨牙炳不放，像崩堤般噗噗两声掉进海里，几个大浪扑来吞噬了他们，海浪的澎湃涨退似是怪兽的牙齿啃咬和肠胃蠕动，转眼间，他们消失在大海的肚里，无肉，无骨，无声，无息，无影无踪。

在海里的哨牙炳往下沉，往下沉，再往下沉。他不谙水性，惧水，他无比惊恐，觉得身体无比沉重，可是又前所未有地轻盈。身体不再受他支配，浪潮推他向右，他便往右；向左，他便向左。腥涩的海水涌灌进哨牙炳的口鼻，他无法呼吸，但是仍有无数念头像波浪般在另一个海里——他的脑海——重重叠叠地冒起。

混江湖这么久了，死在海里，是名副其实的死在“江湖”，算是对得起自己了。他同时自觉对得起南爷，阿群骂你是屎忽鬼啊，怎么可以放过她？不可以！她活不下来了，南爷放心，所有秘密都会被守住。至于阿冰，廿七年前曾经跳进澳门的海里救过他，但这一回，在哪里？不是说好鸳鸯同命吗？怎么此刻没有在我身边？哨牙炳想起晚宴上连拿了三铺的“鸳鸯六七四”，果然注定今夜倒大霉。

哨牙炳继续往海底深处沉去，一个急浪把他冲往岸边，他的后脑勺轰隆地撞到岸滩石上，多么清脆的声响，像算盘框里的木珠碰撞。

停了，一切停顿，所有该停和不该停的都停了，他手脚横展，瘫软漂浮在海浪里，天地不闻。

然而在失去知觉前的刹那，他仍然坚信坏的事情不一定全是坏的结局。阿冰伤心是难免的了，淹在海里的他能够想象阿冰和纯芳的心痛。但哨牙炳此刻唯有告诉自己：我们之间有过约定，我要比阿冰先死，她会替我风光大葬。阿冰啊，我守住了约定，没有食言，相信你亦会信守承诺。但是，终有遗憾：阿冰，唔好意思，我竟然死在另一个女人的身边，尽管这里只是海，不是床。

尾声

千算万算，算盘打得再响再好，哨牙炳亦有失算。人死了，连尸体都找不回了，阿冰如何替他风光大葬？

那个晚上，风浪大，哨牙炳和阿群的尸骸先后被海浪从湾仔冲到调景岭旁的海上，到了被发现的时候，早已肿胀得面目模糊，谁都认不出来。那是一九六七年啊无数的人逃来香港，有人翻山越岭，亦有人抱着个水桶便跳进海里，游个三天三夜，如果在好运气的扶持下登滩上岸。可惜好运气不常有，每天有太多太多的无名尸体浮出海面，哨牙炳和阿群，只是其中的两具，在大时代里，算老几？

阿冰放弃移民，留在香港，守着纯芳，守着汕头街的房子，守着鸳鸯楼，守着有一天突然家里门钟“铃……铃……铃”地急躁响起，她去开门，见到哨牙炳站在门外的最后一丝盼望。她决定不让自己伤心。不，不可以伤心。伤心等于承认哨牙炳不会回来了，她不承认，也不相信。阿炳怎么可以死呢？不可以的。阿炳常说，不知道的事情便等于没发生，这是南爷教他的。生要见人，死要见尸，没见到他的尸体，他便并未死。况且阿炳说过爱她，她深信爱一个人必须对未来有盼望，现在在一起，以后也在一起，没有未来便没有爱。

即便阿炳不再爱她，她要亲耳听他说，她要他回来家里亲口说，她绝不接受不明不白。纯坚是死了，纯胜是死了，但，不，阿炳没有死，他只不过在其他地方忙着，总有一日会回来，他知道她在等他，在召唤他。

所以无论对谁说话，阿冰都把“等阿炳回来之后……”挂在嘴边，她从来不在人前流泪，亦不准纯芳流泪，她总跟她说“等你阿爸回来之后……”，纯芳不答话，只点头，她孝顺。唯有一回她忍不住说了一句：“妈，算了吧，别骗自己了。”阿冰一记耳光打下去，但仍然不哭，只道：“乱讲话！等你阿爸回来之后，你要对他讲对不起。”

一年过去，三年过去，五年过去，善意的亲戚婉转地劝她死心，唯有死心始能重生，和纯芳一起开展新生活。她未听取。“鸳鸯飞入凤凰窝，莫听旁人说事破，自是良缘天配汝，不调和处也调和”，她只认文武庙赐给她的这道签文，做人，总得找个倚靠，这四句话便是她的倚靠，她在它上面投注了一辈子的生命，否定它，便是否定自己。阿炳绝对只是因为有事耽搁，而且必是大事，所以耽搁得这么久这么杳无音讯。

这些年来阿冰一直没有更换半件家具，床头一直搁着相架，上面是一张黑白照片，那年纯坚升读中学一年级，一家五口到轩尼诗道的金兰影楼拍照留念，哨牙炳穿西装打领带，五岁的纯芳扎着两条乌溜溜的黑马尾发辫，小红裙，乖乖坐在他的膝上。纯坚和和纯胜垂手毕站父母旁边，也都穿西装，领带结得歪歪斜斜，嘴角紧绷得像小大人。阿冰身上是新造的旗袍，又到上海理发厅烫了头，眼神里有着满溢的幸福。一个圆满的世界就这样被定格下来，谁都抢不走了。阿冰每夜睡前定神凝望照片一阵，再把相框牢牢抱在怀里，恨不到让自己挤进框里，挤回那个片刻的圆满。

每天早上，阿冰起床后做的第一件事是亲自到睡房和客厅的神台前上香，门外的地主牌位也要。她合十叩头，每天承诺一回，“等阿炳回来之后”，三牲酒礼，答谢神恩。大门外沿上方贴有一对红色纸鸳鸯，好多年了，年复一年，月复一月，旧了便换，再旧，再换。湾仔汕头街的房子便是他们的“凤凰窝”，终有一日，当飞得累了，会的，总有一日，阿炳会回来的。

后记

终究难忘啃牙炳

《龙头凤尾》出版于二〇一六年，在宣传演讲里，我对听众们说："这只是第一部曲，我五十岁才开始写长篇小说，有必要急起直追，不写则已，一写便要写三部曲，因为我发现写三部曲的作家好像比较容易成为经典，譬如说，巴金。"

说时只是开玩笑，但，一言既出，弄假成真，未几我确在"香港三部曲"的路上规划前进，打算好好写写香港民间的江湖故事。——岂料一写就是四个年头。

只因写作过程有过多番转折。

《龙头凤尾》主要写上世纪三十和四十年代，按道理应该往下写，五十至七十年代是第二部曲，七十至九十年代是第三部曲，写到一九九七年六月三十一日结束。可是，某回跟杜琪峰导演聊得高兴，他邀我合作写个故事拍成电影，初步想法关乎香港廉政公署成立后的警黑风云，那就是说，我必须暂时搁下第二部曲，先跳到第三部曲的时间场景，之后，才再回头。

我答应了，并且开展工作，花了几个月搜集材料、构思故事、开会讨论。然而有一回在詹宏志大哥的台北家里吃饭，他轻轻提了一个建议："其实你可以续写陆南才身边的人物。"这句话，我听进耳里、记在心头，不知何故慢慢发酵成为挥之不去的执念，而到最后，顾不得了，放肆地暂停杜导演那边的项目，重回书房，认真地经营哨牙炳。

其实在写哨牙炳的同时，我又忍不住手，先写了十二万字关于探长饶木的故事，那是以出生于一八九七年而自杀于一九五七年的姚木为蓝本，所以，写及民国。写作期间，一位北京朋友忽然支持我担任导演，把太平天国"瑛王"洪春魁于一九〇二年的广州起义事件搬上银幕，于是我又花了时间写他一写，所以，写及清朝。但是最后真正端出来示人的，终究只是这部《鸳鸯六七四》里的哨牙炳，他仿佛阴魂不散，在我脑海徘徊，不断召唤："快写我，快写我，否则太对不起我！"我受不了他的啰嗦，安安分分地坐到书桌面前，写了又删，删了再写，兜兜转转，总算对哨牙炳的悲凉情事和江湖恩怨有了交代。

往下去，该写第三部曲了。直觉这将比前两部小说的难度更大，因为七十至九十年代我已出生，太贴近了，太熟悉了，遂有一种"近乡情怯"的心虚与踌躇。然而我是个顽固的中老年，you gotta do what you gotta do[①]，唯有加倍努力，万一完成不了，他日正式老去，必有遗憾，我可不愿意做个不快乐的老头子。

而如果第三部曲写完，再写饶木，再写洪春魁，由三变五，漫漫的写作历程肯定成为我老去之后的最大消遣。开心。但我暗暗好奇：三部曲变五部曲，我是否有机会由经典作家变成"超经典"作家，哈，打败巴金？

---

① 意为：你得做你该做的。